W0108617

CENNET VE CEHENNEM VAR MI?

Ömer ÇELAKIL

NOKTAKİTAP

İÇİNDEKİLER

RUHUN GÖKYÜZÜNE DOĞRU YÜKSELİŞİ

İbn-i Mace rivayet etmiştir: "Kulun ruhu çıkarken melekler gelir. Eğer iyi bir kimse ise; "Haydi iyi bir cesedde bulunan olgunluğa ve doygunluğa erişmiş olan Ruh, dön! Övülmüş bir halde dön. Revh ve Reyhan'la sevinçler içinde ol. Rabbin senden razıdır. Sana karşı hiç gazablı değildir." **Göğe yükselinceye kadar ona devamlı olarak böyle denir. Göklerin kapıları açılır, Allah'ın huzuruna varır.** Eğer adam kötü biri ise, ona şöyle denilir: "Ey habis bir cesedde olan habis ruh! Haydi mezmum ve kınanmış bir halde çıkıver, Hamim ve Gassak cehennemlerinden kork!" Bu da ona devamlı olarak söylenir. Nihayet göğe çıkarılır. Ve kapının (Gök Kapısının) açılması taleb edilir. Şöyle denir: "Kimdir bu?" "Falan kimsedir." denilince hemen şöyle denir: "Habis bir bedende olan habis ruh sana merhamet yoktur. Haydi geri dön!" **Böylece ona göklerin kapıları açılmaz; fırlatılır atılır, tekrar kabrine iade edilir."**

Ebu Hureyre (r.a.)'ın görüşü: **Kulun ruhu çıktığı zaman onu iki melek alıp göğe çıkarır.** Sema ehli: "Yeryüzünden gelen hoş ve güzel ruh. Allah seni ve içinde bulunduğun bedenini esirgesin!" derler. Hemen alıp Rabbine getirilir. Sonra şöyle denilir: "Haydi bunu zamanın bitimine kadar alıp götürün."

Kafire gelince, ruhu çıktığı zaman, sema ehli: "Yeryüzünden gelen habis bir ruh!" derler. Onun için, haydi bunu da kıyamete kadar götürün, denilir. **Bunu Buhari de rivayet edip, o rivayette şöyle geçer: Tam o anda Resûlullah (s.a.v.) üzerinde bulunan kaftanını, Eshabına böyle habis bir ruhun çirkin kokusundan meleklerin nasıl rahatsız olup korunduğunu göstermek iàin, burnuna götürdü.**

Muhammed b. Kâ'b el-Karazî'den rivayet edilmiştir: **Mü'minin ruhu ağzına kadar gelip çıkmak istediği zaman**, Ölüm Meleği gelip şöyle der: "Ey Allah'ın velisi, selam sana! Allah'ın sana selâmı vardır." Sonra şu ayeti okudu: "Melekler onların canını temizlenmiş olarak alırken: "Selam size; yaptıklarınıza karşılık haydi cennete girin" derler." (Nahl süresi, âyet: 32)

Abdullah b. Mes'ud (r.a.) derdi ki: Azrail (a.s.) mü'minin ruhunu almaya geldiğinde; "Rabbinin sana selamı var!" der.

Bera b. Azib (r.a.) Cenab-ı Hakkın: "Ona kavuştukları gün mü'minlere yapılacak dirilik temennileri: "Selam" demek olacaktır." (Ahzab süresi, âyet: 44) kavl-i celilini, mü'minin ruhunu kabz etmek için Azrail Aleyhisselamın vereceği selamla yorumlamıştır. Çünkü selam vererek onu azabdan emin etmedikçe ruhunu kabz etmez.

Mücahidin fikri: Ruhu çıkarken mü'mine, oğlunun sıhhatte olduğu tebşir edilir. Çünkü o buna pek sevinir.

Buhari ve Müslim'de varit olmuştur: "Kim Allah'a kavuşmak isterse Allah da ona kavuşmak ister. Kim Allah'a kavuşmak istemezse Allah'da ona kavuşmayı istemez." Aişe (r.a.) dedi ki: "Ey Allah'ın elçisi ama biz ölümden hoşlanmıyoruz?" Şöyle buyurdu: "Kastım bu değildir. Ne var ki mü'min, ölürken, Allah'ın rıdvanı (hoşnutluğu)ve keremiyle müjdelenir. O gördüğü bu manzaradan dolayı hemen Allah'a kavuşmak ister, Allah da ona kavuşmak ister.

Kâfire gelince, ona da Allah'ın azabı bildirilir. Bu defa, Allah'ın huzuruna varmayı istemez, korkar."

Diğer bir rivayette şöyle geçer: Göz yerinden fırladığında, göğüs yukarı, aşağı indiğinde, deriler diken diken olduğunda, parmaklar titremeye başladığında, kim Allah'a kavuşmak isterse, Allah da ona kavuşmak ister. Kim de Allah'a kavuşmak istemezse Allah da ona kavuşmak istemez.

Aişe (r.a.)'dan nakledilen diğer bir rivayet: "Allah bir kuluna hayr (iyilik) murat ederse, ölümünden önce ona, onu doğrultacak bir melek görevlendirir. Onu devamlı olarak doğrultur ve başarılı yapar. Nihayet insanlar: "Falan adam olduğundan daha iyi bir halde öldü" derler. Melekler geldiklerinde, onun ruhu sevinç duyar ve feraha kavuşur. İşte bu, Allah'a kavuşmayı istediği, Alla'ın da ona kavuşmayı istediği zamandır. Bir kuluna da şerri murat ettiğinde, ölmeden önce ona bir şeytan musallat kılar, o şeytan durmadan onu iğva edip şaşırtmaya uğraşır, nihayet insanlar: "Falan adam olduğundan daha kötü bir durumda öldü" derler. Ölüm döşeğine dü'feüp de karşılaşacağı azabı görünce, büyük bir korkuya kapılır. İşte o an, Allah'a kavuşmak istemediği, Allah'ın da ona kavuşmak istemediği bir andır."

Tirmizî hasen ve sahih olduğunu söyleyerek şöyle bir hadis rivayet etmiştir: "Allah bir kuluna hayr murat ederse, onu çalıştırır."

"Onu nasıl çalıştırır, ey Allah'ın Resulü? diye sorduklarında şöyle buyurdu: "Ölmeden önce onu salih bir amel işlemeye muvaffak kılar."

Diğer bir rivayette ise şöyle buyurulur: "Allah bir kuluna hayrı murad ederse, Onu ballandırır." Ballandırılması nasıl olur ey Allah'ın Resulü?" diye sorduklarında, şöyle buyurdu: "Ölümünden önce etrafındakilerini de hoşnut edecek salih bir amel kapısını ona açar."

Katade (r.a.) Cenab-ı Hakk'ın: "Vakıa (89) Kavli Celilindeki: "Revh" kelimesini "Rahmet" ile tefsir etmiş ve şöyle demiştir. İşte Melekler onu ölüm anında bununla karşılarlar." İbn-i Mace rivayet ediyor: Peygamber (s.a.v.) hanımı Aişe (r.a.)'ya Cenab-ı Hakkın: "Onlardan birine ölüm gelince: "Rabbim! Beni geri çevir, belki yapmadan bıraktığımı tamamlar iyi işler işlerim" der." (Mü'minun süresi, âyet: 99-100) kavli celilini şöyle tefsir etmiştir:

"Mü'min melekleri gördüğü zaman, melekler ona: Seni dünyaya geri çevirelim mi, ne dersin? diye sorarlar. O da: "Beni üzüntü ve elem dolu dünyaya mı çevireceksiniz? Beni Allah'a takdim ediniz!" der. Kâfire gelince, ona: "Seni dünyaya döndüreceğiz" dediklerinde O: "Beni geri çevirin belki bıraktığımı yapar, iyi işler işlerim" der."

Bezzâr rivayet ediyor: Mü'min ölüm döşeğinde iken melekler içi misk-ü anber ve güzel kokulu çiçek buketleri olan bir ipek kumaşı ile gelirler ve ruhunu hamurdan kıl çeker gibi çekip çıkarırlar. Ve şöyle denilir: "Ey olgunluğa ve doygunluğa erişmiş ruh! Haydi Rabbine sen ondan razı olarak O da senden razı olmuş bir halde dönüver. Haydi Allah'ın Revhına, Keremine ve İhsanına dönüver." Ruhu çıktığı zaman, halen o misk ve çiçek dolu olan ipek kumaşına sarılır ve **Illiyyin'e** götürülür.

Kâfir ölüm döşeğinde kıvranırken ona da melekler ellerinde içi ateş koru dolu olan bir kapla gelirler ve onun ruhunu şiddetle çekip alırlar. Sonra ona şöyle denir: "Haydi ey habis ruh! Öfkeli ve gazablı bir halde Allah'ın azabına doğru çık git!" Ruhu çıkınca da hemen o ateş korunun içine konur ve sarılır. Sonra da doğru **Siccine** götürülür.

RUHLARIN BULUŞMASI

Abdullah b. el-Mübarek, İstanbul şehrinin dışında medfun olan Ebu Eyyub el-Ensarî (r.a.)'dan: "Mü'minin ruhu bedeninden çıktığı zaman, Allah'ın kullarından rahmet ehli onu, dünyada insanları karşıladığınız gibi, karşılarlar. Onu sevinç içinde istikbal ederler ve birbirlerine: "Kardeşinize iyi bakın, istirahat etsin. Çünkü büyük bir ızdırap içindeydi." derler. Ondan sonra ona sorarlar: "Falan adam nasıldır? Falan kadın ne yapıyor, evlendi mi? Yoksa hâlâ evlenmedi mi?"

Ölmüş bir adam hakkında sorduklarında, onun öldüğünü söyler; onlarda: "İnnâlillahî ve innâileyhi Raciûn." derler. Sonra yaptığı amelleri sunulur. Eğer iyi görürlerse sevinirler ve şöyle derler: "Allah'ım, işte bu kuluna ihsan ettiğin nimetindir! Onu tamamla!"

Eğer kötü görürlerse, şöyle derler: "Allah'ım, kulunu geri çevir!" Ebu'Derda der ki: "Amelleriniz ölülerinize arz edilir. Onlar ya sevinirler, şükrederler, ya da üzülürler."

Yine Ebu'd-Derda şöyle derdi: "Alláh'ım, ölülerimi üzecek ameller işlemekten sana sığınırım." Said b. Cubeyr (r.a.) şöyle derdi: "Ölülere dirilerin haberleri gelir. Hiçbir kimse yoktur ki akrabasının haberi kendisine ulaşmasın. Eğer gelen haber iyi ise sevinir; kötü ise yüzü buruşur ve üzülür. Hatta onlar ölen bir adamdan sual ederler: Onlara: "O size gelmedi mi?" diye sorar. "Hayır Vallahi o bize gelmedi ve uğramadı, galiba onu Haviye'ye (Cehenneme) götürdüler.

O Haviye ne kötü bir annedir, ne kötü bir mürebbiyedir! derler.

Vehb b. Münebbih der ki:

Yedinci kat gökte Allah'ın "Beyda" adında bir yeri vardır. Mü'minlerin ruhları orada toplanır. Dünya ehlinden biri öl-

düğü zaman, diğer ruhlar hemen onu karşılar ve ona dünyadan haberler sorarlar, tıpkı gurbette olan kişi döndüğünde ehlinden sual ettiği gibi. (Ebu Nuaym)

Tirmizî'nin rivayeti: "Amelleriniz, ölmüş yakınlarınıza ve kabilelerinize sunulur. Eğer iyi ise, sevinirler. İyi değilse şöyle dua ederler: "Allah'ım, onu, bize ihsan ettiğin hidayet gibi, ona da hidayeti nasip etmedikçe öldürme!

RÜYALAR VASITASIYLA RUHLAR GÖRÜLEBİLİR Mİ?

Yine bir hadis rivayeti: "Ameller, pazartesi ve perşembe günleri Allah'a arzedilir. Oğullara, babalara ve annelere de cuma günü arz edilir. Yaptıkları güzel amellerden dolayı sevinirler, yüzleri apaydın olur. Onun için Allah'tan korkun da ölülerinizi (kötü işlerinizle) üzmeyin." Diğer bir rivayet: "Ölüler kendilerine gelen kimseden ev halkını sorarlar. Flan ne yaptı, nasıldır? Falan hanım nasıldır, ne yapıyor, falan adam evlendi mi? Fâlan kıza ne oldu evlendi mi?"

"Ruhlar techiz edilmiş ordular gibidir. İçlerinden birbirlerini tanıyanlar kaynaşırlar, tanımayanlar birbirinden uzak dururlar." hadisini bazıları: **"İşte bu ruhların buluşmasıdır."** diye yorumlarken, kimileri de: **"Hayır bu, uyumakta olan kimselerin ruhları ile ölmüş kimselerin ruhlarının buluşmasıdır."** diye yorumlamışlardır, bundan başka bir görüşle de yorumlayanlar olmuştur.

RUH KENDİ BEDENİNİ SEYREDER Mİ?

Ömer b. Dinar der ki: Hiçbir ölü yoktur ki ruhu bir meleğin elinde olmasın. **Onun elinde iken kendi öz cesedine bakar, nasıl kefene sarıldığını, nasıl yıkandığını, nasıl kabre götürüldüğünü, kabire nasıl konduğunu seyreder.** Diğer bir rivayette şu ilave yer almıştır: "O tabutunun içindeyken, şöyle denilir: **"İnsanların hakkındaki övgülerine veya yermelerine bak, dinle!"**

Hafız Ebu Nuaym (r.a.) rivayet ediyor: **Melekler ruhları yukarıya kaldırıp Allah'ın huzurunda durdururlar. Eğer saadet ehli ise, Allah şöyle buyurur: "Haydi bunu götürün, cennette yerini gösterin. Ölüsü yıkanıncaya kadar onu cennette götürüp gezdirirler. Yıkanıp, kefenlenince, bedeni ile kefeni arasına iade edilir, tabuta konulduğu aman, iyi veya kötü konuşulanları duyar. Namazgaha getirilip namazı defn edildiğinde hemen ruh bedenine iade edilir. Hemen orada cesed ve ruh olarak oturur. Derhal (Münker, Nekir adında) iki melek soru sormak için gelirler.**

DÜNYADAKİ AKIL VE BİLİNÇ RUHTA DA AYNI OLACAK

İmam Gazali der ki: Melek iyi bir insanın ruhunu kabzettiği zaman, onu güzel yüzlü, güzel giyimli, güzel kokulu iki melek alır, cennet ipeklerinden mamul bir ipek kumaşa sararlar. **Ruh, insan şeklinde bir arı kadar küçülür. Dünyada kazandığı ilminden ve aklından hiçbir şey kaybetmez. Onu semaya doğru yükseltip kaldırırlar. Çekirge gibi her tarafa yayılmış olan kendinden evvel gelmiş geçmiş olan milletlerin ruhlarının yanından geçerler. Dünya semasına vardıklarında görevli olan melek kapıyı çalar.**

- Sen kimsin? diye sorarlar.

- Ben Salsail'im, bu da falan kimsedir diyerek, en sevdiği ve hoşlandığı ismi söyler.

- Ne güzel adamdır bu! Allah'ın emirlerine harfiyen riayet edip yasaklarından uzak durmuştur. Akidesi tertemizdir. Hiçbir şek ve şübheye meydan vermemiştir, derler.

Sonra ikinci kat göğe varırlar. Orada da: "Sen kimsin?" diye sorarlar. Aynen birinci kat gökte olduğu gibi sözünü söyler. "Hoş geldin safa geldin. Gerçekten de namazına vesair ibadetlere düşkün bir adamdı." derler. Sonra üçüncü gök kapısına varırlar. Kapıyı çalar. "Sen kimsin?" diye sorduklarında, birinci ve ikinci kat gökte olduğu gibi cevab verir. Şöyle derler:

"Ne güzel adamdır o! Allah'ın hakkında riayet edip ondan hiçbir şey irtikab etmedi. Sonra dördüncü kat göğe çıkarlar, kapıyı çalar, "sen kimsin?" diye sorulur. Üçüncü ve ondan evvel vardığı kapılardaki gibi söyler.

Şöyle denilir: "Falan adam hoş geldi sefa geldi. Oruç tutardı, haramlardan ve kötü alışkanlıklardan uzak dururdu.

Sonra besinci kat göğe yükselir, kapıyı çalınca: "Sen kimsin?"diye sorarlar. Ondan Önceki gök kapılarında söylediği gibi söyler. Şöyle derler:

"Hoş geldi, safa geldi, ne iyi adam. Tam bir ihlas içinde, en ufak bir riya ve kendini beğenmişlik göstermeden hac farizasını ifa etmiş." Sonra altıncı kat göğe yükselir, orada da kapıyı çalar, "Kimsin sen?" diye sorarlar. Önceki gök katlarında olduğu gibi cevab verir. Şöyle derler: "İyi adama merhaba! İyi ruha merhaba. Sağlığınd anne babasına iyilik eder. "Sonra geçip gider, yedinci kat göğe yükselince, kendisine kim olduğu sorulur, önceki göklerde olduğu gibi cevab verince, şöyle denilir.

"Falana merhaba! Çokça istiğfar ederdi. Sadakaları gizli verirdi, yetimleri kollardı." Sonra geçip gider, yükselir, nihayet bir menzile varır. Kapıyı çalar, kendisine kim olduğu sorulur. Daha önce söylediği gibi söyler, kendini tanıtır. Ondan sonra kendisine şöyle denilir:

"Ey iyi insan, güzel ruh hoş geldin, safa geldin. İyiyi emreder, kötüden nehyederdin. Yoksullara iyilikde bulunurdun." Sonra melekler topluluğunun yanından geçer. Hepsi onu iyi şeylerle müjdelerler, onunla el sıkışırlar.

Nihayet Sidre-i Müntehaya varınca, kapıyı çalar, kendisine kim olduğu sorulur, daha evvel söylediklerini söyler, kendisine şöyle denilir: "Falan adam hoş geldi, safa geldi. Yaptıkları ameller halis idi, sadece Allah rızası için yapardı." **Sonra nurdan bir denizden geçer, daha sonra karanlık denizinden geçer, daha sonra da ateş denizinden,** su denizinden, kar, daha sonra da buz denizinden geçer. **Her bir denizin uzunluğu tam bir yıllık mesafedir.** Sonra Rahmanın Arşının etrafında olan perdeleri yarıp geçer ki o perdeler, seksen bir çardaktan ibarettir. Her çardağın seksen bir şerefesi, her şerefede seksen bir Ay bulunmakta olup hepsi tam bir huşu içinde Allah'ı tehlil ve teşbih ederler. Eğer onlardan bir tanesi dünya göğünde görünecek olsa, akıllar hayretten dona kalır. Tam o anda o çardakların ardından, pek mukaddes huzurdan şöyle bir nida gelir:

"Bu getirdiğiniz ruh nedir?" Cevap verilir: "Falan oğlu falanın ruhudur." Celil olan Allah (c.c.) şöyle buyurur:

"Onu bana yaklaştırın" Yaklaştırırlar. Ona huzurunda münacatta bulunduğunda, bütün amellerinden dolayı onu hesaba çeker. Kul, helak olacağını sanır, fakat o anda Allah onu bağışlar. Yahya b. Eksam hakkında bir kıssa: Onu, öldükten sonra rüyada görürler. Sorarlar:

- Allah sana ne yaptı?

- Beni huzurunda durdurdu ve bana "Ey kötü şeyh! Sen böyle böyle yaptın!" dedi.

Ben de şu cevabı verdim:

- Senin hakkında bana böyle anlatmadılar." "Pekâla benim hakkımda ne anlattılar, sana?"

"Bana Ma'mer, Zuhrî, Urve, Aişe (r.a.), Peygamber (s.a.v.), Cibril (a.s.) Senden ki pek yücesin noksan sıfatlardan münezzehsin, kemâl sıfatlarla muttasıfsın, şöyle naklettiler: Allah buyurdu ki: "İslâmda yaşlanan saçı sakalı ağaran kişilere azab etmekten haya ederim."

"Doğru söyledin, Ma'mer, Zuhrî, Urve, Aişe, Muhammed, Cibril de doğru söylediler. Seni affettim." buyurdu.

Bir zat Muhammed b. Nebate'yi rüyasında görür ve "Allah sana ne sordu?" diye sorar. Cevab verir: "Beni huzurunda durdurdu ve sordu:

"Ne kadar güzel konuşuyor desinler diye mi güzel sözler söyledin?"

"Sübhaneke! Ben sadece seni anlatıyordum." diye cevap verince, şöyle buyurdu: "Dünyada ölmeden önce söylediğin gibi söyle bakalım!"

"Onları kim yarattı ise o yok etmiştir. Onları konuşturan, susturmuştur, onları yok ettiği gibi tekrar var edecektir. Onları dağıttığı gibi tekrar toplayacaktır." dedim.

"Doğru söylemişsin! Seni bağışladım!" buyurdu.

Biri rüyasında Mansur b. Ammar'ı görüyor ve soruyor: "Allah sana ne sordu?" Cevabı: "Allah beni huzurunda durdurup: "Ey Mansur huzuruma ne ile geldin?" diye sordu. Üç yüz altmış hatim getirdim, deyince: "Onların hiçbirini kabul etmedim" buyurdu. Otuz üç Hacla geldim, dedim, "Onların da hiçbirini kabul etmedim" buyurdu. Yine sordu, söyle bakalım: Bana ne getirdin" "Sana seni getirdim!" diye cevab verince, bu defa şöyle buyurdu: "İşte şimdi bana doğru cevap verdin, seni bağışladım.!" İmam Kurtubî anlatıyor: **"İnsanlardan kimisi Kürsiye kadar yükseldiğinde, "Onu geri çevirin" diye bir ses duyulur. Kimisi de perdelerden geri çevirilir. Demek ki Allah'ın huzuruna sadece O'nu iyi bilenler ulaşabiliyor."**

İmam Gazali şöyle der: Kâfir ölürken, ruhu zorla ve şiddetli bir şekilde alınır. Ona Melek (Azrail) "Ey habis ruh, haydi habis bedenden çık!" diye bağırınca, çirkin bir ses çıkararak ruhu çıkar. Azrail onu kabzeder kabzetmez hemen onu kara elbiseli, pek çirkin bir yüze sahib, etrafa dayanılmaz pis kokular saçan, ellerinde kıldan yapılmış topuzlar bulunan Zebaniler şiddetle kaparlar ve **o anda ruhu çekirge büyüklüğünde bir insana dönüşür.** Çünkü Ahirette kâfir vücudça mü'minden daha büyüktür. Onun için onun ruhu da daha büyük oluyor.

Şöyle rivayet edilir: **"Cehennemde kâfirin azı dişi Uhud dağı gibi olacaktır."** Hemen onu alıp doğru dünya göğüne çıkarırlar. Kapıyı çalınca, "Sen kimsin?" diye sorulur. O da: "Ben"Dakyail" adında kâfirlere azab etmekle görevli bir Zebaniyim." Pekâla yanındaki kimdir?" diye sorulduğunda, dünyadaki çirkin, en hoşlanmadığı bir isimle onu isimlendirerek: "Falan kimsedir." diye cevab verir. Aldığı cevab: "O'na hoş geldin, safa geldin yok! Merhaba da yok! Ona göklerin kapıları da açılmayacaktır. Nitekim bir ayette: **"Onlara göğün kapıları açılmaz."** (A'raf süresi, âyet: 40) buyurulmuştur.

Azab meleği bu sözü duyunca, onu elinden fırlatıp atar, rüzgâr da onu alıp uzak bir yere savurur. Yere vasıl olunca da hemen onu zebaniler kapıp facirlerin ruhlarının bulunduğu büyük bir kaya üzerindeki "Siccîn"e götürürler.

Yine Gazali der ki: Hristiyan dini üzere ölenlere gelince; onlar Kürsî'den kabirlerine çevrilirler. **Onlar kendi yıkanışı, kefenlenmesi ve defnedilmesine bakarlar.** Müşrikler ise bunlardan hiçbirini görmez. Münafıka gelince; o da kâfir gibidir. O da tard edilerek geri çevirilir. Müminlerden noksan iş yapanlara gelince, onlardan kimi namazından çalar, Kıyam, Kıraat ve diğer rükünlerini eksik yapar da namazı dürülüp yüzüne fırlatılır. Sonra namaz yukarıya doğru çıkarken şöyle der: "Beni yitirdiğin gibi Allah da seni yitirsin!" Kiminin de zekât, sırf desinler için verdiği için, reddedilir. Oruç, Hac ve diğer ibadetlerde de durum aynıdır. Eğer hakkıyla eda ve ifa edilmemişlerse, reddedilirler.

Şöyle rivayet edilmiştir: **Ruh cesedine geri çevrildiğinde, eğer ruh kendi cesedinin yıkanmakta olduğunu veya yıkanmış olduğunu görürse, hemen başının ucuna oturur. Kefenine sarıldığı zaman, ruh dışardan bedenine yapışmış olarak kalır. Acı ses ve inilti çıkarır.** Kabre defn edilip de üzerine toprak örtüldüğü zaman, kabir ona fasih bir lisanla seslenir: "Üzerimde ne kadar sevinçli ve neşeli olarak dolaştın durdun?.. Bugün karnımda cezalanacaksın. Sırtımda çeşitli ve lezzetli yemekler, meyveler yedin. Şimdi içinde seni kurtlar, yılanlar yiyecekler. Üzerine toprak tamamen örtülünceye dek, işte kabir ona böyle üzücü ve kamçılayıcı sözler söyler. Sonra ona, kendisini kabre girdiği zaman, ilk karşılayacak olan "Ruman" adındaki Melek seslenir. **Bu bilgiler her ne kadar sahih (hadisler) de geçmemiş ise de,** bunlar ve benzeri bilgiler Re'y(Şahsi görüş)le söylenemez (Mutlaka bir dayanağı vardır)

RUHUN KABZ EDİLİŞİ

Ruhların kabz edilmesi Azraile izafe edilir. Yani ruhları o kabzeder. Bazan meleklerden yardımcılarına izafe edilir, bazan da Allah'a izafe edilir. Şu ayeti kerimede olduğu gibi: **"Allah, öleceklerin ölümleri anında, ölmeyeceklerinde uykuları esnasında ruhlarını alır."** (Zümer süresi, âyet: 42) Gerçekten öldüren Allah'tır.

Kelbî (r.a.) şöyle dermiş: Ruhu cesedden Azrail alır, sonra mü'minse, onun ruhunu rahmet meleklerine; kâfir ise azab meleklerine teslim eder.

Bir hadiste şöyle geçer: "Ölüm meleği sabahleyin, birinizin çoluk çocuğu ile kalktığı gibi, ruhlarla kalkar." Yani ruhları kabz etmek için böyle yapar.

Diğer bir hadis meali: "Azrail (a.s.) önünde "Şa'ban ayının onbeşinci gecesi" yazılmış olan bir sahile olduğu halde oturur."

KADİR GECESİNİN ÖNEMİ

İbn-i Abbas (r.a.) der ki: **"Allah bütün olayları Şa'banın onbeşinci gecesinde takdir eder, Kadir gecesinde ise bunları sahihlerine teslim eder."** Bu, alimlerin şu iki ayrı görüşü arasındaki çelişkiyi giderir:

Kimileri: **"Katımızdan, bir buyrukla, her hikmetli işe o gecede hükmedilir, doğrusu biz öteden beri peygamberler göndermekteyiz."** (Duhan süresi, âyet: 4-5) ayetlerinden bir önce gelen ayette beyan edilen geceden murat, Şa'banın onbeşinci gecesidir demişlerdir. Kimileri de, o geceden murat **Kadir gecesidir, demişlerdir.** Binaenaleyh eceli gelen şahsın varakası Sidre-i Müntehadan (ki oradaki sahifede o şahsın ismi yazılıdır) düşer, böylece onun ömrünün bittiği ve dünyada artık yiyecek ve içeceğinin kesildiği anlaşılır.

Diğer bir hadiste ise şöyle anlatılır: **"Ölüm Meleği arşın altında oturur. Öleceklerin listesi ona yukarıdan iner.** Çünkü o sahifeler ve listeler Sidre-i Müntehanın yapraklarının altındadır. Ölüm meleği eceli gelen rızkı kesilen insanı (o listede) gördüğü zaman, hemen üzerine ölüm sekaratını atıverir, ölüm işlemi onun bütün varlığını sarar."

Kürsi kelimesi, "Taht" anlamına gelir ve Allah katını sembolize eden kelimelerden birisi olduğu söylenir. Bazı alimler Arş ile Kürsi aynıdır demiştir bazıları ise Arş'ın Kürsi'nin üstünde olduğunu söylemiştir.

DOĞU İLE BATI ARASINI KUŞATAN ÖLÜM MELEĞİ

İsra hadisinde Peygamber (s.a.v.) şöyle buyurdu: "Kürsi'nin üstünde oturan bir meleğin yanından geçtim, bir de ne göreyim: Bütün dünya ve içindekiler onun dizlerinin önünde yer almış. Elinde, ne sağa ve ne sola, ayırmayıp devamlı olarak içine baktığı yazılmış bir tahta bulunmaktaydı. Dayanamadım ve Cebraile sordum: "Ey Cebrail bu kimdir?" Cevab verdi: "Bu Ölüm Meleğidir."

Bu defa Ona seslendim: "Ey Ölüm Meleği, karasıyla deniziyle tüm Küre-i arzda yaşayanların canlarını almaya nasıl gücün yetiyor?" O da cevab verdi:

"Görmüyor musun, bütün dünya dizlerimin arasında, tüm yaratıklar gözlerimin önünde. Ellerim doğu ile batı arasını kuşatmış. Bir kulun yaşama süresi bittiği zaman, ona şöyle bir göz atarım. Ona göz attığımda meleklerden bütün yardımcılarım, onun öleceğini anlarlar. Ve onu yakalarlar. Ruhunu çıkarma ameliyesine başlarlar. **Derken can boğazına gelir, işte ben de o zaman elimi uzatır ruhunu cesedinden çıkarıveririm.** Çünkü duruma tam anlamıyla vakıfım gözümden hiçbir şey ve iş kaçmaz."

Konuya açıklık veren başka bir hadis: **"Can çekişen kişiye dört melek iner; biri ruhu sağ ayağından çeker, ikincisi sol ayağından çeker, üçüncüsü sağından ve dördüncüsü solundan çeker." Bunları İmam Gazali nakletti. O anda kişinin dili ağırlaşır. Eğer kişi iyi bir insansa, ruhu su kabından dışarı çıkan bir çöp gibi parmak uçlarından rahatça çıkar.**

Eğer kâfir veya facirin ruhu ise, kızgın bir şişin, ıslak bir yünden çıkarıldığı gibi o ruh bedeninden işte öyle şiddetle çıkarılır. Hadiste varit olmuştur: Ölmekte olan kişi, sanki karnı dikenle dolu imiş gibi, ruhu iğnenin deliğinden çıkacakmış gibi, gök yeryüzüne inmiş de kendisi ikisi arasında sıkışıp kalmış gibi hisseder. Ruh kalbe kadar geldiğinde, dil ölür, tutulur, konuşamaz. Sonra nefes göğsünde toplanır. İşte o anda ölecek kimselerin durumları değişik olur: Kimisine melek, zehirli ve kızgın bir mızrakla şiddetle vurur. Sonra zebanîler ruhu alır. Kiminin ruhunu ise yavaş yavaş çekip hançeresine (gırtlağa) kadar getirir. Hançerede sadece kalbe yapışık kısmı kalır. İşte o anda melek o mızrakla son darbeyi indirir.

Hafız Ebu Nuaym, Halid b. Ma'dan'dan: **Azrailin doğu ile batı arasını kaplayan büyük bir mızrağı vardır.** Dünyada yaşayan bir kulun eceli geldiği zaman, mızrakla onun başına vurur. Ve ona: "Şimdi ölüm askerlerini göreceksin!" der.

İmam Malik'e sordular: "Azrail acaba pirelerin ruhlarını da kabz edermi?" Malik bir süre başını eğdi, sonra kaldırıp sordu: "Acaba onların da ruhu var mıdır?" "Evet!" dediler. "Şu halde Azrail onların da canlarını alır. Çünkü Allah Kuran-ı Kerim'de şöyle buyurdu: **"Allah, öleceklerin, ölümleri anınd, ölmeyeceklerin de uykuları esnasında ruhlarını alır." (Zümer süresi, âyet: 42)**

AZRAİLİN FARKLI ŞEKİLLERDE GÖRÜNMESİ

İkrima (r.a.) şöyle derdi: Şit Aleyhisselamın sahifelerinin birinde gördüm: Babası Adem şöyle demiş: "Ya Rabbi Bana Azraili göster! Onu bir göreyim." Allah ona: "Onun öyle bir şekli vardır ki görmeye gücün yetmez. Ben onu sana, Peygamberler ve Salihlere indiği şeklinde indireceğim." diye vahyetmiş ve Cebrail ve Mikâili indirmiş. **Ve Ölüm Meleği de alaca bir koç şeklinde gelmiş. Hem de dört kanadını açarak. Kanatların biri gökleri aşmış, biri yeryüzünü kaplamış. Biri uzak doğuyu aşmış. Birisi de uzak batıyı aşmış. Bir de bakmış ki yeryüzü, dağları, tepeleri, dereleri, nehirleri, ırmakları, insanları, cinleri, hayvanları ve ihtiva ettiği bütün cisimleri ile Onun Önünde yer almış. Bütün yeryüzü ve içindekiler onun kucağına konursa, büyük bir sahrada yer alan bir hardal tanesi kadar ancak bir manzara arzedebilir.** Onun gözleri vardır ki ancak yerinde açar. Kanatları vardır ki her yerde değil ancak gerektiği yerde açar.

Şöyle ki; müjde kanatlarını, itaat edenlere, şişler, çengeller, makaslar ihtiva eden korkunç kanatlarını da kâfirlere karşı kullanıp açar. Adem Aleyhisselam bunu görünce olduğu yerde yığılıp kaldı, bayıldı. Tam yedi gün baygın kaldı. Sonra ayıldı; Onun terinden zaferan meydana geldi. Bunları el-Vaiz b. Zafer el-Mekki anlattı.

İbn-i Abbas şöyle derdi: Ölüm Meleğine, İbrahim (a.s) kendisine kâfirin ruhunu nasıl kabzettiğini göstermesini rica etti. "Haydi benden yüzünü çevir!" dedi. Yüzünü çevirdi, sonra dönünce, Onu iki ayağı yerde, başı gökte, cesedinin her kılı altında ateş alevi bulunn simsiyah, son derece çirkin ve korkunç bir insan kılığında gördü. Şöyle dedi: "Vallahi kâfir, hiçbir işkenceye ma'ruz kalmasa sadece sendeki bu korkunç durumu görse, korku ve ürperti bakımından bu ona yeter de artar bile." Sonra tekrar eski güzel suretine döndü ve ondan sonra onun ruhunu kabzetti.Alimler derler ki: İnsanların amellerine göre Azrailin böyle değişik şekillerde gelmesi ve görünmesine şaşmamalı. Çünkü insanlar bile değişiyor. Sağlıklı iken hasta oluyor, hastalandığı zaman başka bir şekil oluyor. Küçük iken şekli başka, büyüdüğü zaman daha başka oluyor. Gençlik ve ihtiyarlık dönemeri daha başka durum arz ediyor. Ne var ki melekler bir günde, bir saatte bir kaç kez kılık ve şekil değiştirebilirler. Rivayete göre Cebrail (a.s.) bazan Allah'ın kudretiyle kendisinde öyle bir güç hisseder ki, eğer Allah izin verse bir anda bütün yerleri altüst edebilirim, der. Bazan da onun karşısında, onun korkusundan kendini bir serçe kuşu kadar küçük hisseder ve Allah'ın yüceliğine boyun eğer.

AZRAİL'İN DÜNYADAKİLERE HER GÜN 5 KEZ UĞRAMASI

İbn-i Ömer (r.a.)'dan: "Azrail mü'minin ruhunu kabzettiği zaman, kapının eşiğinde durur, ev halkında bir figandır kopar. Kimisi elleriyle yüzünü tırmalar, kimisi saçını başını yolar, kimisi saya saya ağlar, ağıtlar yakar. Azrail bu manzarayı görünce, şöyle demekten kendini alamaz: "Bu feryad nedendir? Vallahi ben kimsenin ömrünü kısaltmadım, kimsenin rızkını da kesmedim, hiçbirinize zulmetmedim. Eğer şikâyetiniz haksız yere bana ise, benim işim Allah'a aittir, yani ben bir emir kuluyum. Onun emri altındayım. Yok eğer şikâyetiniz Rabbinizden ise siz bu halinizle onu inkâra kalkışıyorsunuz. Ben size tekrar geleceğim, yeryüzünde hiçbirinizin canını almadan bırakmayacağım."

Hadiste varit olmuştur: "Hiçbir ev yoktur ki Ölüm Meleği kapısında **günde beş kere** durmasın. Orada eceli gelen, rızkı kesilen birini gördüğü zaman, hemen ona ölüm pençelerini atar, ölüm şiddetleri ve zorlukları ile onu çepçevre yakalar. Ev halkından kimi saçlarını olar, kimi yüzünü, dizini döver, kimi ağlar, kimi çığlık atar, bunları gören Ölüm Meleği şöyle der: "Neden bu kadar yakınıyorsunuz? Nedir bu feryadü figan? Ben hiçbirinizin rızkını kesmedim. Ecelinizi ben mi tayin ve tesbit ettim?"

Peygamber (s.a.v.) buyurdu: "Nefsim Yed-i Kudretinde olan (Allah'a) kasem ederim ki, eğer onlar Onun yerini görselerdi, Onun sözünü duysalardı, Onun bulunduğu durumdan haberdar olsalardı, ölülerini bırakıp kendi nefislerine ağlarlardı."

Sonra ölü teneşire konduğu zaman, ruhu etrafında dolaşıp şöyle seslenir: "Ey hanımım, ey çocuklarım, dikkat edin de dünya sizinle oynamasın, nitekim benimle oynamıştır. Helal-haram demeden durmadan mal yaptım. Mülk edindim. Şimdi siz rahattasınız, hesabını ben veriyorum. Onun için benim başıma gelenler sizin de başınıza gelebilir. Durumu iyi değerlendirip böyle bir şeyden çekinin!"

Ca'fer b. Muhammed, şöyle rivayet etmiştir:

Resûlullah (s.a.v.) Ölüm Meleğini Ensar'dan bir adamın başı ucunda gördü. Ve Ona şöyle dedi: "Arkadaşıma yumuşak davran, çünkü o mü'mindir." Ölüm Meleğinin cevabı: "Ey Muhammed! Gönlün hoş, gözün aydın olsun. Ben her mü'mine karşı yumuşak davranırım.

Sonra şöyle dedi: **Karada, denizde olsun, demir veya taştan yapılmış hiçbir ev halkı yoktur ki ben onlara günde beş kere uğramayayım. Onlara o kadar uğrarım ki küçük büyük hepsini tanırım.** Vallahi ey Muhammed, ben bir sivrisineğin ruhunu kabz etmek istesem, Allah bana onun ruhunu kabzetmeyi emretmedikçe, kabz edemem."

İmam Maverdî anlatıyor: **Beş vakit namazda O (Azrail), safların arasında bulunur.** İmam Kurtubi de der ki: Hadislerde, bütün canlıların ruhlarını Allah'ın emri ve izni ile alan meleğin Azrail olduğuna işaretler vardır. Ancak İbn-i Atiyye şöyle demiştir: Hadislerden anlaşıldığına göre hayvanların ruhlarını Azrail değil, Allah alıyor. Ademoğullarında da bu böyledir, ne var ki şerefli mahlukat oldukları için ruhlarını kabzetmekte, Ona Azrail ve diğer Melekler de refakat etmektedirler. Şöyle ki: Allah Ölüm Meleğini yarattı. Ruhların bedenden çıkartılma vazifesini ona verdi.

Ona yardım edecek, ruhları kabzederken onunla beraber olacak melekleri de yaratan O'dur. Aslında ruhları kabz eden Allah'tır. Nitekim Zümer süresinin 42. ayetinde şöyle buyurulmuştur: "Allah öleceklerin ölümleri anında, ölmeyeceklerin de uykuları esnasında ruhlarını alır." Kuran'da şöyle buyurulmuştur: "Melekler, inkâr edenlerin yüzlerine ve sırtlarına vurarak: "Yakıcı azabı tadın, bu, kendi ellerinizle yaptığınızın karşılığıdır" diyerek, canlarını alırken bir görseydin! Yoksa Allah kullara asla zulm etmez." (Enfal süresi, ayet: 50-51) Kuran'da buyruluyor ki: "Artık birinize ölüm gelince, elçilerimiz bir eksiklik yapmaksızın onun canını alırlar." (En'am süresi, âyet: 60) Görülüyor ki Allah, her varlığı yaratandır. Her yapılan işi yapandır.

Ölüm Meleği ruhları alır, yardımcıları ona yardım ederler. Allah da ruhları bedenlerinden giderir. İşte bu suretle ayetlerin arasında görülen çelişkiler ber taraf edilmiş olur. Hadislerin arasındaki çelişkilerde böyle bertaraf edilmiş olur. Ne var ki Ölüm Meleği bu işi vasta ve bilfiil yaptığı için bu öldürme işi ona izafe edilmiştir, tıpkı şu ayet-i kerimede yaratma işi Hazreti İsa'ya izafe edildiği gibi: "Sen iznimle çamurdan kuş gibi bir şey yapmış ona üflemiştin de iznimle kuş olmuştu." (Maide süresi, âyet: 110)

Nitekim yaratma işi bazen de bir meleğe izafe edilmiştir: Bir hadiste şöyle buyurulmuştur: **"Nutfe üzerinden kırk üç gün geçince, Allah Teâla bir melek gönderir. Onu şekillendirir, kulağını, gözünü, cildini, etini ve kemiğini yaratır.** Sonra şöyle der: "Ya Rabbi! Erkek mi olsun yoksa dişi mi?" Allah buyurur: "And olsun ki sizi yarattık. Sonra şekil verdik." (Araf süresi, âyet: 11) Yine şöyle buyurdu: "İşte Rabbiniz, Allah budur. Ondan başka Tanrı yoktur. Her şeyin yaratanıdır." (En'am süresi, âyet: 102)

Şimdi anlaşıldı ki, her şeyin Halıkı Allah'tır. Öldüren de dirilten de O'dur. Ancak yine O'nun izni ile bazen yaratma ve öldürme işi meleklere izafe edilmiştir. Can alma işi Azraile izafe edildiği gibi.

Hadis'te varit olmuştur: "Ölüm Meleği ile Hayat Meleği münakaşa ettiler. Ölüm Meleği: "Ben dirileri öldürürüm" demiş. Hayat Meleği de: "Ben ölüleri diriltirim." demiş. Bunun üzerine Allah her ikisine de şöyle vahyetmiş: "Ben sizi ne ile görevlendirdimse, o görevlerinize devam edin. Öldüren de benim, dirilten de. Benden başka hiç kimse öldüremez, hiç kimse de diriltemez."

(İhya) Hafız Ebu Nuaym der ki: Sabit b. el-Bunni'den rivayet edilmiştir: Hiçbir saat yoktur ki Ölüm Meleği gelip canlıların başında durmasın. Eğer ruhları kabz etmekle emredilirse hemen kabz eder, emredilmezse gider. Bu, bütün canlılara şamildir.

Yine Hadiste buyurulmuştur: "Ölüm Meleği **kulların yüzüne her gün yetmiş kere bakar.** Kendisine gönderildiği kul eğer gülerse, şöyle der: Bu Ademoğlu ne tuhaftır! Ben ruhunu almak için gönderildim, kendisi hiç farkında olmadan gülüyor."

AZRAİLİN YERYÜZÜNDEN TOPRAK ALIŞI

Zuhrî ve diğerleri anlatıyorlar: "Allah Teâla Cebrail (a.s.)'ı yeryüzünden biraz toprak almak için gönderdi. Cebrail onu geldiği zaman, yer Ondan Allah'a sığındı. Onun o sığınmasını geçerli saydı. Sonra Mikâil (a.s.)'ı gönderdi. Ondan sığındı ve onun sığınmasını da geçerli saydı. Bunun üzerine Azrail (a.s.)'i gönderdi. Ondan da Allah'a sığındı; fakat onun sığınmasını geçerli saymadı ve oradan toprağı aldı."

Bir rivayet: "Rab (c.c.) Azrail Aleyhisselam'a sordu:

"Senden yer sığınmadı mı?"

"Evet!"

"Pekâla arkadaşların gibi sen de ona acımalı değil miydin?"

"Rabbim, sana itaat etmek, benim için ona acımaktan daha evladır."

"Artık sen Ölüm Meleğisin. Ruhları kabzetmekle seni görevlendirdim." buyurunca, Azrail Aleyhisselam ağladı.

"Neden ağlıyorsun?" diye sorunca, şu cevabı verdi:

"Ya Rabbi, bu mahlukat içinde Sen Peygamberler, velileri de yaratacaksın. Onlara ölümden daha zor gelen bir şeyi yaratmadın. Beni tanıdıkları zaman bana kızacaklar."

"Sen hiç merak etme, ben ölüme öyle sebepler ve acılar kılacağım ki onlar, şundan öldü, bundan öldü diyecekler ve senin adını hiç anmayacaklar."

İbn-i Abbas (r.a.)'dan: Adem Aleyhisselam'ın toprağı altı yerden alındı. Çoğu da altıncı yerden alındı. Yedinci (kat) yerden hiçbir şey alınmadı. Çünkü orada cehennem vardır. Ölüm Meleği Adem Aleyhisselam'ın toprağını getirdiğinde, Allah: O (toprak) bana, senden sığınmadı mı?" diye sordu.

Yine hadiste buyurulmuştur: "Yer, Adem Aleyhisselam'ın toprağı kendinden alındığında şöyle dedi: "Ya Rabbi gökleri yarattın, ondan hiçbir şey noksan etmedin. Beni yarattın, benden bir şeyle eksilttin." Ona Rab Teâla şöyle buyurdu: "İzzetim Celalim hakkı için, iyileri ve kötüleri ile onların tümünü yine sana iade edeceğim!" Toprak da: "İzzetin hakkı için, ben de sana baş kaldıranlardan mutlaka intikam alacağım."

Dedi ki: Sonra yerin, tuzlu, acı ve tatlı bütün sularını getirtti. Onunla Adem Aleyhisselam'ın toprağını yoğurdu. Kırk sene öyle içine ruh üfürülmeden kaldı. Melekler yanından geçerken, durup ona bakarlardı. Sonra yanından İblis geçti, eli ile ona şöyle bir vurdu. Kuru çamurdan çıkan bir ses gibi ses duydu. O pişmiş çamur gibi bir balçıktır. İblis şöyle dedi: Eğer bu benden üstün kılınırsa ona kesinlikle secde etmem. Şayet ben ondan üstün kılınırsam onu öldürürüm. Çünkü bu çamurdan yaratılmıştır, ben ise ateşten yaratıldım. Kimine göre ise yerden toprak alıp getiren, iblisdir. Onu Allah Cebrail ve Mikail (a.s.)'dan sonra toprak almak için gönderdi. Yer ondan da Allah'a sığındı. Şöyle dedi: "Allah'a senden sığınırım." Sonra ondan toprak alıp, Allah'ın huzuruna çıktı. Allah ona dedi ki: "Yer bana senden sığınmadı mı?" "Evet Ya Rabbi" deyince, "İzzetim elalim hakkı için Bana getirdiğin bu topraktan, hoşuna gitmeyecek bir yaratık yaratacağım." buyurdu.

ÖLÜM ANINDA KİŞİNİN GÖZLERİ RUHUN ÇIKIŞINI İZLER

Müslim, İbn-i Mace rivayet ediyorlar: "Ruh bedenden çıktığı zaman, göz onu takip eder." Sahihte varit olmuştur: **"Ölünün gözü yerinden ilk fırladığı an, misli görülmeyen yeşil zümrüdden yapılan, yer ile gök arasını dolduran "Mi'rac" adındaki merdiveni gördüğü andır. Gözünü ona doğru yöneltttiği zaman meydana gelir bu olay..."**

Müslim rivayet ediyor: "Resûlullah (s.a.v.) şöyle buyurmuş tur: "Biriniz kardeşini kefene sardığı zaman, iyi sarsın."

Hafız ebu Hatem rivayet ediyor: **"Ölülerinizin kefenlerini iyi kumaştan yapın. Çünkü onlar kabirde birbirlerini ziyaret edip güzel kefenleri ile övünürler."** "Yani Allah'a o güzel kefenlerinden dolayı şükrederler."

Abdullah b. el-Mubarek der ki: **"Kişinin namaz kıldığı elbisesi ile kefenlenmesini isterim."**

Buharî ve Müslim, Ebu Hureyre (r.a.)'dan şöyle rivayet ettiler: Allah Resulü (s.a.v.) şöyle buyurdu:

"Cenazeyi götürüp gömmekte acele edin. Eğer iyi bir kimse ise kendisi için hayırlı olan bir yere bir an evvel götürmüş olursunuz. Kötü biri ise, bir an evvel boyunlarınızı yükünden kurtarmış olursunuz."

Buhari'nin rivayetinde şöyle geçer: "Cenaze hazırlanıp da onu kabre iletmek için insanlar boyunlarına (omuzlarına) aldıkları zaman, iyi biri ise: "Çabuk olun, çabuk olun beni bir an önce yerime iletin!" der. Kötü biri ise: "Eyvah! Beni nereye götürüyorsunuz!" diyerek bağırır. Sesini insan hariç, bütün varlıklar duyar. Eğer insan duysa düşüp bayılır."

Alimlerin görüşü: Bu husustaki hız ve süratten murat, cenazenin yıkanması, kefenlenmesi, taşınıp gömülmesi gibi bütün işlerdir. Yoksa onu hızla kabre koşturmak değil, çünkü böyle bir durumda ardından giden kimselerin güç durumda kalması söz konusu olur. Nahalı İbrahim der ki:

"Yavaş yürüyerek normal bir şekilde onu götürürler. Yahudiler ve Nasraniler gibi pek ağır yürüyerek götürmezler. Eshab-ı Kiram çok ağır yürümekten de çok acele yürümekten de hoşlanmazlardı."

ÖLÜM KEFARETTİR

Ebu Nuaym, hasen ve sahih bir senedle, Enes (r.a.)'dan rivayet ediyor: Allah Resulü (s.a.v.) şöyle buyurdu: **"Ölüm her müslüman için bir kefarettir."**

Alimler derler ki: Ölüm müslümana, hastalığında çok çektiği ve kabrinde büyük sıkıntılara uğradığı için bir kefarettir. Biz bunu Müslim'e de rivayet edilen şu hadisten anlıyoruz: **"Herhangi bir müslümana hastalıktan dolayı bir musibet isabet ederse, mutlaka o musibet sebebiyle günahları, kuru bir ağacın yapraklarını döktüğü gibi, dökülür."**

Malik Muvatta'da merfu olarak rivayet eder: "Allah iyiliğini murad ettiği kimseye mutlaka bir musibet verir."

Bir kudsî hadiste yine buyurulur: "Allah (c.c.) buyuruyor: İzzetim ve Celalim hakkı için, kendisine merhamet etmek istediğim bir kulumu, başına şunlar gelmedikçe dünyadan çıkartmam: Yapmış olduğu her kusura karşı cesedinde bir hastalık veya ailesi ve çocuğuna bir musibet veyahut yaşantısında bir sıkıntı ve darlık, ya da rızkında bir kısıtlama veririm. Zerre miktarı bir şey bırakmam; şayet yine bir şeyi kalırsa, bu defa ölümünü çetinleştiririm de bana annesinin doğurduğu günde olduğu gibi tertemiz olarak kavuşur."

Alimler derler ki: Tabi bu, Allah (c.c.)'nin sevmediği kimse hakkında geçerli değildir. Çünkü diğer bir hadis-i kudside Allah şöyle buyurmuştur:

"İzzetim ve Celalim hakkı için, azaplandırmayı istediğim bir kulu şu hususlar gerçekleşmedikçe dünyadan çıkartmam:

O'na yapmış olduğu her güzel amele karşılık olarak, vücuduna sıhhat, rızkına bolluk, yaşantısına rahatlık, gidişatına güvenlik veririm. Zerre miktarı bir şey bırakmam. (Hepsini veririm) Buna rağmen yine de bir şey kalırsa, ölümünü kolaylaştırırım, nihayet ölüp bana, ateşe karşı korunacak hiçbir sevabı kalmaksızın kavuşur."

Ebu Davud'un sahih bir senedle tahriç ettiği şu hadis de aynı manaya gelir: "Ani ölüm, esef verici bir yakalanıştır." Tirmizî'nin rivayetinde ise şöyle geçer: "Ani ölüm, mü'min için bir rahatlık, kâfir için esef verici bir yakalanıştır." İbn-i Abbas (r.a.)'dan: "Davut (a.s.) cumartesi günü aniden öldü."

Ömer b. el-Hattab (r.a.) der ki: "Mü'minin üzerinde, ameliyle bertaraf edemediği bir günah kalırsa, Allah onun ölümünü zorlaştırır, nihayet onu bununla cennetteki derecesine ulaştırır. Kâfire gelince, dünyada bir iyilik yapmış ise, dünyada yaptığı bu iyiliğin karşılığını tastamam alması için, Allah onun ölümünü kolaylaştırır da (hiçbir iyiliği kalmaz) böylece doğruca cehenneme gider."

Ebu Nuaym merfu olarak şöyle rivayet eder: "Mü'minin ruhu bir rüzgâr misali çıkar; kâfirinki ise, merkeb nefesi gibi akıp gider. Mü'min bir hata işler, o sebeble ölürken zorluk ve güçlükle ölür, böylece bu güçlük onun o hatasına keffaret olur. Kâfir ise, iyilik yapar, ölümü kolaylaştırır."

ALLAH'A KARŞI GÜZEL DÜŞÜNCELER YANİ HÜSNÜ ZAN BESLEMEK

Hüsnü zan, bir iyiliğin üzerine inanç beslemeye **yani güzel düşünmeye denir**. Müslim, Cabir (r.a.)'dan: Resûlullah (s.a.v.)'in, ölümünden üç gün evvel, şöyle buyurduğunu duydum: "Hiç kimse, Allah'a hüsn-ü zan beslemeden asla ölmez!"

Bunu Buhari de tahriç etti, İbn-i Ebi'd- Dünyanın rivayetinde şunu da ekledi: "Bir kavmi, Allah'a olan kötü zanları helak etti..."

İbn-i Mace'nin rivayeti: "Allah Resulü (s.a.v.) ölmekte olan bir gencin yanına girdi. O'na sordu: "Kendini nasıl hissediyorsun?" Genç cevab verdi: "Ey Allah'ın Resulü, umudum Allah'tır. Ne var ki günahlarımdan korkuyorum." Resûlullah (s.a.v.) şöyle buyurdu: "Bu gibi durumda mü'minin kalbinde böyle iki duygu bir araya gelirse, mutlaka Allah, ona umduğunu verir, korktuğundan emin kılar.."

Tirmizî rivayet ediyor: Resûlullah (s.a.v.) şöyle buyurdu: "Rabbiniz (c.c.) şöyle buyuruyor: "Kulumda iki korkuyu bir araya getirmem; ona iki güveni de bir anda vermem. Kim dünyada benden emin olursa ahirette onu korkuturum."

Musa (a.s.)'ın münacatında zikrettiği hususlarda merfu olarak rivayet ediliyor: Allah Teâla buyurdu ki: "Kullarımdan hiçbiri bana mülaki olmaz ki onu amellerinden dolayı münakaşa edip sıkıştırmayayım. Ancak vera ve takva sahihleri müstesna. Onlardan haya ederim, onlara değer veririm ve onlara ikram edip hesab sormadan doğru cennetime koyarım. Şu halde yaptıklarından dolayı bu dünyada kim Allah'tan haya ederse, kıyamet gününde hesaba çekerken Allah da ondan haya eder. Onda iki korkuyu bir araya getirmediği gibi, iki hayayı da bir araya getirmez."

Alimlerin hüsn-ü zannın tasviri hakkındaki görüşleri: **Allah'a karşı hüsn-ü zanda bulunmak şöyle olur: Kişi Allah'ın onu esirgeyeceğini, bütün günahlarını bağışlayacağını, bunun Allah hakkında kolay bir şey olduğunu sanır. Ölüm emareleri gözüktüğü zaman, bu hüsn-ü zannı ölen kimse hakkında hoş karşılar.**

Çünkü Peygamberimiz (s.a.v.)'in : **"Hiçbiriniz Rabbinize karşı hüsn-ü zan beslemeden ölmez."** kavline binaen hüsn-ü zan, her zaman matlup olursa, ölüm anında bu daha çok matlup olması gerekir. Çünkü bunun semeresini kıyamette elde eder. Mesela bazen kul, sağlığında sıhhatli anlarında, hasta olmadığı zamanlarda Allah'a karşı hüsn-ü zanda bulunabilir. Sonra hastalandığı zaman Allah'a karşı kötü zan besleyebilir; **bu hal üzere ölürse**, Allah'ın rahmetinden ve günahlarının bağışlanmasından yoksun kalır.

Ölüm döşeğine düşen bir kimsenin yanında bulunan herkesin, ona Allah'a karşı hüsn-ü zanda bulunmasını hatırlatması gerekir ki o hal üzere ölsün ve Allah'ın "Ben kulumun beni (hüsn-ü) zan etmesi yanındayım." kavli celilinin sırrına mazhar olsun. Diğer bir rivayette bu hadis-i kudsi şöyle varit olmuştur: "Ben kulumun beni zan etmesi yanındayım. Bana karşı hüsn-ü zanda bulunun."

Diğer bir rivayette ise: "Beni dilediği gibi sansın!" Duyurulmaktadır ki bunda bir nevi tehdid vardır. Diğer bir rivayet: **"Hiçbiriniz, Rabbine karşı hüsn-ü zanda bulunmadan asla ölmesin. Çünkü Allah'a karşı hüsn-ü zanda bulunmak Cennettendir."** Başka bir rivayet: **"İçinizden her kim, Allah'a karşı hüsn-ü zan besleyerek ölürse, Cennete gire."**

Abdullah b. Mes'ud şöyle derdi: "Kendinden başka hiçbir ilah bulunmayan Allah'a kasem ederim ki, kim Allah'a karşı hüsn-ü zanda bulunursa Allah onun bu zannının karşılığını mutlaka verir. Çünkü bütün iyilikler O'nun yed-i kudretindedir. İbn-i Abbas (r.a.) şöyle derdi: Ölümle pençeleşen birini gördüğünüz zaman, Rabine hüsn-ü zan ile kavuşması için onu müjdeleyin. Şayet sıhhatte ise onu uyarın.

Fudayl b. Iyad der ki: Kul sıhhatte iken onu ilâhî azabla korkutmak, ona umut vermekten daha iyidir. Şayet ölümle pençeleşiyorsa, o zaman ona umut vermek, korkutmaktan daha iyidir.

Mu'temir anlatıyor: Babam ölüm döşeğinde iken, bana şöyle dedi: Oğlum, bana iyi şeyler anlat ki, belki Allah'a, hüsn-ü zan besleyerek kavuşurum.

İbrahim et-Teymî der ki: **Ölürken Allah'a karşı güzel zanda bulunması için kula daima yaptığı iyiliklerini anlatın.**

Ömer b. Zerr Allah'tan çok korkardı. Öleceği zaman, Allah'a karşı son derece büyük bir umut içinde öldü. Bir gün yanına, Ebu Hanife ile İbni Ebu'd Derda girdi. Ayrılırken dua edince şöyle dedi: "Rabbim, içimizde tevhid varken sen bizi azablandıracak mısın? Bunu yapacağını hiç sanmam." Sonra şu duada bulundu: "Hâlâ sihirbazların durumunda olanları da affet. Hani o sihirbazlar: "Alemlerin Rabbine iman ettik" demişlerdi. (A'raf süresi, âyet: 121) Bunun üzerine Ebu Hanife şöyle dedi: Artık senden sonra kıssalar anlatmak haramdır. Allah'ın rahmeti senin üzerine olsun.

Anlatıldığına göre, Zekeriyya'nın oğlu Yahya (a.s.), Meryem oğlu İsa (a.s.)'la buluştuğu zaman, yüzünü buruşturdu. Meryem oğlu İsa (a.s.) ise Yahya (a.s.) ile buluştuğu zaman, yüzüne tebessüm ederdi. İsa (a.s.) ona şöyle dedi: "Benimle buluştuğun zaman sanki Allah'ın rahmetinden umudunu kesmiş gibi hemen yüzünü buruşturuyorsun." Yahya ona şu cevabı verdi: "Sen de benimle buluştuğunda, Sanki Allah'ın azabından emin olmuş gibi hemen tebessüm ediyorsun." Bunun üzerine Allah onlara şunu vahyetti: **"Bana en sevgiliniz, Bana karşı en güzel zanda bulunandır."** (Taberî)

Zeyd b. Eşlem der ki: Kıyamet günü bir adam getirilir, haydi şunu ateşe atın, denir. Adam şöyle der: "Ya Rabbi hani nerede benim namazım ve orucum?" Allah (c.c.) şöyle buyuracak: **"Kullarımı rahmetimden umutsuz yaptığın gibi, bugün de ben seni rahmetimden umutsuz ediyorum."**

ÖLEN KİŞİYE "LA İLAHE İLLALLAH" CÜMLESİNİ SÖYLETMEK

Müslim Ebu Said el-Hudrî (r.a.)'dan: Resûlullah'ın şöyle buyurduğunu duydum: **"Ölmekte olan insanlarınıza, "La ilahe illallah" telkin edin. Çünkü ölüm anında son sözü bu olan, herhangi bir kul cennete girer."**

Elbette bu cümlenin türkçe karşılığı olan "Allah'tan başka ilah yoktur" cümlesi de birlikte söylenebilir.

Ömer b. el-Hattab şöyle derdi: Ölmekte olan kimselerinizin yanında bulunun ve onlara: (La ilahe illallah)'ı hatırlatın. Çünkü onlar, sizin göremediklerinizi görürler.

Ebu Nuaym'in rivayetinde şöyle geçer: **"Ölmekte olan kimselerinizin yanında bulunun ve onlara: (La ilahe illallah)'ı telkin edin. Ayrıca onları cennetle müjdeleyin. En akıllı kişi bile o anda şaşırır.** Ademoğluna şeytan o anda her zamankinden daha yakın olur. Nefsim yed-i kudretinde olan Allah'a yemin ederim ki, mü'min kulunun ruhu dünyadan, her azası elem duymadan çıkmaz."

Biriniz halet-i nezi'de olan bir müslüman kardeşinin yanında bulunduğunda, (La ilahe illallah) desin ki, can çekişmekte olan kişi onu söylesin de dünyadan çıkarken en son sözü (La ilahe illallah) olsun ve dolayısıyla cennete girsin. Çünkü iyi biliyorsunuz ki, Halet-i nezi'de olan bir kimsenin yanında, Tevhid kelimesini söylemek, şeytanın o anda vereceği vesvesesine karşı güzel bir engel teşkil eder.

Çünkü şeytan ölmek üzere olan kişinin inançlarını bozmak için elinden geleni geri koymaz. Ölmek üzere olan kişi bir kere (La ilahe illallah) dedi mi artık ona bu tevhid kelimesi tekrarlanmaz. Ancak başka şey söylediğinde tekrarlanır. Yani Tevhid kelimesinin yerine başka şey söylerse o zaman, o tevhid kelimesini söyleyinceye kadar tekrarlanır. Abdullah b. Mübarek der ki: Ölmek üzere olan kişiye "La ilahe illallah"ı telkin edin. Söylerse, artık bırakın."

Alimler bunun sebebini şöyle açıklarlar: Çünkü ona tekrar tekrar ısrar ederlerse, hastanın aciz kalması ve şeytanın onun diline ağırlaştırmasından korkulur. Hatta maazallah bu durum Su-i Hatimesine (kötü sonucuna) vesile olabilir. İsa oğlu Hüseyin, İbnil'Mübarek'in ölürken, şöyle dediğini naklede: "Bana (La ilahe illallah) de ve onu bir daha tekrarlama. Ancak ondan sonra ikinci bir söz söylersem başka."

Çünkü telkinden gaye, Ademoğlunun, kalbinde Allah (c.c.)'den başka hiçbir şey olmadan ölmesidir. Burda her şey kalpte düğümlenir. Mühim olan kalp ve onun amelidir. Kendisine bakılan yegâne şey odur. Dilin hareketi ise, sadece kalptekini tercüme eder. Aksi halde onun bir ifadesi olmaz. Selef alimlerinden bazıları, alim kişinin yanında telkin hadisini zikretmekle yetinirdi.

ÖLÜM ANINDA KİŞİNİN YANINDA BOŞ ŞEYLER KONUŞULMAZ

Müslim, Ümmü Seleme (r.a.)'dan: Resûlullah (s.a.v.) şöyle buyurdu: **"Hastaya veya ölüm döşeğindekine ziyarette daima hayrı söyleyin. Çünkü melekler dediklerinize (Amin!) derler."** Ümmü Seleme (r.a.)'dan: Resûlullah (s.a.v.) Ebu Seleme öldüğünde yanına girdi. Gözleri yerinden fırlamıştı. Peygamber (s.a.v.) hemen mübarek eliyle onun gözlerini kapadı. Sonra şöyle buyurdu: "Ruh çıktığı zaman, göz onu takip eder."

Sonra evin içinde de bir ağlamak ve figan koptu. Şöyle buyurdu: "Kendi hakkınızda kötü değil, iyi şeylerle dua edin, çünkü melekler dediklerinize (Amin!) derler." Sonra şöyle dua etti: "Allah'ım, Ebu Seleme'yi mağfiret et, hidayete ermişler arasında derecesini yükselt, gelecekte ona iyi bir halef ihsan et. Ey Alemlerin Rabbi, bizi ve onu bağışla, kabrini genişlet, orasını onun için nurlandır!"

Bu sebepledir ki alimler; ölmekte olan kimsenin yanında iyi kimselerin ve ilim ehlinin bulunmasını tavsiye ettiler ki, ona tevbeyi ve şehadet kelimelerini hatırlatsınlar. Ona ve geride bıraktıklarına dua etsinler. Çünkü o, bunlarla faydalanır.

GÖZLERİ KAPATILMALI VE DUA EDİLMELİ

İbn-i Mace, Şeddat b. Evs (r.a.)'dan: Resûlullah (s.a.v.) şöyle buyurdu: **"Ölenlerinizin yanında bulunduğunuz zaman, hemen gözlerini elinizle sıvazlayıp kapatınız. Çünkü gözler, çıkan ruhu takip ederler. Daima iyi şeyler söyleyin, çünkü melekler ölü sahiplerinin söylediklerine "Amin" derler."**

Ümmü Seleme (r.a.) şöyle derdi: "Halet-i Nezi'de olan kimsenin yanında olduğunuz zaman, şöyle deyin: "Selam Peygamberlere. Hamd, Alemlerin Rabbi olan Allah'a mahsustur." Bekr b. Abdullah el-Muzenî şöyle derdi: "Bismillahi ve ala Milleti Resûlillah. Sonra da teşbih edin." Sonra şu ayeti kerime okunur: "Melekler Rablerinin Hamdi ile teşbih ederler." (Şura süresi, ayet: 5)

Bir ravide şöyle diyor: Ebu Meysere ez-Zahidî'nin gözlerini ölürken elimle kapadım. **Sonra onu rüyamda gördüm**. Bana dedi ki: Daha ben ölmeden gözlerimi kapaman, pek hoşuma gitmedi."

Bir rivayete göre kul ölürken biri sağında, diğeri solunda olmak üzere yanına iki şeytan oturur. Sağında oturan şeytan babasının kılığında olur, durmadan şöyle der: "Yavrum ben sana karşı çok şefkatli idim. Ve seni çok severdim. Ne var ki ben Nasrânilerin dini üzere öldüm. O dinlerin en iyisidir. Solundaki şeytan ise annesinin kılığında olur, o da şöyle der: Biliyorsun yavrum, karnımda seni taşıdım, sütüm gıdan oldu, dizlerim kucağın idi. Ne var ki ben dinlerin en iyisi olan Yahudilik dini üzere öldüm." Bunu Faslı Ebu'l-Hasan el-Malikî anlattı.

İmam Gazalî de aynı anlamda, "Keşf-i Ulûmil-Ahire" kitabında şöyle der: İnsan ölürken, **can boğaza gelip çıkmak üzere iken**, büyük bir imtihanla karşı karşıya kalır. Çünkü iblis özellikle bu insanın yanına yardımcılarını oturtur ve onları onu şaşırtmak için kullanır. O zavallı ölümle pençeleşirken, ölümün verdiği acı ve sıkıntılar içinde kıvranırken, akılları sarsan müthiş ve korkunç bir durumda iken, o şeytanın avaneleri dünyada da önce kendisine öğüt veren, anne, baba, kardeş, kız kardeş, candan arkadaş ve samimi dost ve akrabalarının kılığına girerler, durmadan onu aldatmaya çalışırlar.

Şöyle derler: Ey filan şimdi sen ölüyorsun, biz bu hususta seni geçtik, en iyisi sen Allah katında makbul olan Yahudilik dini üzere öl! Kişi onları dinlemeyip yüz çevirdiğinde, bu defa başka bir şeytan grubu gelip ona, Nasranî dini üzere öl, çünkü O Mesihin dinidir, Onunla Allah Musa'nın dinini neshetmiştir, derler ve ona her milletin inançlarını anlatırlar. Bunun üzerine Allah kalbini kaydırmak istediği kimsenin kalbini kaydırır.

Nitekim bu husus Kur'an'da şöyle tavsiye edilmiştir: "Rabimiz, sen bizi hidayete erdirdikten sonra kalbimizi imandan kaydırma." (Al-i İmran süresi, ayet: 8) Yani dünyada bizi hidayete erdirdikten sonra ahirete giderken, ölüm anında bizim kalbimizi kaydırma, diyerek tefsir edenler olmuştur.

Allah kuluna hayrı hidayeti murad ederse, Cebrail Aleyhisselamla birlikte Rahmet Melekleri gelir, ondan şeytanları kovarlar. Ve yüzündeki o hüzünlü ifadeyi giderirler. İşte tam o anda ölmek üzere olan kişi tebessüm eder. Tabii bu Allah tarafından kendisine gelen bir müjde sonucu olmuş olur.

Bir rivayette, Cebrail Aleyhisselam ona der ki: Ey falan, sen beni tanımadın mı? Ben Cebrail'im, bunlar da senin düşmanın şeytanlardır; Sen Millet-i Hanefiyye üzere öl, Şeriat-ı Haliliyye üzerine (yani İslâm dini üzere) öl, çünkü insan için bundan daha iyisi ve sevimlisi yoktur.

Tıpkı şu ayeti kerimede buyurulduğu gibi: "Onlar Allah'a inanmış ve ona karşı gelmekten sakınmışlardır. Dünya hayatında da Ahirette de müjde onlara." (Yunus süresi, âyet: 63-64) Yine şöyle buyurulmuştur: "Katından bize Rahmet bağışla, şüphesiz sen sonsuz bağışta bulunansın." (Al-i İmran süresi, âyet:8)

Abdullah b. İmam Ahmed der ki: İmam Ahmed ölüm döşeğine düşünce, elimde çenesini bağlamak için bir bez vardı. Terliyor, kendinden geçiyor, sonra ayılıyordu. Şöyle diyordu: "Hayır uzaklaş! Uzaklaş!" Bunu bir kaç kere tekrarladı. Dedim ki: "Babacığım, bu sözünle ne demek istedin?" Cevap verdi:

"Şeytan, karşımda parmak uçlarını ısırmış bir vaziyette durup şöyle diyor.Ey Ahmet! Bana işkence yaptın." Ben de: "Uzaklaş, uzaklaş!" dedim ve ölünceye kadar da diyeceğim.

Kurtuba'lı İmam Cafer'e ölürken dediler ki: "La ilahe illallah!" de. O da "hayır!" dedi ve kendinden geçip bayıldı. Sonra ayılınca, bunu kendisine anlattıklarında, şöyle dedi: Benim sağıma ve soluma iki şeytan geldi. Biri "En iyi din olan Yahudi dini üzere öl" derken, diğeri de: "Nasranî (Hristiyan) olarak öl, çünkü o en iyi dindir." diyordu. Ben de onlara: 'Bunu bana demeyin, çünkü ben onu bizzat kendi elimle, Tirmizî ve Nesai'nin kitabından, Peygamber (s.a.v.)'den naklen yazdım: "Şeytan, ölümünüzden önce birinize gelir, Yahudi olarak öl, Nasranî olarak öl, der." dedim. İşte "Hayır!" cevabım onlara idi, size değil!

Kurtubî aynı şeyi birçok salihler için zikretti. Onların da telkin esnasında söyledikleri: "Hayır!" sözü, onlara değil, saptırmak isteyen şeytanlara olmuştur.

Mücahidin görüşü: Ölen kimsenin yanında, sağlığında kimlerle düşüp kalkarsa onlar olur. Eğer iyi kimselerden ise, iyi kimseler, kötü kimselerden ise kötü kimseler bulunur.

Rabi' b. Sebre, Şam'da bir adam ölürken yanında bulundu. Adama: "La ilahe illallah" de denildi. Adam: "İç, bana da ver!" diye cevap verdi. El-Ehvaz ülkesinden ölen birine: "La ilahe illallah" de, denildi. O da: "On veya onbir" dedi. Çünkü adam, kâtip ve hesap ehli olduğu için hesap ve mizan işi ağır bastı. Bir diğerine: "La ilahe illallah" de, denildi: "Söyleyemiyorum, zira ben bu dilimle komşuma eziyet ediyordum" dedi. Bir diğerine, haydi "La ilahe illallah" de, denildi. "Yapamıyorum çünkü günah işlediğim zaman, Allah'tan çok, insanlardan utanırdım." dedi.

RUH VE BEDEN

İmam-ı Rabbani şöyle der:

Allahü teâlâ, insanın ruhunu bilinemez şekilde yarattı. Ruh, madde değildir, belli bir yeri yoktur. Ruh, bedenin ne içinde, ne dışındadır, ne bitişik, ne ayrıdır. Yalnız onu varlıkta durdurmaktadır. Bedenin her zerresini diri tutan ruhtur. Bunun gibi, âlemi varlıkta durduran Allahü teâlâdır. Allahü teâlâ, bedeni ruh vasıtası ile diri tutmaktadır. (Müjdeci Mektublar)

Aklın erdiği bilgileri anlayan, **his organlarından beyne gelen duyguları alan**, bedendeki bütün kuvvetleri, hareketleri idare eden, kullanan ruhtur. **Ruh, göz vasıtası ile renkleri, kulak ile sesleri kavrar, sinirleri çalıştırır. Adaleleri hareket ettirir, böylece bedene iş yaptırır.** Böyle işlere ihtiyari yani istekli işler denir. Aklı kullanmak düşünmek ve gülmek gibi şeyleri yapan ruhtur.

Ruh parçalanmadığı ve parçalardan meydna gelmediği, yani mücerred olduğu için, hiç değişmez, bozulmaz, yok olmaz. Ruh bir sanatkâra benzer. Beden bu kimsenin elindeki sanat aletleri gibidir. İnsanın ölmesi ruhun bedenden ayrılmasıdır. Bu da sanatkârın sanat aletlerinin yok olmasına benzer.

İmam-ı Gazali :

Cesetten ayrılan ruh, ya azaba veya nimete kavuşur. **İyilerinki yükselir, kötülerinki yedi kat yerin dibine iner.** Bedenden ayrılan ruh, aletsiz, vasıtasız olarak her şeyi bilir. Bunun için çeşitli nimet veya azapla karşılaşır.

Ruh bedende iken, herhangi bir uzuv, mesela insanın bir ayağı felç olsa, ruh bu ayağa tesir edemez, onu harekete geçiremez. Ölüm ise, bütün uzuvların felç olmasına benzer, ancak ruh, bedenden ayrılınca, müstakil olarak **yine bilir, görür, anlar, sevinir, üzülür,** bu halleri yok olmaz. Bu hali, bütün ruhlar yok dilinceye kadar devam eder. **Herkes dirilince, her ruh, yeniden meydana gelen cesede tealluk eder.**

MUMYALANMA

Kabirde akaidden veya çeşitli akaid ile amelden veya herkese başka şeylerden sual edileceği Feraid-ül-fevaid kitabında yazmaktadır. İman ve ibadet kitabında, kabirde münker ve nekir meleklerine cevap olarak Rabbimizin Allahü teâlâ, Peygamberimizin Muhammed aleyhisselam, dinimizin İslam, kitabımızın Kur'an-ı kerim, kıblemizin Kâbe-i şerif, itikadda mezhebimizin Ehl-i sünnet vel cemaat olduğu, amelde ise dört hak mezhepten hangisi ise, onu öğrenmek gerektiği bildirilmektedir.

Salih kimse için kabir suali kolaydır. Bu bakımdan dinimizin emir ve yasaklarını öğrenip ona göre amel etmeye çalışmalıyız.

Ayrıca **mumyalanıp hep dışarıda kalan ölüye** ve yanıp kül olan kimselere de kabir suali olur. (Sirac-ül-vehhac ve Camiussagir şerhi) Ölüm, mümin için nimet, kâfir için musibettir. Allahü teâlâ, Azrail aleyhisselama "Dostlarımın canını kolay al, düşmanlarımınkini de güç al" buyurdu.

İNSANLAR UYKUDA MIDIR?

Hadis-i şerifte:

"Mümin öleceği vakit, rahmet meleklerini görür, can verme acısını duymaz. Ruhu tereyağından kıl çeker gibi, kolay çıkar, nimetlere kavuşur." [Bezzar]

Mümin bu anda çok sevinir. Hz. Azrail, böyle mümine, "Korkma, Erhamürrahimine gidiyorsun, asıl vatanına kavuşuyorsun, büyük devlete erişiyorsun" der. Böyle kimseye bundan daha şerefli bir gün yoktur. Müminin ruhunun bedenden ayrılması, yani ölmesi, esirin hapisten kurtulması gibidir. Hadis-i şerifte buyuruluyor ki:

"Ölüm, mümine en kıymetli hediyedir." [Taberani]

Ölüm, ruhun bedene olan bağlılığının sona ermesidir. Ruhun bedenden ayrılmasıdır. Ölüm, bir halden başka hale dönmesi, bir evden bir eve göçtür. Allahü teâlâya kavuşmayı isteyen mümin, ölümü kötü görmez. Çünkü ölüm, dostu dosta kavuşturan bir köprüdür. Cenneti seven ve ona hazırlanan ölümü sever. Çünkü ölüm olmayınca Cennete girilmez.

Dünya hayatı rüya gibidir. Ölüm uyandırıp rüya bitecek, hakiki hayat başlayacaktır. Hadis-i şerifte, **"İnsanlar uykudadır, ölünce uyanırlar"** buyuruldu. (Sefer-i Ahiret)

Kabir azabının görüntülerden ibaret bir kabus olmayıp hakiki azap olduğunu savunanlar da vardır. Ölünce müminin ruhu nimetlere kavuşur, kâfirinki ise azaba maruz kalır. Hadis-i şerifte, "Kabir ya Cennet bahçesi veya Cehennem çukurudur" buyuruldu. (Tirmizi)

KABİR AZABI CEHENNEMDEN ÖNCE MİDİR?

İmam-ı a'zam hazretleri der ki:

Kur'an-ı kerimde "Onlar, sabah-akşam ateşe sokulurlar. Kıyametin kopacağı günde, "Firavun hanedanını azabın en çetinine sokun!" denilecek" buyuruldu. (Mümin 46)

Sabah-akşam görecekleri azap, Kıyametten öncedir. Âyetin devamında onların şiddetli azaba sokulacağı bildiriliyor. **Birincisi kabir azabı, ikincisi ise Cehennem azabıdır.** (El-Kavl-ül fasl)

İmam-ı Gazali hazretleri de, "Bu âyet-i kerime kabir azabını gösteriyor" demiştir. (İhya)

Nuh suresinin, "Günahları yüzünden suda boğuldular, ardından da ateşe atıldılar" mealindeki 25. âyet-i kerimesinde geçen Feüdhılu kelimesindeki F harfi, hiç ara verilmediğini gösterir. Yani "Suda boğulduktan hemen sonra kabirdeki azaba maruz kaldılar" demektir. (El-Kavl-ül fasl)

Al-i imran suresinin, **"Allah yolunda öldürülenleri [şehidleri] ölü sanmayın! Bilakis onlar diridir"** mealindeki 169. âyet-i kerimesi de, kabir hayatını bildirmektedir. (El-Kavl-ül fasl)

İmam-ı Şarani hazretleri ise bu konuda şöyle demiğir:

Taha suresinin 124. âyet-i kerimesindeki "Maişeten danken" kabir azabını bildiriyor. Çünkü hadis-i şerifte buyuruldu ki:

"Mümin kabrinde yemyeşil bir bahçe içindedir. **Ayın ondördü gibi aydınlatılır.** "Feinne lehü maişeten danken" âyeti, kâfirlerin kabirde görecekleri azabı bildirir. 99 tinnin (yılan), kâfirleri kıyamete kadar kabrinde sokup azap eder." [Tirmizi]

Tekasür suresinin 3. âyetindeki, bu övünmenizin kötü akıbetini "İleride bileceksiniz!" demek, "Ölürken" demektir. 4. âyetindeki "Yine ileride bileceksiniz" ise "Kabirde" demektir. (Celaleyn, Medarik, M.Tezkire-i Kurtubi)

Bakara suresinin, **"Ölü iken sizi diriltti. Tekrar öldürecek ve tekrar diriltecek"** mealindeki 28. âyetinde bildirilen, ikinci dirilme kabirde olacaktır. İmam-ı Nesefi de bu âyetin kabir azabı ve nimetine işaret ettiğini bildirmiştir. (efsiri Şeyhzade)

İmam-ı Nesefi, Araf suresinin, "Orada yaşayıp, orada öleceksiniz, yine oradan dirilip çıkarılacaksınız" mealindeki 25. âyetindeki "Orada"dan maksat kabir hayatıdır. (Şeyhzade)

İmam-ı Nesefi demiştir ki:

Casiye suresinin, "Allah sizi diriltir, sonra öldürür" mealindeki 26. âyetinde, diriltmenin kabirde olacağını bildiriyor. (Şeyhzade), Tevbe suresinin, "Onları iki defa azaba uğratacağız" mealindeki 101. âyetindeki azabın birisi kabir azabıdır. (Kadi Beydavi)

İmam-ı Süyuti hazretleri, "Kabir azabı" ile ilgili Şerhussudur isminde müstakil bir eser yazmıştır. Buhari ve Müslim ve diğer hadis kitaplarındaki kabir azabı ile ilgili hadis-i şerifleri nakletmiştir. Her hadis kitabında kabir azabı bildirilmektedir.

Hz. Âişe: "Ya Resulallah, bu ümmet, kabirde azap görecek, benim gibi zayıfların hali ne olacak?" diye sual edince, Resulullah, İbrahim suresinin, "Allah, iman edenlere, dünya ve ahirette de sabit sözlerinde sebat ihsan eder" mealindeki 27. âyeti okudu. (Bezzar) Bu âyette, kabir hayatının hak olduğu, müminlere kavl-i sabit ihsan edildiği bildiriliyor. (Tefsir-i Celaleyn) İslam âlimleri, kabir hayatının ahiret hayatından olduğunu, kabir azabının da ahiret azaplarından olduğunu bildirmişlerdir. (Mektubat-ı Rabbani)

KABİR AZABINDAN BAHSEDEN HADİSLER SAĞLAM HADİSLER MİDİR?

Hz.Muhammed'in bu konudaki bazı hadisleri şöyledir:

"Kabir ya Cennet bahçesi veya Cehennem çukurudur." [Tirmizi]

"Kabir azabı haktır." [Buhari]

"Allahü teâlâ, bazı kimseleri, insanların ihtiyaçlarını gidermek için yaratmıştır. İnsanlar, ihtiyaçları için onlara başvururlar. İşte bunlar, kabir azabından emindirler." [Taberani]

"Şehid kabir azabından emindir." [İbni Mace, Beyheki, İmam-ı Ahmed]

"Dün gece rüyamda, bir kimseyi kabir sıkarken gördüm. Namazı gelip onu kabir azabından kurtardı." [Hakim]

"Cuma gecesi "Fâtiha" ve 15 kere "İzâ zülzilet" okuyarak iki rekat namaz kılan kabir azabından emin olur." [Deylemi]

"Fisebilillah gözcü olarak vefat eden kabir azabı görmez." [İ. Ahmed]

"Allah'ım, kabir azabından Sana sığınıyorum." [Müslim, Nesai, Hakim, Harâiti]

"Kabir azabından Allah'a sığınınız." [Müslim, İ.Ahmed, İ.E.Şeybe]

"Gizleyebilseydiniz, kabir azabını işitmeniz için Allah'a dua ederdim." [Müslim, İ. Ahmed, Nesai]

"Allah'a yemin ederim ki, 99 tinnin (yılan) Kıyamete kadar, kâfire kabrinde azap eder." [Ebu Ya'la, İbni Hibban, Tirmizi]

"Namaz kılmayanın kabri ateşle dolar. Gece-gündüz onu yakar. Bir tinnin, her namaz vaktinde onu sokar." [Kurretül-uyun] (Tinnin isimli yılan, dünya yılanı değildir. Kâfire ve günahkâra azap etmesi için Allah'ın yarattığı bir mahluktur.)

Resulullah, iki kabir yanında durup, "Bunlardan biri idrar sıçramasından sakınmadığı için, diğeri ise, müslümanlar arasında söz taşıdığı için, kabir azabı çekiyorlar" buyurdu. (İbni Mace)

MEZARIN ÜZERİNDEKİ VEYA ÇEVRESİNDEKİ BİTKİLER KESİLMEZ

Bir hadiste şöyle geçer: Hz. Peygamber, iki kabrin yanına gelince, bir hurma dalı getirilmesini emretti. **Hurma dalını ikiye kırıp, yarısını bir kabre, yarısını da diğer kabrin üstüne koyup, "Bu dal yaş kaldığı sürece azapları hafifler.** Bunlar gıybet ve idrardan dolayı azap görmektedir" buyurdu. (İ.Mace)

Bu nedenle kabir üzerinde veya çevresinde bulunan yaş bitkiler, otlar, ağaçlar kesilmez.

Dört kişinin, çektikleri şiddetli azaptan dolayı, cehennemdekiler rahatsız olur. Bunlardan biri, ateşten kapalı bir tabut içinde, biri bağırsaklarını sürür, biri de kan ve irin kusar, öteki ise kendi etini yer. Tabuttaki, borçlu olarak ölmüştür, üzerinde kul borcu vardır. Geriye mal da bırakmadığı için borcu ödenmemiştir. Bağırsakları sürünen, idrardan sakınmamıştır. İrin ve kan kusan, **müstehcen (ağzı bozuk) konuşmuştur.** Kendi etini yiyen de, gıybet ve koğuculuk etmiştir. [Taberani]

Hz. Peygamber bir cenazede, "Ya rabbi bunu kabir azabından koru" diye dua etmiştir. (Müslim, Nesai, Tirmizi)

Ehl-i sünnetin ve hanefi mezhebinin reisi olan imam-ı a'zam der ki: "**Kabirde ruhun cesede (ölmüş bedene) iadesi (geri döndürülmesi)**, kâfirleri ve bazı günahkâr müslümanları kabrin sıkması ve azap edilmesi haktır." [Kavl-ül fasl]

İslam âlimlerinin en büyüklerinden olan İmam-ı Rabbani hazretleri, "Kabrin bedeni sıkması vardır" demiştir. (Mektubat-ı Rabbani 3/17)

Yine İslam âlimlerinin en büyüklerinden olan imam-ı Gazali hazretleri de, **"Kabir azabı ruha ve cesede birlikte olacaktır"** buyuruyor. (İhya-i ulümiddin)

"Karada ve denizde ölene de sual sorulur. Bu da ruhun bedene iade edilmesinden sonra olur." [Nuhbet-ül-leâli s.116, Bidaye s.91]

"Ruh ve beden beraber günah işledikleri için, kabir azabı da, her ikisine birden yapılacaktır." (El-Müstened)

İmam-ı Süyuti (Şerh-us-Sudur), Abdurrahman ibni Receb Hanbeli (Ehvâl-ül-kubur) kitabında, İmam-ı Şarani hazretleri Tezkire-i Kurtubi Muhtasarı'nda bildiriyor ki:

Eshab-ı kiramdan Abdullah bin Ömer hazretleri, "Yerden boynu zincirli birinin çıktığını, bir adamın bunu dövdüğünü, zincirli adamın yerde kaybolduğunu, böylece toprağa girip çıktığını gördüm" dedi. Resulullah, bu kişiye, "O gördüğün kimse, Ebu Cehil'dir, kıyamete kadar kabrinde böyle azap çeker" buyurdu. (Taberani)

MEZARA SU SERPİLİR VE MEZAR ÜZERİNDE YÜRÜNMEZ

Kabir üzerine oturmak veya yürümek mekruhtur. Kemik kırmaktan sakınmak gerektiği de hadislerde geçer. Ayrıca kabre su serpilmesi iyidir. Hz. Muhammed oğlu İbrahim'in kabri üzerine su serpmiş ve kabrin üzerine çakıl taşları koymuştur.

Ayrıca bu hadis-i şerifin metninde Ebu Cehil'in İbni Ömer hazretlerinden su istediği de yazılıdır. Demek ki, Ebu Cehil'in sadece ruhuna değil, bedenine de azap yapılmaktadır. Cehennemde de, çürüyen vücut yerine yeni bir vücut yaratılacak, Cehennemdekilerin böylece hem ruh, hem de bedenleri azap görecektir. Azabı gören ve çürüyen beden değildir. Ruhun tasarrufu altında olan beden azap görecektir.

İmam-ı Süyuti'ye göre:

"**Her ölünün ruhu, cesedine, bilmediğimiz bir halde bağlıdır.** Ruhların kendi cesetlerine tesir ve tasarruf etmelerine ve kabirde bulunmalarına izin verilmiştir. **Ölü kabirde çürüse de, ruhun bedenle olan bağlılığı bozulmaz.**" (El-mütekaddim)

Günahları ikisi birlikte işlediği için, yalnız ruha azap yapılması, hikmete ve ilahi adalete uygun değildir. Beden kabirde çürür de, Allahü teâlânın ilminde vardır. Allahü teâlâ, ölüleri diriltmeye gücü yettiği gibi, bedene de azap yapmaya gücü yeter. Allahü teâlâ her şeye kadirdir, Onun kudretinden şüphe edilmez. (M. Nasihat)

Bir ölü tabuta konsa, hiç defnedilmese, dışarıda kalsa, çürüse veya çürümese, ateşte yansa yine kabir suali olur. Meşhur Emali şerhinde, "Bir kimse kurtlar tarafından parçalanıp yense, yahut ateşte yansa, denizde çürüse, kabir suali olur, kabir azabına veya kabir nimetine kavuşur" denmektedir.

İmam-ı Rabbani hazretlerine göre:

Kabir azabı, ahiret azaplarındandır. Dünya azabına benzemediği gibi, rüyada görülen azaba da benzemez. Böyle sanmak, kabir azabını bilmemekten ileri gelir. Kabir azabına inanmayan bid'at sahibi olur.(Mektubat-ı Rabbani 3/17- 31)

İnsan, ruhu sayesinde ayakta durur. Alı, düşüncesi, ruhu sayesinde vardır. İnsanın vücudu, bir marangozun aletleri gibidir. İnsan ölünce, aletleri olmadığından, ruh bu aletlerle bir iş yapamaz. Ancak yine de, ruh ölü olmadığı için gider gelir, insanları tanır. Hatta evliyanın ruhları insanlara yardım eder. Bu yardım etmesi dünyadaki bedenindeki aletlerle değildir. Allahü teâlâ, ruhlara aletsiz de iş yapma özelliğini vermiştir. Vefat eden Hızır aleyhisselamın ruhunun birçok kişiye yardım ettiğine inanılmaktadır.

ÖTEKİ YAŞAMDA KİMLERLE BİRLİKTE OLACAĞIZ?

Bir kimse, kabir hayatında kimler arasında bulunacak ise, kıyamet günü de, onların arasında bulunur. Dünyada iken kimleri seviyorsa, kimlerin arasında yaşıyorsa, kıyamette onlar ile beraber haşr olunacaktır. İmam-ı Ahmed bin Hanbel hazretleri demiştir ki: "Müminlerin ruhları Cennettedir. Kâfirlerin ruhları Cehennemdedir."

Bir hadiste ötealemde kişinin sevdiği insanlarla birlikte olduğu geçmektedir: **"Kişi Sevdiğiyle Beraberdir" (Tirmizi)**

Bazı âlimlere göre, Cennet-ül mevadadırlar. **Bu Cennet, Arşın altındadır.** Üzerinde kul hakkı bulunanların ruhları Cennete girmez. Böyle günah işleyenlerin ve zulüm edenlerin ruhları da böyledir. Müminlerin ruhları birbirlerini ziyaret ederler. Bilhassa, Cuma gecelerinde konuşurlar. **Mümin vefat edip, ruhu semaya çıkınca,** müminlerin ruhları gelip, dünyada tanıdıklarını sorarlar. Bazılarına göre **vasiyet etmeden ölenlerin** ruhlarına konuşmak için izin verilmez. (Feraid-ül-fevaid)

Diğer hadis-i şeriflerden bazıları şöyledir:

"Kabir, ahiret konaklarından ilkidir. Bundan kurtulan için ötesi kolaydır. Kurtulamayana ise ötesi çok zordur." [Tirmizi]

"Namaz kılmayanın kabri ateşle dolar. Gece-gündüz onu yakar. Bir tinnin, her namaz vaktinde onu sokar." [Kurretül-uyun]

"Tebareke suresini okumak kabir azabından korur." [İbni Mürdeveyh]

"Cuma günü veya gecesi ölen mümine kabir azabı olmaz." [Tirmizi, Ebu Nuaym]

FAKİRLERE YARDIMIN ÖNEMİ

"Sadaka, kabir azabından korur." [Beyheki]

"Koğuculuk, kabir azabına sebep olur." [Beyheki]

"Cuma gecesi "Fâtiha" ve 15 kere "İzâ zülzilet" okuyarak iki rekat namaz kılan kabir azabından emin olur." [Deylemi]

Hz. Ali'den gelen bir rivayette, kabir azabından kurtulmak için, şunlar tavsiye edilmiştir.

1- Âyet-el-kürsiyi çok okumak.

2- Cuma günleri iki rekat namaz kılmak.

3- Her gün yüz İhlas okumak. (Zühre-tür-Riyaz)

Bazı dini kaynaklarda ölüler için yasin-i şerif okumanın çok faydalı olduğu belirtilmektedir. Ayrıca sadaka verilmelidir.

İmam-ı Rabbani hazretleri'ne göre:

"Ölülere, dua ile, istiğfar etmekle, onun için sadaka vermekle yardım etmek, imdatlarına yetişmek gerekir. İbrahim aleyhisselam, "Ey Rabbimiz, (kıyamette) hesap için ayağa kalkıldığı gün, beni, ana-babamı ve bütün müminleri mağfiret eyle" diye dua etmiştir. (İbrahim 4) Bir hadis-i şerife göre: "Bir müslüman ölür de, üç saflık bir cemaat namazını kılarsa, (iyi amellerine göre) o mevta Cennete girmeye hak kazanabilir." [Tirmizi, Ebu Davud]

Mümin ölünce, geride kalan evladı, onun için dua ederse, okişinin amel defterine sevap yazılır. Hadis-i şerifte buyuruldu ki:

"İnsan ölünce amel defteri kapanır. Ancak şu üçü bundan müstesnadır: Sadaka-i cariye, faydalı ilim ve kendisine dua eden salih evlat bırakan." [Buhari]

Ölmüş ana-babası için ne iyilik yapılacağı sual edildiğinde, Hz. Muhammed buyurdu ki:

"Onlar için dua ve istiğfar et!" (Hakim) "**Sadaka veren kimse, sevabını müslüman ana-babasına da niyet ederse, verdiği sadakanın sevabı, onlara da gider**, kendi sevabından da bir şey eksilmez." [Taberani]

İmam-ı Ahmed bin Hanbel, "Kabristana girince, Fatiha, Kul-euzüler ve İhlas suresini okuyup hediye edince, sevabı hepsine vasıl olur" demiştir.

Hadis-i şerifte de: "Bir kimse, kabristandan geçerken, onbir kere ihlas suresi okuyup sevabını ölülere hediye ederse, ölü sayısınca sevaba kavuşur." [Etfal-ül Mualimin]

RUHUN AYRILIŞI KONUSUNDA ALİMLERİN YORUMU

İmam Gazali'nin eserinde şöyle geçer: Ruh cesede geri döndürüldüğü zaman cesedi yıkanırken bulur ve başı ucunda gasli bitinceye kadar durur. Allahü teâlâ iyiliğini istediği kimsenin gözünden perdeyi kaldırır ve o kimse, ölünün ruhunu dünyadaki insan sûretinde görür. Bir zat oğlunu yıkarken başı ucunda olduğunu gördü. Kendisine korku gelip gördüğü taraftan diğer tarafa geçti. Kefenine sarılıncaya kadar bu hâli gördü. Kefene sarılınca, o şahsın şeklindeki ruh kefene geri döndü. Naaş, yâni tabut içine koyunca da ruhu görenler oldu. Nitekim sâlihlerden çok kimseden rivayet olundu ki, "naaş üzerinde iken filan nerededir. Ruh nerededir?" diye ses işitildi. Kefen göğüs tarafından iki yâhut üç kere hareket eyledi.

Rebî' bin Heysemdenrivâyet edildi ki, bir zat, yıkayan kimsenin elinde hareket etmiştir. Yine Ebû Bekr-i Sıddîk zamanında bir ölünün tabut üzerinde konuştuğu görüldü ki, Ebû Bekr ve Ömer nın fazîletlerini zikretti.

Mevtânın bu hâlini görenler, melekler âlemini seyr eden Velîlerdir. Allahü teâlâ dilediği kimsenin gözünden ve kulağından perdeyi kaldırır, o da bu hâli görür ve bilir.

Ölü kefene sarıldığı zaman ruh hâricde olarak göğüse yakın gelir. Bu sırada onun bağırması ve inlemesi vardır. Der ki, beni Rabbimin rahmetine acele götürünüz. Eğer bana ihsân olunan nîmetleri bilseydiniz, beni götürmekte acele ederdiniz.

Eğer şekâvet ile korkutulmuş ise, der ki, aman bana azâb-ı ilâhîden bir müddet mühlet verip, ağır götürünüz. Eğer bilseydiniz, elbette beni omuzunuzda taşımazdınız. Bunun için, Resûlullah, bir cenâze görünce, hemen ayağa kalkarlar, kırk adım kadar berâber giderlerdi.

Sahih hadiste bildirildi. Peygamberimizin önünden bir cenâze geçirildi. Tâzîm için Peygamberimiz ayağa kalktı. Eshâb-ı kirâm (Yâ Resûlallah, bu cenâze Yahudi cenâzesidir) dediler. Peygamberimiz (nefis değil midir?) buyurdu. Yâni insan değil midir? Resûlullah efendimizin böyle yapmalarının sebebi, mübârek zâtına melekler âlemi keşf olunmuş, gösterilmiştir. Bunun için, cenâze gördüğü vakit neşeli olurlar idi.

(Halebî) de diyor ki, önünden cenâze geçen kimse, cenâze için ayağa kalkıp dikili durmamalıdır. Cenâzeyi taşımak ve arkasından yürümek için kalkmalıdır. Resûlullah efendimizin cenâze görünce kalktığı, geçtikten sonra oturduğu ve siz de böyle yapın diye emir buyurduğu bildirildi ise de, bu emir nesh edildi. Yâni bir zaman sonra, bu emrini değiştirdi. (Merâk-ıl-felâh) ve (Dürr-ül-Muhtâr) da da cenâzeyi görenin saygı duruşu olarak ayağa kalkmasının câiz olmadığı yazılıdır.

Ölü kabre konulduğu zaman, üzerine toprak örtülünce, kabir meyyite şöyle söyler ki, benim üzerimde iken ferah idin. Şimdi altımda mahzûn olursun. Benim üzerimde yemekler yirdin.

Şimdi de seni benim altımda kurtlar yir. Kabir dolup, toprakla üzeri örtülünceye kadar böyle çok acı sözler söyler.

İbni Mes'ûddan rivayet olundu ki, Yâ Resûlallah, ölü kabre konduğu vakit, ilk karşılaştığı şey nedir diye sordu. Peygamberimiz buyurdu ki, (Yâ İbni Mes'ûd! Bunu bana senden başka kimse sormadı. Ancak sen sordun. Ölü kabre konulduğu vakit, önce bir melek seslenir. O meleğin ismi (Rûmân)'dır. Kabirlerin arasına girer. Der ki, Yâ Abdellah! Amelini yaz! O kimse der ki, benim burada ne kâğıdım, ne kalemim var. Ne yazayım? O melek der ki; bu sözün kabûl edilmez. Senin kefenin kâğıdındır. Tükrüğün mürekkebindir. Parmakların kalemindir. Melek kefeninden bir parça kesip verir. O kul dünyada her ne kadar yazı yazmak bilmese de, orada sevabını ve günahını, âdeta o bir günde işlemiş gibi yazar. Bundan sonra melek, o yazdığı kefen parçasını dürer. O ölünün boynuna asar. Bundan sonra Resûlullah efendimiz, (Her isanın yaptığı işleri gösteren sayfalarını biz boynunda kıldık) meâlindeki İsrâ sûresinin on üçüncü âyet-i kerimesini okudular.

Sonra, gayet korkunç iki melek gelir. İnsan şeklinde görünürler. Yüzleri gayet siyah olup, dişleriyle yeri yararlar. Başlarının tüyleri yeryüzüne sarkmış görünür. Sözleri gök gürler gibi, gözleri şimşek çakar gibidir. Nefesleri de şiddet ile esen rüzgâr gibidir. Herbirinin demir kamçıları vardır ki, insanlar ve cinler bir araya gelseler, yerden kaldıramazlar. Dağlardan daha büyük ve ağırdır. Bir kere, bir kimseye vurursa, mâzallah parça parça eder. Ruh bunları görünce, hemen kaçar. Ölünün burnundan göğsüne girerler. Göğsünden yukarısı dirilir. Öleceği zamandaki hâli gibi olur. Hareket etmeye kâdir olmaz. Fakat ne söylenirse onu işitir ve görür. Bunlar ona şiddet ile suâl ederler. Cefâ ederek onu üzerler. Toprak ona su gibi olmuştur. Ne vakit kımıldarsa yer açılıp bir boşluk olur.

Bu iki melek (Rabbin kimdir? Dinin nedir? Peygamberin kimdir? Kıblen neresidir?) diye suâl sorarlar. Allahü teâlâ, kimi muvaffak eder ve kimin kalbine hak sözü yerleştirirse, der ki (Sizi vekîl ederek bana kim gönderdi ise, rabbim odur. Benim rabbim Allah, Peygamberim Muhammed aleyhisselâm, dînim Dîn-i islâmdır.) Buna ancak, ilmi ile âmil olan hayrlı âlimler böyle cevap verir.

O zaman bunlar da der ki (Doğru söyledi. Delîlini getirdi. Bizim elimizden kurtuldu.) Bundan sonra onun üzerine kabrini büyük bir kubbe gibi yaparlar. Onun için sağ tarafına iki kapı açarlar. Sonra da kabrini güzel kokulu fesleğenlerle döşerler. Cennet kokuları, o meyyitin üzerine gelir. Dünyada yaptığı güzel amelleri, en sevdiği dostu sûretinde gelip, onu eğlendirir ve ona güzel haberler söyler. Kabri nûr ile dolar. Kıyâmet kopuncaya kadar kabrinde neşeli ve sevinçli olur. O kimseye kıyâmet kopmasından daha sevgili bir şey olmaz.

İlmi ve ameli az olan ve ilimden ve melekût esrârından haberi olmayan müminlerin derecesi bundan aşağıdır ki, onun yanına Rûmândan sonra, güzel sûrette ve güzel kokulu ve güzel elbiseli olarak ameli gelir. (Beni bilmez misin) der. O da der ki, (Sen kimsin ki, Allahü teâlâ seni benim şu garîb olduğum zamanda bana ihsân eyledi.) O da der ki, (Ben senin sâlih işlerinim. Korkma, mahzûn olma! Biraz sonra, Münker ve Nekîr melekleri gelirler ve sana suâl ederler. Onlardan korkma) der.

Bundan sonra, suâl meleklerine söyleyeceği şeyleri öğretirken, Münker ve Nekîr melekleri gelir. Şimdi anlatacağımız şekilde onu sıkıştırırlar. Onu oturturlar. Ona (Men Rabbüke), yâni Rabbin kimdir, derler. O da evvelki söylediği gibi söyler: (Rabbim Allahdır. Peygamberim Muhammed aleyhisselâm, İmâmım Kur'an-ı kerim, kıblem Kâbe-i şerif ve babam İbrâhîm aleyhisselâmdır ki, Onun milleti benim milletimdir) der. Onun dili hiç tu-

tulmaz. Onlar da, (Doğru söyledin) derler. Önceki melekler gibi muamele, ederler. Fakat onun için sol tarafından Cehennemden bir kapı açarlar. Cehennemin yılan, akrep, zincir, sıcak suyu ve zakkûmu, velhâsıl ne varsa hepsini görür. O kimse, onun üzerine pek çok feryâd eder.

Ona (Korkma, buranın dehşeti sana bir zarar vermez. Burası senin Cehennemdeki yerindir ki, Allahü teâlâ, bunu senin Cennette olan yerinle değiştirdi. Uyu, sen saîdsin) derler. Sonra onun üzerine Cehennem kapısı kapanır. Aylarca, senelerce geçen zamanı bilmez, öylece kalır.

Birçok kimsenin, ölürken dili tutulur. Eğer îtikadı bozuk olursa, [Ehl-i sünnet âlimlerinin bildirdiklerine uygun olarak inanmadı, bid'at ehline uydu ise], (Rabbim Allah) diyemez. Başka söz söylemeye başlar. Melekler bir kere vururlar, kabri ateşle dolar. Sonra söner. Birkaç gün sönük olarak durur. Sonra yine kabirde, onun üzerinde ateş hâsıl olur. Kıyâmet kopuncaya kadar, bu hâl devam eder.

Birçok kimse dahî, (Dînim İslâmdır) diyemez. Bunlar, yâ şüphe üzre vefât etmişlerdir. Yâhut, vefât ederken, kendisine fitnelerden bir fitne ârız olmuştur. [Ehl-i sünnet olmıyan kimselerin sözlerine, yazılarına aldanmıştır.] Buna bir kere vururlar. Kabri, yukarıda denildiği gibi ateşle dolar.

Bazı kimseler (El-Kur'anı imamî) yâni Kur'an-ı kerim imamımdır diyemezler. Çünkü bunlar, Kur'an-ı kerimi okurlar, fakat ondan nasihat almazlardı ve Kur'an-ı kerimde olan emirlerle amel etmezler ve nehy ettiği şeylerden kaçınmazlardı. Bunlara da öncekilere yaptıkları gibi yaparlar.

Bazı kimsenin de ameli, korkunç şekil alır. Bunu çekerler. Kabrinde günahları kadar azâb olunur. Ahbârda vârid oldu ki, (Bazı insanların ameli hunût şekline çevrilir.) Hunût, hınzır yavrusuna derler.

Bazı kimse de, Peygamberim Muhammeddir diyemez. Zîrâ bu kimse, dünyada sünnet-i nebeviyyeyi (yâni islâmiyetin emirlerini ve yasaklarını)unutmuş idi. Zamana, modaya uymuş idi. Çocuklarına Kur'an-ı kerim okutmamış, Allahü teâlânın emirlerini, yasaklarını öğretmemiş idi.

Bazı kimse, kıblem Kâbe-i şerif diyemez. Zîrâ, namaz kılmak için kıbleye az yönelmiş, yâhut abdestinde fesat bulunurmuş, yâhut namazında başka şeylere iltifât eder, dünya işleri ile meşgûl olurmuş, yâhut rükû'ünde ve sücûdünde noksanlık olup, tâdîl-i erkâna riâyet etmezmiş.

İnsanın cesedi terler. Gözleri sürat ile iki tarafa gider. Burnunun iki tarafı çekilir. Göğüs kemikleri kalkar, soluğu kabarır, benzi sararır. Âişe-i sıddîka vâlidemiz, Resûlullah kucağında iken, bu hâli görünce, gözünden yaş dökerek şu meâlde şiir söyledi:

(Nefsimi sana feda ederim yâ Resûlallah ki, seni fena hareketlerden birşey kederlendirmedi, incitmedi. Bu zamana kadar seni cin de çarpmadı. Birşeyden dahî korkmadın. Şimdi ne oldu ki, güzel yüzün inci gibi terle örtülmüş görüyorum. Her ölünün rengi solduğu hâlde, senin mübârek yüzünün nûrları hakîkaten her tarafı aydınlatıyor.)

Ruhu kalbe gelince dili tutulur. Hiç kimse ruhu göğsüne gelmiş iken konuşamaz. Bunun iki sebebi vardır. Biri, iş gayet büyük olduğundan, göğüs nefeslerle sıkışıp, daralmıştır.

Görmezmisiniz, insanın göğsüne vurulsa bayılır. Ancak az sonra söze kâdir olur. Çok kere de söyliyemez. İnsanın neresine vurulsa seslenir. Göğsüne vurulsa, hemen sessiz ölü gibi düşer.

İkinci sebebi de, ses akciğerlerinden dışarı çıkan havanın hareketinden hâsıl oluyor idi. Bu soluk ise kalmadı. Nefes alıp veremediği için, bedenin harâreti kalmaz, soğur. Bu zamanda mevtâların hâlleri muhtelif olur.

Bazıları vardır ki, melek zehir ile su verilmiş kızgın demir ile vurur. Hemen ruh kaçar, hârice çıkar. Melek onu eline alır, civa gibi titremeye başlar. Bal arısı kadar insan şeklinde olur. Sonra melek onu zebânîye (azâb yapıcı meleğe) teslim eder.

Bazı mevtâ vardır ki, ruhu azar azar çekilir. Tâ ki, boğazında tutulur. Boğazında da kalmaz. Ancak kalbe bağlı olarak kalır. Bu zamanda, melek zehirli kızgın demir ile vurur. Zîrâ, o demirle vurmayınca, ruh kalbden ayrılmaz. Bu demirle vurmanın sebebi, demir ölüm denizine daldırılmıştır. Kalb üzerine konulunca, diğer yerlerine de sirâyet eden zehir gibi olur. Zîrâ, hayatın sırrı ancak kalbdedir. Onun sırrı ancak dünya hayatında te'sîr eder. Bunun için, bazı kelâm âlimleri (hayat ruhun gayrıdır) ve (hayatın mânası, ruhun beden ile karışmasıdır) dediler.

Ruh çekilip, son bağı kopacağı zaman, kendisine birçok fitneler ârız olur. Bu, ol fitnelerdir ki, iblis a'vânını (yardımcılarını) hâssaten o kimseye musallat eder. O hâlde iken o insana gelirler ve onun anası ve babası ve kardeşi ve kızkardeşi ve sevdiği kimselerden vefât etmiş olanlar sûretinde görünürler ve ona derler ki:

(Ey filan! Sen ölüyorsun. Biz, bu hâlde seni geçtik. Sen yahudi dîninde olarak öl. Bu din, Allah indinde, makbûl olan hak dindir). Eğer bunların sözlerine aldanmaz, dinlemez ise, yanından giderler. Başkaları gelip, derler ki, (Sen nasrânî (hıristiyan) olarak öl! Zîrâ o din Mesîhin, yâni Îsâ aleyhisselâmın dînidir ki, Mûsâ aleyhisselâmın dînini, nesh etmiştir.) Böylece, her milletin dinlerini ona söylerler. O zamanda, Cenâb-ı Hakkın şaşırmasını dilediği kimse şaşırır. İşte bu; (Ey bizim Rabbimiz! Dünyada iken bize îman verdiğin gibi, ölürken de kalblerimizi şaşırtma) meâlindeki Âl-i İmrân sûresinin sekizinci âyet-i kerimesinin haber verdiği hâldir.

Cenâb-ı Hak bir kuluna hidâyet ve îmanda sebâtını dilerse, o kimseye rahmet-i ilâhiyye gelir. Bazıları, bu rahmetten maksat Cebrâîl aleyhisselâmdır, dediler.

Rahmet-i ilâhiyye, şeytanı uzaklaştırıp, hastanın yüzünden o yorgunluğu giderir. O zaman insan ferahlar, güler. Çok kimselerin bu hâlde güldüğü görülür ki, Allahü teâlâ tarafından rahmet gelmesi ile onu müjdeleyip, (Beni bilir misin, ben Cebrâîlim. Bunlar ise, senin düşmanların olan şeytanlardır. Sen Millet-i Hanîfiyye ve şeriat-i Muhammediyye üzre vefât et!) der. İnsana işte bu melekten daha çok sevgili ve ferahlandırıcı bir şey yoktur. (Yâ Rabbî, bize rahmetini ihsân eyle. İhsân sahibi ancak sensin) meâl-i şerifindeki, Âl-i İmrân sûresi sekizinci âyet-i kerimesi, bu hâli haber vermektedir.

Bazı kimseler vardır ki, ayakta namaz kılarken vefât eder. Bazısı uykuda iken, bazısı, bir şeyle meşgûl iken, bazısı da, çalgı ve oyunlara dalmış iken, kimisi de, sarhoş iken, ansızın vefât eder. Bazı kimselere, ruhu çıkarken kendinden evvel geçen tanıdıkları gösterilir. Bunun için, etrâfında olan kimselere bakar. Bu zamanda, o kimse için horuldamak olur ki, insandan başka herşey onu işitir. İnsan işitmiş olsa, elbette helâk olur, korkudan ölürdü.

Ölünün his duygularından en son gayb edeceği şey işitmesidir. Zîrâ ruh kalbden ayrıldığı vakit yalnız görmesi bozulur. Fakat işitmek, ruh kabz oluncaya kadar gayb olmaz. Bunun için Fahr-i âlem efendimiz, (Ölüm hastalığında olanlara şehâdeteyn-i kelimeteyn ki, "Lâ ilâhe illallah Muhammedün Resûlullah"dır. Bu kelimeyi telkin ediniz!) buyurmuştur. Ölüm hâlinde olanın yanında çok söz söylemekten de nehy buyurmuştur. Çünkü o zaman, insan şiddetli sıkıntı içindedir.

Eğer ölünün ağzından tükrüğü akmış, dudağı sarkmış, yüzü kararmış, gözü dönmüş ise, bilmiş ol ki, o şakîdir. Âhıretteki şekâvetini görmüştür.

Eğer görür isen ki, ağzı açık, sanki gülüyor, yüzü gülümsüyor, gözü dahî kırpık gibidir. Bilmiş ol ki, o kimse âhırette kavuşacağı sürûr ile tebşir (müjde) olunmuştur.

Melekler, bu ruhu Cennet ipeklerinden bir ipeğe sararlar. O sa'îd olan kimsenin ruhu, bal arısı kadar insan şeklindedir. Aklından ve ilminden hiçbirşey gayb etmemiştir. Dünyada ne yapmış ise, hepsini bilir. O melekler, bu ruhla berâber semaya doğru uçarak yükselirler. Bu yükselmeyi bazı ölü bilir, bazı ölü ise bilmez. Böylece, önceki geçmiş Peygamberlerin ümmetlerini ve yeni ölmüş olanları, bir yere yayılmış olan çekirgeler gibi görerek geçerler ve birinci kat sema olan dünya semasına varırlar.

Bu meleklerin başında olan Cebrâîl, dünya semasına çıkar. Kimsin diye sorulur. Ben Cebrâîlim, yanımdaki de filandır, diyerek o kimsenin güzel ve sevdiği ismleri ile haber verir. Dünya semasının bekçileri olan melekler, (Bu ne iyi bir kimsedir ki, îtikadı, inancı güzel idi. Ve hiç şüphesi yoktu) derler.

Bundan sonra ikinci kat semaya çıkarlar. Kimsin denir. Cebrâîl birinci kat semadaki meleklere söylediği sözünü tekrar eder. İkinci kat semadaki melekler, o sâlih ruha, (Hoş safâ geldi. Dünyada iken namazlarını bütün farzlarına riâyet ederek edâ ederdi) derler.

Sonra geçer, üçüncü kat semaya ulaşırlar. Kimsin denir. Cebrâîl daha önce söylediklerini tekrar eder. Bunun üzerine (Malının hakkını muhâfaza edip zekâtını, tarladan aldığı mahsûlün uşrunu emrolunan kimselere seve seve verip, hiç esirgemeyen bu zat hoş ve safâ geldi) denir. Oradan da geçerler.

Dördüncü kat semaya varırlar. Kimsin denir. Daha önce söylediği gibi cevap verir. (Dünyada, Ramazan orucunu tutup da, orucu bozan şeylerden ve yabancı kadınlarla görüşmekten ve haram yemekten kendini muhâfaza eden kimse, hoş ve safâ geldi) denir.

Sonra geçerler. Beşinci kat semaya varırlar. Kimsin denir. Daha önce söylediği gibi cevap verir. (Farz olduğu zaman haccını riyâsız ve Allahü teâlâ için edâ eden kimse hoş ve safâ geldi) denir.

Sonra geçerler. Altıncı kat semaya varırlar. Kimsin denir. Evvelce vermiş olduğu cevabı verir. (Seher vakitlerinde çok istiğfâr eden, gizli çok sadaka veren ve yetimlere yardım eden zat, hoş, safâ geldi) denir.

Oradan da geçerek (Surâdikât-i celâl) denilen, celâl perdelerinin bulunduğu bir makama varırlar. Kimsin diye sorulunca, öncekiler gibi cevap verir. Yine (Hoş ve safâ geldi. Çok istiğfâr edip, [çoluk çocuğuna ve sözü geçenlere] emr-i mâruf yapan, Allahü teâlânın dînini, Onun kullarına öğreten, miskinlere [ve darda kalanlara] yardım eden, sâlih kula ve güzel ruha merhabâlar olsun) denir. Sonra meleklerden bir cemaate uğrarlar ki, hepsi onu Cennet ile müjdeleyip, onunla müsâfeha ederler.

Sonra (sidret-ül-müntehâya) kadar giderler. Yine kimdir diye sorulunca, öncekiler gibi cevap verir. (Hoş safâ geldi. Her iyiliğini Allahü teâlânın rızası için yapan zata merhabâ) denir.

Bundan sonra ateş tabakasından geçer. Sonra nûr, zulmet, su ve kar tabakalarından geçer. Sonra soğuk denizine uğrar ve geçerler. Her tabakanın birbirine uzaklığı bin senelik yoldur.

Sonra Arş-ur-Rahmân üzerine örtülmüş olan perdeler açılır ki, seksen bin perdedir. Her perdede seksen bin şerefe vardır. Her şerefede bin kamer yâni ay vardır ki, Allahü teâlâyı tehlîl ve tesbîh ederler. Onlardan bir kamer dünyada görünse, nûru âlemi yakar ve herkes Allahü teâlâdan başka olarak ona ibâdet ederdi. Bu zamanda, perde arkasından bir münâdî nidâ eder ki, bu getirdiğiniz ruh kimdir? Cebrâîl filan oğlu filandır, der.

Allahü teâlâ, (Bunu yakınlaştırın. Ve sen ne güzel kulumsun buyurur.) Allahü teâlânın huzur-i maneviye-i ilâhiyyesinde durduğu vakit, bazı levm-ü itâb (azarlamak) ile Hak teâlâ onu utandırır. Hattâ o kul, zanneder ki, hakîkaten helâk oldu. Sonra, Cenâb-ı Hak onu affeder.

Nitekim Kâdı Yahyâ bin Eksem hazretlerinden rivayet olundu. Vefâtından sonra rüyâda görülüp de suâl olundu ki, Hak teâlâ sana ne muâmele eyledi. Yahyâ bin Eksem, (Allahü teâlâ beni mânevî huzurunda durdurdu. Ey Şeyh-i Sû [yâni fena ihtiyâr]! Sen şunu ve bunu işlemedin mi? buyurdu. Allahü teâlânın yaptıklarımı bildiğini anladığım zaman, beni korku kapladı ve yâ Rabbî, böyle suâl soracağını bana dünyada bildirmediler, dedim. (Sana nasıl bildirildi) buyurdu. Ben de, bana Mu'ammer, İmâm-ı Zührîden, o da Urveden, o da Âişe-i Sıddîkadan, O da Hz. Peygamberimizden, O da Hz. Cibrîlden, O da Zat-i teâlâdan haber verdiler. Raûf ve rahîm olan Allahü teâlâ, (Ben azîmüşşan, islâmda ağaran saç ve sakala azâb etmekten hayâ ederim) buyurdu; dedim. O zaman Allahü teâlâ buyurdu ki, (Şen ve Mu'ammer ve İmâm-ı Zührî ve Urve ve Âişe ve Muhammed aleyhisselâm ve Cibrîl sâdıksınız. Ben de seni mağfiret ettim.)

SU-İ HATİME

Müslim, Ebu Hureyre (r.a.)'dan: Resûlullah (s.a.v.) şöyle buyurdu: "Kişi uzun zaman, cehennemliklerin işini yapar, sonra işi cennet ehlinin işi ile sonuçlanır." Buharî'de merfu olarak varit olmuştur: "Kul, cehennem ehlinin amelini işler, oysa cennetliktir, cennet ehlinin amelini işler, oysa cehennemliktir. Zira, ameller son duruma göredir."

Alimler derler ki: Su-i Hatime (kötü son) ancak masiyette ısrar eden, Allah'a karşı pervasızca günah işleyen kalbi bozuk insanlar için bahis konusudur. Ama görünüşte istikamet üzere olan, içinde de masiyette ısrarlı olmayan kişilere gelince, bu gibilerin Su-i Hatimeye (kötü sona) uğrayacaklarını hiç kimseden duymadık. Hamd Allah'a mahsustur. Masiyet işlemekten hoşlanan ve devamlı günah işleyen ve ardından tevbe etmeyenlere gelince, tevbeye fırsat kalamadan ölüm gelip yakalar onları da şeytan rahatça çarpar. Çunkü onlar ölüm halindeyken ne yaptıklarını bilemezler ve şeytanın ağına rahatça düşebilirler. Ölürleken kötülükleri meydana çıkar, herkes hallerini dehşet içinde seyreder.

Bazen de insan ömür boyu istikametten ayrılmaz, eceli yaklaştığı zaman birden değişiverir de istikamet yolundan çıkar ve bu , onun kötü akibetine sebep olur. Şeytanın başına geldiği gibi. Çünkü o, meleklerle birlikte tam seksen bin yıl ibadet etmişti de sonra doğru yoldan ayrılmıştı.

İbadete düşkün olan Bersisa da öyle: Nitekim Allah onun hakkında şöyle buyurmuştur: "İki yüzlülerin durumu; insana "İnkâr et!" deyip, insan da inkâr edince, "Doğrusu ben senden uzağım; Alemlerin Rabbi olan Allah'tan korkarım" diyen şeytanın durumu gibidir." (Haşr süresi, âyet: 16)

Buharî rivayet etti: Aişe (r.a.) dedi ki: "Ey Allah'ın Resulü, "La, Ve Mukallibu'l-kulûb (Kalpleri evirip çeviren hakkı için hayır!) diye yemin etmekte olduğunu görüyoruz. Yoksa sen de mi korkuyorsun? Resûlullah (s.a.v.) "Kulların kalpleri, Cebbarın kudret parmakları arasındadır. Bir kulun kalbini çevirmek istediğinde hemen çevirir. Ben nasıl emin olabilirim ki?" der.

Müslümanlardan bir kişi esir düşmüştü. İki rahibe hizmet etmeye başladı. Kur'an ezberliyordu. O okudukça rahiplerin kalbi yumuşuyor ve ağlıyorlardı. Derken her ikisi de müslüman oldu. Müslüman olan adam ise hristiyan oldu. Ona: "Haydi dinine dön! O daha iyidir." dedilerse de dinlemedi ve dinine dönmedi ve nasranî olarak öldü. O nedenle Allah'tan hüsn-ü hatime (güzel son) dilemek gerekir.

Rabi' der ki: İmam Şafi'ye Kader hakkında sordular. Şöyle bir beyit irad ettiler:

Varlık aleminde ceryan edenleri bilen ve hükmeden Allah'ın işine akıl ermez. Kimi mutlu, kimi mutsuz. Kimi zengin, kimi yoksul. Kimi izzetli başı göklerde. Kimi zelil yüzü yerlerde. Herkes bir yol tutturmuş gidiyor, İşte Aziz ve Alim olan Allah'ın takdiri budur. Dilediğin oldu, ben dilemesem de. Dilediğim olmaz, sen dilemezsen. İlminin muktazasına göre kullarını yarattın. O ilim çerçevesinde yürür genç ve yaşlı. Şuna imkânlar bahşettin buna meşakkatler. Kimi mutsuz, kimi mutlu. Kimi çirkin, kimi güzel. İşte Aziz ve Alim olan Allah'ın takdiri budur.

Hadiste varit olmuştur: "Peygamberlerden biri Azraile dedi ki:

- Bir elçin yok mu daha önce göndersen de insanlar kendilerini sana karşı toplasalar ve hazırlıklı olsalar iyi olmaz mı?

- Evet! Benim, ölümün işareti olarak çok elçilerim vardır: Hastalık, başların ağrıması, insanların ihtiyarlaması, kulağın duymaması, gözün görmemesi gibi... Ölüm gelip çatmadan bu felâketlerden birine uğrayan kimse düşünüp kendine gelmezse, tevbe edip günahlarından kurtulamazsa, ben ruhunu kabz ederken, ona haklı olarak şöyle seslenirim: Daha önce sana ben ardarda elçiler göndermedim mi, bir biri ardına uyarıcılar yollamadım mı? İşte, ben öyle bir elçiyim ki benden sonra artık elçi yoktur, ben öyle bir uyarıcıyım ve korkutucuyum ki, benden sonra artık sizi uyaracak kimse gelmeyecektir."

Yine hadiste varit olmuştur: Azrail hemen hergün şöyle seslenir: "**Ey kırk yaşında olanlar**, şimdi tam azık alma zamanıdır. Aklınız çalışıyor, gücünüz yerinde. Ey elli yaşındakiler, hasad zamanı yaklaştı. Ey altmış yaşındakiler, Ikâb'ı ve kötü hesabı unuttunuz. **"Öğüt alacak kişinin öğüt alacağı kadar bir süre sizi yaşatmadık mı? Size uyarıcı da gelmişti."** (Fatır süresi, âyet: 37)

İbni'l-Cevzî yorumuna göre bu ayetteki "Uyarıcı"dan murat, saçların ağarmasıdır. Rivayet olunduğuna göre Allah yaşlı kulunun yüzüne günde elli kere bakar ve şöyle der: "Ey Ademoğlu, artık yaşlandın, kemiklerin inceldi, ecelin yaklaştı. Benden haya et, nitekim ben de yaşlı kişiye azab etmekten haya ederim." Peygamber (s.a.v.) şöyle buyurmuştur: **"Hastalık bir ölüm habercisidir."** Yani ölümün geleceğini bildirir.

Bir rivayete göre: Azrail, Davud (a.s.)'ın yanına girdi. Davud (a.s.) ona sordu:

- Sen kimsin?

- Ben öyle bir kimseyim ki, krallardan korkmaz, kaleler kendini engelleyemez, rüşvet kabul etmez birisiyim.

- Şu halde sen Ölüm Meleğisin. Henüz seninle karşılaşmaya hazırlanamadım.

- Ey Davud, filan komşun, filan yakının, filan arkadaşın hani nerede?

- Hepsi ölüp gittiler.

- Peki bunlar, ölüme hazırlanmak isteyen kişi için birer ibret değil midirler?

Mücahid şöyle der: "Kırk yaşına giren kişinin, Allah'ın kendisine, anne-babasına ihsan ettiği nimetlerin kıymetini bilip çokça şükretmesi lazımdır.

Çünkü Kuran'da şöyle buyrulmuştur: **"Sonunda erginlik çağına erince ve kırk yaşına varınca."** (Ahkaf süresi, âyet: 15)

İmam Malik şöyle demiştir: "Ülkemizde bir çok insanlar ve alimler gördüm; insanlarla ihtilaf halinde oldular. Fakat kırk yaşına ayak basınca inzivaya çekilip kendilerini tam anlamıyla ibadete verdiler."

Hadiste varit olmuştur: **"İslâmda her kimin sakalına veya başına bir ak düşerse, bu onun için kıyamet günü bir nur olur."**

İmam Şafi, başında aklık görününce, şu şiiri irad etti:

İçim aydınlandı, saçımın ağarmasını görünce
Gecem karardı, yıldızlar parlayınca
İstemesem de, ömrümün harap olduğunu gördüm.
Her ülkenin sonu da harab olmak değil midir?
Kişinin yaşantısının izzeti, ihtiyarlamadan öncedir. Gençliği giden insan artık tükenmiş demektir. Saçın rengi beyazladığı zaman, en iyi günlerini yitirdiğini kişi artık anlamalıdır. Ölümü yaklaşan insanın artık kötüde ısrar etmesi haradır. Şeref ve itibarın zekâtını da ver. O tıpkı malın zekâtı gibidir ki nisaba baliğ olunca mutlaka verilmelidir. İnsanlara iyilikte bulun ki, kendine ram edesin. Şerefli kişilerin en iyi ticareti kazançlı olandır. Yeryüzünde böbürlenerek yürüme!

Çok geçmeden toprak seni kucaklayacaktır. Dünya nimetlerini tadan kimdir? Tatlısını da azab vereninini de tattım. Gurur ve anlamsızlıktan başka bir şey göremedim. Tıpkı sahranın üstünde uzaktan görünen serab gibi. O, sadece bir leştir ki, köpekler başına üşüşmüş biri o tarafa bir bu tarafa çekip durmaktadır. Şen eğer uzak durursan, ehli ile barışık olursun. Çekip almaya kalkışırsan köpekleri sana hücum eder. Kapıları kapanmış, perdeleri indirilmiş evinin köşesinde oturan kişiye ne mutlu!

ÖLÜM ESNASINDA RUHUN BOĞAZA GELİŞİ

İbn-i Mace, Ebu Musa el-Eş'arî (r.a.)'dan: Resûlullah (s.a.v.)'e "Kulun (ölüm anında) insanları tanıması ne zaman kesilir?" diye sordum. Şöyle buyurdular: **"Gördüğü zaman."** Alimler buradaki: **"Gördüğü zaman" kelimesini, yani Azrail'i veya Melekleri gördüğü zaman, olarak yorumlamışlardır.** Tirmizî'nin merfu olarak rivayet ettiği hadiste ise:

"Allah kulunun tevbesini henüz ruhu hulkuma gelmeden, kabul eder." **Ruhu boğaza (hulkuma) geldiği zaman**, rahmete mi yoksa azaba mı varacağını görür. İşte o zaman yapacağı tevbe, ona hiçbir yarar temin etmez. İzhar edeceği imanı da. Din kitaplarında bu husus böyle anlatılmıştır. Demek ki ruhları kabz eden Azrail'i görünceye kadar kulun tevbesi kabul edilmektdir.

Yani ruh göğüsten boğaza çıkıp ulaşıncaya kadar bu böyledir. İşte o zaman ölecek kimse göreceğini görür.

Onun için her kulun, iş bu raddeye gelip çatmadan, Azrail'i görmeden tevbe etmesi gerekir. Ne güzel söylemişler: "Ölmeden, diller tutulmadan önce, kendin için yararlanacağın tevbeyi icra et. Nefislerin günlük yiyeceğinden önce, fırsatları ganimet bilip değerlendirmeye bak. Çünkü en güzel yatırım ve ganimet budur."

Hadiste varit olmuşdur: "Şeytan dedi ki: İzzetin ve Celal'in hakkı için, Ademoğlunun yanından, ruh bedeninde bulunduğu sürece ayrılmam. Allah da şöyle buyurmuştur: Ben de Ademoğlundan, can hulkuma gelinceye dek, tevbeyi menetmem." Onun için fırsatları değerlendirelim, elimizdeki imkânlar kaçmadan henüz vaktimiz varken tevbe için acele edelim. İhlâs olmadığından tevbelerimizin de istiğfara ihtiyacı olabilir. Hasan el Basrî (r.a.) şöyle dermiş: "İstiğfarımızın diğer bir istiğfara ihtiyacı vardır."

İmam Kurtubî, "onun zamanında durum böyle olursa, masiyet ve günahlara boğulduğumuz zamanımızda durum ya nice olur?" demiştir.

Kişi, elinde tesbihle: "İşte ben günahlarıma tevbe ediyorum." diyebilir, fakat kendini gafletten alıkoyamadıkça bu tevbesi hiçbir şeye yaramaz. Zira tevbe edenin gönlü uyanık, kalbi ihlaslı olması gerekir.

Onun için, İmam Ali (r.a.) elinde tesbih, alelacele istiğfara sarılan birini gördüğü zaman ona şöyle derdi: "İşte bu yalancıların tevbesidir. Senin tevbenin başka bir tevbeye ihtiyacı vardır."

Bazı alimlerin görüşü şöyledir: Nasuh tevbesi öylesine zor bir tevbedir ki onu ancak ihlaslı kişiler yapabilir.

İçinizde ihlas bulunmayabilir. Onun için bir istiğfardan sonra başka bir istiğfara yönelin. Eğer tevbe ve istiğfarınızda bir nebze pişmanlık hasıl olursa, Allah'ın bu tarzdaki tevbenizi kabul edeceğini umarım. Çünkü **"Pişmanlık başlı başına bir tevbedir."** buyrulmuştur.

Buhari ile Müslim rivayet ettiler: "Kul, günahını itiraf ettiği zaman Allah tevbesini kabul eder." Ebu Hatem, sahih olan Müsnedinde rivayet ediyor: "Beş vakit namazını kılan, orucunu tutan, yedi büyük günahtan kaçınan hiçbir kul yoktur ki, kıyamet gününde ona **sekiz cennet kapısı** açılmasın. **Hatta o cennetin kapılarının sesleri duyulur.**" Sonra, şu ayeti okudu: "Size yasak edilen büyük günahlardan kaçınırsanız, kusurlarınızı örter ve sizi şerefli bir yere yerleştiririz." (Nisa süresi, âyet: 31)

HAYATTAYKEN EŞLİK EDEN MELEK

Ebu Nuaym Cabir (r.a.)'dan:

İnsanoğlu maalesef Allah'ın kendisi için yarattığı şeylerden gafildir.

Şüphesiz Allah kulunu yarattığı zaman meleğe emreder: "Haydi onun rızkını, eserini, ecelini, said mi şaki mi olduğunu yaz!"

Sonra o melek gider, Allah başka bir melek gönderir. Onu büyüyünceye dek korur. Sonra Allah iki melek gönderir. Bunlar katib meleklerdir. Onun sevablarını ve günahlarını yazarlar. Ölüm Meleği ruhunu almak için geldiğinde, ta kabre girinceye kadar ondan ayrılmaz. Ruh cesedine avdet eder. Sonra Ölüm Meleği onu terk edip gider. Sonra ona Kabir Melekleri gelip imtihana çekerler. Sonra geri giderler.

Kıyamet koptuğu zaman, bu defa sevab ve günah yazan melekler inerler, yazdıkları şeyleri birer kitab (Amel defteri) haline getirip onun boynuna asarlar. Sonra beraberinde bulunurlar. Biri Şahid diğeri Said (Sevk idare eden) olarak onun yanında olurlar. İşte Cenab-ı Hakk'ın:

Ona:

"And olsun ki sen bundan gafildin; işte senden gaflet perdesini kaldırdık. Bugün artık görüşün keskindir." denir."(Kaf süresi, âyet: 22) ayetinde beyan edilen durum budur.

Hadis-i Şerifte Peygamber (s.a.v.):

"Ey insanlar! Şübhesiz siz bir durumdan diğerine uğratılacaksınız." (İnşıkak süresi, âyet: 19) Kavl-i Celilini işte böyle yorumlamıştır.

Sonra şöyle buyurmuştur: "Önünüzde pek büyük bir iş vardır. Onun hakkında büyük olan Allah'tan yardım isteyin."

Ata el-Horasanî'den: Allah'ın kuluna en çok merhametli olduğu zaman, ailesi, çoluk çocuğu,tanıdıkları ve komşuları kabrinde yalnız bırakıp, evlerine döndükleri zamandır.

Ebu Umame el-Bahilî'nin Şamda bir komşusu varmış. Onun son derece günahkâr bir yeğeni varmış. Ölüm döşeğine düşünce, ona amcası şöyle demiş: "Ben seni falan şeylerden alıkoydum, beni dinlemedin, nasihatim sana kâr etmedi." Amcasına şu cevabı vermiş.

"Eğer Allah beni anneme teslim etse, annem bana ne yapar?"

"Seni götürüp doğru cennete koyar."

"Allah, bana karşı annemden daha esirgeyicidir." diye cevab vermiş.

O yeğen ölüp de defnedilince, amcası kabrine inmiş ve birden çığlık atıp feryad etmiş. Neden feryat ettiği sorulunca, şu cevabı vermiş: "Kabrin genişletildiğini, nurla doldurulduğunu görünce, kendimi bağırmak, çığlık atmaktan alamadım."

Ebu Süleyman ed-Daranî'nin dualarındandır:

"Allah'ım beni kabrimde yalnız ve garib bırakma!"

Şöyle bir şiir irad ettiler:

Ey kabrimde durup ibret almak isteyen kişi!

Orada ne olur çürümüş olan kemiklerimi dinle!

Beni toprağın içine koydular,

Vücudumdan irtikap ettiğim günahlarımdan ötürü korktular.

Dedim ki: Korkmayın ve bana acımayın,

Zira benim çok şefkatli ve merhametli olan Rabbime karşı hüsn-ü zannım ve güvencem büyüktür.

Kazandıklarıma karşı beni rehin tutun.

Kerim olan Mevla'mın indinde varıp rehin kalayım.

O beni mutlaka affedip serbest bırakacaktır.

KABİR MELEKLERİNİN SORULARI

Buharî Enes (r.a.)'dan, Resûlullah (s.a.v.) şöyle buyurdu:

"Kul kabrine konup da arkadaşları oradan ayrıldıklarında, o ayaklarının sesini duyar. İşte tam o anda iki melek gelir, onu oturturlar ve ona sorarlar:

"Bu adam yani Muhammed (s.a.v.) hakkında sen ne derdin?" Eğer mü'min ise, "Şehadet ederim ki, O Allah'ın kulu ve Resulüdür" diye cevab verir.

Sonra kendisine şöyle denir:

"Cehennemdeki yerine bak, işte Allah Onu cennetteki yerinle değiştirmiştir. Bakar her iki yerini de görür."

Eğer o, münafık veya kâfir ise, ona şöyle denilir:

"Bu adam hakkında ne derdin?" Şu cevabı verir:

"Bilmiyorum, onun hakkında insanların söylediği gibi söylerdim." Derhal ona şöyle denir:

"Sen ne okudun, ne de anladın!"

Bunun üzerine cezalandırılır. Öyle bir bağırır, çığlık atar ki insanlar ve cinlerden başka bütün varlıklar onun sesini duyarlar.

İmam Gazali anlatıyor: Abdullah b. Mes'ud dedi ki:

"Resûlullah (s.a.v.)'e: "Kabre girdiğinde kişinin ilk karşılaşacağı şey nedir?" diye sordum. Şöyle buyurdu:

"Ey Mes'udun oğlu, senden önce bunu bana kimse sormadı. **İlk ona seslenecek olan, "Ruman" adındaki Melektir. O Melek kabirler arasında dolaşır.**

Şöyle der:

"Haydi amelini yaz!" Yanımda ne mürekkep ve ne de kalem var, ne de kâğıt!" diye cevab verir. Melek şöyle der:

"Heyhat! Kefenin kâğıttır. Mürekkebin ise tükürüğündür. Kalemin de parmaklarındır." Ondan sonra ona kefeninden bir parça kesilip verilir. Sonra kul, dünyada iken yazmak bilmiyorsa dahi, yazmaya başlar, bütün yaptığı günahları ve sevabları bir günde, işlediği gibi hatırlar ve yazar, sonra Melek o parçayı dürüp onun boynuna asar."

KABİR MELEKLERİNİN SİMGESEL ANLATIMI

Resûlullah (s.a.v.) sonra şu ayeti okudu: **"Her insanın boynuna işlediklerini dolarız." (İsra süresi, âyet: 13)** Sonra o melek gider. Kabir Melekleri gelir. Bu meleklerin eşkâli:

Simsiyahtırlar. Yeri pençeleri ile yarıp gelirler. Saçları yerlere kadar uzun. Sesleri gök gürültüsünü andırır. Gözleri şimşek gibi parlar. Nefesleri kasırga rüzgârı gibi. **Her birinin elinde demirden topuz vardır.** Öyle bir topuz ki insanlar cinler bir araya gelseler onu yerden kaldıramazlar. Onunla en büyük dağa bir kere vurulsa dağ parçalanıp dümdüz olur. Kişi onları gördüğü zaman titremeye başlar, arkasını çevirip kaçar.

İşte o Melekler ölünün burnundan girecekler. Ölü göğsünden dirilecek. Sonra ölü yaygara yapan bir adamın şeklini alıp kımıldamaya gücü yetmiyecek, sadece duyacak ve bakacak. Şiddetle soruşturmaya başlayacaklar. Onu azarlayacaklar. Toprak sanki onun için bir su olmuş. Kımıldadıkça genişleyecek. Onda bir açıklık görecek.

İşte o iki Melek ona şöyle soracak: "Söyle bakalım, Rabbin kimdir? Dinin nedir? Peygamberin kimdir? Kıblen nedir?"

Eğer Allah'ın muvaffak kıldığı, Kavl-i Sabitle dimdik kıldığı bir kimse ise hiç korkmadan şu cevabı verecektir: "Size benim bu yerimi kim gösterdi? Bana sizi kim gönderdi?" Bu cesareti ancak seçkin alimler gösterebilir, bu çıkışı ancak onlar yapabilir.

Bunu duyan meleklerden biri ötekine: "Adam doğru söyledi. Ona yaptığımız kötülük yeter." der. Sonra o kabri büyük bir kubbe haline getirirler. **Sağ tarafından cennete bakan iki kapı açarlar.** Sonra cennetin ipek kumaşlarından orayı güzelce tefriş ederler. **Cennetin rüzgârı, güzel kokusu oraya girer**. Ameli de en sevdiği arkadaşı şeklinde ona gelir, ona arkadaş olur, onunla sohbet eder. Kabri nurla dolar, apaydınlık olur. Kıyamete kadar dünya durdukça sevinçli ve mutlu bir hayat yaşar. Ve durmadan kıyametin ne zaman kopacağını sorar.

Ölünün hem ilmi hem ameli var ise, ona o salih ameli, **Ruman adlı Melekten sonra**, en güzel bir şekilde, en güzel kokular saçarak, en güzel elbiseler içinde girer. Ve ona şöyle der:

"Beni tanımıyor musun?"

"Bana Allah'ın lütfettiği kişi, söyle bakalım sen kimsin?"

"Ben senin salih amelinim. Üzülme, korkma, az sonra yanına **Münker, Nekir gelip sana sual soracaklar**, sakın korkma!" der. Sonra ona kendisini öğretir.

Tam o anda o iki Melek girer ve onu ona telkin etmekten menederler.

Onu oturtup sorarlar: "Rabbin kimdir?" Daha bu soruyu tam anlamıyla tamamlamadan hemen atılır şöyle cevab verir:

"Allah, Rabbimdir. Muhammed (s.a.v.) Peygamberimdir. Kur'an İmamım-Liderimdir. Kâ'be, kıblemdir. İbrahim halil babamdır. Onun Milleti de milletimdir."

Ona "Doğru söyledin!" demek zorunluluğunda kalırlar.

Şayet tereddüd edip de, Rabbim Allah, Peygamberim Muhammed (s.a.v.) diyemezse, ona hemen cehenneme bakan bir kapı açarlar. Oradan cehennemin yılanları, akrebleri bukağıları ile arz ettiği o pek çirkin manzarasını görür. İrini ve zakkumu da görür. Çok büyük bir korkuya kapılır.

Sonra Melekler, ona, "haydi şimdi de o yerine mukabil Allah'ın sana bahşettiği şu cennetteki yerine bak!" derler, onu sevindirirler, sonra da cehenneme bakan o kapıyı bir daha ona açılmamasıya kapatırlar."

İmam Kurtubî der ki: İnsanlardan kimileri var ki, Allah hakkındaki akidesi bozuk olur. Bu yüzden Melekler ona soru sordukları zaman bocalar, konuşamaz ve **"Rabbim Allah'tır"** diyemez, bunun yerine başka şeyler söyler. Ondan sonra ona öyle bir darbe indirirler ki kabri ateş alır. Sonra birkaç gün geçtikten sonra o ateş söndürülür. Sonra yine tutuşturulur. Kıyamete kadar bu böyle devam eder.

İnsanlardan kimisi de **"İslâm benim dinimdir"** demekte güçlük çeker. Çünkü zamanında onun hakkında bir şüphesi vardı, yahut ölürken şaşırıp şehadet kelimesi getirememiştir. Ona da öyle bir darbe indirirler ki kabri o darbe sonucu ateş alır. Durumu aynen **"Rabbim Allahtır"** demekte güçlük çekenin durumu gibi olur.

Kimisi de **"Kur'an benim liderimdir"** demekte zahmet çeker. Çünkü zamanında onu okuyordu, fakat onunla öğütlenemiyordu. Emirlerini dinlemiyor, yasaklarından kaçınmıyordu. Ondan evvelkiler gibi muamele edilir. Kiminin de ameli küçük bir eniğe dönüşür, cürmü kadar onunla azab edilir. Kimisinin de ameli hınzır yavrusuna dönüşür. Nitekim bu babta hadis varit olmuştur. Kimi de "Peygamberim Muhammeddir (s.a.v.)" demekte güçlük çeker.

Çünkü o sağlığında onun sünnetini ihmal ederdi. İnsanların kimisi de **"Kıblem, Ka'bedir"** demekte zorluk çeker. Namaz kılarken kıbleyi iyi tesbit edemediği için, yahut abdestinde bir sakatlık olduğu için, ya da namaz kılarken sağa sola baktığı için, yahut rükû ve secdeyi doğru yapmadığı iç in böyle bir akibete maruz kalmıştır.

Onda da evvelkiler gibi yapılır, kabri áteşle tutuşturulur. Facire gelince, ona "Rabbin kimdir?" diye sorarlar. "Bilmiyorum" der.

"Bilmedin, anlamadın" derler ve **yerin dibine gömünceye kadar** demir topuzları ile onu döverler. **Sonra yer onu tekrar kabrine fırlatır,** sonra onu tam yedi kez döverler. Sonra kabirdeki sorular da değişik olur, herkese aynı şey sorulmaz. Kimisine bazı şeyler sorulurken diğerine daha başka şeyler sorulur. Azabda, insanların durumu değişik olduğu gibi:

Mesela kimisinin ameli köpeğe dönüşür. Kıyamete kadar onu ısırıp durur. İşte bunlar Haricîlerdir. Kimisinin ameli de hınzıra dönüşür. Onunla azab ve işkence görür. Bunlar şüpheye düşenlerdir. **Alimler derler ki: Bunun aslı şudur: Herkese kabirde,**

dünyada neden korkuyordu ise onunla azab ve işkence edilir. Kimisi dünyada köpekten korkar, kimisi de arslandan. İşte gerisini de buna kıyas et.

İmam Ahmed, Ebu Davud, sahih bir isnadla, Berâ b. Azib (r.a.)dan: Dedi ki: "Peygamber (s.a.v.)'le Ensar'dan bir adamın cenazesinde bulunduk; nihayet kabre vardık. Henüz lahde konmadan, Resûlullah (s.a.v.) oturdu, biz de etrafında oturduk, sanki başımızda kuş varmış gibi sessiz idik.

RUHUN KABİRDEN ÇIKIŞI VE GÖKYÜZÜNE YÜKSELİŞİ

Allah Resulü (s.a.v.) gözünü göğe kaldırıp sonra indirmeye ve kabre bakmaya başladı. Sonra birkaç kez: "Kabir azabından Allah'a sığınırım." Sonra şöyle buyurdu: "Mü'min kul, ahiret yolculuğuna çıkacağı dünyadan ilişkisi kesileceği zaman, Ölüm Meleği gelip başının ucunda oturur ve şöyle der: "Ey olgunluğa ve doygunluğa erişmiş olan ruh haydi Allah'ın mağfireti ve Rıdvanına doğru çık!" Hemen su damlası gibi **gayet rahatça ruhu çıkıverir. Sonra gökten yüzleri güneş gibi bembeyaz yüzlü melekler iner.** Beraberinde cennet kefenleri ve cennet ıtırı bulunduğu halde ona gözün yakından görebileceği pek yakın bir mesafede otururlar. Melek ruhunu kabz ettiği zaman, onu göz açıp kapayacak kadar az bir zamanda bile bırakmazlar.

İşte Cenab-ı Hakk'ın: "Elçilerimiz bir eksiklik yapmaksızın onun canını alırlar." (En'am süresi, âyet: 61) ayeti buna en güzel bir delildir. Ruhu böylece en güzel bir koku içinde çıkar. **Ve onu derhal melekler yukarıya çıkarırlar.** Yer ile gök arasında uğradıkları her yerde mutlaka "Bu ruh kimindir" diye soranlar, onlar da onun en güzel isimlerini söyleyerek izah ederler. **Nihayet onu gök kapılarına götürürler. Kapılar açılır,** onu, her semadaki mukarrebler teşyi ederler, nihayet yedinci kat göğe varırlar. O anda: "Haydi bunun kitabını illiyyin (yüksek katlara) yazın denilir."

"O yüksek katların (illiyin) ne olduğunu sen bilir misin? O gözde Meleklerin gördüğü yazılı bir kitabdır." (Mutâffifin süresi, âyet 19-20-21) İşte böylece kitabı yüksek katlara yazılır. Sonra haydi onu yeryüzüne geri döndürün, çünkü ben onlara, kendilerini topraktan yaratacağımı, tekrar toprağa iade edeceğimi sonra yine onları topraktan çıkaracağımı vadettim, denilir. Böylece geri gönderilir. Ruhu da iade edilir. Ona iki korkunç melek gelir, onu azarlarlar. Oturtup şöyle sorarlar:

"Rabbin kimdir? Dinin nedir?"

"Rabbim Allah'tır, dinim de İslâmdır" diye cevab verir.

"Size gönderilen bu adam hakkında ne dersin?" diye sorarlar. O da:

"O Allah'ın Resulüdür" der.

"Peki ne biliyorsun?"

"Rabbimiz tarafından bize belgeler getirdi. Ben ona iman ettim ve tasdik ettim."

Tam o anda gökten bir ses gelir: "Kulum doğru söyledi. Onu cennetten giydirin, oradaki yerini gösterin." Ondan sonra gözünün görebildiği yere kadar ona kabri genişletilir. Sonra şöyle buyurdu: "Ameli de ona güzel yüz, hoş kokulu, güzel giyimli bir adam şeklinde gösterilir. Allah'ın senin için hazırladıklarına karşı sevin, müjde sana! Allah'ın Rıdvanına kavuştun müjde sana! Ebedi refah ve saadet yurdu olan cennet senindir müjde sana!"

Şu cevabı verir: "Allah seni de hayırla tebşir etsin. Kimsin sen, bana hayrı müjdeleyen zat, kimsin?" Cevab verir: "İşte vadolunduğun o güzel gün bugündür. Ben ise senin iyi amelinim. Vallahi ben seni daima Allah'ın taatına koşarken gördüm. Masiyete karşı pek yaya idin. Yapmazdın. Allah seni hayırla ödüllendirsin."

BAZI RUHLAR GÖKYÜZÜNÜ AŞAMAZ

Eğer dünyadan ilişiğini kesip ahiret yolculuğuna çıkan kişi kötü biri ise, ona Ölüm Meleği gelip başı ucunda oturur. Ve şöyle der: "Ey habis ruh, Allah'ın gazabına uğramış bir halde çık!" Hemen kapkara melekler ellerinde ateşten bir çengel olduğu halde inerler. Melekler o ruhu kabz edince, bir saniye bile durmazlar. Onu hemen onun elinden kaparlar. Vücud ter basar. Onu zorla çıkartırlar. Damarları, kasları paramparça edilir, ıslak yünden çok dallı çengelin çekildiği gibi ruhu çekilip çıkartılır.

Meleğin elinden alındığında, etrafa emsali görülmemiş bir pis koku yayılıverir. Yer ile gök arasında geçerlerken orada bulunan herkes "Bu habis ruh kimin ruhudur? Hemen onu geri yeryüzüne döndürün!" derler. (Allah da): **"Ben onlara, kendilerini topraktan yarattığımı, toprağa iade edeceğimi ve yine ordan çıkaracağımı vadettim."** der.

Sonra gökten aşağıya doğru fırlatıp atılır. Bunu müteakip şu ayeti okudu: **"Allah'a ortak koşan kimse, gökten düşüp de kuşların kaptığı veya rüzgârın bir uçuruma attığı şeye benzer." (Hac süresi, âyet: 31)**

Yere gönderilir, ruhu avdet edip gelir. Melekler korkunç bir vaziyette gelip onu azarlarlar, onu oturtup sorarlar:

"Rabbin kimdir, dinin nedir?"

"Bilmiyorum!" der.

"Pekâla, ya size gönderilen bu adam hakkında ne dersin?" Bir türlü ismini hatırlayamaz. Ona bir ip ucu verirler: "Muhammed" diyorlardı ona değil mi" diye sorarlar. O da: "Bilmiyorum, insanların böyle dediğini duydum, ben de dedim o kadar." der.

"Sen bilemedin!" diye çıkışırlar. Sonra kabri daraltılır, kaburgalarını kıracak bir vaziyete sokulur. Ameli de kendisine çirkin yüzlü, pis kokulu, kötü giyimli bir adam şeklinde gösterilir. Ona şöyle der:

"Haydi Allah'ın azabına, gazabına hazırlan!"

"Şu kötü haberi götüren kişi söyle bakalım acaba sen kimsin?"

"Ben senin o çirkin amelinim. Vallahi ben bildim bileli sen hep Allah'ın taatından yana ağır ve tembel idin. Fakat Allah'a asi gelmek için her zaman hızlı, her zaman canlı idin." diye cevab verir.

Allah ona sağır ve dilsiz bir Azab Meleği musallat kılar, beraberinde demirden bir topuz bulunur. Öyle bir topuz ki bir dağa indirilirse dağıtıp toprak ve toz haline getirir. İşte böylesine bü yük ve ağır bir topuzla ona bir darbe indirir. Onun neticesinde çıkardığı o feci sesi insanlar ve cinlerden başka bütün varlıklar duyar. Sonra ruhu iade edilir. Bir daha vurulur. Ebu Davud et-Teyalisî'nin rivayetinde şu fazlalık yer almıştır: "Ona ateşten ma'mul iki tahta döşeyin. Cehenneme bakan bir de kapı açın" denilir.

Kabir ehlinin durumu dünya ehlinin durumuna benzemez, tamamen değişiktir. Ona hiç kıyas olunmaz. Yani Berzah alemi ve ondan sonraki ahiretle ilgili şeyler, dünyada olup bitenlerle kıyas edilemez. Oraya gidip gelen bize tam anlamıyla durumlarını bildiren bir habere rastlamadık.

Kabir ehli hakkında pek bir şey bilemiyoruz. Orada asude bir hayat yaşayandan da azab içinde kıvranandan da haberimiz yok, gözlerimizle göremiyoruz. Ama ne var ki kalb gözü açık keşif ehli şu hususta söz birliği etmiştir: Ölü, kabrin kendisini sıkıştırmasını, kaburgalarının birbirine geçmesini hisseder, isterse yırtıcı hayvanların ve kuşların karnında olsun, isterse ateşte yanmış olsun, isterse rüzgâr onu alıp dünyanın bir ucuna savurup parça parça etsin fark etmez, paramparça olsa da her zerresi elem ve acıyı hisseder.

KABİR MELEKLERİ DÜNYAYI SARACAK KADAR BÜYÜKTÜRLER

"Kabirdeki azab meleklerine neden "Münker-Nekir" adı verilmiştir?" diye sorulursa, cevap şu olur: "Yaratılışları, ne insan yaradılışına, ne melekler yaradılışına, ne hayvanların yaradılışına benzemediği için kendilerine bu isim verilmiştir. Üstelik onlar bambaşka bir yaratılıştadır. Bakanlar onu tanıyamazlar. Ünsiyet de duyamazlar. Lâkin Allah'ın bir lütfü ve ihsanı olarak, mü'mine iyi görünmeleri için, Allah onlarda merhamet, şefkat ve ayıpları örtme gibi hasletler yaratır. Şu halde herkese ameli, ilmi, itikadına göre şekillenirler.

"Bu iki melek, yeryüzündeki bütün ölülere aynı anda nasıl hitab edebilirler?" diye sorulursa, cevap şu olur:

Onlarda bu yetenek vardır; **çünkü Allah onların cisimlerini tıpkı Azrail gibi büyük yaratmıştır, bütün dünya, önlerinde içinden yemek yenen bir çanak gibidir.**

Bir söz söyledikleri zaman, yeryüzünde gömülü olan bütün ölülere ulaşır. Azabı hak eden veya nimet içinde olan her ölü duyar ve o söz her birinin kulağına giriverir. Lütuf, nimet, şiddet veya azaptan kendisine münasip olan her şeye muhatab olur.

"Ameller birer araz oldukları halde nasıl şahıslara dönüşür?" diye bir sual varit olursa denir ki: Allah amellerin karşılığından güzel ve çirkin şahıslar halk eder. Sahihte varit olmuştur: "Kıyamet günü ölüm, alaca bir koç gibi getirilip sırat üzerinde durdurulur ve kesilir." Ölümün bir koça dönüşmesi tabii ki imkânsızdır. Şu halde anlam şöyle olur: Allah "Ölüm" diye adlandırdığı bir koç yaratır da cennetle cehennem arasında kesilir.

Alimler derler ki: Kabrin sıkıştırması ve azabı hakkında çocuklar da yetişkinler gibidir. Hadislerin zahirleri bunu icab ettiriyor. Bu sebebledir ki Sahabe-i kiram, bir çocuğun cenaze namazını kıldıklarında kabir azabından kurtulması için Allah'a dua ederlerdi.

İmam Kurtubî der ki: İşte bu babta varit olan şeyler bunlardan ibarettir ki akıllar onu anlamadıkları için tevil edilirler. Şöyle de denilebilir: Hak Sübhanehu ve Teâla Araz'dan cevher yaratmaya kadir olduğuna göre mesele yok, bunların hepsini yapmaya da muktedirdir. Allah en iyi bilendir.

"Eserler, kabrin genişliği, darlığı, yetmiş, ya da elli, yahut kırk arşın oluşu ya da gözün görebileceği yere kadar bir mesafe arz ettiği hususunda, çeşitli olarak varit olmuştur. Pekâla bunlardan hangisi daha doğrudur?" diye bir sual varit olursa şöyle cevap verilir:

Bu da insanların durumuna göre değişir; ameli çok olan kişinin kabri genişletilir. Az olan kimsenin kabri de ondan tabii ki biraz dar olur.

BAZI ALİMLERE GÖRE KABİR HAYATI

İmam Gazali'nin eserinde kabir hayatından şöyle bahsedilmektedir: Kabirde ölüler dört hâlde bulunur. Bazısı ökçesi üzere oturur. Gözü dağılıp, bedeni şişip, cismi toprak oluncaya kadar bu hâlde kalır. Sonra ruhu, dünya göğünden başka melekût âlemini dolaşır.

Bazısına Cenâb-ı Hak bir uyku verir. Birinci sûra kadar ne olduğunu bilmez. Birinci sûrda uyanır, sonra yine ölür.

Bazısı kabrinde iki ay kadar yâhut üç ay kadar durur. Sonra ruhu bir Cennet kuşu üzerine biner, kuş onu Cennete kadar uçurur. Bunları bildiren hadis-i şerifler sahihdir. İslâmiyetin sahibi buyurdu ki: (Müminin ruhu kuş ile berâberdir. Cennet ağaçlarından birine asılmış durur).

Bunun gibi şehitlerin ruhlarından sorulunca: (Şehitlerin ruhları, yeşil kuş kursaklarında olarak Cennet ağaçlarına asılı dururlar) buyurdu.

Bazı insanlar, diledikleri zaman makamlarından yükselirler. Bazıları da, sûr üfleninceye kadar orada durur.

Dördüncü nev' Enbiyâ ve Evliyâya mahsûstur. Bunların bazısı kıyâmete kadar uçar ve çoğu gece görünür. Ben inanıyorum ki, Ebû Bekr-i Sıddîk ve Ömer-ül-Fârûk bunlardandır.

Resûlullah, üç âlemi (Âlem-i nâsût, Âlem-i melekût, Âlem-i ceberût) dolaşmakta serbesttir. Buna tenbîh ve işaret için bir gün Peygamberimiz efendimiz, (Allahü teâlâ beni üçten ziyâde yeryüzünde durdurmamasını kereminden ricâ ederim) buyurdu. Hakîkaten, üç aşerat olunca yâni otuz olunca, Hz. Ali, Resûlullahın vefâtından otuz sene sonra [kırk birinci yılda] şehit olup, Hz. Peygamberimiz yerine hâlîsine gücendi. Mübârek ruhu tamamen semaya yükseldi.

Bunu bazı sâlihler rü'yâsında gördü. [Çünkü şeytan her şeye temessül eder. Fakat Enbiyâ sûretine temessül edemez. Bunun için, Peygamberimiz rü'yâda görüldükte, elbette sahih ve doğru olur. Bu cihedle, bu rü'yâlar bize delîl olur.] Bir zat buyurdu ki: (Yâ Resûlallah! Babam, anam sana feda olsun! Ümmetinin fitnelerini görmüyor musun?) Hz. Peygamberimiz, (Allahü teâlâ fitnelerini ziyâde eder. Hz. Hüseyni de şehit ettiler. Benim hürmetimi muhâfaza etmediler) buyurdu. Daha çok söylediler ise de, diğerlerine râvînin şüpheleri olduğundan terk olundu.

Bunlardan bazısı (İbrâhîm aleyhisselâm gibi) yedinci kat semayı seçmiş olup, orada bulunur. Peygamberimiz Mîraç gecesi İbrâhîm aleyhisselâma uğradı. Gördü ki: Beyt-i mamûre sırtını vermiş, müslümanların çocuklarına oradan şiddetli nazarla bakmaktadır.

Îsâ aleyhisselâm da, beşinci kat göktedir. Her gökte Resûller ve Nebîler vardır ki, oradan çıkmazlar ve gitmezler. Kıyâmete kadar orada dururlar. Bunlardan istediği yere gitmekte muhayyer olanları, ancak Hz. İbrâhîm ve Hz. Mûsâ ve Hz. Îsâ aleyhimüsselâmla, Hz. Muhammed Mustafâ'dır. Bunlar, üç âlemdeki istedikleri yere gidebilirler.

Evliyâ-i kiramdan bazıları kıyâmet gününe kadar tavakkuf ederler, dururlar. Nitekim Bâyezîd-i Bistâmînin Arşı âlâ altındaki sofradan yemek yimede olduğu rivayet olundu.

İşte kabirde olanların halleri bu dört şekildedir. Yâni azâb olunurlar, rahmet olunurlar, tahkîr olunurlar, ikrâm olunurlar.

Evliyâ-i kiramdan çok kimse vardır ki, ölüm hâlindeki bir kimseye dikkat ile bakarlar. O kimseye geniş menziller daralır. Çok kere de açılır. Bu hâli görürler ve haber verirler. Ben, bu cinsten haber vereni gördüm.

Bazı arkadaşlarımı gördüm ki, kalb gözünden perde kaldırılıp; ölmüş olan çocuğunun evine girdiğini gördü. Bu bâtınî (gizli) faydalar, ikrâmlar ancak kerim yâhut nesîb, mübârek olan kimseler içindir.

Kabirde olanlardan bazısı, Cuma ile bayramı bilirler. Dünyadan bir kimse çıktı mı onun yanına toplanırlar. Onu tanırlar. Kimi hanımından sorar. Kimi de babasından. Her biri kendisi ile alâkası olan şeylerden suâl ederler.

Çok ölüler vardır ki, bildiği kimselerden daha önce ölmüş olan birine tesâdüf etmez. Çünkü, onun dünyada iken kendinde bulunan şey, ölüm hâlinde gitmişti. Bunun içindir ki, bazısı yahudi olarak ölür. Bazısı nasrânî olarak ölür de onların içine gider. Bir kimse dünyadan çıkıp mevtâların yanlarına vardı mı, mevtâlar, ona dünyadaki komşularından sorarlar ve filan nerededir derler. O, çoktan ölmüştü der. Biz onu görmedik, belki Hâviye Cehennemine gitmiştir, derler.

Bir kimse, rü'yâda görülüp (Allahü teâlâ sana ne muamele buyurdu?) diye sorulunca, (Ben ve filan ve filan diyerek arkadaşlarından beş kimseyi sayıp, cümlemiz çok hayr ve nîmetlere nâil olduk) der. Hâlbuki, onu arkadaşları ile beraber, hâricîler yâni yezîdî denilen sapıklar öldürmüştü. Komşusundan suâl olundukta, biz onu görmedik, dedi. Hâlbuki o kimse de, kendini denize atıp boğularak vefât etmişti. Yemin ederek dedi ki: (Vallahi ben onu, intihâr edenlerle, yâni kendisini öldürenlerle berâber olduğunu zannederim).

Resûlullah buyurdu ki: (Bir kimse kendini bir demir parçasiyle öldürürse, kıyâmet gününde, o demir parçası elinde karnına vurarak gelir. Cehennem içinde müebbed olarak kalır. Ve bir kimse kendisini dağdan atar da öldürürse, kendini Cehennem ateşine atar).

Bir kadın da böyle yapar, intihâr ederse, onun acısını sûr üfürülünceye kadar duyar. [Bu hadis-i şerif, dünyada sıkıntıdan kurtulup rahata kavuşmak için intihâr edenler içindir. Çünkü böyle düşünmek âhıret azâbını inkâr etmek olur ki, küfürdür. Aklını kaybederek intihâr eden veya hemen ölmeyip tevbe eden ise, kâfir olmaz.] Sahih haberde bize geldi ki, Âdem Mûsâ ile buluştu. Mûsâ ona dedi ki: (Sen o kimsesin ki, Allahü teâlâ seni kudretiyle yarattı ve sana ruh verdi. Seni Cennetine koydu. Niçin Ona isyân ettin?) Âdem da dedi ki: (Yâ Mûsâ! Allahü teâlâ seninle konuştu ve sana Tevrâtı indirdi. Tevrâtta görmedin mi ki, (Âdem, Rabbine karşı kendisinden zelle sâdır oldu). Mûsâ (Evet, gördüm) dedi. Hz. Âdem (Ben bunu işlemeden kaç sene önce takdîr olundu) dedi. Mûsâ, (Sen inmeden elli bin sene evvel takdîr olundu) deyince, yine Hz. Âdem: (Öyle ise yâ Mûsâ, benim üzerime, işlemeden elli bin sene evvel takdîr olunan bir günah ile mi beni ayıblıyor ve kınıyorsun) dedi.

[Böyle konuşmaları, (Se'âdet-i Ebediyye) kitabının ikinci kısm, ellinci maddesinde daha geniş yazılıdır. Âdem aleyhisselâmın bu cevabının (Bu işin yapılmasını irâde ve ihtiyâr edeceğimi, Allahü teâlânın ezelde bildiğini Tevrâtta okuduğun hâlde ve bu işten meydana gelecek nice faydaları bildiğin hâlde, beni ayıblamak sana yakışmaz) demek olduğu (Se'âdet-i Ebediyye) de uzun yazılıdır.]

Sahih olan hadis-i şerifte haber verildi ki: Resûlullah Mîraç gecesi Peygamberlerle iki rekât namaz kıldı. Hârûna selâm verdi. Hârûn da Hz. Peygamberimize ve ümmetine rahmet ile duâ buyurdu.

İdrîsa da selâm verip, o da Peygamberimize ve ümmetine rahmet ile duâ eyledi. Hâlbuki, Hârûn Peygamberimizin peygamberliği bildirilmeden evvel vefât etmiş idi. Mübârek ruhu göründü. İşte bu hâyat, hayat-i ruhanîdir.

Bu dünya hayatından sonra üçüncü bir hayat daha vardır. Birinci hayat, yâni dirilmek, Allahü teâlâ, Âdem aleyhisselâmın belinden çıkarıp şehâdet ettirdiği ve (Ben sizin rabbiniz değil miyim?) buyurduğu vakit, (Evet, biz kabûl ettik. Sen bizim rabbimizsin. Yâ Rabbî) dedikleri zamandır. Dünya hayatına îtibar olunmaz. Zîrâ bu hayat, insanın nîmetlenmesine vâsıta olup, geçici ve gidicidir.

Peygamberimiz (İnsanlar uykudadırlar, öldükleri vakit uyanırlar) buyurdu.

Bu hadis-i şerif üçüncü hayatı, yâni kabir hayatını bildiriyor.

Kabir hayatındaki hâller, mevtâların hakîkatleri, sıfatları zâhir olduğu vaktteki hâllerdir. Mevtânın bazısı yerinde kalır. Bazısı dolaşır. Bazısı döğülür. Bazısına da şiddetli azâb edilir. Bunun doğruluğuna delîl, Mümin sûresinin, (Nâr, füccar üzerine sabah akşam arz olunur. Kıyâmet gününde de, Cehennemde vazîfeli olan meleklere, Fir'avna tâbi olanları azâbın en şiddetli mahalline atın) meâlindeki kırkaltıncı âyet-i kerimesidir.

RUHLARDAN YERİN ALTINA İNDİRİLENLER

Hafız el-Vailî, İbn-i Ömer (r.a.)'dan: Bedir eteklerinde yürürken, yerden boynunda zincir bulunan bir adam çıktı. Zincirin bir tarafını Esved tutuyordu. Şöyle dedi:

"Ey Abdullah bana su ver!" İbn-i Ömer diyor ki: "Bu bir insanın kardeşine: "Ey Abdullah!" demesi gibi bir şeydi." Bana Esved dedi ki: "Ona su verme, o bir kâfirdir." **Sonra yere girdi.** İbn-i Ömer dedi ki: "Resûlullah (s.a.v.)'e gelip durumu bildirdim. Şöyle buyurdu: "Sen o Allah düşmanı Ebu Cehl İbn-i Hişam'ı görmüşsün. **İşte bu, kıyamete dek onun azabıdır."**

Ebu Said el-Hudrî, Abdullah b. Mes'ud (r.a.)'ın Cenab-ı Hakk'ın: "Onun dar bir geçimi olur" (Taha süresi, âyet: 124) kavlini şöyle yorumladıkları rivayet edilmiştir: "Bu kabir azabıdır."

Ali b. Ebu Talib (r.a.)'dan: İnsanlar kabir azabı hakkında şu sûre ininceye kadar şübhe içindeydiler:

"Çoğunluk olma iddianız sizi o kadar meşgul etti ki mezarları ziyaretle oradakileri de sayacak kadar oldunuz. Hayır; öyle olmayın; yakında bileceksiniz." (Tekasür süresi, âyet: 1-2-3) "Birinci Ta'lemune = bileceksiniz" kavli, kabir azabına işarettir. İkinci "Ta'lemune = bileceksiniz" kavli ahiret azabına işarettir.

Resûlullah (s.a.v.) buyurdu ki: **"Onun dar bir geçimi olur ve kıyamet günü de onu kör olarak haşr ederiz"** (Taha süresi, âyet: 124) ayeti kimler için nazil oldu, bilir misiniz?"

"Allah ve Resulü bilir" dediler. Şöyle buyurdu: "Bu kafirin kabir azabı hakkındadır. Nefsim Yed-i kudretinde olan (Allah'a) kasem ederim ki Ona doksandokuz tenin musallat edecektir. Teninin ne olduğunu bilir misiniz? Tenin doksan dokuz tane yılandır ki her yılanın dokuz başı olacaktır. Kıyamete kadar onun cismine üfürecek ve onu sokacaktır. **Sonra da kıyamet kopunca o kabirden dirilip Mevkıfe (Mahşere) kör olarak gidecektir.**"

Alimler derler ki: Asilerin azabı da, çokluk, azlık, büyüklük, küçüklük bakımından irtikap ettikleri günahlara göre değişir. İbn-i Ebi Şeybe rivayet ediyor: Kabir azabının çoğu idrardan korunmama sebebiyledir.

Şeyheyn (Buhari, Müslim) rivayet ettiler: "Peygamber (s.a.v.) iki kabre uğradı, bunlar azab görmekteydiler, hem de o kadar büyük bir günah yüzünden değil. Birincisi koğuculuk yapardı. Öteki de idrardan korunmazdı. Alimler diyorlar ki: Bu hadis, idrardan çekinip korunmanın vacip olduğunu gösterir. Çünkü kişi ancak vacibi terk ettiğinde azaba uğrar. İdrarla kıyas ederek bedendeki bütün kirleri, necisleri gidermek de vacibdir. İmam Malik der ki: İdrardan korunmayarak kim abdest alıp da namaz kılarsa, o abdestsiz namaz kılmış gibi olur."

Beyhakî ve diğerleri, İsra hadisinde şöyle rivayet ettiler: Allah Resulü (s.a.v.), başları ezilen, ezildikçe birşey eksilmeden yine eski haline dönüşen bir kavmin yanından geçti. "Ey Cebrail, bunlar kimdir?" diye sordu. **"Başları namazdan yana ağırlaşan kimselerdir"** diye cevap verdi. Sonra bir kavmin yanından geçti. Bu kavmin önleri ve arkalarında paçavra vardı. Meme emzirirken tepinen hayvanlar gibi tepiniyorlardı. Zakkum ağacı ve kızgın taşlar içindeydiler. Hemen sordu:

"Ey Cebrail, bunlar kimdir?" "Bunlar **mallarının zekâtlarını vermeyenlerdir.** Allah onlara haksızlık yapmadı. Allah kullarına haksızlık etmez." Sonra bir kavmin yanından geçti ki önlerinde bir tencere vardı, içinde pişmiş et, fakat etlerin bir kısmı güzel, diğer kısmı ise habis idi. Durmadan habis olan etten yiyorlar ve pişmiş o güzel etten yemiyorlardı. Merak edip sordu:

"Ey Cebrail, bunlar kimdir?"

"Bunlar, yanlarında helâl hanımları olduğu halde yabancı kadınlarla zina edenlerdir. Evet! Bunlardan biri, habis kadının yanına gelip sabaha kadar onun yanında gecelerdi." dedi.

Sonra dudakları ateş makasıyla doğranan bir kavmin yanından geçti. Doğrandıkça dudakları eksiksiz yerine geliyordu. Cebraile sordu:

"Ey Cebrail bunlar kimdir?"

"Bunlar fitneye sürükleyen hatiblerdir." dedi.

Sonra Peygamber (s.a.v.) içinden büyük bir öküzün çıktığı küçük bir taşın yanından geçti; öküz çıktığı yerden tekrar girmeye uğraşıyordu, fakat bir türlü başaramıyordu. Bu da, ağzından bir söz kaçıran, sonra o sözü geri almak isteyip de bir türlü alamayan adamla yorumlanmıştır.

Sonra Peygamber (s.a.v.) karınları ev gibi büyük olan bir kavmin yanından geçti. O kavimden biri ayağa kalkmak istediğinde, hemen düşüp yuvarlanıyordu. İnsanlar da onları çiğniyordu. Sordu: "Ey Cibril bunlar acaba kimdir?" Cevab verdi: "Bunlar Ümmetinden faiz yiyen kimselerdir. Sonra göğüslerinden asılan, Allah'a kurtulmaları için yalvaran bir takım kadınların yanından geçti. "Ey Cebrail ya bunlar kimlerdir?" diye sorunca, şu cevabı aldı: "Bunlar Senin Ümmetinden zina yapan kadınlardır."

Sonra vücutlarından bir et kesilip de birbirlerine: "Haydi kardeşinin etini yediğin gibi bunu da ye!" dedikleri bir kavmin yanından geçti. Cebraile: "Bunlar kimdir?" diye sorduğunda şu cevabı verdi: **"Bunlar kişiye göz işaretleri ile ve yüzüne karşı dil ile alay eden kimselerdir."** Ebu Davud'un rivayetinde ise şöyle geçer:

"Sonra peygamber (s.a.v) tırnakları bakırdan olan ve o tırnaklar ile yüzlerini ve göğüslerini tırmalayan bir kavmin yanından geçti.

"Bunlar kimdir?" diye sordu; Cebrail:

"Bunlar, gıybet edip insanların etlerini yiyen ve onların ırz ve namusları ile oynayan kimselerdir." diye cevab verdi.

UYKU İLE ÖLÜM ARASINDAKİ BENZERLİK

"Allah, o canları öldükleri zaman, ölmeyenleri de uyuduklarında alır. Sonra haklarında ölüm hükmü verdiklerini alıkor, diğerlerini de takdir edilmiş bir süreye kadar salıverir. Şüphesiz ki bunda düşünecek bir kavim için nice ibretler vardır." (Zümer suresi 42.ayet)

Ka'bu'l-Ahbar'dan: Salih bir kul kabre konduğunda amelleri onun etrafını çevirir. Azab melekleri ayağı tarafından gelir. Hemen namaz onlara:

"Uzaklaşın bu taraftan, ona yanaşamazsınız. Çünkü o bütün cismi ile Allah'a ibadet etmiştir." der. Bu defa başı tarafından gelmek isterler, hemen oruç:

"Bu taraftan yanaşamazsınız, ondan uzaklaşın, çünkü dünyada iken o Allah için bütün gün aç ve susuz kalmıştır." der.

Vücuduna doğru yanaşmak isterler. Bu sefer, hac ve cihad:

"Uzaklaşın ondan! Çünkü o, bütün varlığını Allah'a verdi. Bedenini hac için yordu, Allah Azze ve Celle için cihad etti. Ona yanaşamazsınız!" derler.

Elleri hizasından yanaşmak isterler. Bu defa verdiği sadaka (zekat) hücuma geçer:

"Arkadaşımdan uzaklaşın. Bu ellerden Allah rızası için nice zekâtlar ve sadakalar çıktı! Hepsi sırf Allah rızası için verildi. Ona siz bir yol bulamazsınız." der. Ondan sonra Melek: "Haydi sen burada rahat olarak **güzelce ve huzur içinde uyu!**" der.

İmam Kurtubî şöyle der:

Bu, ihlas içinde müslümanlığı uygulayan, sözünde, özünde, işinde sadık olan, gizli ve açık bütün hallerinde Allah için niyetini ve davranışlarını güzel yapan şanslı kimseler için bahis konusudur. Bizim gibi günahkâr ve hatalılara gelince, yaptığı bütün işi, ifa ettiği tüm ibadet ve taatı gösteriş için, duysunlar, görsünler ve desinler diye yaparlar.

Böylesine yapılan amellerin Allah'ın azabına karşı hiçbir yardımı ve yararı dokunmaz.

Hadiste varit olmuştur: Resûlullah (s.a.v.) şöyle buyurmuştur:

"Kabirlerinizde imtihana çekileceğinizi Allah bana vahyetti; biriniz kabrine götürülür ve ona:

"Bu adam hakkındaki bilgin nedir?" diye sorulur. Mü'min: "Muhammed'dir, Allah'ın elçisidir. Bize açık açık belgeler getirmiş ve hidayet yollarını öğretmiştir. Biz de kabul edip onu tasdik ettik. Ve itaat ettik." der. (Üç kere).

Ona hemen: "Anladık; sen ona imán ediyorsun, **iyi ve rahatça uyu!**" denilir. Münafık veya şüpheye düşen kimseye gelince, o şöyle der: "Bilmiyorum, duydum ki, insanlar bir şeyler diyordu, ben de onu söyledim." (Bu hadisi Müslim rivayet etti.) Bu hususta çok hadis varit olmuştur.

BAZI HAYVANLARIN KABİR AZABINI, RUHLARI VE MELEKLERİ GÖRMESİ

Müslim rivayet ediyor: Peygamber (s.a.v.) Neccar oğullarının bahçesinde, bineği üzerinde iken, biz de beraberindeydik. Bir hadise ile karşılaştı. Nerde ise onu bineğinden düşürecekti.

Peygamber (s.a.v.) şöyle buyurdu: "Bu kabir sahiplerini kim biliyor?" Bir adam:

"Ben, Ey Allah'ın Resulü!" dedi.

"Ne zaman öldü bunlar?"

"Şirk zamanında öldüler" dediler.

"Bu ümmet kabirlerinde imtihana çekilecektir. Üzülüp perişan olmayacağınızı bilseydim sizlere şu anda duymuş olduğum kabir azabını duyururdum!" buyurdu.

Ariflerden biri şöyle dermiş: Ölülerin azabını ancak sır saklamasını bilenler duyabilir. Bir de hayvanlar, duyarlar çünkü gördüklerini ifade etme yeteneğine sahip değildirler. İnsanlara gördüğünü bildirenlere gelince, bu hususta hiçbir şey duyamamışlardır. Allah o azabı, mutlaka bir hikmetten dolayı insanlardan gizlemiştir ve bu hususta onlara bir şey bildirmemiştir.

Nitekim az evvel geçen hadiste de bildirildiği gibi, kabir azabını duyan kimse pek büyük bir korkuya kapılabilir. Bu dünyada zaaflarla dolu bizim gibi naciz insanların, hiç kabir azabını duymaya gücü yeter mi? Hadiste varit olmuştur: **"Biriniz meleğin ölüyü demir topuzu ile dövdüğünü duysa, hemen ölür."**

KABİRDEKİ ÖLÜLER İŞİTİR Mİ?

Söylenilenleri ölünün duymasına gelince: Müslim rivayet ediyor:

Resûlullah (s.a.v.) **Bedir'de öldürülen müşriklerin başında durup isimlerini söylerek şöyle seslendi:** " Allah ve Resulünün size va'd ettiğini gerçek olarak buldum. (Yani onların öldürüleceklerini Allah, Resûlullah (s.a.v.)'e va'd etmişti.) Bunun üzerine Ömer (r.a.) şöyle dedi: **"Ey Allah'ın Resulü, ruhları olmayan cesedlerle nasıl konuşuyorsun?"** Şöyle buyurdu: **"Benim söylediklerimi, siz onlardan daha iyi duyamazsınız, ne var ki onlar siz cevab veremiyorlar."** Sonra Allah Resulü (s.a.v.) onlara tekrar uğradı, bir de ne görsün oradan çekilip bir kuyuya atılmışlar."

Abdu'l-Hakkın sahih gördüğü bir hadiste şöyle buyurulmuştur:

"Dünyada tanıdığı mü'min kardeşinin kabrine uğrayıp da selâm veren hiçbir kimse yoktur ki (Selamına karşılık almasın)."

İmam Kurtubî der ki: Cenab-ı Hakkın: "Ey Muhammed tabiidir ki sen ölülere katiyen işittiremezsin" (Rum süresi, âyet: 52) ayeti ile, "Ey Muhammed sen kabirlerde olanlara işittiremezsin." (Fatır süresi, âyet: 22) ayetine gelince, bunlar bazı vakitlere mahmuldür. Yani bazı vakitlerde duyulmamıştır, bazen de duyurmuştur. Kimileri de şöyle yorumlarlar: Bazı şahıslara işittirebilir, bazılarına işittiremez.

ÖLÜM NEDENLERİNİN KABİR AZABINA ETKİSİ

Kabir azabından kurtaran amellere gelince şöyle sıralayabiliriz:

1. Allah (c.c.) yolunda nöbet tutmak. Müslim rivayet etmiştir: "Cuma günü nöbet beklemek, bir ay oruç tutmak ve teravih kılmaktan daha iyidir. Eğer o hali ile ölürse, ameli geçerli olur ve kabir azabı ve işkencelerinden de emin olur."

2. Her gece mülk süresini okumak. Çünkü bu hususta birçok sahih hadis rivayet olmuştur. Öldüğü hastalığında (İhlas) süresini okumak da öyledir. Bu, delili ile birlikte geçmiştir.

3. Karın hastalığı sebebiyle ölen. Çünkü Ebu Davud'un rivayet ettiği hadiste şöyle buyurulmuştur: "Karın hastalığının öldürdüğü kimse, kabrinde azab görmez."

4. Cuma günü veya gecesi ölmek. Tirmizî rivayet etmiştir: **"Cuma günü veya gecesi ölen hiçbir mü'min yoktur ki Allah**

onu kabir fitnesinden (azabından) korumasın." Bu hususta hadis çoktur.

5. Kâfirlerle savaşırken ölmek. İbn-i Ebi Şeybe ve diğerleri rivayet etmişlerdir: "Şehitten başka her mü'min kabrinde ufak da olsa bir azab görür."

Nesaî ve İbn-i Mace rivayet ediyorlar: "Şehidin altı hasleti vardır." İşte kabir azabından kurtulması da bu altı hasletten biri olarak sayılmıştır. Ecir ve sevab babında şunları da şehide katabilirsiniz: Veba hastalığına yakalanıp kurtulamayan kişi, karın ağrısına yakalanıp kurtulamayan kişi, boğulan kişi, üzerine duvar yıkılan, Zatu'l Cenb hastalığına yakalanıp ölen, atın darbesiyle ölen, malı uğrunda öldürülen, canı uğrunda öldürülen, namusu uğrunda öldürülen... İşte bunların hakkında hadisler varit olmuştur. Allah en iyi bilendir.

GENETİK BİLİMİNİN ORTAYA ÇIKARDIĞI MUCİZEVİ GERÇEK

Vücudumuzdaki trilyonlarca hücrenin her birinin içerisinde birer kopyamız olan DNA molekülü saklıdır (Saçta, deride, kanda, kemiklerde ve vücudumuzun diğer tüm hücrelerinde). Her hücrede bulunan DNA, bedenimizin yeniden inşa edilmesi için gereken tüm bilgilere sahiptir. Beden toprakta çürüse bile geride DNA kalır; o nedenle bilimadamları binlerce yıl önce ölmüş kişilerin DNA molekülleri üzerinde araştırma yapma imkanı bulabilmektedir. Ayrıca bildiğiniz gibi son yıllarda DNA ile canlıları klonlama (kopyalama) deneyleri yapılmaktadır.

Müslim, İbn-i Mace rivayet ettiler: "Kıyamet gününde terkip menşei olacak olan kuyruk sokumu kemiğinden başka insanın bütün vücudu kabirde çürür." Diğer bir rivayette şöyle buyurulur: **"İnsanlar ondan (kuyruk sokumu kemiğinden) yaratılmıştır. Kıyamet günü yine ondan terkip edileceklerdir."** Yani insanlarda ilk yaratılan şey kuyruk sokumu kemiğidir.

Sonra Allah Teâla onu çürütmez, muhafaza eder ki bir kere daha terkip ve yaratma ameliyesi ondan olsun. Peygamber (s.a.v.)'e sordular: "Nedir o, Ey Allah'ın Resulü?" Şöyle buyurdu: **"O, hardal tanesi kadar (çok küçük) bir şeydir. İşte kıyamette ondan bitecekler."**

Alimler derler ki: Şehitlerin vücutları, Rableri katında diri olup rızıklandırıldıkları için, çürümez ve toprak olmaz. Nitekim Kur'an-ı Kerim bunu açıkça ifade etmiştir.

Sahihte sabit olmuştur: Amr b. el-Cemuh, Abdullah b. Ömer ve Ensarîler Uhud günü tek bir kabirde defn edildiler. Sonra sel gelip kabirlerinin üstünü alınca, başka bir yere o ikisini nakletmek için kabirlerini kazdılar, sanki dün ölmüş gibi onları hiç bozulmamış bir şekilde buldular.

Biri yaralanmış, elini yarasının üstüne koymuştu. O haliyle defnedilmişti. Elini yarasından kaldırıyorlardı, fakat el yine oraya dönüyordu. Bu olay Uhud harbinden tam kırk altı yıl sonra cereyan etmiştir.

İmam Kurtubî der ki: Şehitlerin bedenlerinin çürümeme hususunda, geçmiş milletlerden olup, Peygamberlerinin yanında düşmana karşı savaşıp öldürülenlerin diğer şehitlerden farkı yoktur. Çünkü Tirmizî de nakledilen Uhdud Eshabı hakkındaki kıssada şöyle varit olmuştur: Melik'in öldürdüğü çocuk, parmağı yanağında defn edilmişti. Ömer b. el-Hattab zamanında kabrinden çıkarıldığında, aynı öldürüldüğü günde olduğu gibi parmağı yanağında olarak bulundu. Uhdud Eshabı, İsa ile Muhammed (a.s.) arasındaki fetret devrinde, Necranda yaşamışlardır. Nitekim Müslim de böyle varit olmuştur.

KABİRDEKİ 40.GÜN

Haber nakledicileri derler ki: Muaviye Medine'ye su getirttiğinde, yolu kabristandan geçtiği için, halifeliği devrindeki insanlara ölülerini nakletmelerini emretti. Bu, Uhud olayı üzerinden tam elli yıl geçtikten sonra cereyan etmiştir. Ölülerini naklederlerken aynı öldükleri şekilde hiç bozulmamış olarak bulmuşlardır. Hatta Hamza b. Abdul-Muttalibi ayağına saplanan demir kürekle buldular. Cabir b. Abdullah babası Abdullah'ı kabrinden çıkarttığı zaman, sanki dün ölmüş gibi hiç bozulmamış bir halde buldu. Hülâsa şehitlerin ölmeyip diri oldukları ma'lum ve meşhurdur. Anlatmaya lüzum yoktur.

Bütün Medine halki şöyle anlatmıştır: Velid b. Abdu'l-Melik b. Mervan'ın halifeliği ve Ömer b. Abdül-Azizin valiliği zamanında, Peygamber (s.a.v.)'in kabrinin duvarı yıkıldığında, onlara bir ayak göründü, insanlar o ayağın Peygamber (s.a.v.)'in ayağı olacağından endişeye kapıldılar ve bağrışmaya başladılar. Onları sükunete ve huzura ancak, Said b. el-Museyyibin şu rivayeti kavuşturdu:

"Peygamberlerin cesedleri yeryüzünde kırk günden fazla kalmaz, kaldırılır." Sonra Salim b. Abdullah b. Ömer b. el-Hattab geldi ve halka, o ayağın dedesi Ömer el-Hattab'a ait olduğunu söyledi. Sahih hadiste varit olmuştur: Resûlullah (s.a.v.) şöyle buyurdu: "Cuma günü benim üzerime çok salavat-ı şerife getirin. Çünkü bu salavatınız bana sunulur." Ey Allah'ın Resulü, bizim salavatımız sana nasıl sunulur, sen çürümüş olmaz mısın?"

Şöyle buyurdu: **Allah (c.c.) toprağa peygamberlerin cesetlerini yemesini haram kılmıştır.** Bu hadisten anlaşıldığına göre, Peygamber (s.a.v.) kabrinde diridir, Allah tarafından rızıklanıyordur.

Yukarıda geçen: **"Peygamberler kabirlerinde kırk günden fazla durmaz."** hadisi, Hz.Muhammed (s.a.v.)'den başka Peygamberlere aittir. Veyahut Refi'den sonra tekrar dönerler, denilmiş ve bu anlama hamledilmiştir.

Bazı imamların sözlerinde görülüyor ki: Allah Teâla, Muhammed.(s.a.v.)'e, kendisi yeryüzünde oldukça, ümmetinin köklerini kurutacak bir belâ vermeyeceğini va'd etmiştir. Nitekim bu konuya "Oysa sen içlerindeyken Allah onlara azab etmez." ayetiyle açık ve seçik olarak işaret buyurulmuştur.

ÖLÜMÜ SIK SIK HATIRLAMAK

Müslim, Ebu Hureyre (r.a.)'dan:

"Peygamber (s.a.v.) annesinin kabrini ziyaret edip ağladı ve yanındakileri de ağlattı. Sonra şöyle buyurdu: "Annem için mağfiret dilemek hakkında Rabbimden izin istedim, bana izin vermedi. Kabrini ziyaret edebilmem için izin istedim, verdi. Onun için siz de kabirleri ziyaret edin, çünkü kabir ziyareti, kişiye ölümü hatırlatır."

İbn-i Mace'den:

Allah Resulü (s.a.v.) şöyle buyurdu:

"Sizi, kabirleri ziyaret etmekten nehyetmiştim. Dikkat edin! Şimdi kabirleri ziyaret edin. Çünkü o, dünyada kişiyi zahid kılar ve ölümü hatırlatır."

Ali b. Ebu Talib (r.a.)'dan:

Resûlullah (s.a.v.) bir kabristana uğradı, kabirleri şöyle dikkatle bir süzdü ve şöyle dedi:

"Ey kabir ehli, bize kendinizden haber verin. Veya biz size haber verelim: Bizden öncekilerin haberine gelince, mal taksim edildi. Kadınlar evlendi. Evlere de sizden başkaları yerleşti." Sonra şöyle dedi:

"Dikkat edin! Vallahi onlar şöyle demeğe muktedir oldular: "Takvadan daha iyi bir azık bulamadık."

Ebu'l-Ataiyye ne güzel söylemiş: "Hayret bu insanlara doğrusu! Ah bir düşünseler, kendi nefislerini hesaba çekseler, gerçekleri bir görebilseler, dünyanın bir geçiş köprüsü olup, onları bir yerden bir yere nakledeceğini bir bilseler! Yarın mahşer onları bir araya getirdiğinde, takva ehlinden başka hiç kimsenin kendisini övemeyeceğini bir anlasalar, takva ve iyiliğin sahip olunacak en güzel vasıflar olduğunu anlarlardı.

Sonra insanın böbürlenmesine şaşarım! Yarın o, kabrinde perişan olacaktır. Evveli nutfe, sonu cife olan insan neyine böbürlenir ki? Yarın elindekini istediği gibi kıymetlendiremiyecek, korktuğu şeyi erteleyemiyecektir. Hükmettiği her şey hususunda iş, kendisinden başkasına ait olacaktır. Kendisi hiçbir şey yapamıyacaktır. Zavallı nesine güvenir bilmem ki?

Katı kalp şu üç şeyle yumuşar: Bol bol kabirleri ziyaret etmek. Alimlerin, salihlerin meclislerinde bulunup, eski abid ve zahidlerin haberlerini onlardan dinlemek. Lezzetleri öldüren insanları birbirinden ayıran, bol ve müreffeh bir yaşantıdan sonra, oğulları, kızları, babaları ile iyi bir hayat sürdükten sonra, yetim bırakan ölümü düşünmek:

Bir kadın Hazreti Aişe (r.a.)'nın yanına girip şöyle sormuş:

- Ey Mü'minlerin Annesi, katı kalbin ilacı nedir?

- Onun ilacı, ölümü çokça hatırlamaktır. Kadın da onun verdiği bu öğüdü dinleyip kendi nefsinde uygulamış ve çok geçmeden de kalbi yumuşamış. Ve bundan dolayı Hazreti Aişe (r.a.)'ye teşekkür etmiştir.

Kişinin günah işlemesini, dünyalıklara karşı sevinmesini önlemek, başına gelen felaketleri önemsiz göstermek ölümü hatırlamanın faydalarındandır. Derler ki: Kalbin katılığını gideren şeylerden birisi de can çekişen insanların yanında bulunmaktır. Çünkü onların nasıl can verdiklerini, ne gibi şiddet ve sıkıntı içinde kıvrandıklarını, ruhun bedenden çıkış anındaki hareketlerini görmek, ibretlerin en büyüğüdür. Çünkü her insan çok geçmeden aynı sonuca maruz kalacaktır. Onun için ölümden ibret almayana hiçbir öğüt fayda vermez.

ÖLÜMÜ TEMENNİ ETMEK YANLIŞTIR

Bir müslüman, malında, vücudunda, hanımı veya çocuğunda baş gösteren herhangi bir hastalık veya musibetten dolayı kesinlikle ölümü dileyemez ve ölmesi için Allah'a dua edemez. Müslim'in Enes (r.a)'dan naklettiği bir hadiste Resûlullah (s.a.v.) şöyle buyurmuştur:

"Uğradığı herhangi bir zarardan (veya musibetten) dolayı hiçbiriniz asla ölümü temenni etmesin. Mutlaka temenni etmesi gerekirse şöyle dua etsin: "Allah'ım, yaşamak benim için hayırlı olduğu sürece beni yaşat; ölüm benim için hayırlı ise beni öldür!"

Yine Enes (r.a.)'dan: Resûlullah (s.a.v.) şöyle buyurmuştur: "Hiçbiriniz ölüm istemesin. Eğer iyi bir kişi ise, belki iyiliği artar, kötü biri ise, belki tevbe edip günahlarından vazgeçer de ölmeden Allah'ın rızasını taltp etmiş olur." Alimler görüşlerinde: "Başınıza ölüm musieti gelmiş ise..." (Maide süresi, âyet: 106) ayeti kerimesinde ölümün musibet olduğunu beyan ederler.

Çünkü ölüm bir halden diğer bir hale, bir yurttan diğer bir yurda (Dünyadan Ahirete) göçüp gitmektir. Onun için O, büyük bir musibet ve büyük bir perişanlık olmuştur. Ondan daha büyüğü ise, ölümden gafil olmak, onu anmamak, onun hakkında az düşünmek ve gereken ameli terk etmektir. Alimler şu hususta fikir birliği yapmışlardır: Ölüm ibret alan için başlıbaşına bir ibret, düşünmesini bilen için başlıbaşına bir tefekkürdür. Bir hadis-i şerifte şöyle geçer: "Eğer hayvanlar ölüm hakkında sizin bildiklerinizi bilselerdi (hepsi canlarına kıyardı da) siz onlardan hiçbir semiz hayvanın etini yiyemezdiniz."

Şöyle anlatılır: Bir bedevî bir deve üstünde yolculuk yaparken, deve ansızın yere yığılıp ölmüş. Bedevî hemen inip devenin etrafında dolaşmaya bir taraftan da düşünüp şöyle demeğe başlamış: "Neden ayağa kalkmıyorsun? Neden kımıldamıyorsun? İşte organların mükemmel! Azaların sapasağlam! Neyin var? Seni taşıyan ne idi? Seni yaşatan ne idi? Seni yere seren nedir? Seni kımıldatmayan şey nedir?" Sonra devesini orada ölü olarak bıraktı. Derin düşünceler ve hayretler içinde kalkarak oradan ayrıldı.

Bu başımıza gelen, Ma'budun muhkem bir emri ve hükmüdür. Allah bir şeye hükmettimi tam hükmeder. Yazık, eğer insan ölümün kadrini tam anlamıyla bilseydi, böyle bir musibetten gereği gibi ibret alsaydı, bu musibet hiç de sabredilemiyecek bir musibet olmazdı. Bu öyle gerçektir ki hepimiz ondan haberdarız deriz, fakat ne hazindir ki davranışlarımızla sanki onu anlamamış gibi bir görünüm içinde oluruz.

Hakim ve Tirmizî'den: "Adem aleyhisselam'ın çocuğu öldüğü zaman, şöyle dedi:

- Ey Havva, oğlum öldü. Havva sordu:

- Ölüm nedir?

- Ölüm kişiyi, yiyemez, içemez, kalkamaz ve oturamaz yapar, deyince, Havva ağladı. Adem aleyhisselam şöyle dedi:

- Sen ağlayabilirsin. Kızların da ağlayabilirler, fakat ben ve oğullarım ağlamayız."

Bir rivayet: "Azrail aleyhisselam Halil İbrahim aleyhisselam'a, ruhunu kabzetmek için geldi. İbrahim aleyhisselam Azrail aleyhisselam'a dedi ki: "Sen hayatında, bir dostun, bir dostunun ruhunu kabzettiğini gördün mü? Azrail aleyhisselam Rabbinden durumu sordu, Rabbi şöyle buyurdu: "Ona de ki: Dost, dostuna kavuşmak istemez mi?"

Bu emri alan Azrail aleyhisselam derhal İbrahim aleyhisselam'a gitti. İbrahim aleyhisselam'ın cevabı: "İşte şimdi ruhumu al!" şeklinde oldu.

Ebud Derdâ (r.a.) şöyle derdi: "Hiçbir mü'min yoktur ki ölüm onun için hayırlı olmasın. Bana inanmayan lütfen şu ayeti okusun:

"Allah katındaki şeyler, iyi olanlar için daha hayırlıdır." (Al-i İmran süresi, âyet: 198)

Hasan b. Esved der ki: "Mü'min için ölüm daha hayırlıdır, çünkü ölümde, sevgilinin sevgiliye kavuşması vardır."

Yusuf Aleyhisselam'ın, Peygamberlik ve hakimiyete eriştiği zaman söylediği şu sözünü naklen, Allah şöyle buyurmuştur: "Benim canımı müslüman olarak al ve beni iyilere kat." (Yusuf süresi, âyet: 101)

İmam Malik Ebu Hureyre (r.a.): Resûlullah (s.a.v.) buyurdu: Kişi, bir insanın kabrine uğrayıp: "Keşke şimdi ben bunun yerinde olsaydım" demedikçe kıyamet kopmaz. Bir hadiste şöyle geçer: Allah Resulü (s.a.v.) duasında şöyle derdi: "Allah'ım ben senden, iyi işleri yapmayı, kötü işleri bırakmayı, yoksulları sevmeyi dilerim. İnsanlara fitne murat edersen, beni kendine, fitne uğramamış bir halde kabz et."

İmam Malik'den: Ömer (r.a) şöyle dua ederdi: "Allah'ım gücüm kalmadı. Yaşlandım. Raiyyem her tarafa yayıldı. Vazifemde kusur etmeden, kimsenin hakkını zayetmeden beni kendine al" Allah onu kendine alıncaya kadar (duası böyle devam etti.)

Ebu Abdullah el-Gifarî taun (veba) dan kaçan bir cemaati gördüğünde şöyle dua ederdi: "Ey Veba, beni kendine al!" Bunu üç kere tekrarladı ve kendini ayıplayanlara da şöyle dedi:

Resûlullah (s.a.v.)'in şöyle buyurduğunu duymadın mı: "Şu altı şeyi görmeden ölüme koşun: Akılsızların emir olması, jandarma' (ve polislerin) çoğalması, hükmün satılması, (Dini prensiplerin hafife alınması) sılayı rahmin terk edilmesi, Kur'an'ın meamir edinilmesi (Yalnız güzel seslerin itibar görmesi) Fıkıh yönünden az ve eksik olsa da, kişinin güzel sesle ve teğanni ile Kur'an okuması için ittihaz edilmesi."

Bir rivayet: Hasan el-Basrî (r.a.) bir hastanın ziyaretine gider. Onun can çekiştiğini, şiddet ve acılar içinde kıvrandığını görür. Sonra benzi soluk bir halde evine döner. Ona yemek getirdiklerinde, yemek yemez. Yanındakiler: "Bu yemek çok lezzetlidir, neden yemiyorsun?" diye sorduklarında şu cevabı verir: "Yemeğinizi siz yeyin. Beni yemek yemekten alıkoyacak öyle ibretli şeyler gördüm ki, ne iştahım kaldı ve ne de takatim."

Hasan el-Basrî (r.a.) bir şahsın, kabirler arasında oturup ekmek yediğini görür, ona şöyle çıkışır: "Şu kabirleri görmen, seni ekmek yemekten nasıl alıkoymuyor, doğrusu şaşıyorum."

KABİR ZİYARETLERİ ÖNEMLİDİR

Kabir ziyaret edecek kimsenin karnının aç olması daha iyidir. Çünkü tokluk kulun ölülerden ibret almasını engeller. Masiyetlerden hiçbir şeyi yapmamaya azmetmesi lazımdır. Çünkü şeytanların vesvesesiyle böyle bir şeye azmetmek, ibret alınmasına mani olur. Dünyada zühd-ü takvayı tercih etmek: Zira dünyaya rağbet, kalbin katılaşmasına yol açar.

Bu sebepledir ki, insanların çoğu kabir ziyaretinden ibret alamaz olmuştur. İçlerinden biri kalkar evliya kabirlerini ziyaret eder de kalbinde herhangi bir yumuşama husule gelemez ve asla ağlayamaz. Zira insanların çoğu, kabir ziyaretini, birbirleri ile toplanmak ve buluşmaya bir vesile ederler. Tıpkı nehirlere, parklara gezmeye gidiyorlarmış gibi bir görüntü arz ederler.

Müslümanların kabri üzerine bevl eden ve kirleten bir hayvan olursa, onu bundan men etmek gerekir. Zira, bir Müslümanın **kabrinde temiz olmayan şeylerin bulunması, yaptığın ziyaretten hasıl olacak bütün sevabları iptal eder. Kabrin temiz tutulması gerekir.**

Kabir ziyaretçisi ibretle şunları düşünmelidir: Bu adam toprağın altına nasıl girdi? Nasıl da çoluk çocuğu, yaran ve ahbabından koptu? Bakınız şimdi cevab veremiyor? **Tekrar dünyaya dönüp güzel amellerde bulunmak ister ama, müsaade veren yok! Bu arzusu kesinlikle yerine getirilmez.**

Ziyaret ettiği kabir bir padişah veya emirin kabri ise, şu düşünceler tüm varlığını sarmalıdır: Ordulara hakim, insanları idare eden, bu zata bir bak, nasıl da kabre girmiş, aziz olduktan sonra şimdi zelil! Hani nerede o sohbet ettiği dostları, aşiretleri? Hani nerede o biriktirdiği malları ve hazineleri? Bir fayda verdi mi ona bunlar? Ölüm öylesine aniden ve beklenmedik bir anda gelip yakaladı ki onu, ölüme birazcık olsun hazırlanmaya, birazcık olsun azık almaya bile fırsat vermedi.

Eğer ziyaret ettiği kabirler, arkadaşlarının ve kardeşlerinin kabirleri ise o zaman şöyle düşünmelidir: Sağlıklarında bunlar didindiler, çalıştılar, umutlar beslediler, paralar ve mallar topladılar, biriktirdiler, binalar yaptılar, apartmanlar inşa ettiler, ağaçlar dikip bağlar, bahçeler edindiler. Sağlık ve esenlik içinde müreffeh bir hayat geçirdiler. Lezzetli ve enfes yemekler yediler.

Ne oldu şimdi? Hani evleri, malları onlara bir yarar temin etti mi? Toprak nasıl yüzlerinin güzelliğini silip süpürmüş? Yerin altında azaları nasıl da vücutlarından kopmuş, parçalanmış? Dağılıp toprak olmuş. Çürüyüp kemik yığınına dönüşmüş? Kendilerinden sonra kadınları dul, çocukları yetim kalmış. Kendilerinden sonra, o yaşadıkları güzel ve asude hayattan yoksun olup fakirleşmişler ve şimdi kıvranıyorlar. İşte bunları düşünüp sağlığı ile gurur duymasın, boş kuruntulara kendini kaptırmasın. Ölüm onları hiç beklemedik bir anda yakaladı. O günlerde hiçbirinin aklına ölmek gelmemişti.

Yine Hasan el-Basrî (r.a.) konuşuyor:

"Biriniz kabristana gittiğinde orada yatanların halini düşünsün; gözleri yerlerinden fırlayıp nasıl yanaklarına akmış. İnsanlara belagat ve fesahatiyle hücum eden o sağlıklı dillerini nasıl toprak yiyip bitirmiş. O inci gibi dişleri toprağın içine nasıl yerlerinden çıkıp savrulup saçılmış.

Ariflerden biri der ki: Mevtalardan biri günahkâr olup kendine yazık etmiş olursa ve bir kişi de onu ziyaret ederse, mutlaka kabrinin başında durup Allah tarafından bağışlanması için ona dua ve istiğfarda bulunmalıdır.

Allah tarafından affedildiği kanaati hasıl oluncaya kadar kabrinden ayrılmamalıdır. Nitekim Peygamber (s.a.v.) hem annesinin hem de babasının kabrini ziyaret edip Allah'dan, onları tekrar diriltip kendisine iman etmelerini istemiştir. Bunu sırf cahiliyet devrinde öldükleri için yapmıştır. Sanki Resûlullah (s.a.v.)'in peygamberliğine erişip de ona iman etmişler gibi olmuşlardır. Seleme b. Said el-Cu'fî (r.a.) şöyle anlatmıştır:

Allah (c.c), Peygamber (s.a.v.)'in amcası Ebu Talib'i diriltti de, O'na iman etti. Peygamber (s.a.v.)'in bu babtaki mucizeleri sayılamayacak kadar çoktur. El-Hafız Celal es-Suyûtî bu hususta birkaç telif ismini verdi. Ve bize onları anlattı. Aynı görüşü paylaşan tam on iki Hadis Hafızının ismini saydı.

RUHUN BEDENDEN ÇEKİLİP ÇIKARTILMASI

Buharî ve diğerleri Aişe (r.a.)'dan rivayet ettiler:

"Resûlullah (s.a.v.) irtihal-i Dari'l-Beka eylerken, önünde, içinde su bulunan bir kap vardı. Mübarek elini ona sokar, aldığı suyu yüzüne sürerdi. Ve şöyle derdi: "La ilahe illallah" Ölümün kişiyi mest etme halleri vardır." Sonra mübarek elini şöyle diyerek dikti: "Er-Refıku'l-A'la = Yüce Dost'a... Nihayet ruhunu teslim etti ve dikilmiş olan eli aşağı ya meyl edip düşüverdi."

Aişe (r.a.) şöyle derdi: "Resûlullah (s.a.v.)'ın bu şiddetli ölümünden sonra, hiç kimsenin kolay ölmesine asla gıbta etmem." Bunu Tirmizî tahriç etti.

Buharî Hazretî Aişe (r.a.)'dan: "Resûlullah(s.a.v.)'ın ölümünden sonra, hiç kimsenin çetin ölmesini kerih görmem."

İbn-i Ebî Şeybe, Müsnedinde, Cabir (r.a.)'dan, O da Peygamber (s.a.v.)'den rivayet etmiştir: "İsrailoğulları hakkında konuşun, beis yok. Onların çok hayret verici durumları vardır."

Sonra bize şöyle anlatmaya başladı: "İsrailoğullarından bir grup çıkıp kabristanlarından birine geldi. Dediler ki: İki rek'at namaz kılalım da, bu namazdan sonra Allah'tan, bazı ölüleri diriltmesi ve onların bize ölüm hakkında haber vermelerini dileyelim. Dediklerini yaptılar. Hemen bir adamın başı kabrinden çıktı. Rengi simsiyah, iki gözünün arasında secde eseri (izi) görülüyordu. Şöyle seslendi: Ne istediniz? Ben öleli tam yüz yıl olmasına rağmen, hala şimdiye kadar ölümün harareti dinmedi. Allah'a dua edin de beni eski halime döndürsün."

Hadiste varit olmuştur: "Kul büyük bir sıkıntı içinde can verir. Ölüm sarhoşluğu (sekeratül mevt) içinde olur. Azaları birbirlerine selam verip, şöyle diyerek veda eder: **"Selam sana! Artık sen benden ayrılıyorsun, ben de senden ayrılıyorum. Kıyamete kadar ayrı kalacağız."**

Anlatıldığına göre, Allah Teâla İbrahim (a.s.)'a: "Ey İbrahim, ölümü nasıl buldun?" diye buyurmuş. Şöyle cevab vermiş: **"Yaş ve ıslak bir yünün içinden bir şişin çekilip çıkarılması gibi** buldum." Allah da: "Ama biz onu sana kolaylaştırdık" diye tekrar buyurmuş.

Bir rivayet: "Musa (a.s.)'ın ruhu Allah'a varınca, Rabbi ona şöyle hitab etti: "Ey Musa ölümü nasıl buldun?"

Musa (a.s.): "Ölüp rahata kavuşamayan, kurtulup uçamıyan tavaya düşmüş bir serçe kuşu gibi buldum." diye cevab vermiş. Diğer rivayette ise şöyle geçer:

"Ruhumu kasabın eliyle yüzülen koyun gibi buldum."

Hadiste varit olmuştur: "Ölüm, kılıçların darbesinden, hızarların biçmesinden, makasların kesmesinden daha çetindir."

Hafız Ebu Nuaym'in Peygamber (s.a.v.)'den naklettiği rivayetinde ise şöyle buyurulmuştur: "Nefsim yed-i kudretinde olan (Allah)'a yemin ederim ki, ölüm meleğini görmek, kılıçla bin darbe yemekten daha çetindir!"

İsa (a.s.) Havarilerine şöyle derdi: "Allah'a, size kolay bir ölüm vermesi için yalvarın."

Ebu Humeyd et-Tavil'in naklettiği hadiste ise şöyle geçer: "Ölürken kulu, melekler tutarlar. Eğer öyle olmasaydı, ölümün sebep olduğu acılardan dolayı kul, sahralara, dağlara koşardı."

Hadiste varit olmuştur: "Bütün yaratıklar öldükten sonra, sıra Azrail'e gelecek. Allah Azrail'in ruhunu kabz ettiği zaman, Azrail şöyle diyecek: "Eğer ölümün bu kadar ağır olduğunu bilseydim, onun hakkında şimdi bildiğimi bilseydim, İzzetin ve Celal'in hakkı için hiçbir mü'minin canını almazdı."

Yine hadiste varit olmuştur: "Resûlullah (s.a.v.)'e ölüm ve şiddeti soruldu. Şöyle buyurdular: **"En kolay ölüm, yüne saplanmış çengel gibidir. O çengeli yünden çıkarırken beraberinde yünden bir parça olmaksızın çıkmaz."**

Amr b. el-As (r.a.) ölürken, oğlu ona: "Babacığım, derdin ki "Ah akıllı bir adamı ölürken görsem de ona, "anlatır mısın ölüm nasıl bir şeydir?" diye sorsam. Şimdi sen aynı durumdasın. Bana ölümü anlatır mısın? Nasıl bir şeyir o?" diye sorunca, şu cevabı vermiş: "Oğlum, vallahi sanki cismim ateşten bir kuyu içindedir. Sanki ben iğnenin deliğinden nefes alıyorum. **Ruhum sanki ayağımdan başıma doğru çekilen bir diken dalıdır.**" Sonra da şu sözleri terennüm etmiş:

"Keşke bu başıma gelmeden, dağ tepelerinde dağ keçilerini gütseydim!"

Merfu bir hadiste varit olmuşdur: "Eğer ölümün bir tek kılı, yer ve gök ehlinin başı üzerine konsaydı hepsi birden ölürlerdi."

GÖKYÜZÜNÜ SARAN AZRAİLİN YANINDA DÜNYA KÜÇÜK MÜ KALIR?

Ömer bin Abdu'l-Aziz şöyle dermiş: Allahü A'lem, duyduğuma göre Azrail herkesin yüzüne günde üçyüz altmış kez bakarmış. Yine duydum ki: Ölüm Meleği semanın altından her eve yedi yüz kez bakarmış. Şöyle rivayet edilir: **Ölüm meleğinin başı gökte, iki ayağı yerde, bütün dünya ölüm meleğinin elinde, birinizin önüne koyup içinden yemek yediği tabak gibidir.**

Şöyle duydum: **"Dünyanın ortasında durur, bir anda karalarını denizlerini, dağlarını, görür. Seyreder. Onun önünde dünya birinizin iki ayağı arasında duran bir yumurta gibidir."** Şunları da duydum: Ölüm Meleğinin yardımcıları vardır. Onları ancak Allah bilir. **İçlerinde öyle bir Melek vardır ki Hak Teâla ona gökleri ve yerleri yutmak için izin verse, bir lokmada onları yutar.**

Azrail'den diğer Melekler, içinizden birinin yırtıcı ve tehlikeli hayvanlardan korktuğundan daha çok korkarlar. Arşın hamili bulunan Melekler Azrail'e rastladıklarında, o kadar korkarlar ki, eriyip bir arpa tanesi kadar olurlar.

Azrail, Ademoğlunun ruhunu bütün azalarının altından, tırnağından ve saçlarının dibinden çekip, alır. Bir mafsaldan

diğer mafsala geçerken, ruh, bedenden ancak bin kılıç darbesinden, şiddetli bir darbeye ve acıya maruz kalarak ayrılır. Ölümün bir kılı eğer yer ve öklerin sakinlerine konsa, hepsi ölürler, eriyip giderler.

Ruh boğaza geldiğinde artık ölüm meleği hemen onu kabzeder. Azrail müminin ruhunu kabz ettiği zaman, hemen onu ipek gibi **beyaz bir örtüye** ve miskü anber içinde sarar. Kâfirin ruhunu kabzettiğinde, onu **simsiyah bir örtüye sarar**, leşten daha kötü kokan ateşten bir kap içine koyar.

Neseî, İbn-i Mace ve diğerleri, Ebu Hureyre (r.a.)'dan naklen rivayet etmişlerdir: Allah Resulü (s.a.v.) şöyle buyurdu: "Lezzetleri yıkan (ölümü) çok hatırlayın!" Nitekim merfu bir rivayette: "Lezzetlerin yıkıcısının ölüm olduğu " açıklanmıştır.

Malik ve İbn-i Mace derler ki: "Ensar'dan bir adam dedi ki:

- "Ey Allah'ın Resulü, Mü'minlerin hangisi daha üstündür?

- "Ahlakça en güzel olan." buyurdu.

- "Peki hangisi daha yiğittir?" diye sorunca, şöyle buyurdular:

- "Ölümü en çok hatırlayanları. Bir de ölüme en güzel hazırlananları. İşte yiğitlerin ta kendileri onlardır."

Tirmizî'den rivayet edilen bir hadisi şerifde Resûlullah (s.a.v.) şöyle buyuruyor: "Lezzetleri yıkanı çokça hatırlayın. Çünkü günahları temizleyen ve kişiyi dünyada zahid kılan odur."

Peygamber (s.a.v.) şöyle derdi:

"Vaiz olarak ölüm yeter!"

Resûlullah'a (s.a.v.) sordular: **"Ey Allah'ın Resulü, şehidlerle birlikte haşredilecek kimse var mıdır?"**

"Evet! Günde yirmi defa ölümü hatırlayan kişi."

Ömer b. el-Hattâb (r.a.) ölüm hakkında şöyle söylüyordu:

"Gördüklerinden hiçbir şeyin beşaseti (sevinci) kalmayacak, sadece Ma'bud kalacak. Mal ve çocuklar yok olacak, hazineler ihtiyarlığa karşı fayda vermedi, ebedî olmadılar. **Cin, ins ve rüzgârların emrinde olduğu Süleyman da baki kalmadı.** Herkese hükmeden, her yerden kendilerine insanlar gelen krallar hani nerede?

Derler ki: Bu dünyada kişi iki şeyden emin değildir: Darlık ve genişlik. Diğeri bolluk ve üzüntü. **Onun için sıkıntıdan kurtulmak, nimete karşı gafletini hafifletmek için kişi ölümü hatırlamaya muhtaçtır.** Ölümü hatırlamak, insanı n boş kuruntusunu önler, kişiye eceli bekletir.

Ölümün belli bir kişisi yoktur. Belirli bir hastası yoktur. Belirli bir zamanı da yoktur. Bu sebebledir ki yiğitler hep onun için hazırlanmışlardır. Daima hazırlıklı olmuşlardır.

Bir rivayete göre adamın biri Medine tepelerinde bütün gece, "Göç, göç!" diye bağırırmış. Öldüğü zaman, Medine'nin Emiri Onun sesini duymaz olmuş. Yanındakilere sorunca şöyle demişler: "O öldü." Emir hemen şöyle bir şiir irad etmiş:

"Göç, göç!" diye bağırıp dururdu.

Nihayet develer gelip göç etmesi için kapısında çöküverdi.

Onu kollarını sıvamış tam bir hazırlık içinde yakaladı.

Emeller, boş umudlar hiçbir zaman onu Ölümü hatırlamaktan alıkoymadı."

Yezid er-Rakkaş daima nefsini kınar ve şöyle seslenirdi: "Yazık sana ey nefis, ölümden sonra senin namına kim dua edecek?" Yine şöyle derdi: "Ey insanlar! Neden ağlamıyorsunuz? Niçin kalan ömrünüzü değerlendirmiyorsunuz? Madem ki ölüm randevusu, kabir evi, toprak yatağı, kurt arkadaşıdır, büyük bir korku da onu durmadan rahatsız ediyor, öyleyse uykudan o, nasıl zevk alabilir?" İşte böyle diyerek ağlıyordu.

Ömer b. Abdu'l-Aziz de fakîhleri toplar, aralarında ölümü, **kıyametin dehşetini, ahiret hesabının şiddetini, sırat köprüsünden nasıl geçeceklerini müzakere ederlerdi.** Süfyan es-Sevrî (r.a.) da ölümü hatırladığı zaman, günlerce kimse ondan faydalanamazdı, çünkü o ne yer ne de içerdi.

O esnada kendisine dinî bir mesele sorulduğunda: "Bilmiyorum!" derdi. Ali b. el-Fudayl b. Iyad ölümü hatırladığı zaman, ızdırapdan mafsalları birbirinden ayrılırdı. Yusuf b. Eğbat bir cenazeyi uğurladığı zaman üzüntüsünden ölecek gibi olur, yürüyemez hale gelir, insanlar elinden tutup onu güç bir halde evine getirirlerdi.

Muhammed el-Leffaf a gelince, şöyle derdi: "Kim ölümü çokça hatırlarsa kendisine şu üç şey ikram edilir: Hemen tevbe etmek, kanaat, ibadette canlılık. Kim de ölümü unutursa, üç şeyle cezalandırılır: Tevbeyi geciktirmek, dünyaya lüzumundan fazla meyletmek. Taat ve ibadete karşı tembellik göstermek.

Ölümü ve onun acısını düşünün, sunacağı kâsenin içilmezliğini tefekkür edin, güçlüğünü hiçbir an aklınızdan çıkarmayın. Çünkü O kalbleri parçalayan, gözleri ağlatan, cemaati dağıtan, lezzetleri ve zevkleri öldüren, umutları söndüren bir şeydir.

Öleceğinizi, evlerinizden, köşelerinizden ayrılacağınızı, evlerin genişliğinden kabrin darlığına çıkıp gideceğinizi, arkadaş ve dostların fayda vermeyeceğini, kardeş ve arkadaşlardan ayrılacağınızı, yumuşak yatak ve yorganınızdan sizi alıp sert ve haşin toprağın derinliğine gömdükten sonra tekrar evlerine döneceklerini, yine yemelerine, içmelerine, gülmelerine, şehvetlerine, sanki sizi hiç tanımamışlar gibi, devam edeceklerini, iyiden iyiye bir düşünün!" demektedir.

Zahidlerden biri şöyle dermiş: Ey mala mal katanlar, ey yüksek yüksek binalar yapıp apartmanlar dikenler, mallarınızdan size sadece kefenler kalacak, binalarınız harap olacak, şimdi söyle bakalım, o topladığın paralar ve mallardan hiçbiri seni karşılaştığın felâketlerden kurtarabildi mi? Hayır! Bilâkis onları sana teşekkür bile etmeyen kimseler bıraktın. Kabahatlarında seni mazur görmeyecek kimselere verdin. Bu hususta şu şiiri irad ettiler:

"Bütün ömründe çalışıp biriktirdiklerinden senin nasibin: İşte sarıldığın iki parça bez ve bir de ıtırdır." Bir diğeri de şöyle der: "Bir bak şu nice dünyalıklara malik olana, Dünyadan kefenden başka ahirete bir şey götürebildi mi?"

Hadiste şöyle buyurulmustur: **"Asıl yiğit, nefsini yenip, ölümden sonrası için çalışandır. Aciz kişi ise, nefsânî arzularının ardından gidip Allah'a karşı boşu boşuna güven içinde olandır."**

Hasan el-Basrî (r.a.) der ki: "Boş kuruntuların helak ettiği kavimden olmayın! **Çünkü onlar, hiçbir sevabı ve iyiliği olmadan dünyadan göçüp giderler. Biri de kalkar şöyle der: Ben Rabbime karşı iyi zanda bulunuyorum (O nasılsa beni affeder). Böyle diyen kişi yalan söylemiştir.**

Çünkü o Rabbine karşı **gerçekten hüsnü zanda** bulunsaydı, doğru bir yol üzere olur, güzel ve iyi amellerde bulunurdu. Nitekim bu hususa Allahü Teâla şöyle işaret buyurmuştur: **"İşte Rabbinizi böyle sanmanız, sizi mahvetti de hüsrana uğrayanlardan oldunuz."** (Fussılet süresi, âyet: 23)

Bakiyye b. el-Velîd arkadaşlarına mektub yazar şöyle öğütte bulunurdu: "Sakın aldanıp uzun ömürlü olmayı ve çok yaşamayı umud etmeyin. Günahlar işleyip Allah'a karşı boş bir güven içinde olmayın. Kim böyle yaparsa, soğuk bir demiri dövmüş olur.

ÖLEN KİŞİNİN ALNININ TERLEMESİ İYİYE İŞARETTİR

İbn-i Mace ve diğerleri Bureyde'(r.a.) dan nak.ederler: Resûlullah (s.a.v.) şöyle buyurmuştur: **"Mü'min, alnı terleyerek ölür."** Tirmizî bu hadisin (hasen) olduğunu ifade etti.

Yine Tirmizî "Nevâdiru'l-Usûl"ünde Selman el-Farisî (r.a.)'dan nakletmiştir. Dedi ki: Resûlullah (s.a.v.)'in şöyle buyurduğunu duydum: "Kişi ölürken üç şeyi gözleyin: Eğer alnı terler, gözleri yaşarır, boğazı yayılırsa, bilin ki bu, Allah tarafından ona ihsan edilen bir rahmettir..."

Ubeydullah şöyle derdi: Az da olsa müminin hatalarından bir kaçı kalabilir. Ölümü anında, bu yüzden cezalandırılır, alnı terler

Bir başkasının görüşü: Alnı, Allah'ın kendisini bağışladığını, ona müsamaha ettiğini görünce, utancından ve hayasından dolayı terler. Hiçbir veli ve Sıddîk yoktur ki, kendi kusuru ve kötülüğüne rağmen Allah'ın huzuruna varıp, ihsanını gördüğü zaman, utancından terlemesin.

Abdullah b. Mes'ud (r.a.)'ın görüşü: Kulun günahlarından bir kaçı kalabilir de ölüm anında sırf bu yüzden cezalandırılır ve alnı terler, dünyadan ayrılırken biraz sıkıntı çeker, sonra da günahlardan arınmış olarak Rabbi (c.c.)'nin huzuruna tertemiz bir halde gider.

İmam Kurtubî (Rahimehullah) der ki: Ölüm anında yukarıda anlattığımız üç alametin tümü, yahut biri veya ikisi görülebilir. Biz sadece alın terini görmüşüzdür.

KABRİ BİR ÖRTÜYLE ÖRTMEK

Resûlullah (sa.v.) namazını kıldırmadığı bir cenazenin ardından gitti, kabre varınca bir çarşaf getirtti, onunla kabrin üstünü kapattı ve şöyle buyurdu: "Kabrin içine bakmayın. Çünkü o bir emanettir. Kim bilir belki adam cehennemlik olur da Selasil'in (zebani zincirlerinin) sesini duyar." Gösterilen sebebten anlaşılıyor ki kabrin kapatılması sadece kadınlar için değil, kadın olsun erkek olsun her ölü için müstahab olur.

Enes b. Malikten nakledilen başka bir rivayette Resûlullah (s.a.v.) şöyle buyurmuştur: **"Kabre bakmayın. Çünkü o bir emanettir. Belki kuluna Allah'ın takdir ettiği azab ve ukubetle karşılaşır da, birinizin gözüne mevtanın boynunda dolanan siyah yılan ilişiverir."**

Veyahut **"Ateşe atılması emredilir de anlatılan o siyah Selasil (Siyah Zebani zincirlerinin) sesini duyar."** denilmiştir. İşte bütün bunlar onun yaptığı kötü amelleridir. Nitekim alimler şöyle demişlerdir: Her insanın kıyamete kadar kendisine azab vereceği kötü ameli bulunduğu düşünülebilir.

İmam Kurtubî anlatıyor: Arkadaşı Abdurrahman el-Kusari kendisine nakletmiş: İstanbul'da yetkililerden birinin defninde bulundum. Ona kabir kazdılar. Kabir işini bitirdiklerinde, kabrin içinde siyah büyük bir yılanla karşılaştılar. Onu o kabre koymaktan korktular, başka bir kabri kazdılar. Onu oraya koymak üzere iken bir de ne görseler aynı yılan orada değil mi? Adama tam defalarca kabir kazdılar. Fakat aynı yılan her seferinde karşılarına çıktı. Sonunda Allah (c.c.)'ye teslim olarak onu o yılanla birlikte defnetmeye ittifakla karar verdiler.

KABİR BAŞINDA DUA

İmam Ahmed b. Hanbel der ki: Kabristana girdiğiniz zaman Fatiha'yı, Kulhuvallahu ehad'ı ve Muavvizeteyn (Felâk ve Nâs) sûrelerini okuyun. Hasıl olan sevabı oradaki ölülere bağışlayın. Çünkü o sevablar ruhlarına ulaşır.

Daha önce sevabın ulaşma hususunu inkâr ederdi. Fakat bazı güvenilir raviler kendisine, Ömer b. El-Hattab'ın defn edildikten sonra ruhuna Fatiha'yı, Bakara süresinin sonunun okunmasını vasiyyet ettiğini, nakledince bu fikrinden vaz geçmiştir. Şeyh İzzeddin hakkında anlatırlar: O ölülere kıraat sevabının ulaşmasını inkâr edermiş. Ve şöyle dermiş: Allah Kuran'da "İnsan ancak çalıştığına erişir" buyurdu.

Öldüğü zaman, arkadaşlarından biri onu rüyasında görmüş ve bunu sormuş. Şu cevabı vermiş: Kur'an okuma sevablarının ölülere vasıl olduğunu kabirde görünce, okuyanın bağışladığı sevablar ölülere vasıl olmaz diye sarf ettiğim sözlerimden rücu ettim. Bunu Hafız Es'selefinin şu rivayeti teyid etmektedir: Kabristana uğradı, on bir kere (Kul Huvellahu Ehad) süresini okuyup sevabını ölülere bağışlardı. Ecirden (kendisine) tam oradaki ölüler sayısınca verildi."

Hasan el-Basrî der ki: Kim kabristana girip: Dünyadan inanarak çıkan, şu eskiyen ve dağılan cesedlerin çürüyen kemiklerin Rabbi olan Allah'ım, onlara şen bir ruh ve sükûnet idhal eyle!" duasını okursa, ona onların sayısınca sevab yazılır.

İmam Kurtubî der ki: Alimler, ölüler için verilen sadakaların sevabı ve okunan Kur'an'ın, yapılan istiğfar ve duaların sevabının vasıl olacağına dair ittifak etmişlerdir. Şu hadis onların bu görüşünü teyid eder: "Her iyilik bir sadakadır."

Görülüyor ki yalnız mala sadaka denilmemiş, başka şeylerin de sadaka olabileceği belirtilmiştir. Şu hadiste teyid eder: "Kabrinde ölü, boğulmakta olan kimse gibidir; babasından, kardeşinden veya arkadaşından dualar bekler. O sevablar gelip de kendisine ulaştığı zaman, onun için bu, bütün dünya ve içindekilerden daha sevimli ve makbul olur. Dirilerin ölülere hediyesi: Yapacakları dua ve istiğfardır."

Hasan el-Basrî'den: Bir kadın kabrinde azab çekermiş. İnsanlar rüyalarında bunu görürmüş. Sonra yine rüyada görüldü. Fakat bu defa nimetler ve refaha gark olmuş bir halde görülmüş, sebebi sorulduğunda şu cevabı vermiş:

"Yanımızdan bir adam geçti, Fatiha'yı salavatı şerife ile beraber okuyup sevabını bizlere bağışladı. Kabirde beşyüz altmış kişi azab görmekteydi. Şöyle bir ses geldi: "Ne duruyorsunuz şu adamın Peygamber (s.a.v.)'in üzerine getirdiği Salavat-ı Şerifenin bereketi sayesinde, onların azablarını kaldırın!"

Bir Hikâye: Hars b. Minhal'dan: "Cûbane b. Murreyi ziyaret ettim. Mihrabda uykum geldi. Uyudum. Orada bir kabir bulunmaktaydı. Bir demir topuzu sesini duydum. Baktım ki onunla o kabirde yatan kimse dövülüyor. **Boynunda bir zincir. Yüzü simsiyah. Gözleri mavi**. Şöyle diyordu: Eyvah şu başıma gelenlere bir bakın. Beni dünya ehli bir görse, hiçbiri en ufak bir günah bile işlemez. Vallahi ben zevk ve safaya daldım. İşte gördünüz beni perişan etti. Hatalar işledim, beni helak etti. Yaktı. Çoluk çocuğuma benim bu feci durumumu bildirecek kimse yok mu?

Büyük bir korku ve ürperti içinde uyandım. Onun çoluk çocuğunu araştırdım, soruşturdum; üç tane kızı bulunduğunu bildirdiler. Hemen koşup babalarının durumunu bildirdim. Arkadaşlarına da anlattım. Hemen kabrine geldiler. Ağladılar. Allah'a büyük bir ihlas içinde yalvardılar, dualar ettiler, istiğfarda bulundular. **Birkaç gün sonra yine onun kabrinin yanında uyudum. Bu defa (rüyamda) onu çok güzel bir şekilde gördüm.** Başında göz kamaştıran bir tacı, ayaklarında altın ayakkabı vardı. Bana şöyle dua etti: Allah seni hayırla mükafatlandırsın. Gidip kızlarıma ve arkadaşlarıma durumumu bildirdin. Onlar da gelip benim için dua ve istiğfar ettiler. Allah beni işte gördüğün gibi ödüllendirdi." Bu hususta meviza kitablarında sayılmayacak kadar çok hikâyeler mevcuddur.

ÖLÜMÜN GERÇEKLEŞTİĞİ YERİN KONUMU ÖNEMLİDİR

Tirmizî ve diğerleri rivayet ediyorlar: Resûlullah (s.a.v.) şöyle buyurdu: "Allah bir kulunun belirli bir yerde ölmesini takdir ettiği zaman, o yerde ona bir iş nasip edip oraya gönderir." Deylemî'den: "Her doğan çocuğun göbeğine, kabrinin toprağı serilir. Öldüğü zaman oraya (kendi toprağına) döndürülür."

Ebu Hatem der ki: Ebu Bekr ile Ömer (r.a.) için bundan daha iyi bir fazilet göremeyiz. Çünkü onların toprakları Resûlullah (s.a.v.)'in toprağındandır." Şöyle bir şiir irad ettiler:

Kişinin güvercini bir ülkede olursa

Orada mutlaka bir işi çıkar da o yere uçuverir.

Tirmizî rivayet ediyor: Resûlullah (s.a.v.) Medine civarını dolaşmak için çıktı. Aniden kazılmakta olan bir kabirle karşılaştı. Hemen oraya gidip durdu. Ve şöyle buyurdu: "Bu kimin kabri?" "Habeşlilerden bir adamın." diye cevab verdiklerinde, şöyle buyurdu:

"La ilahe illallah! Ülkesinden geldi de asıl yaratıldığı toprağa mı gömüldü."

İbn-i Mate rivayet ediyor: "**Kulun eceli bir yerde sona erecekse, bir işi çıkıp oraya gider. En son adımına ulaşınca, Allah onu orada öldürür. Ve onu orada diriltir.** Kıyamet günü o yer şöyle der: "Ya Rabbi işte bana emanet ettiğin adam budur!"

Bu sebeble alimler şöyle dediler; Kul sefere çıkarken herkesle helallaşmalı. Borçlarını ödemeli, vasiyetini yapmalıdır. Alacaklarını ve borçlarını söylemelidir. Çünkü o yolculuğundan bir daha dönüp dönemiyeceğini bilemez. Abdu'l-Aziz ed-Deruni ne güzel söylemiş:

"Bir yerde için sıkıldı mı, ondan başka bir ülkeye git! Çünkü sen oturduğun yerden başka bir yer bulabilirsin, ama nefsin kendinden başka bir nefis bulamaz. Takdir edilen adımlarımızı atarak yürüdük. Bir kimseye adım atıp, yürümek takdir edilmişse mutlaka yürür. Belirli bir yrde ölümü takdir edilen kimse, o yerden başkasında ölemez."

Bir Kıssa da şöyledir: Bir adam Davud oğlu Süleyman (a.s.)'ın yanına girdi:

- Ey Allah'ın Peygamberi, Hindistan'da bir işim çıktı. Şu anda rüzgâra emir ver de beni oraya götürsün. Süleyman (a.s.) ölüm meleğini onun yanında gördü. Gülümsüyordu. Ona neden gülümsediğini sorunca, şöyle dedi: "Hayret, ben bu adamın ruhunu şu dakikalarda Hindistanda kabzetmeke emredilmiştim. Şu anda onu senin yanında görüyorum."

Anlatıldığına göre, rüzgâr onu o anda hemen Hindistana götürmüş ve Azrail de orada onun ruhunu kabzetmiş.

Alimler, yukarıdaki: "Doğan hiçbir çocuk yoktur ki, göbeğine kabrinin toprağı serpilmiş olmasın." hadisinin bir menkibesi olduğunu söylediler. O menkibenin de Ebu Bekr ile Ömer (r.a.)'a ait olduğunu belirttiler. Çünkü onların toprakları Resûlullah (s.a.v.)'in toprağındandır. Muhammed b. Sirîn derdi ki: "Şöyle bir yeminde bulunursam, mutlaka ve şübhesiz eminime sadık kalırım: Allah, Peygamberi Muhammed (s.a.v.)'i, Ebu Bekr ve Ömer'i (r.a.) aynı topraktan yaratmıştır. Sonra onları yine aynı toprağa iade etmiştir."

İmam Kurtubî anlatıyor: Meryemoğlu İsa (a.s.)'ın da aynı topraktan yaratıldığı söylenir. Çünkü sahih bir hadiste, ahir zamanda gökten indiği zaman, onun Allah Resulü (s.a.v.)'in kabrinin yanında defnedileceği beyan edilmiştir.

KALICI İYİLİKLERİN VE SALİH EVLADIN FAYDASI

Müslim rivayet ediyor: "Ölüyü üç şeyi takip eder: İkisi geri döner, biri kalır. Çoluk çocuğu, malı ve ameli onunla kabre kadar gider. Çoluk çocuğu ve malı döner, ameli beraberinde kalır."

Hafız ebu Nuaym ve diğerleri şöyle rivayet ettiler: "Altı kimse vardır ki Allah ecirlerini kuluna, öldükten sonra kabrinde de ihsan eder:

1. İlim öğreten,
2. Nehir akıtan,
3. Kuyu kazan,
4. Cami yaptıran,
5. Miras olarak Mushaf bırakan,
6. Ölümünden sonra kendisi için Allah'tan mağfiret dileyecek bir evlat bırakan."

Bir rivayette: "Salih bir evlad, yani müslüman bir evlat bırakan" olarak geçmiştir.

İmam Muhammed b. Yezid b. Mace el-Kazvinî Süneni'nde rivayet ediyor: "Mü'mine, kendi ameli ve hasenatından erişecek şeylerden birisi de; sağlığında malından verdiği sadakadır."

Merfu' olarak rivayet edilmiştir: "Sen ölmüşlerinin namına sadaka verirsin: Meleklerden bir melek onu nur tabakları içinde getirir, kabrinin başına gelip durur ve şöyle seslenir: "Ey bu garib kabrin sahibi, işte ailen sana bu hediyeyi verdi. Haydi onu kabul et." Böylece o sadakalar hemen onun kabrine girer. Kalbi genişler, aydınlanır.

Bunun üzerine ailesi için şu duada bulunur: "Allah ailemi en güzel şeylerle mükâfatlandırsın. Yanındaki komşusu şöyle der: "Ben beni anacak bir çocuk ve bir kimse bırakamadım. Böylece o üzülür, öteki kendisi için verilen sadaka sayesinde sevinçli olur.

Salihlerden biri Rabia el-Adeviyye'yi ölümünden sonra rüyasında görmüş. Ona çok dua ediyordu. Ona şöyle dedi: "Senin hediyen bize, ipek mendillere sarılmış nur tabaklar içinde her zaman gelmektedir."

İşte mü'minlerin ölü kardeşleri için yaptıkları duanın semeresi budur. Onlara arada işte bu falan kimsenin hediyesidir, denilir.

Salihlerden biri: "Büyük bir kabristana uğradım. Bir Fatiha, Kul Huvellahu Ehad ve Muavvizeteyn'i üçer kere okudum. Sonra hasıl olan sevapları Müslümanların ölülerine bağışladım. İçimden: Acaba onlardan her birine bundan bir hisse vasıl olur mu? diye düşündüm. Derken oracıkta beni hafif bir uyuklama aldı.

Bir de ne göreyim, gökten bir nur bütün yeryüzünü kaplamış. O nurdan her kabre birer parça kesilip taksim ediliyor. Ve biri de bana şöyle diyordu: İşte okuyup onlara gönderdiğin hediyelerin sevabları.

ÖLÜMÜ GÖREN KİŞİNİN KORKUSU

Şöyle bir hadis geçmişti: "Ölümü temenni etmeyin; çünkü ölümü gören kimsenin korkusu gerçekten şiddetlidir."

Ömer b. el-Hattab (r.a.)'a suikast yapıldığı zaman, bir adam ona hitaben: "Ey Mü'minlerin Emiri, umarım vücuduna ateş dokunmaz." dedi. Ömer ona şöyle bir baktı ve dedi ki: "Şu aldattığınız kimse gerçekten aldanmıştır. Vallahi şu yer üzerindeki şeylerin tümü benim olsaydı, ölümü gören kişinin hissettiği korkuya karşılık feda ediverirdim."

Ebu'd-Derda (r.a.) şöyle derdi: "Beni üç şey güldürdü; üç şey de ağlattı. Güldüren üç şey:

1. Ölüm peşinde olduğu halde dünyaya alabildiğine gönül veren,

2. İleride gözleri dört açılacak olan gafil,

3. Allah kendinden hoşnut mudur, yoksa ona gazab mı ediyor, bilmediği halde ağzını yayarak gülen kişi.

Ağlatanlar:

1. Muhammed (s.a.v.) ile arkadaşları gibi dostlardan ayrı düşmek,

2. Ölüm pençeleri arasında kıvranıp da ölümün şiddetini görüp korkan kimse,

3. Bütün gizli ve açık durumlarının ortaya serileceği gün, cehenneme mi yoksa cennete mi gitmesi emredileceğini bilmeyen kişinin Allah huzurundaki duruşu.

Enes b. Malik (r.a.) der ki: Dikkat edin, size iki gün ve iki gece hakkında konuşuyorum; onlar gibisini mahlukat duymamıştır: Evvela günler:

1. Allah tarafından ya onun rızası veya gazabı ile sana gelecek olan Beşirin (Azrail olabilir) geleceği gün,

2. Rabbinin huzurunda durup da amel defterin sağdan mı soldan mı verileceğini bilmediğin ve sana (Haydi Kitabını al) denildiği gün.

İki geceye gelince:

1. Ölünün kabre girdiği gece,

2. Kıyamet günündeki sabahın gecesi.

Allah'ın lütfunu dileriz ki **Sırat Köprüsünü geçebilelim.**

RUHUN KABİRDEN ÇIKIP KURTULUŞU

İbn-i Mace rivayet ediyor: "Osman (r.a.) bir kabir yanında durduğu zaman, sakalları ıslanıncaya kadar ağlardı." Cennet ve cehennemi hatırlarken ağlamıyorsun da bundan niye ağlıyorsun?" diye sorduklarında şöyle dedi:

"Allah Resulü (s.a.v.) şöyle buyurdu: **"Kabir, ahiret duraklarından (konaklarından) ilk duraktır. Eğer kişi ondan kurtulursa gerisi artık ondan kolaydır. Eğer ondan kurtulamazsa, gerisi ve ondan sonrası ondan daha kötü ve zordur."**

Yine Allah Resulü (s.a.v.) şöyle derdi: "Hiçbir manzara görmedim ki kabir ondan daha korkunç olmasın!" (Tirmizî)

Osman (r.a.) birini kabre indirilirken görünce şöyle dedi: "Eğer bundan kurtulursan, büyük bir şeyden kurtulmuş olursun, aksi halde ben sana kurtarıcı bir kardeş olamam!"

İbn-i Mace, Enes, Bera b. Azib (r.a.)'dan, dedi ki:

"Bir cenazede Allah Resulü (s.a.v.) ile beraber idik; bir kabrin başında oturup ağladı ve ağlattı, o kadar ağladı ki yer ıslandı. Şöyle buyurdu: "Kardeşlerim işte siz bu gibi durumlar için iyi hazırlanın!"

İlk kabri kimin kazdığı konusunda alimler derler ki: **İlk defa kabir eşip gömme işini yapan bir kargadır.** Kabil Habil'i öldürdüğü zaman bu olay cereyan etmiştir. Kimine göre Kabil defnetmeyi biliyordu, fakat Habil'in hakkını küçümseyerek onun defin işini terk etti. Sonra karga ona bunu hatırlattı.

Dediler ki: Kabirleri mermer ve benzeri şeylerle yapıp da kişilerin birbirlerine karşı iftihar etmeleri, övünüp böbürlenmeleri gerekli değildir. Çünkü kabrin süslenmesinde ölüye hiçbir fayda yoktur. Ölüye ancak salih ameli fayda eder. Bir şiir:

Ey Sathı nakışlı (süslü) kabrin sahibi

Belki de altındaki zincirlere bağlanmışındır.

Alimler kabirlerin yontulmuş taşlarla süslenip kişilerin birbirlerine karşı böbürlenmelerini doğru bulmamıştır. Çünkü bunlar, ölülerine tazim etmek için cahiliyettekilerin mantık dışı işlerindendir. Şöyle bir şiir söylediler:

Köşk sahiblerini görüyorum, öldüklerinde kabirlerinin üstünü güzel taşlarla süslüyorlar.

Fakirlere karşı böbürlenmeyi ne yazık ki kabirlerinde bile sürdürüyorlar.

Hayatın hakkı için, ah şu toprak bir açılsa da baksan,

Zenginin fakirden bir farkı var mı bir görsen.

Ne giysisine bitişmiş cildin ne de ipekler içindeki cesedin bir farkı vardır.

Toprak bunu da onu da yediğinde, söyle bakalım zenginin fakire üstünlüğü olur mu?

Yezid er-Rakkaşî der ki: Kim bir kabrin yanından geçip de ibret almazsa onun hayvanlardan farkı yoktur. Kendisi bir kabir gördüğü zaman bağırıp çığlık atardı.

KABİR İÇİN İYİ YER BULMAK

Darekutnî rivayet etti: Resûlullah (s.a.v.) şöyle buyurmuştur: "Kim kabrimi (beni) ziyaret ederse, ona hem şahid hem de şefaatçi olurum."

"Kim Haremeyn'in birinde ölürse, Allah onu kıyamet gününde de korkudan emin olmuş kimselerden olarak diriltir."

Diğer bir rivayette şöyle duyurulur: "Kim beni öldükten sonra ziyaret ederse, beni hayatımda ziyaret etmiş gibi olur." Çünkü Peygamber (s.a.v.) kabrinde manevi bir hayatla yaşamaktadır.

Buhari ve Müslim, Ebu Hureyre (r.a.)'dan: Peygamber (s.a.v.) şöyle buyurdu:

"Ölüm Meleği Musa'ya (a.s.) gönderildi. Ona gelince Musa (a.s.) vurup onun gözünü çıkardı. Rabbine döndü ve şöyle dedi:

"Ya Rabbi, sen beni ölüm istemeyen bir kula gönderdin." Bunun üzerine Allah onun gözünü geri verdi."

Şöyle buyurdu: "Haydi dön ve ona, elini bir sığırın üstüne koymasını söyle, çünkü elinin ihata edip örttüğü her kıla karşılık bir yol, yaşama süresi verilecektir. "Ya Rabbi orada erteleme, sonra ölüm mü olacaktır?" diye sorunca, şöyle buyurdu: "Hayır, şimdi Allah'tan Mukaddes yere kendini bir ta'fe atımı mesafeye kadar yaklaştırmasını niyaz et."

Bunun üzerine Allah Resulü (s.a.v.) buyurdu: "Keşke orada olsaydım da size kırmızı kum yığınının altında olan yolun yanındaki kabrini gösterirdim."

Diğer bir rivayet: "Ölüm Meleği Musa'ya (a.s.) geldi ve:

"Haydi Rabbinin davetine icabet et!" dedi. Musa Aleyhisselam Ölüm Meleğine bir tokat atıp gözünü çıkardı."

Tirmizî'nin rivayeti: "Ölüm Meleği insanlara ayan olarak gelirdi. Musa (a.s.)'a gelip de onun tokadıyla gözü çıktıktan sonra insanlara gizli gelmeye başladı." Alimlerden birinin fikri: Musa (a.s.) Ölüm Meleğinin gözünü Rabbinin izni ile çıkartmıştır. Çünkü O masumdur. Bu sebeble Allah onu kınamadı. Allah en iyi bilendir.

Tirmizî ve diğerlerinin rivayeti: "Kim Medine'de ölmeye muktedir ise orada ölsün, çünkü ben orada ölenlere şefaat ederim."

Muvatta'da şöyle geçer: "Ömer b. el-Hattab (r.a.) duasında şöyle derdi: "Allah'ım, bana yolunda şehit olmayı, Peygamberinin yurdunda ölmeyi nasip eyle!"

Said b. Ebu Vakkas'la Said b. Zeyd arkadaşlarına öldükleri zaman, Akikten, Medine Kabristanı olan Bâki'a götürüp defn etmelerini vasiyet ettiler.

İmam Kurtubî der ki, Allahu A'lem, onlar bunu, oranın faziletini bildikleri için söylemişlerdir. Eğer böyle olmasaydı, Allah Resulü (s.a.v.)'e salihlere ve şehitlere komşu olmaları kâfi gelirdi.

Bir rivayet: Ka'bu'l-Ahbar'a Mısır'dan bir adam geldi. Dedi ki: "Bir ihtiyacın var mıdır?" "Mısır dağından birazcık toprâğa ihtiyacım vardır." dedi.

- "Allah seni esirgesin, onu ne yapacaksın?"

- "Onu kabrime koyacağım."

- "Sen Medine'desin, bunu nasıl söylüyorsun? Kimine göre sen Baki'desin" dedi.

- "Biz birinci Kitab'da (Galiba Tevratı kastediyor) Kasır ile Yahmum arasındaki toprakların mukaddes olduğunu gördük, okuduk."

Alimlerin görüşü: Bu uzunlamasınadir. Genişliğine gelince, dağdan Nil nehrine kadardır. Mısır ülkesinden her karşısına gelen toprak Es-Sefah içine dahildir. Allah en iyi bilendir.

Bazı bilginler derler ki: Peygamberler ve salihler, salih amellerden meydana gelen mukaddesliğin artırılması, için mukaddes ve mübarek topraklarda gömülmek istemişlerdir. Aksi halde, asileri hiçbir kutsal yer temize çıkaramaz. Ebu'Derdâ Selman el-Farisî'ye yazdığı bir mektubda demiş ki:

"Kardeşim oralarda durma, mukaddes yere gel, belki orada defn edilirsin." O cevaben şöyle yazmış: "Kardeşim şunu iyi bil ki: Mukaddes toprak hiç kimseyi temize çıkarmaz. Her insanı ancak işlediği güzel ameller temize çıkarır."

Malik, Hişam b. Urve, babasından: Baki'de gömülmemi istemem; benim yüzümden bir adamın kemiklerinin kırılmasından ya da bir facire komşu olmaktan korktuğum için, başka bir yer de defn edilmem benim için daha iyidir.

İmam Kurtubî der ki: Bu hususta, insanların kalabalık olduğu, ölülerin birbirlerinin üstüne defnedildiği diğer yerler de eşittir. Bu, mukaddes yerde gömülmeyi istemenin müstahab olduğuna ittifak edilmediğini gösterir. İnsan, öldüğü yerde döşeğinin bulunduğu yerde, kardeşlerinin, komşularının arasında gömülmesini benimseyebilir de herhangi bir fazileti veya manevî dereceyi beklemeyebilir. Allah en iyi bilendir.

İYİ İNSANLAR VEYA AKRABALAR ARASINDA GÖMÜLMEK

Ebu Said el-Malinî ve Ebu Bekr el-Haraitî, Ali (r.a.)'dan:

"Resulullah (s.a.v.) bize, ölülerimizi salihlerin arasında defn etmemizi emretti. Çünkü dirilerde olduğu gibi ölüler de kötü komşu ile eziyete uğrayabilir."

Ebu Nuaym tahriç etti:

"Birinizin mevtası olursa, kefenini iyi yapın, vasiyetini hemen yerine getirin. Kabrini derin kazın! Kötü komşudan onu uzak tutun. Dediler ki:

"Ey Allah'ın Resulü, ahirette iyi komşunun faidesi dokunur mu?" Cevab verdi:

"Pekâla dünyada iyi komşunun faydası olur mu?" "Evet" dediler.

"Şu halde ahirette de tıpkı dünyada olduğu gibi iyi komşunun faydası olur." buyurdu.

İşte bunun içindir ki, alimler, kişinin ölüsünün salihlerin yanında gömülmesini müstahab saymışlardır ki onların teberrükü ile teberrük, Allah'a yakınlıkları ile de tevessül etsinler.

Tirmizî rivayet ediyor: Resûlullah (s.a.v.) namazgahına girdi, bir takım insanların durmadan konuştuğunu görünce, şöyle buyurdu:

"Siz lezzetleri yok eden (ölümü kasd ediyor) şeyden bahsetseniz, devamlı ondan söz etseniz daha iyi olur. Çünkü sizi şu anda sizden gördüklerimden alıkoyar. Çünkü hiçbir gün yoktur ki o günde kabir konuşmasın. Konuşup şöyle der: Ben gurbet eviyim. Ben yalnızlık eviyim. Ben azab eviyim. Ben kurt eviyim. Mü'min bir kul defn edildiği zaman ona: "Merhaba, hoş geldin safa geldin. Sen sırtımda yürüyen en sevdiğim kimse idin. Bugün seni barındırdığımda, bana kavuştuğunda, sana karşı olan iyiliğimi mutlaka göreceksin." Sonra da onun için gözünün görebildiği yere kadar genişler. Orada cennete bakan bir kapı onun için açılır. Kâfir veya facir bir kul defnedildiği zaman, şöyle der:

"Sana merhaba yok!" "Hoş geldin, safa geldin" de yok. Çünkü sen üstümde yürüyen en nefret ettiğim bir kişi idin. Seni barındırdığımda ve bana vardığında sana ne yapacağımı göreceksin." Dedi ki: Ondan sonra üzerine iyice yüklenir. O'nun kaburgalarını birbirine geçirir. Bunu söylerken Peygamber (s.a.v.) parmaklarını birbirlrinin içine iyice sokup sıkıştırdı. Onun başına doksan dokuz tane yılan salıverir. Bu yılanların biri eğer yeryüzüne bir üfürse, kıyamete kadar bitki bitmez. Hesab gününe kadar o yılanlar sokup duracaklardır. Sonra Resûlullah (s.a.v.) şöyle buyurdu: "Kabir, ya cennet bahçelerinden bir bahçedir; ya da cehennem çukurlarından bir çukurdur."

Abdullah b. Ömer anlatıyor: Allah kabre lisan vermiştir. Onunla konuşur da şöyle der: "Ey Ademoğlu, beni nasıl unuttun? Bilmiyormusun ben, kurt eviyim, yalnızlık ve vahşet eviyim." Ondan yapılan diğer bir rivayette ise şöyle denilmiştir: Kabre girdiğinde, kula kabir şöyle konuşur: "Ey Ademoğlu, bana karşı seni aldatan nedir?

Benim karanlık evi olduğumu bilmiyor muydun? Bilmiyor muydun ki ben Hakk eviyim. Eğer felaha ermiş biri ise, yine kabir onun namına cevab verir: "İyiliği emredip, kötülükten alıkoyarsa durumu nice olur?" Kabir buna da cevab verir: "Ben onun için yemyeşil bir bahçe olurum, cesedi aydınlanır. **Ruhu Alemlerin Rabbine doğru yükselir gider.**" (Ebu Ahmed el-Hakim)

Süfyan es-Sevrî der ki: Kim kabri çok anarsa, Onu, yarın cennet bahçelerinden bir bahçe olarak bulur; kim Onu anmaktan gafil olursa, onu cehennem çukurlarından bir çukur olarak bulur.

Ahmed b. Harb der ki: Yer, uyku için döşeğini hazırlayana şaşar. Ve şöyle der: Ey insanoğlu, içimde uzun uzun uyumayı düşünme! Aramızda hiçbir döşek yoktur.

Zahitlerden birine: "En tesirli öğüt nedir?" diye sordular. Cevab verdi: "Mevtalara bakmak."

Kalbinde katılık hisseden bazı kimseler, hemen kabristana koşarlar, amelleri kesilen, dünyadan uzaklaşan o ölüleri görünce kalbleri yumuşar. Hasan el-Basrî, cenaze namazı kıldı. Defninde bulundu. Kabrine yaklaştıklarında, bir kadın yüksek sesle şöyle seslendi:

"Ey kabir ehli, size göçüp giden zatın kim olduğunu bilseydiniz, mutlaka ona ikram ederdiniz ve ona saygı gösterirdiniz. Çukurdan bir ses duyulmuş: Vallahi o adam bize dağlar kadar büyük günahlarla geldi. Bize onu, tamamen toprak oluncaya kadar yemek için izin verildi. İki melek onu oturtmuş durmadan elleri ile neleri tuttuğunu, ayakları ile nerelere gittiğini, dil ile ne konuştuğunu ve diğer azalarını neler yaptığını soruyorlar. Hasan olduğu yerde yığılıp kaldı. Tabutun üstündeki ölü kıpırdadı.

Bu hususta şöyle dediler: "Vallahi yaratıklar ne için yaratıldıklarını bilselerdi gaflet uykusuna dalmazlardı. O günü kalp gözleri bir görselerdi oruç tutarlardı, kendilerine çeki düzen verirlerdi. Ölüm! Sonra dirilme! Sonra toplanma! Sonra azarlanma, büyük büyük felâketler! Mü'minler, Haşr günü için didinip çalıştılar. Ondan korktukları için namaz kıldılar, oruç tuttular. Biz emrolunduğumuz veya nehyedildiğimizde EvShab-ı Kehf gibiyiz; hem uykudayız, hem de uyanığız.

Şöyle bir şiir irad ettiler:

Sağlığında ahiret için azık temin et,

Allah için çalış, en güzel bir azığı elde et.

Dünyada çok mal isteme, çünkü mal, harcanmak ve tüketilmek için edinilir.

Azığın olmadığı halde, azığa sahip bir topluluğa arkadaş mı olmak istiyorsun? Buna gönlün razı olur mu?

Bir diğeri de şöyle der: "Dünyada azığını tamamla, çünkü mutlaka yolcusun. Hayır işlerinde koşanlara katıl sen de koş. Mal, çoluk çocuk sadece birer emanettir. Emanetlerin geri verilme günü mutlaka gelecektir. Ölüm bir denizdir, dalgası azgındır; yüzmek bilen kimse bile o denizde boğulur. İnsana kabrinde ancak, takvası, güzel ameli fayda verir."

KABRİN KİŞİYİ SIKIŞTIRMASI

Nesaî rivayet ediyor: Peygamber (s.a.v.) Said b. Muaz (r.a.) hakkında şöyle buyurdu:

"Onun için Arş sallandı, Ona gök kapıları açıldı, yetmiş bin melek cenazesinde bulundu. Önce onu sıktı (kabir olabilir) sonra serbest bıraktı."

Aişe (r.a.)'dan nakledilen rivayette ise şöyle geçer:

Allah Resulü (s.a.v.) buyurdu: "Kabrin sıkıştırması vardır. Herhangi bir kimse eğer ondan kurtulsaydı mutlaka Said b. Muaz kurtulurdu."

Hafız Ebu Nuaym rivayet ediyor: Resulullah (s.a.v.) Esed kızı Fatıma'nın cenazesini teşyi etti. Kâh omuzuna alıyordu, kâh geri durup başkasına veriyordu, kâh kendi öne geçiyordu. Sonra kabrine indi, gömleğini çıkarıp Lahdine serdi, sonra çıktı. Neden gömleğini çıkarıp (ahdine serdin?) diye sorduklarında şöyle cevab verdi: "Ateşin inşaallah ona hiç dokunmamasını, kabrinin genişletilmesini istedim."

Sonra şöyle buyurdu: "Kabrin sıkıştırmasından, Fatıma binti Esedden başkası kurtulamamıştır." Ey Allah'ın Resulü, oğlun Kasım da mı?" diye sorduklarında, "Ondan daha küçük olan oğlum İbrahim de" diye cevab vermiştir."

Yezid b. Abdullah b. eş-Şihhîr Resûlullah'dan (s.a.v.) rivayet ediyor. O şöyle buyurdu: " Kurtulamayıp öldüğü hastalığında her kim (Kul Huvellahu Ehad)'ı okursa kabri ona asla dar gelmez. Kabrin sıkıştırmasından emin olur. Melekler onu kıyamet gününde elleriyle taşıyıp Sırat köprüsünden geçirirler ve cennete ulaştırırlar."

Diğer bir rivayette: "Öldüğü hastalığında kim yüz kere Kulhuvellahu Ehad'ı okursa..." diye geçmektedir.

Merfu' olarak rivayet edilen bir hadiste şöyle buyurulmuştur: "Kul kabrine konduğu zaman, çoluk çocuğu vah Beyimiz, Emirimiz, Şerifimiz! diye ağlarlar. Melek ona sorar: Dinle bak neler diyorlar? Sen Emir miydin, Şerif miydin? Ölü cevap verir: Ah bir sussalar. Öyle bir sıkıştırılır ki kabrinde nerdeyse kaburgaları birbirine girecekmiş gibi olur."

Alimler derler ki: Ölü, yakınlarının ağlamasıyla azaba uğramaz; ancak yakınlarına bunu vasiyet etmiş veya ağlamalarından hoşnut olursa o zaman onların ağlamasından dolayı azab görür.

Bazıları da ölü, yakınlarının ağlamasıyla azab görür demişlerdi. Çünkü bu hususta hadis vardır. Hadiste varit olmuştur: "Yakın akrabalarının ağlamasıyla ölü azab görür. Hele ağıt yakan ağlayıcı: Vay kolumuz, kanadımız, yardımcımız, giydirenimiz! diye ağlarsa... Ölünün yakasından tutulur ve şöyle denilir: Sen onun yardımcısı, kolu kanadı mıydın? Onun giydireni miydin?"

Bir rivayette şöyle geçer: İmran b. Hüseyin dedi ki: Allah'ın Resulü, (s.a.v.) şöyle buyurdu: **"Ölü, mahallenin kendisine ağlaması sebebiyle azaba uğrar."**

ÖLÜ KABRE KONULURKEN SÖYLENECEK SÖZLER

Mezara indirip de lahdini düzeltmeye başladıklarında Allah Resulü (s.a.v.) şöyle dua ederdi:

"Allah'ım onu şeytandan, kabir azabından kurtar. Soru anında dilini sağlamlaştır. **Ruhu için gök kapılarını aç (ruhu yükselip yukarı çıkabilsin)** "

İbn-i Mace ve Tirmizî güzel bir isnadla rivayet ediyorlar. Resûlullah (s.a.v.) şöyle buyurdu: "Lahd bizimdir, şak (derinlemesine kabri yarıp kazmak) ise düşmanlarımızındır." Şöyle derler:

"Yanağımı lahdime koyun, evet koyun! Toprağın güzelinden ona yastık yapın. Ondan güzel ve ince kefenler yarıp yapın. Toprağın derinliklerine onu gömüp kaybedin. Çünkü üçüncü gün sabahı onu gördüğünüz zaman bırakırsınız: Çünkü artık onun gözleri akmış, ağzı dağılıp bozulmuştur. Biri seslenir: İşte falan kimseye gelin, bakın hele tanıyacak mısınız? İşte komşunuz, sevgiliniz! Size canını feda edercesine iyilik yapan, iyilikleri geçen kişi. Fakat ne yazık ki siz onu kısa zamanda unuttunuz."

Bazıları da şöyle der: "Sevgililerini gömdüler, toprakları üzerine örttüler. Gayeleri bıraktıklarını ele geçirmektir. Onu götürüp tek başına mezarına teslim ettiler. Amaçları yaptıklarının karşılığında onu rehin tutmaktır. Zavallı, ahiretii feda edip de elde ettiği ve topladığı mal-mülkten, sarıldığı kefenden başka hiçbir şeyi elde edemedi.

Süfyan es-Sevrî anlatıyor: Kabirde kişiye: "Rabbin kimdir?" diye sorduklarında, şeytan hemen onun suretinde ona görünür ve kendi nefsini göstererek "Ben senin Rabbinim!" der.

DEFNEDİLDİKTEN SONRA KABİRDE BEKLEYİP DUA ETMEK

Müslim ve diğerleri rivayet ediyorlar: Amr b. el-As ölüm döşeğine düşünce, şöyle dedi: **"Beni defnedip üzerime toprak örttüğünüzde, deve kesilip yüzülüp etleri dağıtılıncaya kadar kabrimin yanında durun ki, sizi rahatça görüp gönlüm hoş olsun, siz de Rabbimin elçilerine nasıl cevap vereceğimi görebilesiniz."**

Diğer bir rivayet: "Üzerime iyice toprak örtün. Çünkü sağ tarafım, toprağa sol tarafımdan daha layık değildir."

Hafız Ebu Nuaym der ki: Definden sonra tespit için dua yapılırken **kişinin yüzü ölüye karşı dönük olur.** Şöyle dua eder: "Allah'ım işte bu senin kulundur, sen onu bizden daha iyi bilirsin. Onu biz iyi olarak tanırız. Şimdi ona soru sormak için oturttun. Allah'ım onun ayaklarını dünyada olduğu gibi ahirette de kaydırma, sağlam bir sözle (Şehadet kelimesi) onu dimdik eyle. Allah'ım onu esirge, Peygamberi Muhammed'e (s.a.v.) onu da katıver. Ondan sonra bizi de şaşırtma, onun ecrinden bizi mahrum etme!"

Tirmizî der ki: **Daha önce namazını kıldırdıkları ve dua yaptıkları halde definden sonra tekrar durup kabirde sıkı durması için dua etmelerini** alimler şu yönden münasip gördüler: Çünkü daha önceki namaz ve dua, melikin kapısında duran asker mesabesindedir. Ona şefaat ederler. Ayakta sağlam durabilmesi için yapılan dua ise, namazda durup da dua eden askerin duasının semeresidir. Çünkü o anda ölü hâlâ sekerât-ı mevtin verdiği elem ile meşguldür.

Kabirdeki meleklerin sorusuna nasıl cevab verebileceği endişesindedir. Onun için orda durup şefaatlerinin kabul edilip edilmediğini, meleklere karşı doğru cevab verip veremediğini görüp anlarlar. Cenaze sahiplerinin bütün derdi, acaba ölülerinin kabirde ne yaptığı o çetin imtihanı nasıl vereceği düşüncesi olmalıdır. Allah'tan ona yardım etmesini dilemeleridir. Ardından çığlık atıp yüksek sesle ağlamak, yaka paça yırtmak, yemek ve içmekten kesilip üzüntü izhar etmek gibi şeyler, ya akılsızlık veyahut münafıklığın ürünüdür.

Hatemu'l-Esam derdi ki: Elbisesini yırtmış, ağlayıp hüznünü izhar etmiş bir cenaze sahibini gördükten sonra kalkıp onu taziye edersen, günahını paylaşmış olursun. Sana düşen görev, onu bu gibi İslâm dışı hareketlerden alıkoymaktır. Çünkü o bu tavrı ile suç işlemektedir.

Ebu Said el-Belhî der ki: **Cenazede kim ağlayıp elbisesini yırtar, göğsünü döverse, o sanki meleklerle savaşmak için eline bir mızrak almış gibi olur.**

Şöyle bir şiir irad ettiler:

Ailesi veya samimi arkadaşı ölen kimsenin ağlayıp haykırmasına şaşarım.

Çünkü o, ölüm sanki çok garib bir şeymiş gibi bağırıp cehalet örneği gösteriyor.

Düşünmez ki bu hususta Allah herkesi eşit yapmıştır.

Herkes ölüyor, Allah'ın Resulü (s.a.v.) bile ondan kurtulamadı.

Her gün onu çağıran bir melek vardır: Haydi ölüme hazırlanın, harap olmaları için binalar yapın.

ÖLÜYE ŞEHADET KELİMESİNİ TELKİN ETMEK

Bir Hadis-i Şerifte şöyle buyurulmuştur:

"İçinizden biri ölüp de üzerini toprakla kapattığınız zaman, biriniz onun kabrinin başına dikilip şöyle desin:

"Ey Filan kişi, Ey Filan kadının oğlu." O bu sözü duyar, fakat cevap veremez. Sonra yine şöyle desin:

"Ey Filan kişi, Ey Filan kadının oğlu." Çünkü o duyar fakat cevap veremez. Sonra üçüncü kez şöyle desin:

"Ey Filan kişi, Filan kadının oğlu! Bu defa duyar ve cevap verir: Evet, bizi irşat et, Allah seni esirgesin. Ne var ki siz bizi duyamıyorsunuz.

Telkin edici zat şöyle der:

Dünyadan çıkarken bulunduğun hali ve söylediğin sözü hatırla ki o söz (La ilahe illallah, Muhammedün Resülüllah) olan şehadet kelimesidir. Rab olarak Allah'ı kabul edip hoşnut oldun. Din olarak İslâmı kabul edip hoşnut oldun. Peygamber olarak Muhammed'i (s.a.v.) kabul edip hoşnut oldun, iman ederek Kur'an'ı kabul edip hoşnut oldun. Şunu da iyi bil ki, kıyamet hiç şüphesiz gelecektir. Şübhesiz Allah kabirdeki ölüleri diriltecektir."

Bunun üzerine münker, nekir birbirlerinin elini tutup haydi gidelim, bu adamın yanında durup soru sormamıza artık lüzum kalmadı. Çünkü hücceti telkin edildi, Allah onu korur, derler. Bir adam sordu: "Ey Allah'ın Resulü, ya mevtanın annesi bilinmezse?" O zaman onu annesi Havva'ya nisbet eder." buyurdu.

Şehbe b. Ebu Şeybe der ki: Annem bana, ölürken defninden sonra kabir başında durup şöyle dememi ve sonra ayrılmamı vasiyet etti:

"Ey Ümmü Şeybe haydi (La ilahe illallah) de." Akşam olunca rüyama girdi ve şöyle dedi:

"Yavrum! Eğer beni "La ilahe illallah" ile kurtarmasaydın, nerde ise helak olacaktım."

O yüzden birisi müslüman kardeşinin defninde bulunduğu zaman, üzerine toprak örtüldükten sonra şöyle desin: Ey Falan kadının oğlu falan, (La ilahe illallah, Muhammedün Resûlullah) de! Rabbim Allah, Dinim İslâm, Peygamberim Muhammed (s.a.v.) de.

Ölüye telkin vermeyi bilmiyorum diye hiç kimse bahane etmemelidir. Akıllı ve zeki insanlar şöyle dursun, bu üç kelimeyi en cahil insan bile ezberleyebilir.

Merfu' olarak rivayet edilmiştir: "Allah, ölü sahiplerinden, cenazeyi teşyi edip defn edenlere, acılarını tahfif ettirmek için bir melek görevlendirmiştir. Defn edip dönerlerken, hüzünlerini hafifletmek için, görevlendirilen bir melek, bir avuç toprak alır, onların yüzüne atıp şöyle der:

"Haydi dönün, Allah size mevtanızı unuttursun." Hemen ölülerini unuturlar, yemelerine, içmelerine, gülmelerine, alışverişlerine, sanki hiçbir şey olmamış gibi, başlarlar."

Şöyle rivayet edilmiştir: Allah Teâla Adem (a.s.)'ın sırtını mesh ettiği zaman, oradan zürriyetini çıkardı. Melekler dediler ki:

- "Ya Rabbi onları yeryüzü almaz." Şöyle buyurdu:

- "Ben onlara ölüm vereceğim."

Melekler:

- "O takdirde hayatları zehir olur."

- "Ben onlara uzun yaşama umudu veririm." buyurdu.

İşte böylece, Allah'ın bir rahmeti ve lütfu olarak, maişetlerini tanzim, işlerini yoluna koymak, sanatçı sanatına karşı güçlü olmak, abid ibadetine karşı takat getirmek için, onlara uzun yaşama umudu verilmiştir. Bu emel övülebilir. Eğer bu umud verilmeseydi, insanların azmi zayıflar, işleri berbat olur, kendileri hüsrana uğrardı. Şu halde mezmum olan emel, kişiye ahiretini unutturan, kalbini katılaştıran, güzel ve yararlı amellerden alıkoyan emellerdir.

Hasan el-Basrî der ki: Gaflet olsun ve emel olsun insanlara Allah tarafından bahşedilen büyük birer nimettir. Eğer onlar olmasaydı, insanlar yolda yürüyemezlerdi, bütün işleri altüst olurdu. Hayatları akamete uğrardı. Bu da onlara bakacak kimse bulunmadığı için büyük zarar ve felaketlere sebeb olurdu.

Mutarrif b. Abdullah der ki: Eğer öleceğim zamanı bilseydim, aklım başımdan giderdi. Ne var ki Allah insanlara gaflet veriyor, ölümü unutturuyor da kazandıklarını afiyetle yiyorlar, yaşantılarını mutlu bir biçimde sürdürüyorlar. Eğer bu olmasaydı, mutsuz olurlardı, çarşı ve iş yerleri kalmazdı. Perişan olup giderlerdi.

BİRİNCİ SUR İLE ÖLÜM İKİNCİ SUR İLE DİRİLİŞ

Müslim Abdullah b. Ömer (r.a.)'dan rivayet ediyor: Resûlullah (s.a.v.) şöyle buyurdu: "Ümmetimin içinde Deccâl çıkacak. Bekleyecek, kırk gün mü, kırk ay mı, kırk yıl mı, bilmiyorum. Ondan sonra Allah Meryem oğlu İsa'yı Ürve b. Mes'ut kılığında -yani ona benzer bir şekilde- gönderecek. Onu (Deccalı) arayıp helak edecek. Sonra insanlar, iki (sene) arasında sabah vakti olmadan tam yedi sene bekleyecekler, sonra Allah Şam tarafından soğuk bir rüzgâr gönderecek, yeryüzünde kalbinde zerre kadar hayr veya iman bulunanlardan ölmedik hiçbir ferd kalmayacak.

Hatta biriniz kaçıp dağın içine girse bile, o rüzgâr oraya girip onu yakalayacak. Kötü insanlar bir kuş hafifliğinde yırtıcı hayvanların pençeleri gibi bir halde olacaklar, öylesine gafil olacaklar ki, ne ma'rufu bilecekler ve ne de münkeri. Şeytan hemen onlara görünüp şöyle diyecek: Kabul etmiyecek misiniz? "Bize neyi emrediyorsun ki?" diye karşılık verecekler. O da: "Size putlara tapmayı tavsiye ediyorum." diyecek.

Böylece onlar zevk-i safa içinde kendilerini bilmez bir halde yaşayacaklar. Derken, Sûr üfürülecek. Duyan herkes önce başını eğecek, sonra kaldıracak. Onu ilk duyan kişi, devesinin havzı başında olan kişidir. Düşüp bayılacak, insanlar da düşüp bayılacaklar (ölecekler). Sonra Allah, gölge misali yağmur yağdıracak. O yağmurun tesiri ile insanlar yerden (ot) biter gibi bitecek. Sonra bir kere daha sûr üfürülecek. Bir de ne görürsün tümü ayakta etrafa bakınır halde olacaklar.

Sonra şöyle denilecek: Ey insanlar, haydi Rabbinize gelin! Haydi onları durdurun, çünkü kendilerine soru sorulacak. Sonra şöyle denilecek: "Haydi cehenneme gidecekleri çıkartın: Kaçta kaçı? diye sorulduğunda, her binden, doksandokuz kişi! İşte, bu, **çocukları ihtiyarlatan gündür.**" İşte, bu, dehşetten baldırların açılacağı gündür." Diğer bir rivayette hadisin devamı şöyledir: "Sonra Allah gökten su indirir (Yağmur yağdırır).

Baklanın yerden bittiği gibi yerden biterler. İnsanların her yeri, yerin asla yiyemiyecek olduğu tek kuyruk sokumu kemiğinden başka, çürüyüp gidecek."

Merfu olarak rivayet edilmiştir: Resûlullah (s.a.v.) şöyle buyurdu: "İki Sûr üfürülüşü arasında kırk vardır."

Dediler ki: "Ey Ebu Hureyre, kırk gün (mü)?" "Ben geceliyorum" dedi. Kırk yıl mı? diye sordular, yine ben geceliyorum, diye cevab verdi.

Bir rivayette iki sûr üfürülüşü arasında kırk yıl olduğu açıklanmıştır.

"Sur'a üflenince, Allah'eın dilediği bir yana, göklerde olanlar, yerde olanlar hepsi düşüp ölür. Sonra sura bir daha üflenince hemen ayağa kalkıp bakışır dururlar." (Zümer süresi, âyet; 68)

Bu ayette istisna edilenlerin kimler olduğu hususunda alimler ihtilaf ettiler. Kimine göre, onlar peygamberlerdir, kimine göre ise şehitlerdir.

Şeyh Ebu'l-Abbas el-Kurtubî der ki: Onların belirlenmesi hususunda, hiçbir sahih hadis varit olmamıştır. Hepsi de muhtemeldir.

KIYAMET GÜNÜ ALLAH GÖKLERİ DÜRECEK

Şeyheyn (Buharî ve Müslim) rivayet ettiler: "Kıyamet günü Allah, yeri alacak, göğü sağına dürüp: "Melik benim! Hani nerede yeryüzünün melikleri (Kralları)?" diyecektir."

Müslimin rivayetinde şöyle geçer: " Kıyamet gününde Allah gökleri dürüp sonra onları sağ yed-î kudretinde (elinde) tutup şöyle diyecek:

"Melik benim! Nerde zorbalar, nerde kibirlenip böbürlenenler?"

Diğer bir rivayet ise şöyle: "Allah gökleri ve yeri iki yed-i kudretinde tutup şöyle diyecek: "Ben Alah'ım. Melik benim. Bugün hakimiyet kimindir? "Kimse cevab veremeyecek. Kendi nefsine cevaben şöyle buyuracaktır: "Mülk, bir olan Kahhar olan Allah'ındır!"

İbn-i Mes'ud (r.a.) şöyle derdi: "Allah, mülk kimindir?" diye sorduğunda; "Bir olan Kahhar olan Allah'ındır!" diyerek cevab verecek olan kullardır. Cenab-ı Hakk'ın kavlinden sonra şunu da ekledi: "Melik benim, hani nerede yeryüzünün kıralları?"

Bu, Allah İsrafil'e düşürüp Öldürme üfürmesini emrettikten, Allah'ın diledikleri hariç, bütün insanların düşüp ölmesinden sonra olacaktır. Şöyle ki: Ölüler toplandıktan zaman, Ölüm Meleği Cebbar'a gelip: "Ya Rabbi, dilediklerin hariç, bütün gök ehli ve yer ehli art'fdk ölmüştür." dediğinde, Allah şöyle soracak:

"Pekâla kim kaldı?"

"Asla ölmeyecek olan her zaman diri kalacak olan sen kaldın. Bir de Arş taşıyıcıları, Mikâil, İsrafil ve bendeniz kaldık."

"Haydi Cebrail ve Mikail de ölsün!" Tam o anda Allah arşı şöyle konuşturacak: "Ya Rabbi, Cebrail ve İsrafil de mi ölecek?"

"Sus! Ben arşımın altında bulunan herkesin ölümünü takdir ettim, tabii ölecekler." Böylece onlar da ölürler. Sonra Ölüm Meleği Cebbar'a gelip:

"Ey Rab, Cebrail ve İsrafil de öldü, ebedi diri olan ve asla ölmeyecek olan Sen kaldın. Arşının taşıyıcıları kaldı. Bir de bendeniz kaldı."

"Haydi arşımın taşıyıcıları da ölsün." emrini verecek, onlar da ölecekler. Sonra Allah arşa emredip Sûr'u İsrafilden alacak. Sonra:

"Haydi İsrafil de ölsün." diyecek. O da ölecek. Sonra Ölüm Meleği gelip: "Ya Rabbi, arşının taşıyıcıları öldü, İsrafil de öldü, yalnız ben kaldım." diyecek. Allah Teâla şöyle buyuracak: "Sen benim yaratıklarımdan birisin, istediğim zaman seni yaratan benim. Haydi şimdi sen de öl!" O da ölecek, Allah'tan başka kimse kalmayınca, bir olan Kahhar olan Allah kitabların dürülmesi gibi, göğü dürecek ve şöyle buyuracak:

"İşte Cebbar benim! Hani bugün hakimiyet kimindir?" Hiç kimse cevab veremiyecek. Bunun üzerine Allah şöyle buyuracak: "Hakimiyet bir olan Kahhar olan Allah'ındır." Bunu Taberî, Sa'lebî ve diğerleri zikrettiler.

Ebu Davud et-Teyalisî'nin, Lakit b. Amir, Peygamber (s.a.v.)'den naklettiği hadiste şöyle buyurulmuştur:

"Sonra kalacağınız kadar kalırsınız. Sonra Sayha, gönderilir. İlahının hakkı için, yer üzerinde, Rabbinle olan meleklerde dahil, ölmedik hiçbir varlık kalmayacaktır. Rabbin tüm ülkeleri dolaşacak, ülkeler bomboş olacaktır."

İmam Kurtubî der ki: "Rabbin dolaşacak" sözü, Allah'tan, başka yeryüzündeki bütün varlıkların, öleceğini ve yeryüzünün bomboş kalacağını anlatmak için zikredilmiştir. Nitekim şu ayeti kerimeler buna açık olarak işaret etmektedir: "Yeryüzünde bulunan her şey fanidir. Ancak yüce ve cömert olan Rabbinin varlığı bakidir." (Rahman süresi, âyet: 26-27)

Alimler: "Mülk bugün kimindir?" kavli, dünyanın bittiğini gösteriyor, nitekim şu ayeti kerimede ona işaret buyurulmuştur, dediler: "Tekrar diriltilecekleri güne kadar, arkalarında geriye dönmekten onları alıkoyan bir engel vardır." Çünkü ölümle dirilme arasını kapatan şey budur. Ondan sonra, dirilme, Neşir ve haşir olacaktır.

EVRENSEL SUR BORUSU NEYİ TEMSİL EDİYOR?

Sûr, Nur'dan yapılı bir boynuzdur. Bütün mahlukatın ruhları onun içindedir. Üzerinde ruhları sayısınca delik vardır.

O ilk Sur'u üfürür, hepsi ölür. İkincisini üfürür hepsi dirilir.

Tüm varlıklar, hatta ruhu üfürülmüş ve yaradılışı düşükler bile ayağa dipdiri tamamlanmış olarak kalkarlar. Sahih hadiste varit olmuştur:

"Allah'ın insanda ilk yaratmaya başladığı kısmı başı tarafıdır."

Yine hadiste buyurmuştur: "Sûr sahibi, Nur'dan boynuzu almış, üfürmek için ne zaman emir geleceğine kulak vermiş bir vaziyette dururken söyleyin ben nasıl mutlu olabilirim?" Bu Eshabı derin derin düşündürünce, şöyle buyurmuştur: "Hasbünellâhü ve Ni'mel-Vekil = Bize Allah yeter, ne güzel vekildir O." deyiniz."

Yine hadiste buyurulmuştur: "Sûr Meleği yer ile gök arasında durur, Onu üfürür, ne göklerde ve ne de yerde, Allah'ın diledikleri müstesna ölmedik hiç kimse kalmaz. Ademoğullarından hiçbir yaratık yoktur ki yerin içinde ondan kuyruk sokumundaki kemik kalmasın. İşte Allah arşın altından erkek menisini andıran bir su gönderir de onların cisimlerini ve etlerini yerin topraktan (bitki) bitirmesi gibi bitirir. Sonra Sûr Meleği yer ile gök arasında durur, Sûr'a üfürür, her ruh cesedine gider ve içine girer. Sonra hep birden kalkarlar tek ağızla cevab verirler."

Hadiste, Cenab-ı Hakk'ın: **"Yerin başka bir yerle, göklerin de başka göklerle değiştirildiği, her şeye üstün gelen tek Allah'ın huzuruna çıktıkları günde..." (İbrahim süresi, âyet: 48)** ayeti şöyle yorumlanmıştır: Allah yeryüzünü şöyle bir döşer, sonra Ukkazî derisinin çekimi gibi şöyle bir çeker. Onda en ufak bir çukur ve tümsek olmayacak. Sonra Allah tüm yaratıkları bir sürüşle sürecek. Bir de ne görürsün: Hepsi bu değiştirilmiş yerde olacaklar. Sonra Allah üzerinize arşın altından "Hayvan" denilen bir su indirecek, gök üzeriniz tam kırk gün yağmur yağdıracak. Nihayet su üzerinizde on iki arşın kadar yükselecek. Sonra Allah cesedlere emredip bakla bitimi gibi bitirecek. Cesedlerin tekâmül edip dünyadaki durumlarına gelince, Allah (c.c.) şöyle buyuracak:

"Haydi arşın taşıyıcıları dirilsin." Dirilecekler. "Haydi Cebrail, Mikail ve İsrafil de dirilsin" onlar da dirilecek. Sonra İsrafile Sûr'u emredecek, O da sûr'u alacak. Sonra Allah ruhları çağıracak, gelecekler, mü'minlerin ruhları apaydınlık olacak, kâfirlerinki ise kapkaranlık bir hal alacak. Allah onları alıp Sûr'un içine koyacak, sonra İsrafile: "Haydi düilme Sûr'unu üfür!" emrini verecek. Üfürür, ruhlar, arılar gibi çıkıp yer ile gök arasını doldururlar. Allah (c.c.) şöyle buyurur:

"İzzetim Celâlim hakkı için her ruh cesedine dönüp girecektir." Hemen ruhlar cesedlerine dönüp girerler. Sonra genizlerine girerler, cesedlerde, akrepte seyreden zehir gibi seyrederler. Sonra üzerinizden toprak yarılır. Ben, üstünden toprağın ayrılacağı ilk insan olacağım. Hepiniz topraktan otuz üçer yaşında gençler ve delikanlılar olarak çıkacaksınız. Çağırana doğru tam bir itaat içinde sür'atle koşacaksınız. Kâfir "amma da zor gün, bugün," diyecek.

İşte Huruç günüdür bugün. **"Hiçbirini bırakmaksızın diriltip bir araya toplarız." (Kehf süresi, âyet: 47)** Mahşerde, çıplak, yalınayak sünnetsiz olarak tam yetmiş yıl duracaksınız. Allah size bakmayacak, aranızda hüküm de vermiyecek. Yaratıklar, gözlerinde yaş kalmayıncaya kadar ağlayacak. Sonra gözleri yaşlanacak. Çenelerine kadar terleyecekler, feryad edecekler, tek bir sesle, "Rabbimizin nezdinde bize şefaat edecek yok mu?" diyecekler.

Resûlullah (s.a.v.) buyurdu: "Üzerinden ilk toprak yarılacak olan kişi benim. Kabrimde öylece oturacağım, altımdan bir kapı açılacak, oradan yedinci kat yeri ve Sera (Toprağı) göreceğim. Sonra sağımdan bir kapı açılacak, cenneti göreceğim; ve arkadaşlarımın yerlerini göreceğim. Altımdan yer hareketlenecek, ona şöyle sesleneceğim: "Ey yer, neyin var?" Şu cevabı verecek: "Rabbim bana içimdekini boşaltmamı, eskiden olduğum gibi boş kalmamı emretti.

Allah'ın şu kavli celilinde buna işaret edilmiştir: **"(Yer) İçinde olanları dışarı atarak boşaldığı zaman."** (İnşikak süresi, âyet: 4)

Hadiste şöyle buyurulur: "Allah Teâla, yırtıcı hayvanların, rüzgârların, su balıklarının ve yer içinin, yangında ateşin, boğmak suretiyle suların, eskitip çürütmesi ile güneşin parçaladığı her azasını bir tarafa attığı cisimlerin azalarını bir araya getirecek. Allah onları bir araya getirip bütün bedenleri tamamladığı zaman, sadece ruhlar kalacak.

Allah ruhları da Sûr'da toplayacak, İsrafile emredip Sûr'un deliğinden bir üfürüş yapacak. Allah'ın izni ile her ruh cesedine girecek."

Hadiste, Cenabı Hakkın: "Ey huzur içinde olan can, O senden sen de ondan hoşnut olarak, Rabbine dön!" (Fecr süresi, âyet: 27-28) kavl-i şerifi şöyle yorumlanmıştır: Bu hitab ruhlaradır. Rabbine yani sahibine dönmeleri emredilmiştir.

Rabbul-Gulam (Çocuğun sahibi), Rabbuddar (Ev sahibi) denildiği gibi. **"İyi kullarımın arasına gir"** (Fecr süresi, âyet: 29), kavli celili de şöyle yorumlanmıştır: "Yani cesedlerine burunlardan gir." Nitekim bu yorum haberde böyle nakledilmiştir.

KIYAMET, DİRİLİŞ VE SUR HAKKINDA RİVAYETLER

İmam Gazali der ki: "Allahü teâlâ, Sûr üfürüldükten sonra, kıyâmetin kopmasını murâd buyurduğu vakit, dağlar uçar, bulutlar gibi yürümeye başlar. Denizlerin bazısı bazısına taşar. Güneşin nûru giderek simsiyâh olur. Dağlar toz hâline gelir. Âlemler birbirine girer. Yıldızlar, dizili incinin kopup dağıldığı gibi olur. Gökler gülyağı gibi erir ve değirmen döner gibi deverân eder ki, şiddetli bir şekilde hareket eder. Bazı kere toplanır, bazı kere de dümdüz olur. Allahü teâlâ, göklerin parça parça olmasını emreder. Yedi kat yerde ve yedi kat gökte ve kürsîde diri olarak kimse kalmaz. Her canlı vefât etmiş olur ve eğer ruhanî ise, ruhu gitmiş olur. Her türlü varlık ölür. Yerde taş taş üstünde kalmaz.

Göklerde hiç canlı kalmaz.

Allahü teâlâ ilâhlık makamında tecellî buyurup, yedi kat gökleri sağ kudret eline ve yedi kat yeri sol kudret eline alıp der ki: (Ey alçak dünya! Senin içinde rablık davâsı edenler ve ahmakların rab tanıdıkları âcizler nerededir ve senin güzellik ve letâfetinle aldattığın ve âhıreti unutturduğun kimseler nerededir?) Bundan sonra kahr, yok edici kuvveti ve hikmeti ile iftihâr eder. Sonra, Mümin sûresinde bildirildiği gibi, meâlen, (Mülk kimindir) der. Hiç kimse cevap vermez. Kahhâr olan Allahü teâlâ kendi kendine meâlen, (Vâhid ve kahhâr olan cenâb-ı Allahındır) buyurur.

Bundan sonra evvelkinden daha büyük bir irâde ve kudret-i ilâhiyye açığa çıkar. Bu da, yedi kat gökleri bir kudret parmağına ve arzını bir kudret parmağına almasıdır. Sonra meâlen, (Ben azîmüşşân, Melik-ü deyyânım [Yâni kıyâmet gününün tek hâkimi ve sahibiyim]. Benim verdiğim rızkı yiyip de, bana ortak koşanlar ve benden gayrı, putlara ibâdet edenler nerededirler? Şol kimseler ki, benim verdiğim rızık ile kuvvetlenip de âsî olurlar. Cebbâr ve zâlimler nerededirler? Kibirlenen ve öğünenler nerededirler? Şimdi mülk kimindir?) buyurur. Buna cevap verecek kimse bulunmaz. Hak sübhânehu ve teâlâ, murâd ettiği bir zaman kadar bekler, sessizlik olur ki, o zaman, Arş-ı âlâdan makam-ı ehâdiyyete kadar düşünen ve görünen bir nefis yoktur. Zîrâ cenâb-ı Hak, hûrî ve gılmânın da Cennetleride ruhlarını kabz etmiştir.

Bundan sonra Allahü teâlâ, Cehennem derekelerinden, çukurlarından olan Sakar'dan bir kapı açar. Oradan ateş fışkırır. İşte bu ateş, her şeyi yaktığı gibi, ondört denizi kurutup, yeryüzünü kapkara eder ve gökleri sarı zeytinyağı yâhut erimiş bakır gibi bir hâle koyar. Sonra, ateşin şiddeti göklere yakın olduğu vakit, Allahü teâlâ öyle bir dehşet ile men eder ki, tamamen söner. Ateşten hiç eser kalmaz.

Bundan sonra, Allahü teâlâ hazretleri, Arş-ı âlânın hazînelerinden birini açar. Onda hayat denizi vardır. Bu deniz, Allahü teâlânın emri ile yer üzerine şiddetli yağmur yağdırır. Yağmur, o derece devam eder ki, yeryüzünü kaplayıp, kırk arşın kadar yukarı yükselir. O zaman, toprak olmuş olan insanlar ve hayvanlar, ot gibi biterler. Zîrâ, hadis-i şerifte buyuruldu ki: (İnsan kuyruk sokumu kemiğinden yaratılmıştır. Sonra yine ondan yaratılacaktır). Diğer bir hadis-i şerifte, (Kişinin her yeri mahv olup çürür. Lâkin, kuyruk sokumu kemiği çürümez. İnsan ondan çıkmıştı. Yine ondan iâde olunur) buyuruldu. [Bu kuyruk sokumu kemiği omurganın son kemiğidir.] Nohut kadar bir kemiktir ki, içinde iliği olmaz.

Canlılar ve bütün parçaları, mezarlarında yeşil ot gibi biter. Hep o kemikten neşet ederler. Bazısı bazısına girmiş ağ örgüsü gibi dolanmış olur ki, birinin başı diğerinin omuzunda, öbürünün eli, diğerinin sırtında olarak insanın çokluğundan böyle girift olurlar. Allahü teâlâ Kaf sûresinin dördüncü âyetinde meâlen, (Hakîkaten biz biliriz ki, arz onlardan birini noksan etmez. Zîrâ, bizim indimizde mahfûz kitap vardır. Yâni biz yarattıklarımızın hepsini biliriz) buyurur.

Bu dirilmek hâli tamam olunca, hesap üzere, sabî, yine sabîdir. İhtiyâr, yine ihtiyârdır. Olgun yaşta olanlar, yine öyledir. Yiğit olanlar yine delikanlıdır. Yâni Fena âlemi olan dünyadan Bekâ âlemi olan âhırete geçtikleri zaman yâni ölürken ne hâldeyseler, yine o sûret ile dirilirler. Allahü teâlâ, Arş-ı âlânın altında bir latîf rüzgâr estirir. Bu rüzgâr yeryüzünü baştanbaşa kaplar. Yeryüzü toz gibi ince kum hâline girer.

Bundan sonra, Allahü teâlâ, İsrâfil'i diriltir. Kudüs şehrindeki mübârek taştan sûr üfürülür. Sûr, nûrdan boynuz gibi bir mahlûktur ki, ondört parçadır. Bir parçasında karada olan hayvanların adedince delikler vardır. Karada olan hayvânâtın ruhları onlardan çıkar. Arı sesi gibi sesler işitilir. Yerle gök arasını doldurur. Sonra her bir ruh kendi cesedlerine girerler. Hak sübhânehu ve teâlâ bunlara kendi cesetlerini ilhâm eder. Hattâ dağlarda ölmüş olan, vahşî hayvanların ve kuşların yimiş olduğu insanların ruhları, kendi cesedlerini bulur. Nitekim Allahü teâlâ Zümer sûresinin altmış ikinci âyetinde meâlen, (Kıyâmetin yok edici sûrundan sonra, ikinci bir sûr üflenir. Bu sese bütün beşeriyyet tâbi olur. Bu emir ile kalkıp, hazır olurlar) buyurur.

İnsanlar kabirlerinden ve yanıp kül oldukları, çürüdükleri yerlerden kalktıkları vakit görürler ki, dağlar atılmış pamuk gibi, denizler susuz kalmış, yer ise, kendisinde ne iğrilik, ne de yükseklik var. Hepsi dümdüz olmuş, bir kâğıd sayfası gibi görünür. İşte insanlar, kabirlerinin üzerine oturdukları vakit, uryân olarak, her tarafa hayret ve düşünceli bir şekilde bakarlar. Nitekim, Hz. Peygamberimiz sahih olan hadiste: (İnsanlar her biri elbisesiz olup, hepsi çıplak ve sünnetsiz oldukları hâlde haşr olunurlar) buyurur. Fakat gurbette elbisesiz olarak vefât etti ise, onlara Cennetten elbise getirilir ve giydirilir. Şehitlerin ve sünnet-i seniyyeye [yâni ahkâm-ı islâmiyyeye] tutunup vefât etmiş olanların iğne deliği kadar elbisesiz yeri kalmaz. Zîrâ Peygamberimiz : (Ey ümmetim ve Eshâbım! Siz ölülerinizin kefeninde mübâlağa ediniz! Zîrâ, benim ümmetim kefenleriyle haşr olunurlar. Hâlbuki sâir ümmetler çıplaktırlar) buyurdu. Bu hadis-i şerifi, Ebû Süfyân rivayet eyledi. Yine Peygamberimiz buyurmuştur ki: (Ölüler kefenleri ile haşr olunur).

Bir hastanın, ölüm hâline gelince, bana filan elbisemi giydirin dediğini işittim. İstediğini giydirmediler. Tâ ki, üzerinde bir kısa gömlek olduğu hâlde vefât etti. Başka hiç kefen de bulunmadı. Birkaç gün sonra, rü'yâda görüldü. Üzüntülü idi. (Sana ne oldu?) diye suâl olundukta; (Benden, istediğim elbiseyi men ettiniz. Beni bu kısacık gömlekle haşr olunmaya terk eylediniz) dedi."

İmam Gazali eserinde şöyle der:

"Herkes kabri üzerine çıkıp, bazısı çıplak, bazısı siyah, bazısı beyaz elbiseli, bazısı da nûr saçar bir hâlde oturur. Her biri başlarını eğmiş olarak, ne yapacağını bilmiyerek, bin sene kadar dururlar. Sonra magribden bir ateş zuhûr eder ki, onun gürültüsüyle halk mahşere sürülür. Bu zamanda her mahlûk dehşete düşer. İnsan olsun, cin olsun, vahşî hayvanlar olsun, her birini kendi ameli alıp, kalk mahşere git, der.

Ameli güzel olan kimsenin ameli eşek, bazısının da katır sûretinde görünür. Amel sahibini üzerine alıp mahşere götürür. Bazısının da, koç şeklinde görünür. Bazı kere amel sahibini üzerine alır götürür, bâzan da bırakır. **Her müminin bir nûru olur ki, önünden ve sağ yanından, o zamanki karanlık içerisinde her tarafı aydınlatır.**

Sol taraflarında nûr yoktur. Belki karanlıkta hiçbir kimse hiçbirşey göremez. O karanlıkta kâfirler hayrette kalır. İmanlarında şek ve şüphe olan kimseler [ve bid'at sahibi olanlar, mezhepsizler] şaşırırlar. Ehl-i sünnet âlimlerinin bildirdiklerine uygun olarak doğru inanmış olan [Sünnî] müminler ise, onların zulmet ve tereddütlerine bakıp, Allahü teâlânın kendilerine hidâyet nûru verdiğine hamd ederler. Zîrâ, Cenâb-ı Hak, müminler için, azâb gören şakîlerin hâllerini ortaya koyar ki, bunda bazı faydalar vardır. Nitekim, Cennet ehli ve Cehennem ehli ne yapmışlarsa hepsi belli olur. Onun için, Allahü teâlâ meâlen, (Arkadaşına nazar etti. Onu Cehennem ateşinde gördü), buyurdu. A'râf sûresinin kırk yedinci âyetinde de meâlen: (Cehennem ehline baktıkları zaman, Cennet ehli: Ey Rabbimiz! Bizi zâlim kavmlerl berâber kılma derler) buyurdu. Zîrâ, dört şey vardır ki, kadrini, kıymetini ancak dört kimse bilir:

Hayatın kadrini ancak ölü bilir. Nîmetim kadrini azâb çeken bilir. Servetin kadrini fakir bilir. (Burada dördüncüsü yazılmamış. Fakat, Cennet ehlinin kadrini, Cehennem ehli bilir, demektir).

Bazısının nûru, iki ayağı üzerinde ve parmakları ucunda görünür. Bazısının nûru, bir parlar, bir söner. Bunların nûrları îmanları kadardır. Kabirlerinden kalktıkları vakit, hareketleri de, amelleri miktârıdır. Sahih olan bir hadis-i şerifte Peygamber efendimize (Yâ Resulullah! Biz nasıl haşr olunuruz?) diye sorulunca, cevabında, (İki kişi bir deve üzerinde, beş kişi ve on kişi bir deve üzerinde haşr olunur) buyurdu.

Allahü teâlâ bilir, bu hadis-i şerifin mânası: (Bir kavm, islâmda birbirine yardım eder, dîni, îmanı, helâli, haramı birbirlerine öğretirlerse, Allahü teâlâ onlara rahmet eder. Onların amelinden deve yaratır da, onun üzerine binerler. Öylece haşr olunurlar) demektir. Bu ise, amelin zayıf olmasındandır. Çünkü bunların, kendi amelleri bir deve olamadığından, ancak birkaçının ameli bir deve olmakta ve buna müşterek binmektedirler.

Bunlar şu insanlara benzerler ki, yolculuğa çıkmışlar. Fakat hiç kimsenin bir hayvan satın almaya vakti olmadığından, hayvan alıp gidecekleri yere gidemezler. Bunlardan iki veya üç kişi, bir hayvan satın alıp yolda ona müşterek binerler. Bu yolda bâzan bir deveye on kişi binerler. Bu âcizlik amellerindendir. Bunun mânası, malda elini kısmaktır. Yâni hasîs olmaktır. Bununla berâber, selâmete çıkarılırlar. Öyle ise, bir amel işle ki, o amel sebebiyle Allahü teâlâ sana binek hayvanını nasip etsin.

Şunu bilmelidir ki, bu kimseler âhıret ticâretinde fayda görüp, kâr edenlerdir. Bu takdîrde Allahü teâlâdan korkanlar, Allahü teâlânın dînini yayanlar, binicilerdir. Bunun için, Allahü teâlâ Meryem sûresinin seksenbeşinci âyetinde meâlen, (Allahü teâlâdan korkanlar, o gün, Rablerinin nîmetlerine müşterek olarak giderler) buyurdu.

Peygamberimiz birgün Eshâbına buyurdular ki: (Benî-İsrâilde bir kişi vardı. Çok hayr yapardı. Hattâ, o zat sizin içinizde haşr olunacaktır). Eshâb-ı kirâm dediler ki: (Yâ Resulullah! Bu zat ne hayr yapardı?) Resûlullah buyurdu ki: (Ona babasından çok mal kalmıştı. Bununla, bir bostan satın alıp, onu fakirlere vakf etti. Rabbim huzuruna vardığım zaman, bu, benim bostanım olur dedi. Yine birçok altın ayırıp, onu fakir ve zayıf kimselere verdi. Bununla da, cenâb-ı Haktan câriye ve köle satın alırım, dedi. Yine birçok köle âzâd etti. Bunlar dahî, Allahü teâlânın huzurunda benim hizmetçilerim olur, dedi. Birgün de, bir âmâya rast geldi. Gördü ki, bâzan yürür, bâzan düşer. Ona bir binecek hayvan satın alıp, bu da, Allahü teâlânın huzurunda benim binecek hayvanımdır dedi.)

Peygamber efendimiz bu hikâyeyi haber verdikten sonra da, (Nefsim, kudreti elinde olan Allahü teâlâya yemin ederim ki, bu hayvan onun için eyerlenmiş ve gem vurulmuş hazır olduğunu görüyorum. Bu zat, ona biner de mahşere öylece gelir) buyurdu.

(Sırât-ı müstekîm üzre gidenle, gözleri âmâ olup yüzüstüne gittiği yolu bilmiyen müsâvi midir) meâlindeki Mülk sûresi yirmiikinci âyet-i kerimesinin tefsîrinde buyuruldu ki, Allahü teâlâ, kıyâmet günü için müminlerin haşr olunması ile, kâfirlerin haşrine, bu âyet-i kerimeyi misâl kıldı.

Nitekim Meryem sûresi seksenaltıncı âyet-i kerimesinde meâlen, (Kâfirleri yüzleri üzerine sürünerek, Cehenneme göndeririz) buyurdu. Bu mâna, bazı kere yürürler, bazı kere de sürünürler demektir. Çünkü, cenâb-ı Hak, başka bir âyet-i kerimede, (Yürürler) buyuruyor. Nûr sûresi yirmidördüncü âyetinde meâlen, (Ve yaptıklarını dilleri, elleri ve ayakları haber verir) buyurdu. Bunun gibi, âyet-i kerimedeki (Kör olarak) mânası da, **kâfirler, müminlerin önünde ve sağ yanında parlayan nûrdan**

mahrum olurlar demektir. Tamamen kör olurlar demek değildir. Yâni karanlıkta kalır, göremezler demektir. Çünkü, biliyoruz ki, kâfirler semaya bakarlar, bulut ile yarılmış olduğunu, meleklerin indiğini, dağların yürüdüğünü, yıldızların döküldüğünü görürler.

Kıyâmet gününün korkuları, meâli, (Bu Kur'an-ı kerim sihir midir? Yâhut siz onu göremiyorsunuz) olan Tûr sûresinin onbeşinci âyet-i kerimesinin tefsîridir. Bunun için, kıyâmette olan âmâlıktan murâd, karanlığa dalmaktır. Ve Allahü teâlânın cemâl-i ilâhîsini görmekten men olunmaktır. Çünkü, Allahü teâlânın nûru ile mahşer yeri aydınlanır. Hâlbuki, o zaman, onların gözlerine perde gelip bu nûrlardan birşey görmezler.

Allahü teâlâ, onların kulaklarına da perde çeker. Kelâmullahı işitmezler. Hâlbuki melekler, meâl-i şerifi, (Şimdi sizin üzerinize korku yoktur. Siz mahzûn dahî olmazsınız. Siz ve zevceleriniz, Cennete sevincle dahil oldunuz) olan A'raf sûresi kırk dokuzuncu ve Zuhruf sûresinin yetmişinci âyetleri ile nidâ ederler. Müminler bunu işitir, kâfirler işitmezler.

Kâfirler konuşmaktan da men olunur. Onlar dilsiz gibidirler. Bu da, Allahü teâlânın meâli, (Bu bir zamandır ki, onlar söylemezler ve söylemeye izin dahî verilmez) olan, Mürselât sûresinin otuzbeş ve otuzaltıncı âyet-i kerimelerinden anlaşılmaktadır...

... Zulmedilerek ölenler, zulüm olundukları üzre haşr olunurlar. Sahih olan hadis-i şerifte buyuruldu ki: (Allah yolunda öldürülüp, şehit olanlar, kıyâmet gününde, yaralarının kanı akarak gelirler. Rengi kan ve kokusu misk kokusu gibi olur. Huzur-ı Mevlâya haşr oluncaya kadar, bu hâl üzre bulunurlar.)

Bu zamanda melekler, onları, fırka fırka, cemaat cemaat sevk ederler. Herbirinin altında, kendilerine zulmedenler bulunarak haşr olunurlar. İnsan, **cin ve şeytan ve yırtıcı hayvanlar ve kuş-**

lar, bir yerde toplanırlar. O zaman yeryüzü düz beyaz, gümüş gibi düz olur.

Melekler, yeryüzündeki bütün canlıların etrâfında bir halka olmuşlardır. Yeryüzünde bulunanlardan on kattan ziyâdedir.

Bundan sonra, Allahü teâlâ, ikinci kat gök meleklerine emreder ki, birinci kat gök meleklerini ve mahlûkatı çevirirler. Bunlar da, hepsinin yirmi mislinden ziyâdedir.

Sonra, üçüncü kat melekleri nâzil olup, hepsinin etrâfını bir halka olarak çevirirler. Bunlar da hepsinin otuz mislinden ziyâdedir.

Sonra dördüncü kat melekleri, hepsinin etrâfını bir halka olarak çevirirler. Bunlar da hepsinin kırk mislinden ziyâdedir.

Sonra, beşinci kat göğün melekleri nâzil olup, bir halka olarak çevirirler. Bunlar da hepsinin elli mislinden ziyâdedir.

Daha sonra, altıncı kat gök melekleri nâzil olup, hepsinin etrâfını bir halka olarak çevirirler. Bunlar da hepsinin altmış mislinden ziyâdedirler.

En sonra, yedinci kat gök melekleri nâzil olup, bir halka olarak hepsini çevirirler ki, bunlar cümlesinin yetmiş mislinden ziyâdedirler.

Bu zamanda, halk birbirine karma karışık olur. İzdihâmın çok olmasından birbirlerinin ayaklarına basarlar. Herkes, günahına göre, tere gark olur. Bazısı, kulaklarına kadar, bazısı boğazına kadar, bazısı göğsüne kadar, bazısı omuzlarına kadar, bazısı dizlerine kadar, hamamdaki gibi bir tere gark olunmuşlardır. Bazı kimseler de vardır, susuz olan kimse, su içtiği vakit, nasıl terlerse, o kadar az terler.

(Eshâb-ı rey) ki, onlar minber sahibi olanlardır. (Eshâb-ı rışh), terliyenlerdir. (Eshâb-ı ka'beyn), [yâni topuklarına kadar terliyenler] suda boğularak vefât edenlerdir. Melekler bunlara: (Sizin için şimdi korku ve hüzn yoktur) diye nidâ ederler.

Bazı Ârifler bana haber verdi ki, bunlar (Evvâbûn)durlar. (Fudayl bin İyâd) ve gayrıları bunlardandır. (Fudayl 187 [m. 803] de Mekkede vefât etti.) Çünkü, Peygamberimiz (Günahından tevbe eden kimse, hiç günah işlememiş gibidir) buyururdu. Bu hadis-i şerif mutlaktır. Yâni bir şarta bağlı değildir. Bu üç sınıf, yâni (ehl-i rey, ehl-i rışh, ehl-i ka'b), (O gün bazılarının yüzleri ak, bazılarının ise siyah olur) meâlindeki Âl-i İmrân sûresinin yüz altıncı âyet-i kerimesince, yüzleri beyaz olanlardır. Bunlardan gayrisinin yüzleri siyah olur. Nasıl ızdırâb ve terlemek olmasın ki, güneş başlarına yaklaşmıştır. Hattâ bir kimse elini uzatırsa yapışacağım zanneder. **Güneşin harâreti şimdiki gibi değildir. Yetmiş kat kadardır. Bazı selef dedi ki: Eğer güneş, kıyâmett olduğu gibi, şimdi yer üzerine doğsa, elbette yeryüzünü yakar, taşları eritir ve ırmakları kuruturdu.**

Bu zamanda, mahlûkat Arasât meydanında beyaz yerde, gayet şiddet ile sıkıntı çekerler. Bu beyaz yeri, Allahü teâlâ, meâl-i şerifi, (O gün, Vâhid ve Kahhâr olarak yeryüzünü başka şekle, gökleri de başka şekle çevirdiğim zamandır. O gün, herşey bana itaat eder) olan İbrâhîm sûresinin kırksekizinci âyetinde beyan buyurmuştur.

O zaman, yeryüzünde bulunanlar, çeşidli şekillerdedirler. Dünyada büyük görünenler, büyüklenenler, mahşerde zerre kadardır. Hadis-i şerifte kibrlilerin zerre gibi olacakları bildirilmiştir. Onlar hakîkaten zerre kadar küçük değildirler. Belki ayaklar altında kalıp çiğnendiklerinden, zelîl ve hakîr olmalarından, zerreler gibidir buyurulmuştur.

Bunların arasında bir kavm, tatlı ve soğuk sâf sular içerler. Zîrâ, sabî, küçük çocuk iken vefât eden mümin çocuklar, babalarının etrâfında, Cennet ırmaklarından doldurdukları kâselerle dönerler ve onlara su verirler.

Selef-i sâlihînden bazılarından rivayet olundu ki, bir zatın rü'yâsında kıyâmet kopmuş. O zat, mevkıfte gayet susuz olarak dururmuş. Küçük çocukların su dağıttığını görmüş. O zat buyurur ki:(Aman bana da bir yudum su verin). İçlerinden bir sabî dedi ki: (Bizim içimizde senin çocuğun var mıdır?) Ben hayır dedim. (Öyle ise Cennet şarapından sana nasip yoktur) dedi.

Bu hikâyede evlenme ve çocuk sahibi olmanın eftal olmasına işaret vardır. Su dağıtan çocukların şartları (İhyâ-ül-ulûm) kitabımızda anlatıldı.

Bir kısm insanlar da bulunur ki, başlarına yakın bir gölge gelmiş. Mahşerin harâretinden onları muhâfaza eder. Bu gölge ise, dünyada verdiği zekât ve sadakalardır.

Bu hâlde bin sene kadar dururlar. (İhyâ-ül-ulûm) kitabında anlatılan Müddessir sûresinde meâl-i şerifi, (Sûra üfürüldüğü zaman) olan âyet-i kerimeyi işitince bu hâlde dururlar. Bu âyet-i kerime Kur'an-ı kerimin sırlarındandır.

Sûra üfürmenin dehşetinden tüyler titrer, gözler nereye bakacağını şaşırır ve mümin ve kâfirler sevk olunurlar. Bu kıyâmet gününün şiddetini ziyâdeleştiren bir azâbdır.

Bu vakit, Arşı sekiz melek yüklenip götürür. Onlardan bir melek bir adımında, yirmi bin senelik dünya yolunu yürür.

Melekler ve bulutlar, Arş-ı âlâ karar edinceye kadar, akılların anlayamıyacağı tesbîhler ile tesbîh ederler. Bu şekilde, Arş-ı âlâ, Allahü teâlâ kendisi için halk eylediği beyaz arzın üzerinde karar kılar. Bu zaman, hiçbirşeyin tâkat getiremiyeceği, Allahü teâlânın azâbından, başlar aşağı eğilir. Cümle halk sıkıntı içinde mahbûs ve şaşkın kalıp, şefkat ararlar. Peygamberlere ve âlimlere korku gelir. Evliyâ ve şehitler hiç tâkat getirilemiyecek olan Allahü teâlânın azâbından feryâd ederler. Bunlar, bu hâl üzereyken, güneşin nûrundan çok daha fazla olan bir nûr bunları içine alır. Zaten güneşin harâretine tâkat getiremiyen kimseler, bunu müşâhede ettikleri gibi, karmakarışık olurlar. Bin sene de, bu hâl üzere kalırlar. Allahü teâlâ tarafından kenilerine bir şey söylenmez.

Bu vakit insanlar, ilk Peygamber olan Âdem aleyhisselâma giderler. (Ey insanların babası! Hâlimiz pek fenadır). Kâfirler ise: (Yâ Rab! Bize merhamet et. Bizi şu şiddet ve meşakkatten kurtar), derler.

İnsanlar Âdem aleyhisselâma derler ki, (Yâ Âdem! Sen azîz ve şerif bir Peygambersin ki, Allahü teâlâ seni yarattı. Melekleri sana secde ettirdi. Sana kendi ruhundan üfledi. Kaza ve hesaba başlaması için bize şefaat eyle ki, Allahü teâlâ ne murâd ederse, onunla mahkûm olalım. Ve nereye emrederse, herkes oraya gitsin. Herşeyin hâkimi ve mâliki olan Allahü teâlâ, mahlûklarına dilediğini yapsın) diye yalvarırlar.

Âdem buyurur ki: (Ben Allahü teâlânın yasak ettiği ağacın meyvesinden yidim. Bu zamanda Allahü teâlâdan utanırım. Fakat siz, Resûllerin ilki olan Nuh'a gidiniz). Bunun üzerine bin sene aralarında meşveret ederek dururlar.

Sonra Nuh'a giderler de: (Sen Resûllerin ilkisin. Hiç dayanılmayacak bir hâldeyiz. Bizim muhâkememizin çabuk yapılması için bize şefaat eyle! Şu mahşer cezâsından kurtulalım) diye yalvarırlar. Nuh onlara cevap olarak: (Ben Allahü teâlâya duâ eyledim. Yeryüzünde ne kadar insan varsa, o duâ sebebiyle boğuldu. Bunun için, Allahü teâlâdan utanırım. Fakat siz, İbrâhîm'e gidiniz ki, o Halîlullahdır. Allahü teâlâ Hac sûresinin son âyetinde meâlen, [İbrâhîm siz dünyaya gelmezden evvel, size Müslüman diye ism verdi] buyurdu. Belki o size şefaat eder) der.

Yine evvelki gibi aralarında bin sene daha konuşurlar. Sonra, İbrâhîme gelirler. (Ey müslümanların babası! Sen o zâtsın ki, Allahü teâlâ, seni kendine halîl, dost eyledi. Bize şefaat eyle! Allahü teâlâ, mahlûkat arasında, hükmünü versin) derler. İbrâhîm onlara: (Ben dünyada üç kere kinâye söyledim. Bunları söyliyerek din yolunda mücâdele ettim. Şimdi Allahü teâlâdan bu makamda şefaat izni istemekten utanırım. Siz Mûsâ'ya gidiniz. Zîrâ, Allahü teâlâ onunla konuştu ve kendisine mânevi yakınlık gösterdi. O, sizin için şefaat eder) buyurur. Bunun üzerine yine bin sene durarak birbirleriyle istişâre ederler. Fakat bu zamanda hâlleri gayet güçleşir. Mahşer yeri ise, çok daralır. Sonra Mûsâ gelip, derler ki: (Yâ ibni İmrân! Sen o zâtsın ki, Allahü teâlâ seninle konuştu. Sana Tevrât'ı indirdi. Hesabın başlaması için bize şefaat eyle! Zîrâ burada durmamız çok uzadı. İzdihâm pek ziyâdeleşti. Ayaklar birbirleri üzerine birikti). Mûsâ onlara der ki: (Ben, Allahü teâlâya, âl-i Fir'avnın senelerce hoşlanmıyacakları şeylerle cezâlandırılması için duâ ettim. Sonra gelenlere ibret olmalarını ricâ eyledim. Şimdi şefaat etmeye utanırım. Fakat, Cenâb-ı Hak rahmet, mağfiret sahibidir. Siz Îsâ'ya gidiniz. Çünkü yakîn cihetiyle Resûllerin en esahhı, marifet ve zühd cihetinden, en eftali ve hikmet cihetinden en üstünüdür. Size O şefaat eder) buyurur. Bunlar, aralarında bin sene müşâvere ederler. Hâlbuki, onların sıkıntıları daha ziyâde olur.

Sonra Îsâ'ya gelirler. Derler ki: (Sen Allahü teâlânın ruhu ve kelimesisin, Allahü teâlâ senin için Âl-i İmrân sûresinin kırkbeşinci âyetinde meâlen, (Dünyada ve âhırette "Vecîh" yâni çok kıymetli) buyurdu. Bize Rabbinden şefaat eyle!) Îsâ buyurur ki: (Benim kavmim, beni ve annemi Allahdan başka ilâh ittihâz eylediler. Nasıl şefaat ederim ki, bana da ibâdet ettiler. Ve bana oğul ve Allahü teâlâya baba ismini verdiler. Fakat, siz gördünüz mü ki, birinizin kesesi olsun da, içinde nafakası olmasın. Ve ağzı da mühürlü olsun. O mührü bozmadan o nafakaya vâsıl olsun. Peygamberlerin en üstünü ve sonuncusu Muhammed'e gidiniz. Zîrâ O, dâvetini ve şefaatini ümmeti için hazırladı. Çünkü, kavmi Ona çok kere ezâ ettiler. Mübârek alnını yardılar. Mübârek dişini kırdıar. Kendisine delilik isnâd ettiler. Hâlbuki, o yüce Peygamber onların iftihâr cihetinden en iyisi ve şeref cihetinden en yükseği idi. Onların tehammül olunmayacak ezâ ve cefâlarına mukâbil, Yûsûfın kardeşlerine söylediği, (Şimdi sizin, başınıza kakmak yoktur. Erhamürrâhimîn olan Cenâb-ı Allah, size mağfiret eder) meâlindeki âyet-i kerime ile cevap verirdi. Îsâ, Peygamberimizin fazîletlerini anlatır, hepsi Muhammed'e bir an evvel kavuşmak ister.

Hemen Muhammedin minberine gelirler. Derler ki: (Sen Habîbullahsın! Habîb ise, vâsıtaların en faydalısıdır. Bize Rabbinden şefaat eyle! Zîrâ, Peygamberlerin birincisi olan Âdem'e gittik. Bizi Nuh'a gönderdi. Nuh'a gittik. İbrâhîma gönderdi. İbrâhîma gittik. Mûsâ aleyhisselâma gönderdi. Musâ aleyhisselâma gittik. Îsâ'ya gönderdi. Îsâ ise, size gönderdi. Yâ Resûlallah ! Senden sonra gidecek bir yer yoktur).

Resûlullah efendimiz: (Allahü teâlâ izin verir ve râzı olursa, şefaat ederim) buyurur.

(Surâdikât-i celâl), yâni celâl perdesine varır. Allahü teâlâdan şefaat için izin ister. Kendisine izin verilir. Perdeler kalkar. Arş-ı âlâya girer. Secdeye kapanır. Bin sene secdede durur. Bundan sonra, Cenâb-ı Hakkı bir hamd ile hamd eder ki, âlem yaratıldığından beri, hiç kimse, Allahü teâlâyı böyle medh etmemiştir.

Bazı ârifler dedi ki: (Allahü teâlâ âlemleri yaratınca kendisini böyle hamdler ile medh ve senâ buyurmuştu). Arş-ı âlâ, Cenâb-ı Hakka tâzîmen hareket etmektedir. Bu müddet içinde hâlleri pek ziyâde kötüleşir. Meşakkat ve zahmetleri artar. İnsanlardan her biri, dünyada sımsıkı sakladıkları malı boyunlarına geçirmişlerdir. Deve zekâtını vermiyenlerin, boynuna deve yüklenir. Öyle bağırır ve ağırlaşır ki, büyük dağlar gibi olur. Sığır, koyun zekâtı vermiyenler de, böyle olur. Bunların feryâdları âdetâ gök gürlemesi gibidir.

Ekin zekâtını, yâni uşrunu vermiyenlerin boynuna ekin denkleri yüklenir ki, dünyada hangi cins ekinin zekâtını vermemiş ise, o nev'den, o denkler dolmuştur. Eğer buğday ise, buğday, arpa ise arpa dolmuştur ki, ağırlığından altında "vâveylâ", "vâseburâ" diye bağırır. ["Veyl" azâb kelimesidir. İnsan azâba tâkat getiremediği vakit, böyle bağırır. "Sebûr" da helâk zamanında kullanılır.] Altın, gümüş ve [kâğıt] para ve sâir ticâret malı zekâtından vermeyenler de, dehşetli bir yılanı yüklenir ki, o yılanın başında yalnız iki örgüsü vardır. Kuyruğu burnuna girmiştir. Boynu ile halkalanmış, boynu üzerinde yüklenmiş, hattâ değirmen taşlarını yüklenmiş kadar ağırlığı vardır. Bağırırlar, bu nedir, derler. Melekler onlara: **"Bunlar, dünyada zekâtını vermediğiniz mallarınızdır"** derler. İşte bu dehşetli hâl, Âl-i İmrân sûresinin meâl-i şerifi, (Dünyada esirgedikleri, kıyâmet günü boyunlarına takılır) olan, yüz sekseninci âyet-i kerimesi ile bildirilmiştir... Diğer bir fırka da, dilleri ağızlarından çıkmış ve göğüslerine sarkmış, gayet çirkin bir hâldedirler ki, insan görmek istemez. Bunlar yalan ve iftirâ söyleyenlerdir."

ÖLÜMDEN KISA SÜRE ÖNCE YAPILAN İŞLER ÇOK ÖNEMLİDİR

Müslim'in rivayeti: **"Her kul, hangi hal üzere ölmüşse o hal üzere dirilir."**

Buharî ve diğerlerinin rivayeti: "Allah bir kavme azab etmesini murat etti mi, azab; içlerinde olan iyilere de isabet eder, sonra kendi halleri üzerine dirilirler."

Ebu Davud: "Abdullah b. Ömer (r.a.) dedi ki:

- Ey Allah'ın Resulü bana cihat ve gaza hakkında bilgi ver! Şöyle buyurdu:

- Ey Abdullah, eğer tahammül ederek, sabır ve sebat göstererek ve karşılığını ancak Allah'tan umarak öldürülürsen, sabr ve sebat göstererek ve karşılığını ancak Allah'tan bekleyerek dirilirsin. Eğer Müraî olarak ve çok şey elde etmek için öldürülürsen, Müraî olarak ve çok şey elde etmek için dirilirsin. Hülâsa **hangi hal üzere öldürülürsen veya çarpışırsan Allah seni o hal üzere diriltir."**

Bir hadis meali: **"Kim sarhoş olarak ölürse, kıyamet gününde o sarhoş olarak dirilir.** Cehennemin ortasındaki "el-Kerran" adında bir Hendek'in ortasına atılır. O Hendek'te sadece su ve kan olur. Onun, onlardan yani sudan ve kandan başka yiyeceği olmaz."

Müslimin sahihinde şöyle varit olmuştur: "İhramlı iken bir adama devesi vurdu, adam öldü. Resûlullah (s.a.v.) şöyle buyurdu: "Onu su ve sidr ile yıkayın, elbisesine sarıp, ona koku sürmeyin, başını da buhurlandırmayın, çünkü o, kıyamet günü telbiye getirerek dirilecektir."

Cabir (r.a.)'dan, şöyle diyordu: Müezzinler, telbiye getirenler, kabirlerinden kıyamet gününde müezzin ezan okuyarak, telbiye getirici de telbiye getirerek çıkacaktır."

Bir hadiste şöyle buyurulur: "Bana Cebrail (a.s.) bildirdi: "La ilahe illallah", mü'minin ölürken kabrinde, kabrinden çıkarken arkadaşı olacaktır.

Kabirlerinden, üzerlerinden toprağı silkeleyerek onları çıkarlarken bir görsen: Biri: "La ilahe illallah" diyor, öteki: "El-Hamdülillah" diyor. Ve yüzü apaydın oluyor. Daha başkası eyvah ben ne yaptım, "Allah'a karşı aşırı gitmekten ötürü bana yazıklar olsun." (Zümer süresi, âyet: 56) diyecek, yüzü simsiyah kesilecektir.

Yine hadiste varit olmuştur: "La ilahe illallah" ehline, ölürken ve kabirlerinde, dirilirlerken vahşet (yalnızlık) yoktur. La ilahe illallah ehli, bir yandan başlarında toprakları silkeleyecekler, öbür yandan da "Hamd, bizden üzüntüyü gideren Allah'a mahsustur" diyecekler."

Müslim ve İbn-i Mace rivayet ettiler: "Ölüsüne çok ağlayan kadın, kıyamet gününde kabrinden çıkarken, saçı başı dağınık, üzerinde Allah'ın azabından bir cilbab, ateşten bir zırh, eli başında olacak ve şöyle feryad edecek: "Eyvah..."

Diğer bir rivayette şöyle geçer: "Ölüsüne çokça ağlayan kadın, öldüğü zaman, Allah ona ateşten bir elbise biçecek, eli başı üzerinde olacak ve: "Eyvah, yazıklar olsun bana!" diyecek.

İbn-i Abbas, Mücahid ve diğerleri Cenab-ı Hakk'ın: "Faiz yiyenler mahşerde ancak şeytanın çarptığı kimsenin kalktığı gibi kalkarlar." (Bakara süresi, âyet: 275) kavli celilini şöyle yorumladılar: Yani kabirlerinden kalkarlarken şeytan onları boğacak gibi bir vaziyet alır. Bazı alimler derler ki: Faiz karınlarında çoğalıp büyüyecek, karınları o kadar şişecek ki kabirlerinden kalkarlarken yıkıla yıkıla ve yuvarlanarak kalkacaklar. Allah faiz yiyenlere böyle bir alamet ve nişan verecek, mahşerde bu nişanla bilinecekler.

MELEKLERİN KABRE İNİP ÇIKMASI

İbni'l-Mübarek, Aişe (r.a.)'dan: Ka'bu'l-Ahbar'ın yanında Resûlullah (s.a.v.)'ın adı anıldı, Ka'bu'l-Ahbar şöyle dedi: Hemen her sabah, meleklerden yetmişbin melek, kabre inip kanatlarını çırparlar. Peygamber (s.a.v.) için istiğfarda bulunurlar. Akşama kadar bu böyle devam eder. Onlar çıkıp gittiklerinde, yetmiş bin melek daha iner onlar da kabri ziyaret edip kanat çırparlar. Peygamber (s.a.v.) için Allah'tan mağfiret dilerler.

Yetmiş bin gündüz ve yetmiş bin gece olmak kaydı şartıyla kıyamete kadar melekler böyle devam ederler. Yer Peygamber (s.a.v.)'in üzerinden ayrıldığı zaman, yetmiş bin meleğin refakatında kabrinden çıkar. Ona son derece saygı gösterirler.

İbn-i Ömer (r.a.)'dan nakledilen bir hadiste şöyle duyurulur: "Resûlullah (s.a.v.) bir gün sağ eli Ebu Bekir'ir (r.a.), sol eli de Ömer'in (r.a.) üstünde olduğu halde çıktı. Ve şöyle buyurdu: "İşte kıyamet gününde biz böyle dirileceğiz."

Sahih bir isnadla rivayet edilmiştir: Allah (Azze ve Celle) günleri ve geceleri kendi eski şekillerinde diriltecektir. Cuma gününü ise, beyaz ve aydınlatıcı bir halde diriltecektir. Cuma ehli onu tebcil edecekler, tıpkı efendisine ikram eden güzel bir gelin gibi.

Onları aydınlatacak, onun ışığında yürüyecekler. Renkleri kar kadar beyaz olacak. Kokuları misk gibi olup her tarafı güzel kokular saracak.

Kâfur dağlarına dalacaklar. İnsanlar, cinler onlara hayran kalacak, şaşkına uğrayacaklar. Cennete girdiklerinde, onlara ancak, müezzinler ve yaptıkları amellerin karşılığını ancak Allah'tan bekleyenler refakat edecektir."

Hafız Ebu Nuaym, Ebu İmran el-Cevniden: "Hiçbir gece yoktur ki, şöyle seslenmesin: "Yapabildiğiniz kadar hayır yapın! **Ben size ancak kıyamet gününde dönerim."**

İNSANLARIN KABRİNDEN KALKMASI VE SIRAT

Müslim rivayet etti: Yahudi bilginlerinden biri Resûlullah (s.a.v.)'e gelip: **"Ey Muhammed bu yer başka bir yer, bu gökler de başka gökler olduğu zaman, insanlar nerede olacaklar?" diye sordu. Resûlullah (s.a.v.) şöyle buyurdu: "Sırat köprüsünün yanında karanlık içinde olacaklardır."**

Tirmizî'nin rivayeti şöyle: Resûlullah (s.a.v.)'e sordular: "Yer değişip başka bir yer, bu gökler değişip başka gökler olduğunda, insanlar nerede olacaklar?" Şöyle buyurdu: "O zaman insanlar, Sırat üzerinde olacaklardır."

Ebu Nuaym'ın rivayet ettiği hadiste geçmiştir: **"Kıyamet koptuğu zaman, onun üzerine sevab yazan melek ile günah yazan melek iniverir. Boynunda asılı olan kitabı (amel defterini) önüne açarlar. Biri sevk edici ve diğeri şahit olarak onunla beraber bulunurlar."**

Sabit el-Bunanî şöyle derdi: "Duyduğumuza göre, mü'min kul, kabrinden kalktığı zaman, dünyada beraberinde olan iki melek onu karşılar ve şöyle derler: "Korkma, üzülme. Va'doluna geldiğin cennetle sevin. Sonra şunu okur: "Rabbimiz "Allah'tır" deyip, sonra da doğrulukta devam edenlere, onlara melekler, ölümleri anında: "Korkmayınız, üzülmeyiniz size söz verilen cennetle evinin." diyerek inerler." (Fussilet süresi, âyet: 30)

Amr b. Kays'ten: Duyduğumuza göre, mü'min kabrinden çıktığı zaman, kendisini salih ameli en güzel bir şekilde, etrafa koku saçarak karşılar ve şöyle der: "Beni tanıyor musun?" Şu cevabı verir:

"La ilahe illallah! Kokun çok hoş... Suretin şeklin çok güzel..." Ben dünyada da böyle idim; ben senin salih amelinim. Dünyada ben sana bindim, şimdi sen benim sırtıma bin. Sonra şu ayeti okur:

"Sakınanları o gün, Rahman'ın huzurunda, O'na gelmiş konuklar olarak toplarız." (Meryem süresi, âyet: 85) Kâfire gelince, onu da çirkin ameli karşılar. Hem de en kötü bir koku içinde, en çirkin bir şekilde. Şöyle der: "Beni tanıyor musun?" Şu cevabı verir: "La ilahe illallah! Allah suretini pek çirkin yapmış, kokunu da çok fena dayanılmaz bir şekilde kılmış."

"Ben dünyada da böyle idim, ben senin kötü amelinim. Sen bana dünyada bindin, şimdi de ben senin sırtına bineceğim. Sonra şu ayeti okur: **"Ağırlıklarını arkalarına yüklenirler. Dikkat edin! Yüklendikleri şeyler ne kötüdür."**

İNSANLARIN TOPLANMASI VE SEMBOLİK BİNEKLER

Sözlük mânası; toplanmaktır. Bazı alimler der ki: Buradaki toplanmaktan murat, halkın Şam diyarından toplanmasıdır. Nitekim şu ayeti kerimede buna işaret edilmiştir: "Kitab ehlinden inkarcı olanları ilk sürgünde yurtlarından çıkaran O'dur" (Haşr süresi, âyet: 2)

İbn-i Abbas (r.a.) der ki: Peygamber (s.a.v.) onlara "Haydi çıkın!" emrini verdi. Onlar: "Nereye?" diye sorunca, "Mahşer yerine!" diye cevab verdi."

Müslimin rivayeti: "İnsanlar üç yol üzerinden umarak, korkarak toplanacaklardır: Hem de ikisi bir deve üzerinde, üçü bir deve üzerinde, dördü bir deve üzerinde, onu bir deve üzerinde olarak, gidip bir araya geleceklerdir. Kalanları da ateşe sürülecektir. Onlar nerede gecelerse onlar da orada geceliyeceklerdir. Nerde öğle uykusuna yatarlarsa, onlar da orada öğlen uykusuna yatacaklardır. Nerde sabahlarlarsa, orada sabahlayacaklardır, nerede akşamlarlarsa onlar da orada akşamlayacaklardır." Bu toplanma, işi kıyametten önce, dünyada olacaktır ki Kadı Iyadın dediği gibi bu, kıyamet alametlerinin sonuncusu olacak. **Burada bahsedilen develer sembolik olabilir yani kıyamet esnasında hızlı hareket etmelerini sağlayacak bilinmeyen vasıtaları (binekleri) temsil ediyor olabilir.**

İmam Kurtubî der ki: Bu anlam daha belirgindir. İbn-i Abbas der ki:

Bu Haşr işi ahirette olacaktır. "Develer de cennetin en seçkin develerinden olacak."

Bunu Müslim'in rivayet ettiği şu hadis te'yid eder:

"Kıyamet gününde insanlar üç sınıf olarak dirileceklerdir: Yaya sınıfı, süvari sınıfı, yüzüstü haşr edilen sınıf."

Önceki hadiste olduğu gibi bu hadiste de kıyamet esnasında insanları yönlendirecek vasıtalara dikkat çekiliyor olabilir.

Yine hadiste şöyle geçer: "**Kıyamet gününde insanlar, her zamankinden daha aç, her zamankinden daha susuz, her zamankinden daha çıplak, her zamankinden daha üzgün ve dertli olarak dirilecek ve toplanacaklardır.**

Kim Allah için yedirmiş ise, Allah onu doyuracaktır, kim Allah için su vermişse, Allah da ona su verecektir. Kim Allah için giydirmiş ise Allah da onu giydirecektir. Kim Allah için amel etmişse, Allah ona kâfi gelecek (Ve tüm dertlerden onu kurtaracaktır.)"

Muaz b. Cebel'den nakledilen bir hadiste şöyle geçer: Resûlullah (s.a.v.)'e Cenab-ı Hakk'ın:

"Sûr'a üfürüldüğü gün hepiniz bölük bölük gelirsiniz" ayetinden sual ettim, baktım ki Resûlullah (s.a.v.)'ın gözlerinden yaşlar boşaldı. Ağladı ve şöyle buyurdu:

"Ey Muaz, büyük bir şey sordun. Ümmetim dağınık olarak tam on sınıf üzerinde haşr edilecektir, onları Allah müslüman topluluğundan ayırıp çeşitli kılığa büründürmüş olacak: Kimi maymun suretinde, kimi domuz suretinde, kimi ayakları yukarı kalkmış yüleri üstünde sürünerek, kimi kör olarak, kimi bir şey duymayan sağır aklı bir şeye ermeyen dilsiz olarak, kimi elleri ve ayakları kesilmiş bir vaziyyette, kimi ateşten hurmaların dallarında asılmış olarak, kimi leşten daha fena kokulu olarak, kimi katran elbiseleri giyerek, dirilecekler ve haşr edileceklerdir.

Maymun şeklinde olanlara gelince: Onlar koğucu olan kimselerdir. Hınzır suretinde olanlar ise, haram yiyenlerdir. Yüzleri üzerinde sürünenler ise, faiz yiyenlerdir. Kör olarak haşredilenlere gelince: Onlar hükümde zulmedenlerdir. Sağır, dilsizlere gelince, onlar kendi varlıklarına güvenenler, kibire kapılanlardır. Bir de dillerini göğüslerine kadar sarkmış bir vaziyette çiğneyenler olcak ki onlar da sözleri fiillerine uymayan kimselerdir.

HERKES GÜNAHLARIYLA DİRİLİR

Hafız Ebu Nuaym, Abdurrahman b. Hürmüz el-A'recden: Dedi ki: Bize şu haber ulaşmıştır: "Kim günah işlerse, ehli ile beraber haşr olur."

Şöyle denilir: "Ey masiyet ehli, haydi şimdi hep beraber kalkın. Hiçbir kul onlardan geri kalamaz." Ne rezillik! O gün herkes birbirini görecek, biz günahkârlar, masiyet ehli ile göründüğümüzde bize bakıp seyredeceklerdir.

Ebu Hazim der ki: Bir gün el-A'rec'in yanına girdim; O kendi nefsine şöyle hitab ediyordu: "Çağrışma gününde senin durumun nice olacak."

Münadî "Ey hata ve günah ehli! Böyle böyle yaptınız, haydi kalkın!" diye seslendiğinde halin ne olacak? Sen de onlarla birlikte kalkacaksın. Sonra başka günahkârlara hitaben "Ey hata ehli haydi siz de kalkın, böyle böyle yapmıştınız değil mi?" diyerek seslendiği zaman, bu defa sen de onlarla beraber kalkacaksın.

Müslim ve diğerleri Aişe (r.a.)'dan: Resûlullah (s.a.v.)'in şöyle buyurduğunu duydum:

"Kıyamet gününde insanlar, yalınayak, çıplak ve sünnetsiz olarak haşredileceklerdir." Dedim ki:

"Ey Allah'ın Resulü, kadınlar ve erkekler birbirlerine bakmazlar mı?"

"Onlar birbirlerine bakacak zaman bulabilecekler mi? Öyle şiddetli gündür ki, hiç kimse ile ilgilenemiyecek, kendi derdine düşecek. O gün herkesin kendine yeter derdi vardır."

Sahih bir hadiste varit olmuştur: "Kim Allah için giydirirse, Allah da kıyamet gününde onu giydirir, kim Allah için su verirse, Allah da kıyamet günü ona su verir." Hadisteki çıplak olarak işte buna haml edilir, yani Allah için dünyada fakirleri (imkânı olduğu halde) giydirmeyenler orada çıplak olacaklardır. Hatta İmam Gazalî'nin "Keşfu ulûmi'l-Ahire" kitabına şunu gördüm: Peygamber (s.a.v.)'den rivayet edilmiştir: "Ölülerinizi iyice kefenleyin. Çünkü kıyamet gününde onlar kefenleri içinde haşrolunacaklardır, diğer milletler ise çıplak olacaklardır."

DÜNYADAKİ ACI VE ZORLUKLAR KİŞİYİ CENNETE YAKLAŞTIRIR

Resûlullah (s.a.v.) şöyle buyurdu:

"Cennet, zorluklarla ihata edilmiştir. Cehennemse şehvetlerle ihata edilmiştir." (Buhari, Müslim)

Resûlullah (s.a.v.) buyurdu:

"Allah cenneti yarattığı zaman, Cibril'i gönderdi ve şöyle buyurdu: "Ona bir bak, orada ehline hazırladığıma da bir bak!"

Hemen Cibril gelip ona ve Allah'ın orada ehline hazırladıklarına bir baktı. Sonra Allah'a geri dönüp şöyle dedi:

"İzzetin hakkı için, onu duyan hemen oraya girer." Bunun üzerine emredip onu zorluklarla ihata edilmiş bir yurt yaptı.

"Şimdi git bak bakalım, ehline neler hazırladığımı bir gör" dedi.

Ona döndü ve baktı ki orası, zorluklar ve güçlüklerle ihata edilmiş. Allah'a döndü ve şöyle dedi:

"İzzetin hakkı için, oraya kimsenin girmeyeceğinden korktum."

"Haydi şimdi de cehenneme git, ona ve ehline hazırladıklarıma bir bak" emrini verdi. Gidip baktı ve cehennem ehlini birbirine binmiş bir halde gördü. O'na dönüp: "İzzetin hakkı için, onu duyan herkesin oraya giremeyeceğinden korktum." Hemen emredip şehvetlerle ihata edildi.

"Haydi şimdi dön, git ve bak." dedi. Gitti, döndü ve şöyle dedi: "İzzetin hakkı için, oradan kimsenin kurtulamayıp mutlaka oraya gireceğinden korktum."

Hadisteki "Zorluklar" kelimesini alimler şöyle yorumladılar:

Kişiye yapması zor gelen ameller; çok soğuk günlerde abdest almak, iyiliği emredip, kötülükten alıkoymak, kötü kimselerin hakaretine ve sataşmalarına katlanmak ve musibetlere karşı sabretmek gibi şeylerdir. Ve diğer bütün istenmeyen şeyler de buna dahil olabilir.

Şehvetleri de şöyle yorumladılar: Kişinin heva ve hevesine uygun düşen her türlü davranışlardır. Örneğin: Soğukta yatarken, abdest almayı terk etmek, gece namazını bırakmak, yeme, içme ve düşüncede takva yolunu terk etmek gibi şeyler bundandır.

Hadisin metninde geçen: "Haffet" kelimesini ise şöyle yorumladılar: El-Hifaf kelimesinin aslı; bir şeyi iyice çevreleyip ihata etmek. Öylesine ki el ile onu aralamadan içine giremezsin. Cenneti çevreleyen zorlukları; cehennemi çevreleyen şehvetleri Peygamber (s.a.v.) şöyle temsil etmiştir:

Cenneti çevreleyen: **Sabır, acı, fakirlik, dostu yitirme, babayı kaybetmek, hastalık, düşmanla çatışmak, körlük, çıplaklık ve açlık.**

Cehennemi çevreleyenler: Zina, riba (faiz), anne babaya asi gelmek, lutîlik, kibir, kendini beğenmişlik, içki içmek, riya, dünya sevgisi, beynamazlık.

Şehvetleri terk edip zorlukları irtikâp etmek isteyen bir kimsenin terbiye görmesi gerekir. Çünkü cenneti ve cehennemi görebilmesi için ortadaki perdenin kalkması lazımdır. Aksi halde perde sahibi kimselerin şehvetleri terk etmeye, zorlukları irtikâp etmeye gücü yetmez.

ZENGİNLERİN BÜYÜK SORUMLULUĞU

Ebu Hureyre (r.a.)'dan: Resûlullah (s.a.v.) şöyle buyurdu:

"Cehennemle cennet tartıştılar:

Cehennem dedi ki: "Bana zorbalar ve kibirliler girer."

Cennet şu cevabı verdi: **"Bana güçsüzler ve yoksullar girer."** Bunun üzerine Allah cehenneme: "Sen benim azabımsın, seninle dilediğimi azablandırırım." dedi. Cennete de şunu dedi: "Sen benim rahmetimsin, seninle dilediğimi esirgerim. Her birinizi benim mutlaka doldurmam gerekir."

Buradaki "Güçsüzlerden" murat; bir rivayette de geçtiği gibi, her gün kendi gücünden ve kuvvetinden yirmi veya elli kere uzak durandır. Temiz kimselere gelince, onlar mütevazi kimselerdir.

Iyad b. Hammad (r.a.)'dan: Resûlullah (s.a.v.) bir gün hutbesinde şöyle buyurdu:

"Cennet ehli üçtür:

1. Adil, sadaka veren, başarılı sultan,
2. Merhametli, bilhassa akrabaya karşı yumuşak kalbli kişi,
3. Çoluk çocuk sahibi, iffetli, iffet hususunda pek titiz olan kişi." (Müslim)

Resûlullah (s.a.v.) şöyle buyurdu:

"Size cennet ehlini bildireyim mi? Her güçsüz ve herkes tarafından küçümsenen kişi ki, Allah'a karşı yemin etse mutlaka Allah onu yemininde sadık kılar. Size nar ehlini bildireyim mi?

Her azgın, fazlasıyla doymuş, kibirli ve kendini beğenmiş kimseler."

Diğer bir rivayette şöyle geçer: "Her kötü ve kibirli kimse."

İkinci rivayette serdedilen hadisin arapça metninde geçen: "ez-Zenim" kelimesini müellif şöyle yorumlamıştır. Ezzenim kötülükle maruf kimsedir. Kimine göre o, leim (kötü) kimsedir. Ama Kur'an-ı Kerim'de zikredilen ez-Zenim'e gelince, o belirli bir kimsedir ki tekede bulunan damga gibi damgası vardır. Birinci hadiste geçen "el-Utull"a gelince, çok kaba, herkesle geçimsiz anlamına gelir.

Yine birinci hadisin arapça metninde geçen: "el-Cevvaz"a gelince, çok parası olan fakat hayr yapmayan kimse demektir. Kimine göre çok yiyen, çok içen üstelik zalim olan kimse demektir.

"El-Cevvaz", bazılarına göre de kaba, katı kalpli, katı sözlü, iyiliğe yanaşmayan kişi demektir. Hadiste geçen: "el-Ca'zerî"de böyledir. Kimine göre başı ağarmayan kimse demektir.

DÜNYADA İYİ TANINMAK ÖNEMLİDİR

Hadiste şöyle varit olmuştur:

"Siz, Allah'ın yeryüzündeki şahitlerisiniz! Kimi kötü bilir, kötü tanırsanız işte o cehenneme girer."

Yine hadiste geçmiştir:

"Cehennemlikler; bütün cimri ve yalancı kimselerdir."

"Cehennemlikler; bütün hain ve çirkin sözlü kimselerdir."

Diğer bir rivayet: "Cehennemlikler: Kötü huylu olanlardır."

Başka bir rivayet: "Cehennemlikler: Aklı başında olmayan, aldatıcı ve dininin işine önem vermeyenlerdir." şeklindedir.

Abdullah b. Mes'ud (r.a.) der ki: "Cennet ehlinin alametleri: İnsanların sevgisini kazanmaktır. Hatta bir cenaze geçtiği zaman, birini gönderir, namazını kılan cemaatına çok mu yoksa az mıdır diye baktırırdı. Eğer çoksa, o Ka'be hakkı için cennet ehlindendir derdi. Neden böyle söylediği sorulunca da şöyle dedi:

Çünkü Allah şöyle buyurmuştur: **"İnanıp yararlı iş işleyenleri Rahman sevgili kılacaktır." (Meryem süresi, âyet: 96)** Yani sağlığında da öldükten sonra da mü'minlerin kalbinde onun için bir sevgi kılacaktır.

Hadiste şöyle buyurulur:

"Allah bir kulu sevdi mi, Cebrail (a.s.)'a: "Ben filanı seviyorum, haydi onu sen de sev!" buyurur. Bunun üzerine Cebrail (a.s.) onu sever, sonra gökte şöyle nida eder: "Allah filanı seviyor, siz de onu sevin!" Onu sema ehli de sever. Sonra yeryüzünde o (herkes tarafından) kabul görür." Sevilmeme hakkında da buna benzer bir hadis varit oldu. Bu hadisi Buharî ve Müslim rivayet etti.

İmam Kurtubî der ki: "Her asırda alimler ve salihler insanlar tarafından sevgi ve saygı görmüşlerdir. Onlara güven telkin ettikleri için, iyi kimseler olduklarına inanmışlar ve her vesile ile onlara karşı sevgi tezahurunda bulunmuşlardır. Ancak içi nifak ve fesad dolu olan münafıklar müstesna. Tabi onlar, hiç kimseye özellikle alimlere ve salihlere saygı göstermezler. Şurası da bir gerçektir ki; alimleri ve bazı salihleri bazen cinler, insanlardan daha çok sever. Mesela müslümanlardan biri öldüğü zaman binlerce cin o cenazeye katılır.

Nitekim Amr b. Kays el-Fasi'nin cenazesinde böyle olmuştur. Rivayet edildiğine göre, cenazesine sayılmayacak kadar çok cin katılmıştır.

Çünkü defin işi bittikten sonra insanlar şöyle bir baktılar. O namazını kılan kalabalıktan kimseyi göremediler. Ve şöyle dediler: "Galiba bu kalabalık cin cemaatı idi." Bu Amr b. Kays, Süfyan es'Sevrî ve benzer alimlerin saygı gösterdiği ve uğurlu saydığı salih bir insandı.

İmam Ahmed b. Hanbel öldüğü zaman, bütün Bağdad ehli namazını kıldı. Yediyüz bin civarında cemaati vardı. Onun hakkında cinlerin mersiyelerini duydular. Hatta o gün yahudi ve nasranilerden (hristiyanlardan), cenazesinin kalabalığına hayran kalıp, tam otuz bin kişi müslüman oldu.

Rivayete göre, halife Mütevekkil, cenaze namazını kılan kimselerin yerdeki izlerinin sayılmasını emretti. Binlerce kişinin ayak izine rastlandı. Ölüm haberi etrafa yayılınca, çevre ülke ve köylerden, sayılarını Allah'tan başka hiç kimsenin tahmin edip bilemediği insan topluluktan gelip kabrinde cenaze namazını (ayrıca) kıldılar.

Sehl b. Abdullah et-Testurî öldüğü zaman, sayılarını Allah'tan başkasının bilemediği pek büyük bir kalabalık namazını kıldı. İnsanlarca kınanan bir yahudinin gökten fevc fevc Meleklerin inip cenazesini sıvazladıklarını görünce, derhal müslüman oldu ve ondan sonra iyi bir müslüman olarak yaşadı. Ka'be hiç tavafsız kalmamıştır.

Ancak Muğire b. Hakim'in öldüğü gün kimse tavaf etmeye vakit bulamamıştır. Çünkü orada ve civarda ne kadar insan varsa, onun cenaze işleriyle uğraşmışlardır. Namazını kılıp kabre kadar götürüp defn etmişlerdir.

KABİRLERİN ÇEVRESİNDEKİ KUŞLAR

İmam Kurtubî der ki: "Salihlerden birçok kişinin cenazesine, **kuşların katıldığı, kabre kadar insanlarla beraber uçtukları defn edilinceye kadar kabir başında uçuştukları görülmüştür.** O salihlerden bazıları: Ebu'l-Feyd Zin-nun el-Mısri, İmam İbrahim el-Muzenî, (İmam Şafi'in arkadaşıdır). Bunu güvenilir bilginler bildirmiştir.

Peygamber (s.a.v.)'in "Cehennemliklerin sıfatı" olarak bildirdiği sıfatlardan (niteliklerden) şiddetle kaçınılmalıdır. Nitekim Müslim'in Ebu Hureyre (r.a.)'dan naklettiği şu hadiste bu sıfatlar şöyle anlatılmıştır: "Resûlullah (s.a.v.) şöyle buyurdu: **"İki sınıf vardır ki, cehennem ehlindendir: Onları görmedim mi sanırsınız, elbetteki gördüm? Bir kavim ki ellerinde sığır kuyruklarını andıran kamçılar vardır, durmadan onlarla insanları döverler. Bir de giyinik fakat çıplak, meyl eden ve meyl ettiren kadınlardır. Onlar Cennete giremeyecekler, kokusunu da duyamayacaklardır. Çünkü onun kokusu şu kadar mesafeden duyulur."**

Selef salihlerinden biri şöyle der: "Cennetliklerin alametlerinden birisi de; kalblerin, müslümanlara karşı kötü zandan arınması, Allah'tan çok korkulmasıdır. Nitekim Peygamber (s.a.v.)'in şu sözü bunu göstermektedir: **"Kalpleri kuş kalbleri gibi olanlar mutlaka cennete gireceklerdir."** Çünkü kuş kalpleri pek korkak ve çekingen olurlar. Bilhassa karganın kalbi pek korkak ve çekinen olur.

Bunu dinine düşkün olan kimseler hakkında söylemişlerdir. Çünkü o, kargadan daha çekingendir. Her kim, kalbinde Allah korkusu ve Allah'ın azametinden çekingenlik duyarsa ve bu yüzden masiyetlerden uzaklaşırsa, cennet ehlinden olduğunu bilsin ve buna pek sevinsin. Kim de kalbinde bunun aksini görürse ateşe hazırlansın.

Kulun günahlardan ve haram yemekten salim olması da cennetlik olmasına işarettir. Nitekim Beyhakî ve diğerlerinin rivayet ettikleri şu hadis buna işaret etmiştir: Resûlullah (s.a.v.) şöyle buyurmuşlardır:

"Cennet ehlinin çoğunluğunu, hayre meyyal, şerden uzak olanlar teşkil edecektir." Bazılarına göre hadisin Arapça metninde geçen "el-Bleh" kelimesinden murat, Allah'ın gazabını mucip olan her şeyden gönülün salim olması, kişilerin insanlara karşı iyi zanda bulunmasıdır.

Cehennem alametlerinden birisi de dünyayı çok sevmektir. Nitekim bu genellikle İslâmı yaşamayan kadınlarla İslâmı yaşamayan zenginlerde bulunur. Nitekim sahih hadiste varit olmuştur: Resûlullah (s.a.v.) şöyle buyurmuştur: **"Cennete şöyle bir baktım: Ehlinin ekserisini, fakirler ve yoksulların teşkil ettiğini gördüm."**

"Bir de cehenneme bir göz gezdirdim, ehlinin ekserisinin kadınlar olduğunu gördüm." "Niye böyle Ey Allah'ın Resulü?" diye sordular.

"Küfürlerinden dolayı." buyurunca, "Ey Allah'ın Resulü, Allah'ı mı inkâr ediyorlar?" diye sordular. "Bunu kastetmedim, onlar kocalarına karşı nankör davranırlar, iyiliği inkâr ederler, bütün yıl onlara iyilik yapsan, bir kere de senden hoşlanmadığı bir şey görseler hemen: "Senden hiç iyilik görmedim" derler" buyurdu.

Diğer bir rivayette ise şöyle buyrulmustur:

"Zenginlere gelince, onlar inceden inceye hesaba çekilecekler, durumları didik didik tahkik edilecektir. Kadınlara gelince, altın ve ipek kendilerini (itaatten) alıkoymuştur."

DÜNYA ATEŞE Mİ ATILACAK?

İbn-i Ebi'd-Dünya İbn-i Abbas (r.a.)'dan:

"Kıyamet gününde dünya, gözü mavileşmiş, saçı başı birbirine karışmış, her tarafı dökük yaşlı bir kadın halinde getirilir. Bütün yaratıklara gösterilir. Ve şöyle denir: "Bunu tanıdınız mı?"

"Bunu tanımaktan Allah'a sığınırız!" derler.

"İşte bu, kendisi için birbirlerinizi kıskandığınız, birbirlerinize düşmanlık beslediğiniz, akrabadan ilgi kestiğiniz, dünyadır!" denilir ve **o (dünya) doğru ateşe atılır.** Hemen şöyle seslenir: **"Hani nerede bana tabi olanlar. Ve cemaatim nerede?** Bunun üzerine Allah şöyle buyurur:

"Haydi ona tabi olanlar ve cemaatini de ona katıverin!" Dünyaya karşı aşırı muhabetten bizi ve kadeşlerimizi korumasını Allah'tan niyaz ederiz.

LİDER VE GÜÇ SAHİBİ OLANLARIN DURUMU

Bir adam Peygamber (s.a.v.)'e gelip şöyle dedi: "Ey Allah'ın Resulü, suyun reisi olan babam, artık yaşlandı. Ondan sonra bu görevi bana vermenizi rica ediyorum." Şöyle buyurdu:

"Reislik haktır. İnsanlara mutlaka reisler lazımdır. Lakin liderler ateşte olacaklardır."

Ulema hadisin arapça metninde geçen "el-Urefa" kelimesini şöyle tefsir ederler: El-urefa el-Arif kelimesinin çoğuludur. Arif bir kabilenin lideri demektir. O kabilenin başı olup işlerini yürütür. Emirler de onların haberlerini araştırıp ona bildirirler.

"Reislik Haktır" sözünden şu kastedilmiştir: İnsanlara acıyıp işlerini yürüttüğü için bu bir hak oluyor. Ancak riyaset ve insanlara tahakküm manasını taşıdığı için de tehlikeli oluyor ve peygamberimiz bu sözüyle cehenneme girmemeleri için onları uyarmış oluyor. Yoksa, dürüst, çalışkan liderler neden cehennemlik olsun.

Ebu Davud et-Teyalisî'nin rivayet ettiği hadiste şöyle geçer: Allah Resulü (s.a.v.) buyurdu:

"Vay valilerin haline! Vay liderlerin haline!" Tabi burada da doğru yoldan sapan, halka zulm eden valiler ve liderler kastedilmiştir. Böyle mesuliyetli işleri almayın, halkın işlerinde böyle zor sorumluluklar yüklenmeyin.

AKRABALAR ARASINDAKİ BAĞIN ÖNEMİ

Resûlullah (s.a.v.) şöyle buyurdu:

"Kesen cennete giremez." (Buhari, Müslim) Süfyan es-Sevrî "kesen" kelimesini, "Akrabadan ilgiyi kesen" olarak yorumladı.

Resûlullah (s.a.v.) buyurdu:

"Haksız yere ondan bir alan ve akrabadan ilgiyi kesen cennete giremez." (Ebu Davud) Müellif "Meks Sahibini" tüccara etraftan mal getirip haksız yere fazladan onda bir alarak veyahut tüccarlardan aldığı malı fazladan onda bir alarak insanlara pazarlayan, olarak yorumlamıştır.

CENNET VE CEHENNEME İLK OLARAK KİMLER GİRECEK ?

Ebu Hureyre (r.a.)'dan:

Resûlullah (s.a.v.)'in şöyle buyurduğunu duydum: "İlk cennete girecekler üç kişidir:

1. Şehid,
2. Namuslu, iffete düşkün, çoluk çocuk sahibi olan kişi,

3. Rabbine karşı ibadetlerini hakkıyla yerine getiren, efendilerinin hakkını tastamam eda eden köle."

"İlk cehenneme girecek üç kişi:

1. Zalim Emir (Vali),

2. Zekâtını vermeyen zengin,

3. Kendini beğenmiş kibirli fakir."

Resûlullah (s.a.v.) şöyle buyurdu:

"Kıyamet gününde ilk defa davası görülecek olan kişi, şehit düşen kişidir. O kimse getirilecek ve kendine verilen nimetler tarif edilecek, o da onları bir bir bilecek ve cevabı verecek. Derken: "Söyle bakalım bu hususta ne yaptın?" denecek.

"Şehit oluncaya kadar senin yolunda düşmanla çarpıştım" diye cevap verecek. "Yalan söyledin, sen ne cesur adammışsın desinler diye çarpıştın. Nitekim öyle de denildi." denilecek ve emredilip yüz üstü sürüklenecek ve cehenneme atılacaktır.

İlim öğrenen ve Kur'an okuyan kişi getirilecek, kendisine verilen nimetler tarif edilecek, o da onları bilecek ve sonra sorulacak:

"Ne yaptın?" Cevab verecek: "İlim öğrendim ve öğrettim. Senin rızan için Kur'an okudum." "Yalan söyledin, ilmi, alim desinler diye öğrendin, Kur'an'ı ne güzel okuyucu desinler diye okudun! Nitekim öyle de denildi" diye azarlanacak, sonra emredilecek, yüzüstü süründürülüp doğru cehenneme getirilip atılacaktır.

Kendisine çok mal verilip zengin kılınan kişi de getirilecek ve verilen nimetler kendisine tarif edilecek, o da onları bilecek. Ve ona: "Bu malları ne yaptın?" diye sorulacak. "Senin sevdiğin yollara ve yerlere harcadım, infak ettim" diyecek.

Ona da: "Yalan söyledin! Sen bunu ne kadar cömert bir insanmış desinler diye yaptın. Nitekim de öyle denilmiştir." denilecek ve emredilip yüzüstü süründürülüp cehenneme götürülüp atılacak." Sonra Resûlullah (s.a.v.) şöyle buyurdu: "Kıyamet gününde ateşin ilk önce kendilerini saracağı kişiler işte bu üç kişidir." (Müslim ve diğerleri)

HESAP VERMEDEN CENNETE GİRECEK OLANLAR

Ebu Umme (r.a.)'dan: Resûlullah (s.a.v.)'in şöyle buyurduğunu duydum:

"Rabbim bana ümmetimden yetmiş bin kişiyi hesaba çekmeksizin ve azaba uğratmaksızın, cennete koyacağını va'd etti. Üstelik her yetmiş binle birlikte yetmiş üç bin kişi daha (Rabbimin kudret avuçlarında iki kudret avucunu dolduracak meblağdadır) girecektir." (Tirmizi, İbn-i Mace)

Resûlullah (s.a.v.) şöyle buyurdu: "Allah bana yetmiş bin kişiyi vermiştir ki bunlar hesaba çekilmeden cennete gireceklerdir." Ömer b. el-Hattab dedi ki:

"Ey Allah'ın Resulü, daha fazla istedin mi?"

"İstedim ey Ömer. Her bir yetmiş bin kişi ile bir yetmiş bin kişi daha verdi." buyurdu.

"Ey Allah'ın Resulü, daha fazla istemedin mi?"

"İstedim; bir o kadar daha verdi." buyurdu.

Resulullah (s.a.v.) şöyle buyurdu: "Ümmetimden yetmiş bin kişi hesap vermeden cennete girecektir."

"Ey Allah'ın Resulü, acaba onlar kimdir?" diye sordular. Şöyle buyurdu: "Onlar, hırsızlık yapmayan, herhangi bir şeyi uğursuz saymayan ve dağlama usulüyle tedavi olmayan, sadece Rablerine tevekkül eden kimselerdir." (Müslim ve diğerleri)

Yukarıda geçen "Hırsızlık yapmayan, bir şey uğursuz saymayan ve dağlama ile tedavi olmayıp Allah'a tevekkül edenler," bu yetmiş bin kişiye dahil değildirler. Onlar da hesab gördükten sonra yetmiş bin kişi olarak cennete girecekler.

İmam Kurtubî "el-Asl"da aynı manada bir rivayet serdetti. Bazı sahabiler dağlama usulü tedavi olmuşlardır, bu sebebten o yetmiş bin kişiden olmaları umulmaz, mamafih cennete onlardan sonra girerler. Resûlullah (s.a.v.) şöyle buyurdu:

"Üç kişi hesap vermeden cennete girecek:

1. Bir adam ki elbisesini yıkayıp kullanır da ardından (sağlığında eskittiği için) giyecek birini bulamaz.

2. Sacayağına (ocağına) iki tencere (birden) koymayan,

3. Su getirtip de getirene hangisini istiyorsun? demeden ikram eden kişi."

KIYAMET GÜNÜ SESLENİŞ

Abdullah b. Mes'ud şöyle derdi: "Kim boş bir sahrada inanarak ve karşılığını da yalnız Allah'tan bekleyerek bir kuyu kazarsa, hesab vermeden cennete girer."

Ali b. el-Hasan (r.a.) dedi ki: "**Kıyamet günü olduğu zaman bir münadî şöyle seslenir: "Hanginiz fazilet ehlisiniz? Haydi kalkın!" Çok az insan kalkar.** Onlara şöyle denilir: "Haydi cennete gidin! Melekler onları karşılayıp şöyle derler:

"Nereye böyle?"

"Cennete!"

"Hesap vermeden önce mi?"

"Evet!"

"Peki siz kimsiniz?"

"Şiarımız şu; **bize sataşıldığında yumuşak söz söylerdik, zulme uğradığımızda sabrederdik, bize fenalık edildiğinde bağışlardık."**

"Haydi öyleyse girin cennete. Çalışanların mükâfatı ne güzel!" derler.

Sonra bir münadî daha seslenir: "Haydi sabır ehli ayağa kalksın."

Pek az insan kalkar. Onlara da "Haydi cennete girin!" denilir. Onları da melekler karşılar ve aynen ötekilere söyledikleri gibi söylerler. Yani onlara şöyle derler: "Siz kimsiniz?" Onlar: "Biz, Allah'ın taatına karşı da yasaklarına karşı da sabır gösterenleriz."

Bunun üzerine onlara: "Haydi cennete girin, çalışanların bu mükâfatı ne güzeldir!" denilir.

Sonra bir münâdî seslenir: "Allah için birbirlerini ziyaret edenler, Allah uğrunda oturup sohbet edenler, Allah için birbirlerini sevenler, kalksın." Yine Meleklerle onlar arasında karşılıklı konuşma ceryan eder ve nihayet melekler: "Haydi cennete girin. Çalışanlara bu ne güzel mükâfattır!" derler.

Hafız Ebu Nuaym, Enes (r.a.)'dan:

Allah ilk insanlarla son insanları bir yerde bir araya getirdiği zaman, arşın içinde bir münâdi seslenir: "Allah (cc)'yi iyi bilenler nerede?" Hemen insanlardan bir topluluk kalkar. Allah'ın huzurunda dururlar. Allah her şeyi en iyi bildiği halde onlara sorar: "Siz kimsiniz?" Onlar şu cevabı verir: "Biz seni iyi bileniz. Bize kendini iyi bildirdin. Bizi buna ehil kıldın." Allah şöyle buyurur:

"Siz doğru söylediniz, haydi rahmetim sayesinde cennete girin!"

CENNET EHLİNİN YARISI MÜSLÜMANLARDAN MI OLACAK?

Resûlullah (s.a.v.) şöyle buyurdu: "Allah Teâla buyuracak:

"Ey Adem!"

"Buyur Yarabbi, bütün hayırlar senin elindedir."

"Haydi cehenneme gidecek olanları insanlar arasından seçip çıkar!"

"Ne kadardır cehenneme gönderilecekler?"

"Her bin kişiden dokuz yüz doksan dokuzu." İşte o zaman, küçükler (küçük yaştaki çocuklar korkularından) ihtiyarlar, **"Her hamile kadın çocuğunu düşürür, insanları sarhoş gibi görürsün. Fakat sarhoş değildirler; bu sadece Allah'ın azabının çetin olmasındandır." (Hac s'fcresi, âyet: 2)**

Ebu Said el-Hudrî (r.a.) der ki: "Eshab korkuya kapıldı ve: "Acaba içimizden onlardan olacak biri var mıdır?" diye sordular."

Şöyle buyurdu: "Sevinin ki, Ye'cüc Me'cüc'den bin, sizden bir kişi olacak onların içerisinde." Sonra şöyle buyurdu: "Nefsim Yed-i kudretinde olan (Allah'a) yemin ederim ki, cennet ehlinin dörtte birini teşkil edeceğinizi umuyorum."

Bunun üzerine Allah'a hamd ettik. "Allahu Ekber!" diye bağırdık. Sonra şöyle buyurdu: "Nefsim yed-i kudretinde bulunan (Allah'a) yemin ederim ki, cennet ehlinin üçte birisi olacağınızı umuyorum, yine Allah'a hamd ettik. "Allahu Ekber!" diye bağırdık. Sonra şöyle buyurdu:

"Nefsim yed-i kudretinde olan (Allah'a) kasem ederim ki, cennet ehlinin yarısını teşkil edeceğinizi umuyorum. Çünkü milletler içinde siz, siyah öküzün cildindeki beyaz bir kıl gibisiniz. Merkebin ön bacaklarındaki bir benek gibisiniz."

Resûlullah (s.a.v.) buyurdu:

"Kıyamet gününde mahşer halkı yüz yirmi saf olacak; her bir safın uzunluğu kırk bin senelik yürüyüş mesafesi, genişliği yirmi bin sene yürüyüş mesafesidir." Denildi ki:

"Ey Allah'ın Resulü, mü'minler kaç kişidir?"

"Üç saftan ibarettir."

"Ya müşrikler?"

"Yüz on yedi saftan ibarettir."

"Kâfirlere oranla mü'minlerin safı ne kadardır?"

"Mü'minler, siyah öküzün cildindeki beyaz kıl gibi (az) dir." buyurdu. (el-Kuteybi)

"Kıyamet gününde ümmetim, cennet ehlinin üçte ikisidir. Kıyamet günü insanlar yüz yirmi saftır. Onlardan seksen safını siz teşkil edeceksiniz, kırk safını da diğer milletler teşkil edecek." Tirmizî bu hadisin hasen olduğunu söyledi.

DÜŞEN MELEKLER

Bir hadiste şöyle geçmektedir:

"Allah cehennemi yarattığı zaman, Melekler korktular, ödleri koptu. Ademi yaratınca bu korku ve endişeleri dindi."

Meymun b. Mihran şöyle der: "Allah cehennemi yarattığında, ona yüksek sesle solumasını emretti. Soludu, **yedi kat gökte ne kadar Melek varsa korkudan yüzüstü düştü."** Cebbar celle ve ala şöyle buyurdu:

"Başınızı kaldırın, bilmiyor musunuz ben sizi bana itaat edesiniz ve ibadette bulunasınız diye yarattım, cehennemi de yaratıklarımdan bana baş kaldıranlar için halkettim."

"Ey Rabbimiz biz, onun ehlini göremedikçe ona güvenemeyiz." dediler. İşte Cenab-ı Hakk'ın şu kavli celili bu durumu göstermektedir: "Onlar onun korkusundan titrerler." (Enbiya süresi, âyet: 28)

Cehennem isimlerinin bazıları şunlardır: Lezâ, Sakar, Haviye ve Cahîm.

Allah Resulü buyurdu: "Ateş, ehlini yiyip tüketecek, hatta kalplerine tırmanacak ve orada son bulup sonra tekrar dönecek, eski vaziyetini aldıktan sonra tekrar kulu karşılayacak ve kalbine kadar tırmanacak, böyle devam edip gidecek."

Aslında cehennem inkarcılar içindir, lâkin, Allah, nehyettiği şeylerden vazgeçmeleri için, mü'minlerden asi, günahkâr, serkeş ve azgın olan kimseleri de onunla korkutmaktadır.

MELEKLERİN YERYÜZÜNE İNİŞİ VE CEHENNEM

Zeyd b. Eslem'den rivayet edilmiştir: "Cebrail aleyhisselam beraberinde İsrafil aleyhisselam olduğu halde Peygamber (s.a.v.)'e geldi. Her ikisi birden selam verdiler. Baktı ki İsrafil'in bir tarafı kırılmış ve rengi de gitmiş. Cebrail aleyhisselam'a sebebini sorunca şöyle dedi: "Aşağıya inerken cehennemden ona bir alev parladı da gördüğün gibi bir tarafını kırıverdi."

Duyduğumuza göre, Ensar'dan bir adam çok korktu ve bu korkusundan ötürü evinden çıkamaz oldu ve düşüp öldü. Peygamber (s.a.v.) buyurdu ki: "Arkadaşınızı hazırlayın! Çünkü bu korku ona cehennemden geldi de ciğerini parçaladı."

İsa (a.s.) bir gün, üstlerinde yün elbisesi bulunan renkleri korkudan uçmuş dört bin kadının yanından geçti. Ve sordu:

"Ey kadınlar topluluğu, neden renginiz gitti?" Cevab verdiler:

"Ey Meryem'in oğlu, ateşi hatırlamak rengimizi böyle soldurdu. Çünkü ateşe giren, orada ne serinlik ve ne de tatlı bir su bulabilecektir."

Selman el-Farisî, Cenab-ı Hakk'ın: "Ve cehennem onların hepsinin toplanacağı yerdir." ayetini duyunca, korkudan dışarı fırladı, hiçbir şey düşünemez oldu. Peygamber (s.a.v.) ona sebebini sorunca şöyle dedi:

"Ey Allah'ın Resulü, bu ayet benim kalbimi parçaladı." Bunun üzerine şu ayet nazil oldu:

"Allah'a karşı gelmekten sakınanlar ise, cennetlerde pınar başlarındadırlar."

CEHENNEMİN DONDURUCU SOĞUĞU NEDİR?

Resûlullah (s.a.v.) şöyle buyurmuştur:

"Kim Allah'tan üç kere cenneti isterse, cennet şöyle der: "Allah'ım, onu cennete koy!" Kim de Allah'a cehennemden sığınırsa, cehennem şöyle der: "Allah'ım, onu cehennemden kurtar." (Tirmizi)

Resûlullah (s.a.v.) buyuruyor:

"Sıcak bir gün olduğu zaman, Allah kudret kulağını ve kudret gözünü yer ve gök ehline tevcih eder. Kul: "La ilahe illallah! Bugün ne kadar sıcak var Allah'ım, beni cehennem sıcağından kurtar!" deyip dua ettiği zaman, Allah cehenneme şöyle der: "Kullarımdan biri bana senden sığındı. Onu senden kurtardığıma dair seni şahit tuttum."

Çok soğuk bir gün olduğu zaman yine Allah kudret kulağı ile kudret gözünü yer ve gök ehline tevcih eder. Kul: **"La ilahe illallah, ne kadar soğuk bir gün! Allah'ım, beni cehennemin zemherisinden (dondurucu soğuğundan) kurtar!"** deyip dua ederse, Allah cehenneme şöyle der: **"Kullarımdan bir kul bana senin dondurucu soğuğundan sığındı. Onu senin dondurucu soğuğundan kurtardığıma dair seni şahit tuttum."** Dediler ki:

"Ey Allah'ın Resulü, cehennemin dondurucu soğuğu nedir?"

"O öyle bir kuyudur ki, kâfir oraya atıldığında şiddetli ve dondurucu soğuğundan paramparça olur." buyurdu. (Beyhaki)

Resûlullah (s.a.v.) şöyle buyurdu:

"Kim Allah rızası için bir gün oruç tutarsa, Allah ondan cehennemi tam yetmiş yıl uzaklaştırır." (Buharı ile Müslim)

Bir hadiste de: "İçinizden kim, yarım hurma ile dahi olsa ateşten korunabiliyorsa, korunsun." (Buharî, Müslim) Resûlullah (s.a.v.) buyurdu:

"Kim adabına riayet ederek güzel bir abdest alıp da müslüman kardeşini ziyaret ederse, cehennemden yetmiş yıllık mesafe uzaklaştırılır." (Ebu Davud)

Resûlullah (s.a.v.) buyuruyor ki:

"Kim Müslüman kardeşine yemek yedirip doyurursa, su içirip kandırırsa, **Allah onu her biri yüz yıllık mesafede olan, tam yedi hendek cehennemden uzaklaştırır.**" (Taberânî)

CEHENNEMİN ÜST ÜSTE OLAN 7 TABAKASI

Bu hadisler de gösteriyor ki iyi ameller ve taatlar, sahibini cennete sokuyor, cehennemden de uzaklaştırıyor.

Ayette buyruluyor: **"Doğrusu münafıklar cehennemin en alt tabakasındadırlar. Onlara yardımcı bulamıyacaksın."** (Nisa süresi, âyet: 145)

Bilindiği gibi cehennem yedi tabakadan ibarettir (yedi kapısı vardır). Münafıkların cehennemin alt tabakasında olmalarının sebebi şudur: Çünkü onlar küfürde ileri gitmişler, mü'minlere kâfirlerden çok eziyet etmişlerdir.

Ka'b el-Ahbar derdi ki: "Cehennemde öyle bir kuyu vardır ki henüz kapıları açılmamıştır. Daima kapalıdır. Cehennem bile onun takat getirilemeyen, dayanılamayan azabından her gün Allah'a sığınmaktadır. İşte o kuyu cehennemin en alt tabakasıdır.

İbn-i Mes'ud cehennemin en alt tabakası hakkında şöyle der:

"O, cehennemin en alt tabakasında bulunan ateşten bir evdir."

İmam Ali (Kerremellahu vecheh) der ki:

"Cehennem kapıları nasıldır?"

"Ey Mü'minlerin emirî, bizim kapılarımız gibidir" dediğimizde şöyle derdi:

"Böyle değil onlar birbiri üstündedir."

Cehennemin en üst dereceleri, asi mü'minlerin girip de sonra şefaat sayesinde çıktıkları derecedir. Rüzgârlar onun kapısına vurup ses çıkartır. Ondan sonra: "Leza, Hutama, sonra Sair, sonra Sakar, sonra Canim, daha sonra da Haviye gelir."

Ed-Dahhak der ki: "En üst tabakada ümmeti Muhammed'den günahkârlar bulunur. İkinci tabakada Nasranîler, üçüncü tabakada yahudiler, dördüncü tabakada yıldıza tapanlar, beşinci tabakada Mecûsîler (Ateşe tapanlar), altıncı tabakada arap müşrikleri, yedinci tabakada münafıklar bulunurlar."

İmam Kurtubî der ki: "Bu açıklama, hiçbir sahih hadis ve haberde görülmemiştir." Muaz b. Cebel şöyle derdi:

"Kötü alimlerin nitelikleri şunlardır: Onlardan kimileri vardır ki vaaz ettikleri zaman, sert olurlar, kendine öğüt verildiği zaman kabullenmezler. İşte bunlar cehennemin ilk tabakasında yer alacaklardır.

Kimi bu ilmini Padişaha yaklaşabilmek için kendine bir vesile edinir ki bunlarda cehennemin ikinci tabakasında yer alırlar. Kimi de ilmini halktan gizler, kimseyi ondan yararlandırmaz. İşte bu nitelikteki alimler cehennemin üçüncü tabakasında olurlar.

Kimi de ilmini ve güzel sözlerini itibarlı insanlara saklar, alt düzeydeki insanları muhatab saymaz, işte bu vasıftaki alimler cehennemin dördüncü tabakasında yer alırlar. Kimi de konuşma kabiliyetini artırmak, bol bol hikâyeler anlatabilmek için Yahudi ve Nasranilerden bazı şeyler öğrenir, işte bunlar da cehennemin beşinci tabakasına giderler. Kimi de kendini fetvaya adayarak ikide bir "Sorun bana, sorun bana" der. İşte bu tinette olanlar Allah katında mütekellif olarak yazılır. Allah mütekellifleri (Kendini olduğundan fazla göstermeye yeltenenleri) sevmez. İşte bunlar da cehennemin altıncı tabakasına namzettirler.

Kimi de ilmi, sırf kişilik ve akıl göstermek için edinir, bu tür kimselerin yeri cehennemin yedinci tabakasıdır. Resûlullah (s.a.v.) şöyle buyurdu:

"Cuma günü hariç, cehennem her gün tutuşturulur ve kapıları açılır. Ancak cuma günü ne tutuşturulur ve ne de kapıları açılır."

Kurtubî der ki: **"Allahu a'lem, bu sebepten dolayıdır ki, diğer günlerde zeval vaktinde nafile namazı caiz olmadığı halde, cuma gününde o vakitte nafile namazı kılmak caiz oluyor."**

Resûlullah (s.a.v.) şöyle buyurdu:

"Cehennemin yedi kapısı vardır. O kapılardan birisi: Ümmetime kılıç çekenlere aittir." Diğer bir rivayette ise: "Muhammed (s.a.v.)'in ümmetine." olarak geçiyor. Diğer bir rivayette şöyle geçiyor: "Cehennemin yedi kapısı vardır; birisi el-Haruriyye'ye aittir." Vehb b.Münebbih der ki: **"Her iki kapı arası; yet-**

miş senelik mesafedir. Her kapının sıcaklığı, bir üstündekine nisbeten yetmiş kat fazladır."

Bilindiği gibi cehennemde yakıcı ateş vardır; fakat şu hadiste karanlık olduğu geçmektedir:

"**Cehennem kapkaranlıktır! Ne bir ışığı ve ne de bir alevi vardır!** Yedi kapıdan ibarettir. Her kapısında yetmişbin dağ, her dağda yetmiş bin ateş şubesi, her şubede yetmiş bin ateş parçası, her parçada yetmiş bin ateş vadisi, her vadide yetmiş bin ateş köşkü, her köşkte yetmiş bin ateş evi her evde yetmiş bin yılan ve yetmiş bin akrep her akrepte yetmiş bin kuyruk, her kuyruküta yetmiş bin fıkar (omurga kemiği), her fıkarda yetmiş bin zehir külle bulunmaktadır. Kıyamet günü olduğu zaman, üstündeki perde açılacak, insanlar ve cinlerin sağından çardaklar, sollarından diğer çardaklar, önlerinde çardaklar, üstlerinde çardaklar, arkalarında çardaklar uçuşacaklardır. İnsanlar ve cinler bunu gördüklerinde dizleri üstüne çöküp: "Rabbim selamete erdir." diye sesleneceklerdir.

DÜNYA DÜMDÜZ OLUR VE CEHENNEM GETİRİLİR

Resûlullah (s.a.v.) buyurdu:

"Kıyamet gününde cehennemi yetmiş bin melek yetmiş bin yularla çekip getirecektir." (Müslim)

Cebrail (a.s.) Peygamber (s.a.v.)'e gelip kulağına fısıldadı. Peygamber (s.a.v.)'in rengi değişiverdi. Sebebi sorulunca, şöyle buyurdu:

"Ey Ebu Hasan, Cebrail gelip bana şu ayeti okudu: **"Ama yer (çarpılıp) un ufak olarak dümdüz olduğu zaman, Melekler sıra sıra dizilip, Rabbinin buyruğu gelince, o gün cehennem getirilir, o gün insan öğüt almaya çalışır ama artık öğütten ona (faydası) ne?" (Fecr süresi, âyet: 21-23)**

Ve bana şunu da bildirdi: "O geldiğinde, tam yetmiş bin yuları olacak, her bir yularından tam yetmiş bin Melek çekecektir. Onlar o şekilde çekerlerken üzerlerine bir kıvılcım düştü ve cehennem ellerinden kurtuldu, yetişip tekrar onu yakalamasalardı, toplulukta bulunan herkesi yakacaktı. Ey Muhammed bu sebeple çekin ve kork..."

İmam Gazali anlatıyor: "Onu dört ayaklı büyük bir camış şeklinde yetmiş bin yuları ile, her yuların halkasından yetmiş bin melek tutarak getireceklerdir. Evet yetmiş bin tanede o yularlarda halka bulunacaktır ki bütün dünya demirleri bir araya getirilse o halkanın tek demirine eşit olamaz. Her halkanın başında bir melek, beraberinde bir topuz olduğu halde bulunacaktır ki o topuzla dağlara bir vursa dağlar param parça olur. Yere vursa yer dağılır.

O bir ellerinden kurtulsa, çok büyük olduğu için hiç kimse onu tutamaz. Onu gören mahşer halkı diz üstü çökecek hatta peygamberler bile şaşkınlığa uğrayacak.

Muhammed (s.a.v.) şöyle diyecek: "Ümmetim, Ümmetim! Yarabbi onları selamete erdir ve kurtar!" Mahşerde ayaküstü hiç kimse durámayacaktır. Nitekim Allah şöyle buyurmuştur: **"Her ümmeti dizüstü çökmüş olarak görürsün. Her ümmet kitabına çağırılır."** (Casiye süresi, âyet: 28)

Cehennem öfkesinden ehline karşı Allah'ın vasf ettiği gibi ikiye ayrılacaktır.

Resûlullah (s.a.v.) Rabbi (c.c.)'nin emri ile kalkıp onun yularından tutacak ve ona: "Haydi perişan bir halde ehlin sana gelinceye dek dön!" diyecek. O da şöyle diyecek:

"Çekil yolumdan, benim seninle bir alakam yoktur!" Bu sırada Arş çardaklarından bir ses: "Onu dinle, ona boyun eğ!" diyecek. **Sonra çekilip Arşın şimâlına (kuzeyine) konulacaktır.**

Herkes onun nasıl çekildiğinden söz edecek. Fakat içlerini bir korku ve endişe saracak. İşte Allah Resulü (s.a.v.)'in elinde böyle bir merhamet görülecktir ki şu ayeti kerimede ona işaret buyurulmuştur:

"Ey Muhammed, biz seni ancak Alemlere rahmet olarak gönderdik." (Enbiya süresi, âyet: 107) İşte tam orada kendi konusunda da geçtiği gibi mizan (terazi) kurulacaktır.

Cehennem, gerçekte, ateşin bütün tabakalarının adıdır. "Getirilir" demek, Allah'ın kendisini yarattığı yerden yani mahşer alanındaki daire şeklindeki yerinden getirilir demektir. **O kadar geniş bir yer kaplayacak ki cennet ehlinin sırattan başka cennete gitmek için ondan başka yolları olmayacak.** Mahşer halkına çıkıp saldırmaması için bir engeli bulunmaktadır.

Resûlullah (s.a.v.) Cenab-ı Hakk'ın: "Haşin (sert) Melekler" (Tahrim süresi, âyet: 6) kavlinde işaret buyurulan cehennem bekçileri hakkında şöyle buyurmuştur:

"Her meleğin iki omuzu arası bir yıllık mesafedir. (Yani o iki omuzu arasında yürüyecek olursa kişi ancak bir yılda katedebilir.) Her birinin öyle bir kuvveti vardır ki, elindeki kamçı ile bir dağa vursa dağ paramparça olup dümdüz kesilir. Her bir darbesi sonucu, yetmiş bin kişi cehennemin dibine bir anda iniverir.

Cenab-ı Hakk'ın: "Orada on dokuz (cehennem bekçisi) vardır." (Müdessir 30.ayet) kavli celiline gelince, onlardan murat, muhtemelen reisleridir, yoksa cehennem meleklerinin sayısını ancak Allah bilir. Allah buyurdu: **"Cehennemin sahiblerini (zebanileri) meleklerden başkası yapmadık... Rabbinin ordularını kendisinden başkası bilemez..." (Müdessir 31. ayet)**

ÖLÜM SIRAT KÖPRÜSÜNDE YOK EDİLECEK

İbn-i Ömer (r.a.)'dan: Resûlullah (s.a.v.) şöyle buyurdu:

"Cennet ehli cennete, cehennem ehli de cehenneme gittiklerinde, ölüm getirilip cennetle cehennem arasına konulacak, sonra bir seslenici şöyle seslenecek: "Ey Cennet ehli! Artık ölüm yok! Ey Nar ehli, artık ölüm yok!" Bunun üzerine cennet ehlinin sevinci artacak, nar ehlinin kederine ve üzüntüsüne keder ve üzüntü katılacak." (Buhari)

Ebu Said el-Hudrî (r.a.)'dan:

Resûlullah (s.a.v.) şöyle buyurdu: "Cennet ehli cennet, cehennem ehli cehenneme girdiklerinde, boynuzlu bir koç şeklinde ölüm getirilip cennet cehennem arasında durdurulacak ve şöyle denilecek: "Ey Cennet ehli! Bunu tanıyor musunuz?" Çekingen bir halde bakacaklar ve şöyle diyecekler: "Evet bu ölümdür!" Hemen emredilip oracıkta o boğazlanacak.

Sonra cennet ehline: "Artık devamlı hayat başlamıştır. Artık ölüm yoktur." denilecek. Cehennem ehline de: "Artık ebedi hayat başlamıştır, ölüm yoktur." denilecek. Sonra Resûlullah (s.a.v.) şu ayeti okudu: "Ey Muhammed, hala gaflet içinde bulunanları ve hala inanmayanları, onları işin bitmiş olacağı o hasret günü ile uyar." (Meryem süresi, âyet: 39) Bunu okurken mübarek eli ile dünyayı gösterdi. (Müslim)

Resûlullah (s.a.v.) şöyle buyurdu:

"Kıyamet gününde ölüm getirilip Sırat üzerinde durdurulur ve şöyle denilir: "Ey Cennet ehli!" Bakarlar ve oldukları yerden çıkarılacaklarını sanıp korkarlar. Sonra nar ehline: "Ey Nar ehli!" denilir. Onlarda bulundukları yerden çıkarılacaklarını sanıp sevinirler." Sonra onlara şöyle denir: "Bunu tanıyor musunuz?"

"Evet, bu ölümdür" diye cevap verirler. Sonra emredilir ve o ölüm Sırat üzerinde boğazlanır. Sonra her iki fırkaya da: "Her ikiniz de olduğunuz yerde ebedisiniz! Artık ölüm yoktur!" Bir rivayette şu ek bulunmaktadır: "Eğer sevinçten insan ölseydi, cennet ehli ölürdü; eğer üzüntüden insan ölseydi, cehennem ehli ölürdü." (İbn-i Mace)

İmam Ebu'l-Kasım b. Kays "Halun-Na'leyn" kitabında, Şeyh Muhyiddin de el-Fütuhatı'nda şöyle demişlerdir: "Ölümü boğazlamakla görevli kılınacak kişi,Yahya (a.s.)'dır." Diğerlerinin bu babtaki görüşü şudur: "Ölümü boğazlayacak olan Cebrail (a.s.)'dır."

İbare b. Kays şöyle der: "Adı geçen ölüm boğazlama işini, Yahya (a.s.) üstlenecektir..."

İmam Kurtubî der ki: "Bu hadisler sıhhatiyle birlikte gösteriyor ki cennet ehli de cehennem ehli de yerinde ölümsüz olacaklar ve bir daha ölmeyecekler. Bu demek değildir ki mü'minlerden, günahları yüzünden cehenneme girecek olanlar orada ebedî kalacaklardır, bir daha oradan çıkamayacaklardır. Onların yanıp yanıp çıkacaklarına dair daha önce hadisler geçmiştir! Kâfirlere gelince, onlar cehennemde ebedidirler, ne ölecekler ve ne de yaşayacaklar. (Yani ölüp de kurtulamayacaklardır.) İşte bu husustaki delil şudur:

"İnkâr edenlere cehennem ateşi vardır. Ölümlerine hükmedilmez ki ölsünler; kendilerinden cehennemin azabı da hafifletilmez." (Fatır sûresi, âyet: 36)

Evet onlar orada ebedi kalacaklar, yandıkça derileri başka derilerle değiştirilecek, devamlı surette yanacaklardır. Bir daha oradan çıkamayacaklardır. Kâfirlerin üstüne ateşten gömlekler biçilecek, üzerlerine kaynar su dökülecek, demir topuzlarla dövülecekler. Cehennemden çıkmak istediklerinde, topuzlarla vurulup geri itilecekler.

Cehennem ehli olan kâfirler oradan çıkacak, cehennem boş kalacak, zamanla eskiyip zail olacak, diyenler de vardır. Fakat genellikle bu görüşün, nakledilen hadislere, ehli sünnet vel-Cemaatın görüşlerine, adil imamların fikirlerine aykırı olduğu düşünülür.

Ne var ki cehennemin üst tabakasındaki mü'minler cezalarını çektikten sonra çıkıp yerlerini asilere bırakacaklar, bir müddet orada azab gördükten sonra şefaatle oradan çıkartılacaklardır. **Önceki sayfalarda geçtiği gibi bir nehre atılacaklar, orada yıkanıp aklandıktan sonra eski hallerini alıp cennete gireceklerdir.**

Cehennemin en üst tabakasında el-Cercir denilen bir ot biter. Nitekim rivayete göre Şam'dan bir şahıs Enes(r.a.)'a gelip el-Cercir'in yenilmesi hakkında bir sual sordu. Cehennemin kenarında biten bir ot olduğu söylenir, dedi. Ona Enes (r.a.) şu cevabı verdi. "Onu yemekte bir sakınca yoktur!" (Hafız Ebu el-Hatib)

Bezzar Abdullah b. Amr b. el-As (r.a.)'dan rivayet etti:

"Cehennem üzerinden öyle bir zaman gelecek ki rüzgârlar kapılarını sallayacak içinde kimse bulunmayacak, yani Muvahhidlerden kimse bulunmayacak."

İmam Kurtubî der ki: "Biz bu hadisi mevkuf olarak işte böyle rivayet ettik. Onda Peygamber (s.a.v.)'den söz edilmemiştir."

Şeyh Muhyiddin'in Fütuhat'ındaki ibaresi şöyledir: "Şunu iyi bilin ki, Nar ehli cehenneme girdiklerinden üstlerine kapılar bir daha ebediyen açılmamasıya kapatılacaktır. Nar ehlinin çıkacağına dair varit olan bütün görüşler ve bu babtaki haberlerden, en üst tabakasında bulunan asi mü'minler kastedilmiştir. Çünkü onlar şefaat sayesinde çıkacaklardır."

CENNETLİKLERİN DÜNYADA KALAN ÜZÜNTÜLERİ

Abdullah b. Zeyd şöyle derdi: "**Allah cennet ehlini dünyada korku, üzüntü, ağlama ile vasf etti.** Sonra onların cennete gireceklerini, sonsuz nimetleriyle mütelezziz olacaklarını beyan etti. Ayrıca sevinç ve neşe içinde orada bir daha ölmemesiye idamei hayat edeceklerini açıkladı; bunları dedikten sonra şu ayeti okudu:

"Doğrusu bundan önce ailemizin yanında korku içindeydik; Allah lütfedip bizi kavurucu azabtan korudu derler." (Tur süresi, âyet: 26-27)

Cehennem ehlini de dünyada gülmek, eğlenmek ve daima mutlu olmakla vasıflandırdı: "Çünkü o dünyada adamlarının yanında iken zevk içindeydi." (İnşikak süresi, âyet: 13) buyurdu.

Allah Teâla bazı cennetlerin bazılarından üstün olduğunu da açıkladı: "Rabbine karşı durmaktan korkan kimseye iki cennet vardır." (Rahman süresi, âyet: 46) **"Bu iki cennetten başka iki cennet daha vardır." (Rahman süresi, âyet: 62)**

Kuran'daki "İnsan" suresi, Resûlullah (s.a.v.)'e nazil olduğu zaman, yanında siyah bir adam bulunmaktaydı. Resûlullah (s.a.v.)'a sorular soruyordu. Ömer (r.a.) ona: "Yeter artık, Resûlullah (s.a.v.)'i fazla rahatsız etme!" dedi. Allah Resulü (s.a.v.): "Ey Hattaboğlu, bırak sorsun!" buyurdu.

Allah Resulü (s.a.v.) mezkur süredeki cennet bahsine geldiği zaman, ilgili ayetleri okuyunca, o siyah adam sallanmaya başladı, canı çıkmıştı bile! Bunun üzerine Allah Resulü (s.a.v.): "Arkadaşınızın ruhunu, cennete olan şevki ve iştiyakı bedeninden çıkardı." buyurdu.

Allah'ın kitab-ı celilinde vasfettiği cenneti ve içindeki nimetleri iyi düşünün de, salih amellerinize hız verin! Çünkü her emrin cennet nimetlerinde bir derecesi vardır, o dereceye ancak o emri yerine getirmekle ulaşılabilir.

YUKARIDAKİ CENNETLER VE GİZLİ NİMETLER

Müslim ve diğerleri rivayet ediyorlar: Resûlullah (s.a.v.) buyurdu: Allah Hadisi Kudsisinde buyuruyor ki:

"Ben salih kullarıma, hiçbir gözün görmediği, hiçbir kulağın duymadığı, hiçbir insanın aklına gelmediği şeyleri hazırladım."

İşte onlar, sizin bugüne dek görmediğiniz nimetlerdir. Sonra Peygamber (s.a.v.) şu ayeti okudu: "Yaptıklarına karşılık, onlar için saklanan müjdeyi kimse bilmez." (Secde süresi, âyet: 17) Resûlullah (s.a.v.) bir gün eshabına şöyle hitab etti:

"Cennete kollarını sıvayan yok mu? Cennet çok önemli bir yerdir: Ka'benin Rabbinden **her tarafı apaydınlık yapan bir nur.** İnsanların kalplerini hoplatan bir çiçeklik. Fevkalade güzel yapılmış bir köşk. Şarıl şarıl akan bir nehir. Olgun ve lezzetli birçok meyve. Son derece güzel ve alımlı bir eş. Güzel ipek elbiseler.

Muhteşem göz kamaştıran ve ebediyet arz eden karargâh. Kıymetli, can sıkıcı şeylerden arınmış **yüksek bir yurt (mekan)**"

"Hepimiz Ona karşı kollarımızı sıvamış hazır vaziyetteyiz ey Allah'ın Resulü!" dedik. Şöyle buyurdu: "İnşaallah!" deyiniz."

Ebu Hureyre (r.a.)'dan: Dedim ki:

"Ey Allah'ın Rasûlü, mahlûkat neden yaratıldı?"

"Sudan."

"Cennet neden yapıldı?"

"Cennet, bir tuhulası altın bir tuhulası gümüşten olmak suretiyle yapılmıştır. Sıvası misk, duvarları inci ve yakut, toprağı zâferandır. Ona giren mutlu olur. Bir daha üzülmez. Ebedî olur, ölmez, ne elbiseleri eskir ne de gençlikleri biter."

Bunu Ebu Davud et-Teyalisi rivayet etti.

CENNETTEKİ NEHİRLER VE DAĞLAR

Allah Teâla buyurdu: "Allah'a karşı gelmekten sakınanlara, söz verilen cennet şöyledir: Orada temiz su ırmakları, tadı bozulmayan süt ırmakları, içenlere zevk veren şarap ırmakları, süzme bal ırmakları vardır. Onlara orada her türlü ürün ve Rablerinden mağfiret vardır." (Muhammed suresi, âyet: 15)

Onun belirli hendekler dışında kudret elinde aktığı rivayet edilmiştir.

Resûlullah (s.a.v.) buyurdu: "Cennet nehirleri tepelerin altından veya misk dağlarından çıkıp akar."

"Dört dağ vardır ki cennet dağlarındandır. Cennet nehirlerinden dört nehir vardır. Dört harp mevkii vardır ki cennetin harb mevkiindendîr. Allah Resulü (s.a.v.)'e denildi ki: "O dağlar hangi dağlardır?"

"Uhud dağı ki o bizi sever, biz de onu severiz. Tur dağı da cennet dağlarındandır. Lübnan dağı da cennet dağlarındandır." buyurdu. Dördüncü dağ, rastladığım nüshalarda yer alan bu rivayetten düşmüştür. Nehirlere gelince, Nil, Fırat, Seyhan ve Ceyhan nehirleridir. Harp mevkilerine gelince: Bedir, Uhud, Hendek ve Hayber mevkileridir."

Derim ki: Galiba dördüncü dağ, "Haśib" denilen dağdır. Buna şunu delil göstermişlerdir:

Resûlullah (s.a.v.) Ebvâ'da bir harp yaptı. Ravha'ya varınca, Arab ez-Zabiyye'de konakladı ve onlara namaz kıldırdı.

Sonra onlara şöyle dedi:

"Bu dağın ismi nedir bilir inisiniz?"

"Allah ve Resulü bilir!" dediler.

"Bu cennet dağlarından biri olan: "Hasîb" dir. Allah'ım onu ve ehlini mübarek kıl." Er-Ravha hakkında da şöyle dedi: "Bu Sebha Müsabbahtır, cennet vadilerinden bir vadidir. Bu mescidde benden önce yetmiş bin Peygamber namaz kılmıştır. Musa (a.s.) üstünde iki pamuk kaftanı, bir deveye binmiş olarak, İsrail oğullarından yetmiş bin kişi il buradan geçti ve Beyti Atîk'e vardı."

Resûlullah (s.a.v.) buyurdu: "Cennette misk denizi, yıkanma denizi, süt denizi, şarab denizi vardır. Nehirler ondan sonra fışkırıp akar." (Tirmizi)

Resûlullah (s.a.v.) buyurdu:

"Seyhan, Ceyhan, Nil ve Fırat hepsi cennet nehirlerindendir."

Ka'bel-Ahbar der ki: "Dicle nehri, cennet suyundan oluşan nehirdir. Fırat nehri, sütünden oluşan nehirdir. Mısır nehri, şarabından oluşan nehirdir. Seyhan nehri, balından oluşan nehirdir. Bu dört nehir, Kevser nehrinden çıkar."

Resûlullah (s.a.v.) Miraç'ta akan iki nehrin yanından geçti ve Cebrail (a.s.)'a sordu:

- Bu nedir ey Cebrail?

- Bu Nil ile Fırat nehirleridir.

GÖKYÜZÜNDEKİ NEHİRLER VE EVRENSEL SU

İbn-i Abbas (r.a.)'dan: Resûlullah (s.a.v.) şöyle buyurdu:

"Allah (c.c.) yeryüzüne şu beş nehri indirdi: Seyhun Hind nehri, Ceyhun Belh'in nehri, Dicle ile Fırat Irak nehri, Nil de Mısır'ın nehridir. Allah bu nehirleri, cennet pınarlarından olan tek pınardan indirmiştir. Cennetin en alt derecesinde bulunan bu pınardan Cebrail (a.s.)'ın kanatlarına akmışlar ve oradan da dağlar alıp yeryüzüne akıtmışlardır. Allah insanlara ve yaşantılarında onlara çok menfaatler kılmıştır .Kuran'da buyruldu:

"Gökten suyu ölçülü indirdik de, onu yerde durdurduk. Onu götürmeye de kadiriz." (Mü'minûn süresi, âyet: 18) Ye'cüc Me'cüc çıkacağı zaman Allah, Cebrail'i (a.s.) yeryüzünden Kur'an'ı, ilmi ve o beş nehri kaldırmak için gönderecek, o da onları alıp göğe kaldıracaktır." Az evvel bahsettiğimiz ayetin sonundaki:

"Biz onu götürmeye kadiriz." bunu göstermektedir. Bunlar göğe kaldırıldığında, yer ehli dinin ve dünyanın en hayırlı şeylerini yitirmiş olacaktır.

İmam Kurtubî der ki: "Ye'cüc ve Me'cücün çıkacağı vakit Kur'an'ın kaldırılması sözü tartışılabilir."

Mes'udî rivayet etti:

"Fırat, Abdullah b. Mes'ud (r.a.)'ın zamanında taştı. İnsanlar bundan pek hoşlanmayınca İbn-i Mes'ud (r.a.) şöyle dedi: Onun böyle taşmasına üzülmeyin, **öyle bir zaman gelecek ki, insanlar orada bir leğen dolusu su arayacaklar da bulamayacaklardır."** Bu her su kendi kaynağına döndüğü zaman vukua gelecektir. İşte o zaman, kalan su ve pınarlar Şam'da olacaktır. Allah en iyi bilendir."

HER CENNET DERECESİ ARASINDA YER-GÖK MESAFESİ KADAR MESAFE VARDIR

Resûlullah (s.a.v.) şöyle buyurdu:

"Kim Allah'a ve Resulüne iman edip namaz kılar, oruç tutarsa, onu cennete koymak Allah üzerinde bir hak olur. O kişi ister

Allah yolunda savaşsın, ister doğduğu yerde otursun." Şöyle dediler: "Ey Allah'ın Resulü, bunu halka müjdelemiyecek misin?"

Şöyle buyurdu:

"Cennette yüz derece vardır ki bunları Allah kendi yolunda savaşanlar için hazırlamıştır. Her iki derece arası yer ile gök arası gibidir.

Allah'tan istediğinizde Firdevs'i isteyin. O cennetin ortası ve cennetin en üstüdür. Onun üstünde Rahman'ın Arş'ı vardır. İşte oradan cennet nehirleri fışkırır." (Buhari ve diğerleri)

Alimler:

"Cennetin ortası" Firdevs cennetlerinin enindeki ortasındadır, demektir. En üstünde demek, yükseklik bakımından en üstünde demektir."

Katâde diyor ki:

"Firdevs, cennetin tümseği, en ortası, en üstü, en yükseği, en üstünüdür." Bir başkası şöyle der:

"Firdevs, bütün cennetlerin adıdır. Tıpkı cehennemin, bütün cehennem tabakalarının adı olduğu gibi."

DÜNYADA NİMETLERİN ASLI CENNETTE Mİ?

Resûlullah (s.a.v.) buyurmuştur:

"Kim dünyada ipek giyerse ahirette onu giyemez. Kim dünyada şarab içerse ahirette onu içemez. Kim dünyada altın tabakta yemek yerse, ahirette o tabaktan yemek yiyemez." Sonra Resûlullah (s.a.v.) şöyle buyurdu: "Cennet ehlinin giysisi, cennet ehlinin içeceği, cennet ehlinin (kullandığı) tabaklar..." (Neseî)

Alimler, dünyada ipek giyen, şarap içen, altın ve gümüş tabaklarda yemek yiyenler orada mahrum olacaklar derler. Çünkü Allah Resulü (s.a.v.) şöyle buyurmuştur:

"Kim dünyada şarap içer de ondan tevbe etmeden ölürse, ahirette ondan mahrum olur." (Malik)

İpek giyen, altın veya gümüş tabakta yemek yiyen veya o tabaklarda şarap içen de böyledir. Kaldı ki, sahih isnadda şöyle varit olmuştur: "Kim dünyada ipek giyerse, cennete girse de ahirette giyemez. Cennet ehli onu giyer, fakat o giyemez."

İmam Kurtubî der ki:

"Eğer bu Ravinin sözü değilse, bu son derece açık bir delildir. Hatta Ravinin sözü olsa bile delil olur. Çünkü o şarîin muradını daha iyi bilir. Bu gibi açıklamalar Ceffel kalem yapılmaz."

CENNETTEKİ EVRENSEL AĞAÇLAR

Tirmizî, Ebu Hureyre (r.a.)'dan: Resûlullah (s.a.v.) buyuruyor ki: Allah (c.c.) şöyle buyurdu:

"Salih kullarıma, gözün görmediği, kulağın duyamadığı beşer aklının düşünemediği (nimetler) hazırladım." İsterseniz şu ayeti okuyun:

"Yaptıklarına karşılık onlar için saklanan müjdeyi kimse bilmez." (Secde süresi, âyet: 17)

Dedi ki: **Cennette öyle bir ağaç vardır ki, bir süvari onun dibinde tam yüz yıl gider de yine de katedemez.** İsterseniz şu ayeti okuyun:

"Uzamış gölge altında" (Vakıa süresi, âyet: 30)

O, cennette bir kamçının işgal ettiği yer kadar bir yer işgal eder, bununla beraber o dünya ve içindekilerden daha iyidir, dilerseniz şu ayeti okuyunuz:

"Ateşten uzaklaştırılıp cennete sokulan kimse, artık kurtulmuştur. Dünya hayatı, zaten aldatıcı bir geçimden ibarettir." (Ali İmran süresi, âyet: 185)

Cennette "Şeceretü'l-Huld" adında bir ağaç vardır ki bir süvari onun altında yürür de orasını ancak yetmiş veya yüz senede kat edebilir. Ka'bu'l-Ahbar der ki:

"Tevrat'ı Musa'ya, Furkan'ı Muhammed'e indiren (Allah)'a kasem ederim ki, cennette öyle bir ağaç vardır ki bir adam bir deveye biner de onun kökünde dolaşırsa, orayı aşamaz ve nihayet hayvanından perişan olup düşer. Çünkü Allah onu bizzat kendi kudretiyle dikmiştir. Ve ona kendi ruhundan üfürmüştür.

Cennette hiçbir nehir yoktur ki Onun kökünden çıkmasın."

Tirmizî'nin rivayetinde şöyle geçer: Resûlullah (s.a.v.) buyurdu:

"Oranın münteha ağacı var ya? Bir süvari onun altında iki bin yüz sene yürür. Orada altın yatağı vardır. Meyveleri destiler gibidir.

Diğer bir rivayette Allah Resulü (s.a.v.) şöyle buyurmuştur:

"Yedinci kat gökteki münteha ağacına kaldırıldığımda, onu meyvelerini hicr kuleleri (destileri) gibi, yapraklarını ise fil kulakları gibi gördüm. Altında iki açık, iki görünmeyen nehir akıyordu.

Cebrail'e:

"Bunlar nedir ey Cibril?" diye sordum. Şu cevabı verdi:

"O iki gizli nehir cennettedir. O iki açık nehir ise, Nil ile Fırattır."

Bir Bedevî dedi ki:

- Ey Allah'ın Resulü, cennette meyve var mıdır?

- Evet cennette Tuba denilen bir ağaç vardır.

- Ey Allah'ın Resulü, bizim topraklarımızın hangi ağacı senin toprağının ağacına benzer?

- Sen hiç Şam'a gittin mi? Orada Cevze denilen bir ağaç vardır ki yüksek düz bir yerde biter, üstü yayılır, işte o ağaç ona benzer.

- Ey Allah'ın Resulü, acaba onun kökü ne büyüklüktedir?

- Genç bir deve bütün hızı ile yürürse, onun kökünü kucaklamadan yaşlanır ve boyun damarları kırışır.

- O ağaçta üzüm var mıdır?

- Evet!

- Salkımının büyüklüğü acaba ne kadardır?

- Bir karganın aldığı bir aylık mesafe kadardır.

- Onun tanesi ne kadardır?

- Büyük bir kova kadardır.

- Ey Allah'ın Resulü, bu tane beni ve çocuklarımı doyurur değil mi?

- Evet, bütün akrabalarını da doyurur.

Ebu Ubeyd şöyle derdi: "Cennetin hurmaları aslında olgundur. Dalları ve meyveleri destiler gibidir. Ne zaman bir meyve koparılırsa hemen yerinde bir tane daha çıkıverir. Suyu hendekler olmaksızın akar. Üzümünün her bir salkımı, on iki arşındır."

Ebu Umame (r.a.) der ki: "Tuba cennette bir ağaçtır ki, içindeki evlerin her birinde mutlaka ondan bir yaprak vardır. Hiçbir güzel kuş yoktur ki dalına konmasın, hiçbir güzel ve lezzetli meyve yoktur ki o ağaçta yer almasın."

Malik b. Enes (r.a.) der ki: "Dünyada cennet meyvelerine muzdan başka benzeyen hiçbir meyve yoktur. Çünkü Allah Teâla şöyle buyuruyor: "Oranın yiyecekleri ve gölgeleri devamlıdır." (Ra'd süresi, âyet: 35) Muz da öyle değil midir? Kış ve yaz bulunur"

Ebu Zer (r.a.)'dan: Peygamber (s.a.v.)'e bir tabak incir hediye edildi. Ondan yedi ve eshabına: "Haydi siz de yiyin. Eğer ben desem ki bu meyve cennetten inmiştir, hiç garipsemeyin. Onu (inciri) yiyin. Çünkü o basuru keser, Nakres hastalığına karşı faydalıdır."

Asim b. Damure, Ali (r.a.)'dan: Resûlullah (s.a.v.) şöyle buyurdu:

"Karpuzu meyve edinin, ona değer verin. Çünkü suyu cennet suyundan, tadı cennet tadındandır. Herhangi bir kul ondan bir lokma yerse, Allah mutlaka karnına yetmiş çeşit ilaç idhal eder. Yetmiş hastalığını çıkarır. Her lokmasına Allah on sevab yazdı, on da günah sildi, on derecesini de yükseltti." Sonra şu ayeti okudu:

"Onun için geniş yapraklı bir bitki yetiştirdik." (Saffat süresi, âyet: 146)

Sonra şöyle buyurdu: "Kabak ve karpuz cennettendir." Bunu Kurtubî Peygamber (s.a.v.)'e kadar varan bir senedle rivayet etti.

Ebu Hureyre (r.a.)'dan:

"Cennette Tuba adında bir ağaç vardır. Allah ona şöyle der: "Kulum için dilediğini yerine getir. Eğri ve dizgini bütün ona heyetiyle bir at ver.

Dilediği gibi, yuları, tüm heyetiyle ve yavrularıyla bir at ver."

Bir adam Peygamber (s.a.v.)'e gelip şöyle dedi:

- "Ey Allah'ın Resulü, bana cennet elbiselerini bildir! O orada yaratılır mı yoksa örülür mü?" İnsanlardan bazıları bu soruya güldü. Peygamber (s.a.v.) şöyle buyurdu: "Cennet elbiseleri hakkında soru soran şahıs nerede?"

"İşte burada ey Allah'ın Resulü!" dediler.

Şöyle buyurdu: "O dikilmez, örülmez, o cennet meyvelerinden meydana gelir." Bunu üç kere söyledi.

CEHENNEM KÖPRÜSÜNÜ AŞIP GEÇENLER

Rivayet olunur ki Cebrail (a.s.) Peygamber (s.a.v.)'e Cenab-ı Hakk'ın şu kavli celilini indirdi: **"Yerin başka bir yerle, göklerin de başka göklerle değiştirildiği, her şeye üstün gelen tek Allah'ın huzuruna çıktıkları günde."** (İbrahim süresi, âyet: 48) Bunun üzerine Peygamber (s.a.v.) şöyle buyurdu: "Ey Cibril, kıyame gününde insanlar nerede olacaklar?" Şu cevabı verdi:

"Ey Muhammed, üzerinde hiçbir günah işlenmemiş beyaz bir yerde... Tabi bütün dağlar atılmış bir yün gibi olacak, o gün dağlar cehennem korkusundan eriyecek. Ya Muhammed, o gün cehennemi yetmiş bin melek yetmiş bin yularla çekip sürükleyerek getirecektir. Nihayet Allah'ın huzurunda durdurulup, Allah ona şöyle hitab edecek: "Ey cehennem, konuş bakalım!"

Cehennem şöyle konuşacak: "La ilahe illallah! Azametin hakkı için, senin rızkını yiyip de senden başkasına ibadet edenden mutlaka intikam alacağım. Beni, elinde geçiş izni olanlardan başka hiç kimse **aşıp geçemiyecektir.**" Bunun üzerine Peygamber (s.a.v.) şöyle buyurdu: "Ey Cibril, kıyamet günü geçiş izni nedir?"

Şu cevabı verdi: "Müjde müjde! Geçiş izni, kelime-i şehadettir. Her kim Allah'tan başka hiçbir ilah olmadığına şehadet ederse, **cehennem köprüsünden geçecektir.**" Peygamber (s.a.v.) şöyle hamd etti: "Hamd, Ümmetime (La ilahe illallah = Allah'tan başka hiçbir ilah yoktur) sözünü ilham eden Allah'a mahsustur."

El-Hafız Abdu'l Gani rivayet ediyor: Resûlullah (s.a.v.) şöyle buyurdu: **"Allah kıyamet günü tüm insanları tek bir yerde topladığı zaman, cehennem ateşi birbirine binmiş bir halde, beraberinde hazenesi (bekçileri) bulunarak çıkagelecek.**

Sonra şöyle diyecek: "Rabbimin izzeti hakkı için, beni kocalarımla başbaşa bıraksın, o kocalarım ki insanların boynuna bir çırpıda beraber yapıştık."

"Peki senin kocaların kimdir?" diye sorduklarında şu cevabı verecek: "Bütün kibirliler ve zorbalar, benim kocamdır."

CEHENNEMİ ÇEVRELEYEN 19 MELEK

Bu bölümde onlardan ve büyüklüklerinden bahsedilecektir. İbni'l-Avvam'a Cenab-ı Hakk'ın: "Yakıcı ateşin ne olduğunu sen nereden bilirsin? O ne geri bırakır, ne de azabdan vazgeçer. **İnsanın derisini kavurur;** orada on dokuz bekçi vardır." (Müddessir süresi, âyet: 27-30) ayeti hakkında sordular:

"Onlar ondokuz melek mi, yoksa on dokuz bin melek midir?" Şu cevabı verdi: "Onlar sadece on dokuz melektir."

"Peki sen bunu ne biliyorsun?"

"Ben bu bilgiyi şu ayetten aldım: "Sayılarını bildirmekle de, ancak inkâr edenlerin denenmesini ve kendilerine kitab verilenlerin kesin bilgi edinmesini ve inananların da imanlarının artmasını sağladık." (Müddessir süresi, âyet: 31)

"Doğru söyledin. Onlar on dokuz melektir. Her birinin elinde bir topuz bulunmaktadır ki **o topuzla bir darbe indirdiğinde, kulu ta yetmiş yıllık derin bir mesafeye (aşağıya) indirir."** dedi.

Bu hususta, Tirmizî'nin rivayet ettiği bir hadis vardır. Ona bir Yahudi sordu: "Cehennem bekçileri ne kadardır." Şu cevabı erdi:

"Şu kadar şu kadar. Yani bir kere on dedi bir kerede dokuz dedi ki toplam 19 eder." Bu ondokuz melek, reisleridir. Yoksa zebanilerin sayısını ancak Allah bilir.

İbn-i Abbas (r.a.)'a cehennemin genişliğini bir de şu ayeti kerimenin tefsirini sordular: "Şübhesiz zalimler için, duvarları çepçevre onları içine alacak bir ateş hazırlamışızdır." (Kehf süresi, âyet: 29)

Şöyle dedi:

"Vallahi genişliğini bilmiyorum, ancak duyduğuma göre, her zebaninin kulağının yumuşağı ile, boynu arasında yetmiş senelik mesafe vardır. Onun içinde irin ve kan vadileri akmaktadır."

Yer başka bir yerle, gökler de başka göklerle değiştirildiği gün kurulacak olan sırat köprüsü bütün mahlukatı alacak kadar geniş olursa, artık cehennemin, yerinin ve tabakalarının genişliğini siz hesap edin. Tirmizî'nin rivayet ettiği hadisde şöyle geçer: "Cehennem çardaklarında her bir çardağın duvarı kırk yıllık mesafedir." Allah en iyi bilendir.

CEHENNEM YERİN ALTINDA MIDIR?

Bazı yorumculara göre cehennem yerin altındadır ve deniz onun bir tabakasıdır. Abdullah b. Ömer (r.a.) rivayet ediyor: "Gazi olmak, hacca gitmek veya umre yapmak gibi hususlar hariç, denize açılmayın! Çünkü denizin altında ateş vardır."

Abdullah b. Abbas (r.a.) "Denizler kaynaştırıldığı zaman" (Tekvir 6.ayet) ayetinin tefsirinde şöyle der: "Yani tutuşturulup ateş olduğu zaman." Allah en iyi bilendir.

Cehennemin yeri için bazı rivayetlerde "yerin altı" denilmiştir. Yer küresi, yıllık hareketiyle ileride haşir meydanının etrafında bir daire çiziyor. Cehennem ikidir. Biri küçük cehennem, diğeri de büyük cehennemdir. Küçük cehennem büyük cehennemin çekirdeğidir. İleride küçük cehennem büyük cehenneme inkılab edecek ve büyük cehennemden bir menzil olacaktır.

Bediüzzaman'a göre de küçük cehennem yerin altında, yani **merkezindedir**. Çünkü kürenin altı merkezidir. **Coğrafya bilimine göre her otuz üç metre kazıda bir derece sıcaklık artar. Yerin yarıçapı altı bin küsur kilometre olduğuna göre, merkeze kadar bu sıcaklık iki yüz bin dereceyi bulur.** Bu ateş, dünya ateşinden iki yüz defa daha şiddetlidir. Küçük cehennem, büyük cehenneme ait birçok görevleri dünyada ve berzah âleminde yapmıştır. Âhiret âleminde ise yer küre, sakinlerini yıllık hareketiyle etrafında daire çizdiği haşir meydanına döker. Tabii ki içindeki küçük cehennemi de büyük cehenneme teslim eder. Mu'tezilenin bazı imamları: "Cehennem sonradan yaratılacaktır." Demiş olsalar da onların bu sözleri yanlıştır. Cehennem yaratılmıştır. Fakat hali hazırda tamamiyle inbisat ve sakinlerine tam münasip bir tarzda henüz inkişaf etmemiştir,

Kaldı ki gayb perdesinin içindeki ahiret âlemine ait menzilleri bu dünya gözümüzle görmek ve göstermek için ya kâinatı küçültüp iki vilayet şekline getirmeli, ya da gözümüzü büyütüp yıldızlar gibi gözlerimiz olmalıdır. İkisi de şu an mümkün olmadığına göre öyleyse âhiret âlemine ait menzilleri de, bu dünya gözümüzle görmek mümkün olmayacaktır. Fakat bazı rivayetlerin işaretiyle ahiretteki cehennemin bu dünyamızla münasebeti vardır. Mesela, yazın şiddetli sıcaklığına "min feyhi cehennem" yani "cehennemin kaynamasındandır"denilmiştir.

BÜYÜK CEHENNEM-KÜÇÜK CEHENNEM

Kadîr- i Zülcelâl'in mülkü çok geniştir. Allah'ın hikmeti nereyi uygun görmüş ve göstermişse büyük cehennem oraya yerleşir. **Büyük cehennem, dünyanın yıllık dönüşünün çizdiği dairenin altındadır (Uzayda).** Bu cehennem, kimi zaman **yerin merkezindeki küçük cehenneme** görevlerini yaptırmıştır. Yerin merkezindeki küçük cehennem, büyük cehennemin çekirdeğidir. Hikmetli Yaratıcı, dağ gibi koca bir ağacı, tırnak gibi bir çekirdekte sakladığı ve vakti geldiğinde de çekirdekten ağacı çıkardığı gibi; yer kürenin kalbindeki küçük cehennem çekirdeğinde de büyük cehennemi saklar ve vakti geldiğinde de ondan büyük cehennemi çıkarır.

Cennet ve cehennem hilkat ağacından ebediyyet tarafına uzanıp eğilerek giden bir dalın iki meyvesidir. Meyvenin yeri ise dalın en uç noktasıdır. Hem kâinat silsilesinin iki neticesidir. Neticelerin yerleri silsilenin iki tarafındadır. Süflîsi, ağırı aşağı tarafında; nurlusu ve ulvisi de yukarı tarafındadır. Hem şu işler selinin ve yerin manevî ürünlerinin iki ambarıdır. Ambarın yeri ise ürünün çeşidine göre, fenası altında, iyisi üstündedir. Hem ebede akan seyyal mevcudatın iki havuzudur. Havuzun yeri ise, selin durduğu ve biriktiği yerdir. Yani pislikleri ve zirzibili aşağıda, temizleri ve güzelleri ise yukarıdadır. Hem lütuf ve kahrın, rahmet ve azametin iki tecelligâhıdır. Tecelligâh is her yerde olabilir. Rahman-i Zülcemal ve Kahhar-i Zülcelâl nerede isterse tecelligâhını orada açar.

CEHENNEM KARANLIK GÖRÜNÜR FAKAT ALEVLERLE DOLUDUR

Günümüz astronomi bilimi de uzaydaki bazı gök cisimlerinin çok yüksek sıcaklığa sahip olduklarını fakat karanlık göründüklerini ortaya koymuştur.

Peygamber (s.a.v.) şöyle buyurdu: **"Cehennem ateşi bin sene tutuşturuldu ve nihayet zifiri karanlık halini aldı. O, kapkaranlıktır." (Tirmizi)**

Diğer bir rivayette şöyle geçer: **"O gecenin karanlığı gibidir."**

Diğer bir rivayet: **"O ziftten daha karadır."** şeklindedir.

Selman el-Farisî (r.a.) der ki: **"Ahiretin ateşi: Siyah ve karanlıktır. Ne alevi ve ne de közü ışık verir."**

Resûlullah (s.a.v.) buyuruyor:

"Dünyada yaktığınız ateşin sıcaklığı, cehennem sıcaklığının yetmiş parçasından bir parçadır."

"Ey Allah'ın Resulü, o yeterliydi!"

"O, doksan dokuz parça daha artırıldı." (Müslim) Diğer bir rivayette şu fazlalık vardır: "Hepsi onun sıcağı gibidir."

Resûlullah (s.a.v.) buyurdu:

"Eğer şu ateşiniz iki kere su ile söndürülmeseydi, onunla yararlanamazdınız. **O, Allah'tan ahiret ateşine (cehenneme) iade edilmesini mutlaka dilemektedir."** (İbn-i Mace)

"Eğer o denizlerin suları ile dövülmeseydi (bir rivayette su ile yedi kere yıkanmasaydı), onunla asla yararlanamazdınız!"

İbn-i Mes'ud (r.a.)'ın rivayeti şöyle: "Bu ateşiniz, cehennem ateşinin yetmiş parçasından bir parçadır. Onunla deniz on kere vurulmasaydı (yani denize on kere batırılıp çıkarılmasaydı) hiçbir şeyde onunla yararlanamazdınız."

İbn-i Abbas (r.a.)'a sordular:

"Bu dünya ateşi neden yaratıldı?"

"Cehennem ateşinden yaratıldı. Ancak yetmiş kere su ile söndürüldü. Eğer böyle olmasaydı ona kesinlikle yaklaşamazdınız."

Resûlullah (s.a.v.) buyurdu:

"Eğer bir cehennemlik avucunu çıkarıp dünya ehline gösterse, sıcaklığından dünya yanar. Eğer cehennem bekçilerinden biri, dünya ehline çıkıp kendini gösterse, dünya ehli, Allah'ın ona karşı olan gadabından ölür." Resûlullah şöyle buyurmuştur: "Eğer şu mescidde yüz veya daha fazla insan olsa, sonra cehennem ehlinden bir adam teneffüs etse, onları yakar." (Bezzar Müsned'inde)

İmam Kurtubî der ki: "Şu dünyada yaktığınız ateş, cehennem ateşinin yetmiş parçasından bir parçadır." hadisinin anlamı şudur: Yani bütün dünyada Ademoğullarının yakmış olduğu ateşler biraraya getirilse, adı geçen cehennem ateşinden ancak bir parça olabilir. Bütün dünya odunları toplansa ve tutuşturulup yakılsa, ancak cehennem ateşinin yetmiş parçasından bir parçası olabilir.

Kab el-Ehbar der ki: "Ka'be'nin yed-i kudretinde bulunduğu (Allah)'a yemin ederim ki, kişi, doğuda olsa, cehennem de batıda olsa, sonra cehennemin üstü açılsa, saçacağı sıcaklıktan dolayı birinizin beyni burnunun deliklerinden çıkar." Sonra şöyle derdi: "Ey cemaat! Siz onun sıcaklığına sabr edebilir misiniz, buna gücünüz yeter mi? Vallahi ey cemaat, Allah'a itaat etmek sizin için daha kolaydır. Şu halde o ateşi önleyecek olan itaata devam edin. Allah'a itaat edin ki sizi o ateşe girmekten muhafaza etsin."

CENNETTEKİ YÜKSEK MEKAN: SİDRE-İ MÜNTEHA

"Sidre-i Münteha cennetin sabrı yani en üstüdür. Herşeyin sabrı, üstüdür." Yine hadiste varit olmuştur:

"Sidre-i müntehanın meyvesi, çoğalır, her bir meyvesinin yetmiş iki rengi vardır ki hiçbiri diğerine benzemez."

İbn-i Abbas (r.a.)'dan: "Cennet hurmasının kökü yeşil zümrüd, dalları kırmızı altın, yaprakları cennet ehlinin elbiseleridir ki, giyecek elbiseleri ondan kesilip yapılır. Destiler ve kovalar gibi büyük olan meyvesi vardır. Sütten daha beyaz, baldan daha tatlı, kaymaktan daha yumuşak olup çekirdeği yoktur."

- Ey Allah'ın Resulü, cennette hurma var mıdır, zira ben hurmayı çok severim.

Şu cevabı verdi:

- Nesfim Yed-i kudretinde olan (Allah)'a kasem ederim ki; kökleri altından, budakları altından, dalları altından, yaprakları varlık aleminin gördüğü en güzel elbiseler nevinden, çöpü altından, kabukları altından olup, destiler gibi büyük olan meyveleri kaymaktan daha yumuşak, baldan daha tatlıdır."

Cerir b. Abdullah el-Beceli (r.a.)'dan: Resûlullah (s.a.v.) eline bir çöp aldı ve şöyle dedi: "Ey Cerir, cennette bu hurma çöpü gibi bir çöp arasan bulamazsın."

"Pekâla hurma ve ağaçlar nerede?" diye sordum; şöyle buyurdu:

"O ağaçların kökleri inci ve altındır. Üstünde ise meyvesi vardır."

Resûlullah (s.a.v.) buyurdu:

"Cennette, kökü altın olmayan hiçbir ağaç yoktur." (Tirmizi)

Bir gün Resûlullah (s.a.v.) şöyle buyurdu: "Cennet ehlinden bir adam Rabbinden ziraatla meşgul olmak için izin istedi. Rabbi ona dedi ki:

"Sen yeteri kadar nimet içinde değil misin, istediklerini elde edemedin mi?"

"Evet, fakat ben bir şey ekmek istiyorum." Bunun üzerine ekti, hemen bitti, yapraklandı, biçilmeye hazır oldu. Dağlar kadar büyük oldu. Allah buyurdu:

"Ey Ademoğlu, anlaşıldı seni hiçbir şey doyurmuyor."

Bedevi dedi ki:

- "Ey Allah'ın Resulü, bu adam olsa olsa ya Kureşi yahut Ensarîdir. Çünkü onlar çiftçidirler. Bize gelince biz çiftçi değiliz." Allah Resulü adamın bu sözüne güldü." (Buhari)

CENNET KAPILARINDAN GİRİŞ

Allah Teâla buyurdu:

"Oraya varıp da kapıları açıldığında..." (Zümer süresi, âyet: 73)

İlim ehlinden bir takım alimler derler ki: "Bu kapılar sekizdir. Cennetin sekiz kapısı vardır. Çünkü Peygamber (s.a.v.) şöyle buyurmuştur:

"İçinizden herhangi bir kimse, güzelce bir abdest alıp (Eşhedü en la ilahe illallah ve eşhedü enne Muhammeden Abdühü ve Resûlühü) derse, mutlaka **ona cennetin sekiz kapısı açılır. O kapılardan dilediğinden girer.**" (İmam Müslim)

Muvatta, Buharî ve Müslim'de bu kapıların sahiplerini belirleyen hadisler varit olmuştur. O da Peygamber (s.a.v.)'in şu mübarek sözüdür:

"Kim Allah yolunda iki çift harcama yaparsa, cennette: "Ey Allah'ın kulu! İşte bu senin iyiliğinin karşılığıdır." diye kendisine seslenilecek. Namaz ehlinden ise, namaz kapısından, cihad ehlinden ise cihad kapısından, sadaka ehlinden ise sadaka kapısından, oruç ehlinden ise "Reyyan" kapısından çağırılacaktır."

Ebu Bekr (r.a.) dedi ki: "Ey Allah'ın Resulü, yalnızca bir kimse bu kapıların tümünden çağrılamaz mı?" Şöyle buyurdu:

"Evet, dediğin de olabilir. Umarım ki sen onlardansın."

Müslim'in bu rivayet üzere bir eki vardır: "Bu kapıların üstünde; tevbe kapısı, öfkesini yenenlerin kapısı, hoşnut olanların kapısı, hesabı görülmeden girecek olanlara ait olan sağdaki kapı vardır." "Muhammed (s.a.v.)'in kapısı ki o rahmet kapısıdır." (Tirmizi) Kimleri onun tevbe kapısı olduğunu ifade ettiler.

Çünkü Allah onu yarattığı günden beri açık bırakmıştır. Güneş, batıdan doğuncaya kadar o kapı kapanmaz. Batıdan doğduğu zaman, kıyamete kadar açılmaz. Diğer kapılar, namaz, oruç, sadaka yani zekât, hac, cihad, sılai rahim, umre gibi ibadetlere taksim edilmiştir.

Hafız Ebu Bekr el-Acurrî Resûlullah (s.a.v.)'den naklediyor:

"Cennette "Duha kapısı" denilen bir kapı vardır. Kıyamet günü olduğu zaman bir münadi seslenecektir: "Nerede duha (Kuşluk) namazına devam edenler? İşte sizin kapınız budur, buradan girin cennete!"

Diğer bir rivayet:

"Cennette ümmeti Muhammed'e ait olan diğer bir kapı vardır ki, izdihama katılmadan asude bir şekilde yürüdükleri için o kapıyı tanıyacaklar ve oradan girecekler."

Bu sebeble şöyle varit olmuştur: "İnsanlar orada o kadar kalabalık olacak ki izdihamdan nerede ise birbirlerinin omuzlarını kıracaklardır."

Sahabî Utbe b. Gazvan (r.a.)'dan varit oldu: O hutbesinde şöyle derdi: "**Cennet kapılarından her iki kapının arası kırk yıllık yoldur.** Bir gün gelecek ki izdihamdan orası daralacaktır." Diğer bir rivayette, o iki kapının arasının, Mekke ile Hicr veya Mekke, Basra arası kadar geniş olduğu varit olmuştur.

Resûlullah (s.a.v.) buyurdu:

"Ümmetimden yetmiş veya yedi yüz bin kişi cennete birbirlerine tutunarak gireceklerdir. En sonuncusunun girmesini beklemeden en baştaki girmeyecektir. Yüzleri dolunay gecesindeki ay gibi olacaktır." (Müslim)

İmam Kurtubî der ki: "Cennet kapılarının genişlikleri muhtelif olabilir. Bazısı kırk yıllık bazısı da Mekke ile Hicr arası kadar olabilir. Bu rivayetler arasında herhangi bir çelişki bahis konusu değildir.

Hadisteki: **"Her kim Allah yolunda iki çift infak ederse"** den murat; iki dirhem, iki pabuç, iki mest veya iki elbise infak ederse, demektir. Bu iki gün namaz, iki gün oruç gibi ameller de olabilir. Ama birinci görüş daha kuvvetlidir. Çünkü Ebu Zer (r.a.)'in Resûlullah (s.a.v.)'den yaptığı rivayetteki:

"Kim Allah yolunda iki çift infak ederse, cennete girme hüccetimi hemen elde etmiş olur." hadisinden sonra Allah Resulü (s.a.v.) şöyle buyurmuştur: "İki deve, iki elbise, iki pabuç..." Allah en iyi bilendir.

"Reyyan kapısından oruç tutanlar girecektir. Oruç tutanların hepsi girdiğinde, kapı kapatılacak, hiç kimse giremeyecektir." (Buhari, Müslim)

İmam Kurtubî der ki: "Özel amellerin sahibine has olan diğer kapılar hakkında da böyle yorum yapılabilir."

Allah Resulü (s.a.v.) buyurdu:

Cennet kapısının üstünde, "Bir sadakanın karşılığı on sevaptır, ödünç para veren kimse verdiği bu ödünç para karşılığında, on sekiz sevab alacaktır." yazılıdır. "Çünkü ödünç para isteyen mutlaka muhtaç olduğu için sana başvurur, ama sadaka bir zenginin eline de düşebilir." (Ebu Davud ve diğerleri)

RUHUN CENNETE DOĞRU YÜKSELİŞİNDE DUANIN ÖNEMİ

Resûlullah (s.a.v.) buyuruyor:

"Kur'an okuyucusuna, cennete girdiğinde şöyle denilecektir: "Oku ve çık!" Okuyacak yukarıya doğru çıktıkça, her ayete karşı bir derece çıkacak. Ezberinde olan son ayete kadar böyle devam edecektir."

"Kur'an okuyucusuna şöyle denilecek: "Oku ve yukarıya çık! Dünyada okuduğun gibi tane tane oku! Çünkü senin menzilin okuyacağın en son ayetin yanındadır." (Ebu Davud)

Diğer bir rivayet şöyledir: Cennet dereceleri Kur'an ayetlerinin sayısı kadardır. Kur'an ayetlerinin sayısı 6236 dır. (Diğer bir rivayete göre, 6666 dır.) Her iki derece arası, yer ile gök arası kadardır. Onu taâlâ-i illiyyin'e götürür ki onun yedi bin sütunu vardır. O direkler yakuttandır, sayısız gün ve geceler kadar mesafeyi aydînlatır."

İmam Kurtubî der ki:

"Alimlerimiz şöyle der: Kur'an okuyucularından murad, onun hamilleridir ki onlar Kur'an ahkamını, helal ve haramı bilen bilginler ve içindekilerle amel edenlerdir. Yoksa mutlak okuyucular ve hafızlar değildir."

İmam Malik der ki:

"Kendilerinde hayır olmayanlar da Kur'an okuyabilir." Cehennem bahsinde: "İlmi ile amil olmayanların yeri cehennemdir." denmişti.

Allah Resulü (s.a.v.) şöyle buyurdu:

"Kim Kur'an öğrenir, öğretir de içindekinden hiçbir şey yararlanmazsa, Kur'an onun için cehenneme bir kılavuz olur. Kim de öğrenir, öğretir ve içindeki ahkamdan yararlanırsa Kur'an onun için cennete bir kılavuz olur."

"Kur'an okuyup içindekilerle amel eden mü'min, tadı ve kokusu güzel ve hoş olan turunç gibidir. Kur'an okuyup da içindekilerle amel etmeyen mü'min tadı güzel ve kokusu olmayan meyve gibidir. Kur'an okuyup da içindekilerle amel etmeyen münafık, tadı acı ve kokusu olmayan çöl karpuzu gibidir." (Buhari)

Kur'an okuyup içindekilerle amel eden kişi cennetin tabakalarını elde edecektir.

Buharî ve diğerleri: Resûlullah (s.a.v.) şöyle buyurdu:

"Cennette yüz derece (kat) vardır ki her bir derece arası yerle gök arası kadardır. Firdevs en üst derecesidir (en yukarıdaki cennettir) ki dört cennetin nehirleri oradan fışkırıp akar. Üstünde ise Arş yer almaktadır. Allah'dan dilediğiniz zaman, Firdevsi dileyin!" (Buhari ve diğerleri)

Diğer bir rivayette şu ek bulunur:

"Cennetin ilk derecesinin avluları, evleri, kapıları yatakları, kilitleri gümüştendir. Üçüncü derecenin avluları, evleri, kapıları, yatakları ve kilitleri yakut, inci ve zeberceddendir. Evet, orada doksan yedi derece vardır ki onları Allah'tan başkası bilemez."

Resûlullah (s.a.v.) şöyle buyurdu:

"Cennette yüz derece (kat) vardır. Bütün insanlar tek katında toplansalar hepsi içine sığar." (Tirmizi)

UZAYDAKİ YILDIZLAR VE CENNETLER

Kur'an'da buyruldu:

"Fakat Rablerinden sakınanlara üst üste bina edilmiş köşkler vardır. Altlarından ırmaklar akar, bu, Allah'ın verdiği sözdür. Allah verdiği sözden caymaz." (Zümer süresi, âyet: 20)

"Yalnız inanıp yararlı iş işleyen kimselerin, yaptıklarına karşılık mükâfatları kat kattır. **İşte onlar yüksek derecelerde (yüksek katlarda) güven içindedirler.**" (Sebe süresi, âyet: 37)

"İşte onlar, sabrettiklerinden ötürü, cennetin en yüksek dereceleri ile mükâfatlandırılırlar. Orada esenlik ve dirilik dilekleri ile karşılanırlar." (Furkan süresi, âyet: 75)

Resûlullah (s.a.v.) şöyle buyurdu:

"**Cennet ehli, yukarı kattaki (gökyüzündeki) köşklerde oturanları, tıpkı doğu veya batı ufkunda gördüğünüz parlak yıldızlar gibi görürler.** Bu sırf birbirlerine karşı olan üstünlüklerinin meydana çıkması içindir."

Dediler ki:

"Ey Allah'ın Resulü! O, kimsenin ulaşamayacağı peygamber mevkileridir değil mi?" Şöyle buyurdu:

"Nefsim yed-i kudretinde olan (Allah)'a kasem ederim ki, Allah'a iman edip peygamberleri tasdik eden, zorluk içinde olduğu halde ibadeti bırakmayan ve gurbette olan bir takım adamlar da o mertebelere layık görüleceklerdir."

Buradaki tasdikin anlamı, peygamberlerin dediklerini harfiyen tatbik etmek demektir. Çünkü amelsiz tasdik hiçbir şeye yaramaz.

Yukarıda geçen: "Onlar sabrettiklerinden ötürü cennetin en yüksek dereceleriyle mükâfatlandırılırlar" kavli celili ile "İşte onlar yüksek derecelerde güven içindedirler" kavli celilini(ayetini) Allah Resulü (s.a.v.) şöyle açıklamıştır:

"O köşkler, kırmızı yakut ve yeşil zebercedden veya bembeyaz incidendir ki en ufak bir eksiklik ve eğrilik yoktur onlarda. İşte cennet ehli oralardan Ğurfeyi, tıpkı **gök ufkunda bulunan doğu veya batı yıldızlarını gördüğünüz gibi göreceklerdir.** İşte Ebu Bekr ile Ömer (r.a.) onlardandır, ne mutlu onlara!"

İbn-i Mes'ud (r.a.)'dan: Resûlullah (s.a.v.) şöyle buyurdu:

"Allah için birbirlerini sevenler, **kırmızı yakuttan** yapılmış yüksek direkler (köşkler) üstünde olacaklardır ki her direğin başında, güzellikleri bütün cennet ehlini, güneşin dünyayı aydınlattığı gibi aydınlatan bir köşk bulunmaktadır. Cennet ehli birbirlerine şöyle diyecekler: "Haydi gidelim de Allah yolunda birbirlerini sevenlere bakıp seyredelim." Onlara baktıklarında, güzellikleri, cennet ehlini güneşin dünya ehlini aydınlattığı gibi aydınlatacak, üzerlerinde sündüsten yeşil elbiseler bulunacaktır.

Alınlarında: "İşte bunlar Allah için birbirlerini sevenlerdir" ibaresi yazılı olacaktır."

Resûlullah (s.a.v.) şöyle buyurdu:

"İlliyyin ehli cennet ehline bakacak. **İlliyyin ehlinden bir adam baktığı zaman, yüzünün aydınlığı ile cennet aydınlanacak** ve şöyle diyecekler: "Bu nur nedir?"

Cevab verilecek: "Taat ve sadakat ehli olan o iyi ve illiyyin ehlinden olan bir adam baktı da bu aydınlık husule geldi."

Ali (r.a.)'dan: Resûlullah (s.a.v.) şöyle buyurdu:

"**Cennette öyle köşkler vardır ki, dışı içinden, içi de dışından görülür.** Hemen bir adam ayağa kalkıp şöyle dedi: "Bunlar kimin olacaktır ey Allah'ın elçisi?" Cevap verdi: "Onlar, yumuşak söz söyleyen, yemek yediren, oruç tutan, uyurken gece kalkıp namaz kılanlar içindir." (Tirmizi)

Ebu Nuaym'ın rivayetinde şu ilave vardır: "Bir adam dedi ki:

- Buna kimin gücü yeter ey Allah'ın Resulü?

- Ümmetimin buna gücü yeter. Buna kimin gücü yeteceğini şu anda size bildireceğim: Müslüman kardeşiyle buluşup selam veren, bol bol selam vermiş olur. Kendi çoluk çocuğunu doyuran, yemek yedirmiş olur. **Ramazan orucunu bir de her aydan üç günün orucunu tutan,** devamlı oruç tutmuş olur. Yatsı namazını cemaatle kılan insanlar uykudayken namaz kılmış olur."

"Cennette öyle köşkler vardır ki ne üstünde kilitleri vardır, ne de altında temelleri (göktedir)" Dediler ki:

"Ey Allah'ın Resulü, oraya cennetlikler nasıl girecek?" Cevab verdi: "Aynı kullar gibi girecekler."

"Peki o köşkler kimler içindir?"

"Dünyada çok hastalık çekenler, başları bir türlü bela ve dertlerden kurtulamayan insanlar içindir." (Hafız Ebu'l-Kasım eş-Şahham)

KÖTÜLÜKLE MÜCADELE EDENLERİN ÜSTÜNLÜĞÜ

"Kıyamet gününde bir takım adamlar getirileceklerdir ki Allah katındaki mertebelerinden dolayı hem peygamberler ve hem de şehitler onlara gıbta edeceklerdir. Zira onlar nurdan minberler üzerinde olacaklardır."

- Kimdir onlar ey Allah'ın Resulü?

- Onlar, Allah'ı insanlara sevdirenler, insanları Allah'a sevdirenler, yeryüzünde irşat vazifesini görmek üzere yürüyenlerdir. Bunun üzerine bir adam şöyle sordu:

- Ey Allah'ın Resulü, bunlar, Allah'ı insanlara sevdirirler. Peki ya insanları Allah'a nasıl sevdirirler?

- Onlara iyiliği emredip kötülükten alıkoyarlar. Onlar da onları dinleyip itaat ettiklerinde Allah onları sever."

İşte bu sebebleri müsebbeblere bağlamak nevinden bir şeydir. Tıpkı şu ayette belirtildiği gibi: "Artık beni anın! Ben de sizi anayım."(Bakara süresi, âyet: 152)

Hafız Ebu Bekr el-Acurrî, İmrah b. Hüseyn ve Ebu Hureyre (r.a.)'dan: Cenab-ı Hakkın: "Cennet köşklerinden bir köşkte, yetmiş oda, yetmiş huri, ayrıca her odada yetmiş kapı, olacaktır ki o kapılardan ondan başka hiçbir kapıdan girmeyen güzel cennet kokuları girecektir."

İşte Cenab-ı Hakkın: **"Yaptıklarına karşılık onlar için saklanan müjdeyi kimse bilmez."** (Secde süresi, âyet: 17) kavli celili bunu ifade etmektedir.

"Allah bir kulunun oğluna ait ruhu kabz ettiği zaman, meleklere şöyle der: "Kulum ne dedi?"

"Sana hamd etti ve (innâ lillâhi ve innâ ileyhi Raciûn = Biz Allah'a aitiz ve biz O'na dönücüleriz.) dedi." Allah şöyle buyuracak: "Haydi O'na cennette bir köşk yapın ve o köşke "Beytu'l-Hamd = Hamd evi" ismini verin"

Kur'an-ı Kerim'deki: **"Yüksek döşekler"** ayetinin tefsiri hakkında, Tirmizî Allah Resulü (s.a.v.)'in şöyle buyurduğunu rivayet etmiştir:

"O döşeklerin yüksekliği, yer ile gök arası kadar yani beşyüz yıllık mesafedir."

Döşekler, derecelerden kinayedir. Derecelerin arası yukarıda geçtiği gibi yer ile gök arası kadardır. Kimilerinin yorumuna göre "döşekler" cennetteki kadınlardan kinayedir. "Kıymet, güzellik ve olgunluk bakımından oradaki kadınlar çok üstündür," demektir.

Kuranı Kerimde **"Onlar sizin için bir elbise, siz de onlar için bir elbise (gibi)siniz"** (Bakara süresi, âyet: 187) buyurulmuştur.

CENNET ÇARŞILARI

Ebu Musa el-Eşa'ri (r.a.)'dan: Resûlullah (s.a.v.) şöyle buyurdu:

"Cennette içi boş inciden çadırlar vardır ki genişliği altmış mil olup, her bir zaviyesinde mü'minin ehli vardır, diğerlerini görmezler. Onları mü'min dolaşır." (Müslim)

Diğer bir rivayette şöyle geçer: **"Uzunluğu gökte altmış mildir."**

"Cennette öyle bir çarşı vardır ki, her cuma oraya gelirler. Şimal rüzgarı yüzlerine, elbiselerine eser ve onları toza dumana boğar. Fakat güzellikleri daha da artar. Çoluk çocuklarına güzellikleri daha da artmış bir halde dönerler. Çoluk çocuğu onlara şöyle der: "Vallahi siz daha da güzelleşmişsiniz!" (Müslim)

Said b. el-Museyyeb'den: Bir gün O, Ebu Hureyre (r.a.) ile buluşmuş. Ebu Hureyre (r.a.) şöyle demiş: "Allah'tan, cennet çarşısında bizleri bir araya getirmesini dilerim." Said demiş ki:

- Orada çarşı var mıdır?

- Evet!

"Cennette meleklerin kuşattığı öyle bir çarşı vardır ki, benzerini gözler görmemiş, kulaklar duymamış, akıllar düşünüp hayal edememiştir. Canımızın çektiklerini bize taşır. Orada ne satılır ve ne de satın alınır. Bu çarşıda cennet ehli birbirleriyle buluşur. Mevki ve ün sahibi olanlar, kendilerinden daha altta olanlarla karşılaşırlar, fakat orada aşağılık diye bir şey olmadığı için giyilen elbiselerden ötürü kimse kimseyi ürkütmeyecek, kimse aşağılık duygusuna kapılmayacaktır. Biri sözünü bitirir bitirmez, öteki ondan daha güzel söz söyleyebilecek. Zira orada hiç kimse için üzülmek artık bahis konusu değildir."

Resûlullah (s.a.v.) şöyle buyurdu:

"Cennette öyle bir çarşı vardır ki orada alış veriş yapılmaz, içi yalnız erkek ve kadın resimleriyle doludur. Bir adam bir resim görmek istediğinde hemen girer ve görür." (Tirmizi)

"Cennette içinde alış veriş yapılmayan bir çarşı vardır. Lâkin cennet ehli oraya vardıklarında, yaş bir inci, misk kokan bir toprak üstüne yaslanarak otururlar, birbirlerini tanırlar. (O cennetlerde) tıpkı dünyada olduğu gibi: "Dünya nasıl idi, Rablerine karşı nasıl ibadet ederlerdi, geceleri nasıl ihya ederlerdi, gündüzleri nasıl oruç tutarlardı, dünyada zenginlik ne idi, fakirlik ne idi, ölüm nasıldı, bu kadar meşakkatler çektikten sonra nasıl cennetlik olduk?" gibi sözler söyleyerek sohbet edeceklerdir."

CENNETE İLK OLARAK FAKİRLER Mİ GİRECEK?

Rivayet olunduğuna göre bir adam Peygamber (s.a.v.)'e gelip şöyle dedi:

"Ey Allah'ın Resulü, bana kıyamet gününde Allah'ın lütfuna nail olanları bildir." Şöyle buyurdu:

"Onlar Allah'tan korkanlar, O'na boyun eğenler, mütevazı olanlar, Allah'ı çokça zikredenlerdir."

"İlk cennete girecek olanlar onlar mıdır?"

"Hayır, ilk cennete girecek olanlar, muhacir **fakirlerdir ki herkesten önce cennete gireceklerdir.**

Onlara melekler çıkıp şöyle diyecekler: **"Haydi hesab vermek üzere dönün! "Onların cevabı şu olacak: "Neyin hesabını vereceğiz?** Vallahi dünyada alıp harcayacağımız paramız yoktu. Emirler değildik ki istediklerimizi azledip zulmetmiş olalım. Biz sadece bize gelen Allah'ın emirlerini uygulayıp ibadet eden kimselerdik, nihayet ölüm gelip bizi yakaladı."

Allah Resulü (s.a.v.) şöyle buyurdu:

"Kıyamet gününde Allah şöyle seslenecek: "Nerede benim seçkin kullarım?" Melekler: "Kimdir onlar Yarabbi?" diye sorduklarında Allah şöyle buyuracak:

"Onlar, sabredip kaza ve kaderime razı olan fakirlerdir. Haydi onları cennete koyun!" Böylece onlar cennete girecekler. Oysa zenginler hala hesap vermekte olup henüz işleri bitmemiş bir halde olacaklardır."

Resûlullah (s.a.v.) buyurdu:

"Muhacir fakirler, cennete zenginlerinden beşyüz sene evvel gireceklerdir." (Tirmizi)

Bir rivayette şu ek bulunmaktadır: "O ahiret gününün yarısıdır."

Diğer bir rivayette şöyle geçer: "Ey Allah'ın Resulü, bir yıl kaç ay olacak?"

"Beş yüz ay."

"Bir ay kaç gün olacak?"

"Beş yüz gün!"

"Gün kaç olacak?"

"Sizin saydıklarınızdan beş yüz gün." buyurdu... (el-Kuteybî)

Müslim'in sahihinde Resûlullah (s.a.v.) buyurdu:

"Kıyamet gününde cennete muhacirlerin fakirleri, zenginlerden kırk yıl önce gidecektir." (Müslim)

Galiba sürenin değişik olması, şiddet, kolaylık, genişlik, darlık bakımından fakir tabakalarının durumuna göredir. Hangisi daha sıkıntılı bir hayat geçirmişse, o cennete daha erken girecektir. Allah en iyi bilendir.

Resûlullah (s.a.v.) buyurdu:

"Hiçbir zengin ve fakir yoktur ki kıyamet gününde, daha dünyada iken kendisine yeteri kadar rızık verilmiş olmasını dilemesin." (İbn-i Mace)

Diğer bir rivayette "Bir azık" olarak geçer.

Resûlullah (s.a.v.) buyurdu: "Zenginlik mal zenginliği değil gönül zenginliğidir." (Müslim)

İşte bu sebepledir ki alimler şöyle demişlerdir: Buradaki fakirlerden murat, dünyada az mal ile yetinen kimselerdir. Zenginlerden murat ise çok mala sahip olup gaflet içinde vakitlerini heba edenlerdir. Kul, mal fakiri olabilir fakat kalp zenginliğine sahiptir. Bunun aksi de olabilir.

Ebu Bekr el-Hatib rivayet etti: Resûlullah (s.a.v.) şöyle buyurdu:

"Hiç kimse cennete şu geçiş belgesine sahip olamadan giremez: (BismillahirRahmanirRahim.) Bu Allah tarafından falan oğlu falana verilmiş bir belgedir. Onu, "Meyveleri sarkmış yüksek cennete" sokun."

İmam Kurtubî der ki: Galiba bu, cennete hesab vermeden gireceklerin dışında olanlara dairdir.

GÖKYÜZÜNE YÜKSELMEYİ BAŞARAN RUHLARIN IŞIĞI

Ebu Hureyre (r.a.)'dan: Resûlullah (s.a.v.) buyurdu:

"Ümmetimden cennete girecek olan ilk zümre, dolunay gecesinde ay şeklinde olacak olan zümredir. Sonra onları, gökte en parlak bir yıldız şeklinde olan zümre takip edecektir." (Müslim)

Diğer bir rivayette şöyle anlatılır: "(Onlar) Babaları Adem'in uzunluğunda olacaklardır."

Diğer bir rivayet şöyledir:

"(Onlar) Babaları Adem'in suretinde (yani) altmış arşın uzunluğunda olacaktır."

Ebu Hureyre (r.a.) şöyle der:

"Cennette kadınların sayısı erkeklerden fazladır... Cennette bekar yoktur. "Resûlullah (s.a.v.) şöyle buyurdu:

"Cennet ehli olan kadınlardan birinin baldırının beyazlığı yetmiş elbisenin arkasından görülecektir. Hatta o baldırın iç kemiği görünecektir." (Tirmizi)

Allah (c.c.) şöyle buyurmuştur:

"Onlar yakut ve mercan gibidirler." (Rahman süresi, âyet: 58) Bilindiği gibi yakut bir taştır, içine bir iplik geçirir de sonra iyice tasfiye edersen onu rahatlıkla görebilirsin.

Peygamber (s.a.v.) buyurdu: "Cennetliklerden bir kadın eğer yeryüzüne bakacak olsa, yerle gök arasını aydınlığa boğar, güzel kokularla doldurur, başındaki yazma, bütün dünya ve içindekilerden daha iyidir." (Buhari)

CENNET YAŞI 33

Resûlullah (s.a.v.) buyurdu:

"Cennetlikler otuz üç yaşında olacaklar."

Resûlullah (s.a.v.) buyurdu:

"Eğer cennet ehli şöyle bir görünüp de bileziklerini gösterecek olsa, güneşin ziyasını, tıpkı güneşin yıldızların ziyasını söndürdüğü gibi söndürür." (Tirmîzi)

Resûlullah (s.a.v.) şöyle buyurdu:

"Cennet ehlinden olup da kim küçük veya büyük yaşta ölürse, cennete otuz üç yaşında girer, ondan fazla olmaz. Cehennemlikler de öyle." (Tirmizî)

Ehl-i Keşfe göre: "Cehennemlikler de böyle" sözü tartışılır.

Cennetteki elbiseler veya diğer şeyler, herhangi bir elemi bertaraf etmek için değildir. Yemeleri, içmeleri de acıktıkları, susadıkları için değildir! Kokulanmaları da herhangi bir pis kokuyu gidermek için değildir. Bunlar sadece birbirini takip eden ve ihsan edilecek olan nimetlerdir.

Cenab-ı Hakkın Adem (a.s.)'a hitaben buyurduğu şu ayeti vardır: **"Doğrusu cennette ne acıkırsın, ne çıplak kalır, ne susar, ne güneşin sıcağında kalırsın." (Taha süresi, âyet: 118-119)**

Allah cennet ehline tıpkı dünyada olduğu gibi çeşitli nimetler ikram etmiştir. Ancak dünyadakinden daha güzel, daha dayanıklı ve kalıcı nimetler ihsan etmiştir. O nimetlerin kadrini, büyüklüğünü ancak Allah bilir. Nar ehli hakkında da durum aynıdır.

Onların boyunlarında zincirler, kaynar suya doğru sürüklenecekler, elleri kolları bağlanacak, kımıldamayacak bir hale sokulacaklar. Nitekim geçmiş sayfalarda bu babtaki ayetler serd edilmiştir. Hülasa, dünyada yaptıkları suçlara, muvaffak cezalar verilecek, isyanlara uygun azablar tattırılacaktır.

Şa'bi der ki:

"Acaba sanıyor musunuz ki, Allah nar ehlinin ayaklarına kaçmamaları için zincir vuracaktır, hayır! Lâkin bu zincirlerin kendilerinden kaldırılmasını istediklerinde, onunla tutuşup yanacaklar, yani hiçbir zaman onlardan bu ateş zincirleri ayrılmayacaktır.

HURİLERİN YAYDIĞI IŞIK

Alimler derler ki:

"Dünya kadınları cennette aynı yaşta olacak; huriler ise, cennetliklerin arzularına göre, küçük, büyük olarak sınırlandırılacaklardır."

Muhammed b. Ka'b el-Kurazî der ki: "Kendinden başka hiçbir ilah olmayan Allah'a kasem ederim ki, hurilerden bir hanım, eğer bilezikleri ile arştan bir görünse, güneşin ve ayın nuru yanında hiç mesabesinde olur." Onların giysileri ve takıları hakkında da aynı şey söylenebilir.

Ebu Hureyre (r.a.) der ki:

"Cennette bir huri vardır ki kendisine "el-Ayna" denilir. Yürüdüğünde, sağında solunda yetmiş bin hizmetçi ile yürür. O şöyle der:

"Nerede iyiliği emredip kötülükten alıkoyanlar?"

İsra hadisinde şöyle geçer:

"Peygamber (s.a.v.) İsra gecesi el-Havrâ'yı şöyle vasfetti: Onu ay gibi gördüm; uzunluğu otuz arşındı, yüz örgü vardı. Her iki örgü arası yetmiş bin zülüf vardır. Zülüfler, aydan daha parlaktır. Halhalları, inci ve çeşitli cevherlerle işlenmiştir. Alnında inci ve cevherle yazılı iki satır vardır.

Birinci satırda: "Bismillâhirrahmânirrahim" yazılıdır. İkinci satırda ise şöyle bir yazı vardır: "Kim benim gibisine malik olmak isterse, Rabbimin taatında bulunsun." Cibril bana dedi ki: "Ey Muhammed! Bu ve benzerleri senin ümmetin içindir, müjdeler olsun sana, ümmetine de bunu müjdele ve onlara Rablerinin taatında bulunmalarını emret!"

Hayyan b. Cebele şöyle der: "Dünya kadınlarından cennete girenler, hurilerden, dünyada Allah'a itaatta bulundukları için, üstün olurlar."

Kuran'da buyruluyor:

"İnsanlara ve yararlı işler yapanlara, kendilerine altlarından ırmaklar akan cennetler olduğunu müjdele! Onlara buranın bir ürünü rızık olarak verildiğinde: "Bu daha önce de rızıklandığımızdır" derler. Bunlar, söylediklerinin benzerleri olarak sunulmuştur. Onlara orada tertemiz eşler vardır ve orada temelli kalırlar." (Bakara süresi, âyet: 25)

Onların her birinin üstünde, diğerinin üstünde olmayan renkten yetmiş giysi vardır. Birbirlerininkine uymayan yetmiş çeşit koku vardır. Her biri için kırmızı ve inci işlemeli yakuttan yapılmış yetmiş divan vardır. Her divanda yetmiş yatak, her yatakda bir minder vardır. Her biri için yetmiş hizmetli vardır.

Ayrıca yetmiş bin hizmetçi de vardır ki ellerinde altın tabaklarla yemekler taşırlar. Her tabakta bulunan yemeğin lezzeti bir ötekinde bulunana uymaz, ayrı ayrı lezzettedirler. Eşine de aynı kırmızı yakuttan divan verilecektir. Kırmızı yakut serpiştirilmiş altından o divanın iki direği olacak. Bu kulun sadece Ramazanda tuttuğu her günkü orucunun karşılığıdır. Tabi diğer amellerine verilecek olanlar bundan başkadır.

Yine hadiste varit olmuştur: Resûlullah (s.a.v.) buyurdu:

"Mescidlerden alınan tozlar, hurilerin mehirleridir."

Yine hadiste varit oldu:

"Tozu mescidden çıkarmak, orasını temizlemek olduğu için kendisine huriler verilecektir."

İmam Sahnun şöyle derdi:

Mısır'da Said adında bir adam ve dindar bir annesi vardı. Çocuğu kalkar ona gece namazı kıldırırdı. Uykusu gelip de uyuklamaya başladığında annesi ona: "Ey Said, ateş azabından korkan, yahut hurileri isteyen uyumaz!" diye seslenir o da hemen korkar bir vaziyette uyanırdı, (kendine gelirdi.)"

Sabit el-Bunanî **rüyasında** Huru'lin'den bir kadın gördü ve ona sordu:

"Sen kiminsin?" Şöyle cevab verdi:

"Ben, herkes uyurken kalkıp gece teheccüd namazı kılanlara aitim."

Şeyh Nasru'l-Kari anlatıyor: "Bir gece uykuya yenik düştüm ve teheccüd namazına kalkamadım. **Rüyamda,** bir hanım gördüm, hayatımda onun kadar güzel yüzlü bir hanım görmemiştim. Beraberinde içinde bir yazı bulunan kağıt vardı. Bana dedi ki:

- Ey Şeyh okur musun?

- Evet! dedim. Bunun üzerine elime bir kağıt verdi. Bir de baktım ki içinde şöyle bir yazı karşıma çıkıverdi:

"Lezzetler ve boş kuruntular, seni Firdevs ve sarkmış meyvelerden alıkoydu. Uykunun verdiği lezzet, cennetlerin köşklerinde bulunan güzel hurilerle yaşamaktan alıkoydu. Uyan uykundan, çünkü Kur'an okuyarak teheccüd namazı kılmak uykudan daha hayırlıdır."

Makil b. Dinar derdi ki: "Her gece okuduğum bir virdim vardı. Bir gece uyuya kaldım, virdimi okuyamadım. Rüyamda hayatımda hiç görmediğim çok güzel bir hanım gördüm. Elinde bir kağıt vardı; bana: "İyi okumak bilir misin?" diye sordu; "Evet" dedim. Bana hemen o kağıt parçasını verdi. İçinde şöyle yazıyordu:

"Uyku seni, o güzel umutlardan, o cennet hurilerinden alıkoydu.

Oysa sen orada ebediyen yaşar hiçbir zaman ölüm görmezsin. Haydi uyan uykundan, çünkü Kur'an okuyarak teheccüd namazı kılman senin için uykudan daha iyidir."

DÜNYADAKİ EVLİLİK AHİRETTE DE GEÇERLİDİR

İmam Ebu Bekr el-Arabî der ki: Eğer bir kadının başından bir kaç evlilik geçmişse, Peygamber (s.a.v.)'den varit olan bir habere göre, o kadın ahirette bu kocalarından hangisini isterse onunla evlenir. Diğer bir rivayete göre, Huzeyfe b. el-Yeman (r.a.) karısına şöyle demiş:

"Eğer cennette Allah bizi şayet bir araya getirirse, benim eşim olmak istersen, ben öldükten sonra kimse ile evlenme! Çünkü kadın, orada en son evlendiği kocaya aittir."

Ebu Süfyan'ın oğlu Muaviye Ümmü'd-Derda'ya talip oldu. Kadın kaçındı ve şöyle dedi: "Ebu'd-Derda Resûlullah (s.a.v.)'den şöyle nakletti: "Kadın ahirette kocalarının en sonuncusuna aittir. Onun için benden sonra evlenme!"

Ümmü Habibe dedi ki: "Ey Allah'ın Resulü, bir kadın iki kişi ile evlilik geçirirse, sonra ölürlerse, cennette de buluşurlarsa, bu kadın hangisine ait olur? Birincisine mi yoksa ikincisine mi?"

Şöyle buyurdu: "Dünyada ahlakça hangisi daha güzel ise orada onunla olur."

Sonra Ümmü Habibe şöyle dedi: "İşte güzel ahlak, hem dünya hem de ahirette hayrını alıp götürür."

CEHENNEM DEDİĞİMİZ GÜNEŞ VEYA BAŞKA BİR YILDIZ OLABİLİR Mİ?

Resûlullah (s.a.v.) şöyle buyurdu:

"Cehennem ateşi Rabbine şikâyette bulundu: **"Rabbim, bir parçam, bir parçamı yedi."**

Bunun üzerine Allah ona **biri kış biri yaz** olmak üzere iki nefes verdi. **Soğuktan bulduğunuz şey, onun dondurucu soğuğundan, sıcaktan karşılaştığınız, onun zehirlerindendir.**"

Resûlullah (s.a.v.) eshabıyla oturuyordu. Aniden bir gürültü duyuldu. Peygamber (s.a.v.) sordu: "Bu nedir bilir misiniz?"

"Allah ve Resulü daha iyi bilir" dediler.

"Bu cehennem ateşine atılan bir taştır, yetmiş yıldır hızla aşağıya inmekte olduğu halde, ancak şimdi dibine inebildi (de bu gürültüyü çıkardı.)" (Müslim ve diğerleri)

Ömer b. el-Hattab (r.a.) derdi ki:

"Cehennemi çok hatırlayın! Çünkü sıcağı şiddetli, dibi derin, **kamçıları demirdir.**"

Utbe b. Gazvan insanlara hitab ettiği zaman hutbesinde şöyle derdi:

"Ey cemaat, Allah'tan korkmalısınız." Sonra bize şunu hatırlattı:

O öyle bir cehennemdir ki, içine büyük bir taş atılır, yetmiş yıl bütün hızıyla aşağıya doğru iner de ancak dibine vasıl olur. Vallahi asiler mutlaka onu dolduracaktır."

Ka'bu'l-Ehbar der ki:

"Doğuda, eğer cehennemden bir öküz burnunun deliği kadar bir yer açılsa, batıdaki adamın beyni onun vereceği sıcaklıktan kaynayıp akar, (burnundan) dökülüverir. Cehennem öyle bir hareketlenecek ki bütün melekler ve peygamberler dizüstü çöküp şöyle diyecek: "Nefsi! Nefsi!""

BÜYÜK CEHENNEM DÜNYAYA YAKLAŞIP İNSANLARI ÇEKECEK Mİ?

İbn-i Abbas şöyle derdi: **"Cehennem kuşun taneyi yerden alıp topladığı gibi, ehlini de öyle toplayacaktır."**

İbn-i Abbas (ra.)'a Cenab-ı Hakk'ın: **"Bu ateş onlara uzak bir yerden gözükünce, onun kaynamasını ve uğultusunu işi-**

tirler." (Furkan süresi, âyet: 12) ayetinden sorulup "Cehennem ateşinin iki gözü var mıdır?" dediklerinde, "Evet, siz Peygamber (s.a.v.)'in şu sözünü duymadınız mı: "Kim bana karşı bir yalanda bulunursa, cehennemin iki gözü arasındaki yerine hazırlansın."

Denildi ki: **"Ey Allah'ın Resulü, onun iki gözü mü vardır?"** Şöyle buyurdu: "Siz Cenab-ı Hakk'ın: "Bu ateş onlara uzak bir yerden gözükünce, onun kaynamasını ve uğultusunu işitirler." (Furkan süresi, âyet: 12)

Şu hadis de bunu teyid eder: "Cehennemden, gören iki gözü, konuşan bir dili bulunan bir boyun çıkacaktır ve şöyle diyecektir: "Ben bugün Allah'la beraber başka bir ilahın olduğuna inananlara azab etmek için görevlendirildim." Ve kuşun susam tanelerini toplayıp yuttuğu gibi, onları toplayıp yutacaktır."

Resûlullah (s.a.v.) şöyle buyurdu:

"Kıyamet gününde, cehennemden, gören iki gözü, duyan iki kulağı, konuşan bir dili bulunan bir boyun çıkacaktır." (Tirmizi) Bu hadisler gösteriyor ki, cehennemin konuşması gerçektir, mecaz değildir. Allah en iyi bilendir.

Kuran'daki ayetlerde şöyle buyruluyor:

"Demir topuzlar da onlar içindir."

"Boyunlarında halkalar ve zincirler olarak kaynar suya sürülür, sonra ateşte yakılırlar."

"Sonra onu boyu yetmiş arşın olan zincire vurun."

"Şüphesiz katımızda, onlar için ağır boyunduruklar, boğazı tıkayan bir yiyecek ve can yakan bir azab vardır."

Cehennemde, hiçbir vadi, demir topuzu, zincir ve bukağı yoktur ki sahibinin ismi, üzerinde yazılmasın. Resûlullah (s.a.v.) şöyle buyurdu:

"Eğer bunun gibi ufacık bir taş parçası (cumcuma gibi bir şey gösterdi) gökten yere gönderilse (ki mesafesi beşyüz senelik yıldır) akşam olmadan yere ulaşır. Eğer o cehennemin zincirinin başından gönderilse, ancak kırk yılda dibine inebilir."

Muhammed b. el-Münkedir der ki: "Eğer dünyadaki bütün demirler bir araya toplansa, Allah Teâla'nın: "Sonra onu boyu yetmiş arşın olan zincire vurun!" (Hakka süresi, âyet: 32) kavlinde zikredilen zincirin tek halkasını tutmaz."

Nevfel el-Bekkâli şöyle der: "Allah'ın zikrettiği arşını sizin arşınınız gibi sanmayın. Çünkü onun her arşını yetmiş kulaç, her kulacın boyu Kûfe ile Mekke arası kadardır.

Tavus el-Yemanî ise şöyle der: "Allah, parmakları ateş ehlinin sayısınca olan bir melek yarattı. Onların hiçbiri yoktur ki bu Meleğin parmaklarından biri ile azaba uğratılmasın. Vallahi eğer bu Melek parmaklarından birini semaya koysa, sıcaklığının şiddetinden bütün sema erir."

KIYAMET GÜNÜ CEHENNEMİN SAÇTIĞI ALEVLER YILDIZLAR KADAR BÜYÜKTÜR

Abdurrahman b. Yezid der ki: "**Kıyamet gününde cehennem, ehlini yıldızlar gibi büyük kıvılcımlarla karşılayacak.** Onlar arkalarını dönüp kaçacaklar fakat Cebbar olan Allah (c.c.) "Onları doğru yerlerine geri çevirin!" buyuracak ve derhal geri çevirecekler.

"Arkanızı dönüp kaçacağınız gün, Allah'a karşı sizi koruyan bulunmaz." (Mümin süresi, âyet: 33) Evet, o azabdan kurtaracak veya onu onlardan önleyecek hiçbir koruyucu ve yardımcı olmayacaktır. Rivayete göre, onlar cehenneme yaklaştıklarında gözlerinin bebekleri yerinden çıkıp akacak ve onlar, oraya, elleri ayakları bağlı ve gözleri kör olarak gireceklerdir.

Hadiste buyuruluyor: "Cehennem bekçilerinden her bir bekçinin iki omuz arası, doğu ile batı gibidir.

Bir Kur'an ayetinde şöyle buyruluyor: **"Kıyamet günü kötü azabdan yüzünü korumaya çalışan kimse, güven içinde olan kimse gibi midir?" (Zümer süresi, âyet: 24)**

Ateşe atılıp da dibine yaklaştıkları zaman hemen onun alevleri onları aldığı gibi tekrar yukarıya fırlatır. Tam çıkacak gibi olurlar, fakat heyhat! Hemen melekler onları demir topuzları ile döverler.

İşte bu feci durumu anlatan başka bir ayet: "Orada uğradıkları gamdan ne zaman çıkmak isteseler, her defasında oraya geri çevrilirler." (Hac süresi, âyet: 22) Yukarıda zincire vurulacaklarına dair ayetler geçmişti. O zincirler onların ateşten çıkmalarına engel olacaktır.

Hadiste varit olmuştur: "Cehennem ateşinin alevi, ehlini yukarıya fırlatıp çıkaracak. Uzaktan cennet ehlini görecekler, alevden kuş uçuşu gibi uçacaklar, fakat cennet ehli ile aralarında bir perde bulunacaktır. Nitekim ayette şöyle buyurmuştur:

"Cennetlikler, cehennemliklere: "Biz Rabbimizin bize vaad ettiğini gerçek bulduk. Rabbinizin size de va'd ettiğini gerçek buldunuz mu?" diye seslenirler. "Evet" derler. Aralarında bir münadî "Allah'ın laneti, Allah yolundan alıkoyan, o yolun eğriliğini isteyen ve ahireti inkâr eden zalimleredir." (A'raf süresi, âyet: 44-45)

Cehennem ehli, cennet ehlini gördüğünde, seslenip onlardan su ve yiyecek isteyecekler, lakin onlara verilmeyecek. Allah'ın kâfirlere bunu yasak kıldığını söyleyecekler. Nitekim bu husus şu ayeti kerimede son derece güzel bir şekilde dile getirilmiştir: "Cehennemlikler, cennetliklere: "Bize biraz su veya Allah'ın size verdiği rızıktan gönderin" diye seslenirler.

Onlar da: "Doğrusu, Allah, dinlerini alaya ve eğlenceye alan, dünya hayatına aldanan inkarcılara ikisini de haram etmiştir." derler." (A'raf süresi, âyet: 50-51) Yukarıda da arz ettiğimiz gibi ne zaman cehennemden çıkmak isterlerse, Melekler topuzları vurup cehennemin dibine tekrar iade ederler. Her iki yurt arasında uzun mesafeler olduğu halde onlar birbirlerini duyarlar. Çünkü Allah onlara orada ona göre duyma yeteneği vermiştir.

CEHENNEM VE KESKİN YOKUŞ

Ebu Said el-Hudrî (r.a.)'dan:

Resûlullah (s.a.v.) Cenab-ı Hakk'ın Kuran'da: **"Onu sarp bir yokuşa sardıracağım"** (Müddessir süresi, âyet: 17) ayetinin yorumunda şöyle buyurdu: "O cehennemde, kâfirin kırk yıl çıkıp indiği bir dağdır."

Hadiste varit olmuştur: "Kim sarhoş olarak ölürse, kıyamet gününde cehennemde "es-Sekran" adındaki hendekte sarhoş olarak dirilecektir."

Başk bir hadiste: "Veyl, cehennemde bir vadidir ki, kâfir orada, dibine varmadan tam kırk yıl aşağıya doğru iner." O gün yalanlamış olanların vay haline!" ayetindeki "Vay haline" kavli bunu göstermektedir.

Ata bin Yesar da Cenab-ı Hakk'ın: " Vay (veyl) ortak koşanlara! Onlar zekat vermezler, ahireti inkâr edenler de yalnız onlardır." ayetindeki "Veyl" kelimesini böyle yorumlamıştır. Yani onun cehennemde bir vadi ismi olduğunu söylemiştir. O öyle bir vadidir ki, dağlar içine atılırsa hemen eriyiverir. Cehennemin en altında bulunur da cehennem ehlinin kan ve irinleri oraya akar. Ebu Iyad der ki: "Cehennem ehlinin irinlerinin aktığı bir çukurdur."

İbn-i Zeyd: **"Kara bir dumanın gölgesinde bulunurlar."** (Vakıa süresi, âyet: 43) ayetini cehennemdeki bir kuyu ile yorumlamıştır. O öyle bir kuyudur ki, onu serin gölgedir sanıp cehennem ehli oraya girmek isteyecektir. Fakat Allah onun öyle olmadığını şu kavli celili ile açıklamıştır:

"Serinliği ve hoşluğu olmayan" (Vakıa süresi, âyet: 44) Evet bilâkis o sıcaktır, çünkü o cehennem dumanındandır.

Mücahid, Kur'an da geçen: "Mevbik" kelimesini cehennemde bulunan bir "Vadi" olarak yorumlamıştır. İkrime ise şöyle demiştir: "O, cehennemde ateş olarak akan bir nehirdir ki kenarlarında siyah katırları andıran kocaman yılanlar bulunur. Nar ehline yutmak için hücum ettiklerinde, onlar ateşe girmek suretiyle ondan kaçacaklar."

Enes b. Malik (r.a.) der ki: "O, cehennemde, irin ve kan dolu bir vadidir." Aişe (r.a.)'ya Cenab-ı Hakk'ın: "İşte onlar azgınlıklarının karşılığını göreceklerdir." ayetinden sordular. Şu cevabı verdi: **Görecekleri "Gayya" cehennemde bir kuyu adıdır."**

İbn-i Abbas: "Kul eûzü bi Rabbi'l-Felakı"(De ki: Felak'ın Rabbine sığınırım) ayetindeki felek, cehennemde bir hapishanedir. Kapısı açıldığı zaman ehli cehennem sıcaklığına dayanamaz ve bağrışmaya başlarlar." der. Humeyd b. Hilâl der ki: "Cehennem de dar tandırlar vardır. Amellerine göre cehennem ehli o tandırların darlığında işkenceye tabi tutulacaktır."

Cehennemde ayrıca "Esam" adında bir vadi bulunmaktadır ki içi yılan ve akreble doludur. Her akrebin kuyruğunda bulunan her omurgada yetmiş tepe miktarında zehir vardır. Her bir akreb katır kadardır. Cehennem ehlinden olanları öylesine sokacak ki ateşin sıcaklığını onlara unutturacak. Cehennemde yetmiş çeşit hastalık vardır! Her hastalık cehennem parçalarından bir parçadır.

CENNET NİMETLERİ ÇOK DAHA ÜSTÜN VE KALICIDIR

Enes (r.a.)'dan:

"Orada bir kişiye yeme, içme ve cimada yüz kişiye verilen güç verilecektir." (Tirmizi)

Yahudilerden bir adam şöyle dedi: "Yiyen, içen kimsenin def-i hacet ihtiyacı olur." Şöyle buyurdu:

"İşte böyle bir ihtiyaç anında onun derisinden ter boşanacak, karnı boşalıp dümdüz olacak."

"Böyle bir ihtiyaç duyduğunda hafifçe bir terler ve o çıkan terler de misk gibi kokar. Kendilerine soluma yeteneği verildiği gibi teşbih ve tahmidde bulunma ilham ve yeteneği de verilecektir." (Müslim)

Ebu Kilabe (r.a.) şöyle derdi: "Cennet ehline yemek ve su getirilecek. Karınları iyice doyduktan sonra, onlara tertemiz bir su getirilecek ve onu içip karınları boşalacak, derilerinden miskten daha iyi kokan ter boşalacak" Sonra şu ayeti okudu:

"Rableri onlara tertemiz içecekler içirir." (İnsan süresi, âyet: 21)

Cabir (r.a.)'dan: Şöyle denildi:

- "Ey Allah'ın Resulü, cennet ehli uyur mu?"

- **"Hayır, çünkü uyku ölümün kardeşidir, cennette ise ölüm yoktur!"** (Darekutni)

Ebu Said el-Hudrî ve Ebu Hureyre (r.a.)'dan:

Resûlullah (s.a.v.) buyurdu ki:

"Cennette bir münadi şöyle seslenir: "Siz devamlı sağlıklı olacaksınız artık hiç hastalanmayacaksınız, yaşayacaksınız, ölmeyeceksiniz, daima genç kalacaksınız, hiç ihtiyarlamayacaksınız!

Daima mutlu olacaksınız, hiç mutsuz olmayacaksınız!" İşte Cenab-ı Hakk'ın şu kavli celili bunun en bariz delilidir:

"Onlara: İşlediğinize karşılık işte mirasçı olduğunuz cennet!" diye seslenilir." Yukarıda Peygamber (s.a.v.)'in şu sözü de geçmişti: "Cennete giren mutlu olur, me'yus olmaz, elbiseleri eskimez, gençliği de gitmez." Yukarıda hurilerin şu sözü de geçmişti: "Biz ebedileriz helak olmayız."

CENNETLİKLER DÜNYADAKİ YAKINLARINI GÖREBİLECEK Mİ?

Abdullah b. Zeyd (r.a.) der ki: Duyduğumuza göre, cennet ehlinden olan kadına: "Dünyadaki kocanı sana göstermemizi ister misin?" denilecek. O da: "Evet!" diyecek. Ona perdeler ve kocası ile arasında olan bütün kapılar açılacak. Onu görecek, tanıyacak, ayakta duramayacak hale gelinceye kadar onu öylece seyredecek.

Gurbette olan kocasına müştak olan kadın gibi ona müştak olacak. Dünyada kadınla erkek arasında olan bazı geçimsizlikler gibi geçimsizlikleri hatırlayacak, bu durum ona ağır gelecek. Yanındaki bir huri ona şöyle diyecek:

"Şimdi bu düşünceleri ve üzüntüleri bırak, yazık sana! **O seninle ancak birkaç günü paylaşmıştır.**" (Ahiret yaşamının 1 günü dünya hayatındaki yıllardan daha uzundur)

Aynı manada Tirmizi de Peygamber (s.a.v.)'den bir hadis tahriç etti:

"Herhangi bir kadın, dünyada kocasına eziyet ederse, mutlaka onun hurilerden olan karısı ona şöyle der: "Allah seni kahretsin, ona eziyet etme. O ancak senin yanında emanettir. Çok geçmeden seni bırakıp bize gelecektir." Bu hadis, hurilerin de Ademoğlu olan kadınlar gibi adlandırılacaklarını göstermektedir.

CENNETTEKİ HAYVANLAR, KUŞLAR, BİNEK ATLAR

Enes b. Malik (r.a.)'dan:

Resûlullah (s.a.v.)'e Kevser'in suyundan sordular; şöyle buyurdu:

"O Allah'ın bana verdiği, sütten beyaz, baldan tatlı bir nehirdir ki, içinde kuşlar vardır ve boyunları develerin boynu gibidir." Ömer (r.a.) dedi ki: "Ey Allah'ın Resulü, bu yumuşaktır değil mi?" Şöyle buyurdu: "Onların hepsi yumuşaktır." (Tirmizi)

Sa'lebî'nin rivayeti:

"Cennette boyunları develerin boyunları gibi olan kuşlar vardır, gelip Allah (c.c.)'nin velisinin elinde dolaşırlar. Onlardan biri şöyle der: "Ey Allah'ın velisi, arşın altındaki yaylalarda otladım, Nesim pınarlarından su içtim. Haydi ne duruyorsun beni ye! Önünde devamlı olarak duran bu yemeği aklından geçirir. Kuş hemen önüne çeşitli renklere dönüşmüş bir halde düşer ve ondan doyuncaya dek istediği gibi yer. Doyduktan sonra kemikleri bir araya gelir, kuş olup uçuverir, cennette dilediği yerde yemlenmeye koyulur."

Bir adam Peygamber (s.a.v.)'e sordu: "Cennette at var mıdır?" Şöyle buyurdu: **"Allah seni şayet cennete koyarsa, kırmızı yakuttan bir ata bindirip seni cennette istediğin yere uçursa, istemez misin?" (Tirmizi)**

Bureyde (r.a.)'dan: Başka bir adam sordu:

"Ey Allah'ın Resulü, cennette deve var mıdır?" Ona, arkadaşına verdiği cevabı vermedi, bilakis şöyle buyurdu:

"Allah seni şayet cennete sokarsa, **orada canının çektiği, gözünün hoşlandığı her şey vardır."**

Ebu Mes'ud (r.a.)'dan: Bir adam yularlı bir deve ile geldi. Ve şöyle dedi:

"Ey Allah'ın Resulü, bunu Allah yolunda vakf ettim." Bunun üzerine Allah Resulü (s.a.v.) şöyle buyurdu:

"Kıyamet gününde hepsi yularlı olarak sana tam yedi yüz deve verilecektir." (Müslim)

Hasan el-Basrî Allah Resulü (s.a.v.)'den naklediyor:

"Kıyamet gününde en aşağı mertebeli olan; binlerce ebedi olan hizmetçilerle birlikte altın olan **kırmızı yakut bir ata binen kişidir."** Oranın neresine baksan, nimet ve büyük bir saltanat görürsün."

Resûlullah (s.a.v.)'den:

"Cennet ehli develere ve diğer bineklere binip birbirlerini ziyarete gidecekler. Cuma günü güzelce eğerlenmiş, dizginlenmiş atlara binip dolaşacaklar..."

Resûlullah (s.a.v.):

"Keçiye iyi davranın, ona eziyet etmeyin, çünkü o cennet hayvanlarındandır." buyurdu. (Bezzar)

Abdullah b. Ömer (r.a.)'dan: Resûlullah (s.a.v.) buyurdu:

"Koyun cennet hayvanlarındandır." (İbn-i Mace)

CENNETTEKİ BİTKİLERİN KOKUSU VE KINA

Abdullah b. Ömer (r.a.)'dan: O şöyle derdi:

"Kına cennet çiçeklerinin en güzelidir. Orada sayılmayacak kadar güzel atlar ve güzel develer vardır."

Ebu Hureyre (r.a.)'ın bir mevkuf hadisi geçmişti:

"Tuba ağacından güzel develer ve bitkiler meydana gelir." Bu gibi sözler kafadan söylenmez. Mutlaka merfu hükmünde olur.

Bir hadiste Allah Resulü (s.a.v.) şöyle buyurdu:

"Allah cenneti yarattığı zaman, onu reyhanla (bir nevi güzel kokulu bitki) süsledi. Reyhanı da kına (bitkileri) ile süsledi. Allah kendisine kınadan daha sevimli bir ağaç yaratmamıştır. Kına ile boyanan kimseye bütün gök melekleri, Allah'tan mağfiret dilerler."

Bazıları bu hadisin sahih-güvenilir olmadığını, isnadında bilinmeyen kimselerin bulunduğunu ifade ettiler. Allah en iyi bilendir.

CENNETİN YAPISINDAKİ ALTIN VE GÜMÜŞ

Enes b. Malik (r.a.)'dan: Peygamber (s.a.v.) buyurdu:

"Allah Adn cennetini yaratıp ağaçlarını kendi kudret eli ile diktiği zaman, ona: "Haydi konuş!" dedi. O da şöyle konuştu: "Mü'minler felaha ermiştir." Allah ondan sonra şöyle buyurdu: "Ey krallar yurdu ne mutlu sana!" (Beyhaki)

Bezzar'ın rivayetinde Allah Resulü (s.a.v.)'den şöyle nakledildi: "**Allah cenneti, bir kerpici altın bir kerpici gümüş, toprağı miskten teşekkül etmiş olarak yarattı.** Ve ona: "Haydi konuş!" dedi. O da şöyle konuştu: "Mü'minler felaha ermiştir." Sonra oraya melekler girip şöyle dediler: "Ey Melikler yurdu, ne mutlu sana! "Cennet konuştuğunda şöyle dedi: "Ya Rabbi! Kendinden hoşnut olduıun kimseye ne mutlu!"

Fadale b Ubeyd (r.a.)'dan: Resûlullah (s.a.v.)'in şöyle buyurduğunu duydum: "Bana iman eden, müslüman olan ve Allah yolunda savaşan kimseye kefilim. O, cennetin alt kısmında bir köşke sahip olacaktır. Cennetin o göz kamaştırıcı yerinde, şaka yollu dahi olsa yalan söylemeyen kimse kalacaktır. Cennetin en üst yerinde ise, daima hayrı işleyen ve şerden kaçınn, nasıl ve nerede öleceğine aldırmayan kimse kalacaktır." (Nesai)

Ebu Hureyre (r.a.)'dan mevkuf olarak rivayet etmişlerdir:

"Giyinik fakat açık, meyleden ve meylettiren, başları deve hörgücü gibi olan bir takım kadınlar vardır ki, cennete giremeyecekler, kokusunu da duyamayacaklar. **Çünkü onun (cenneţin) kokusu, beş yüz senelik yoldan duyulur.**" (Malik ve diğerleri)

Peygamber (s.a.v.)buyurdu:

"Dikkat edin! Kim Allah'ın ve Resûlü'nün zimmetini hak etmiş bir muvahhidi öldürürse, Allah'ın zimmetini çiğnemiş olur ve cennet kokusunu koklayamaz, onun kokusu yetmiş yıllık yerden gelmektedir."

Buharî'nin rivayetinde: "Kırk yıllık yol" olarak geçmektedir.

Alimler derler ki: Bu, koku yeteneği kuvvetli veya zayıf olan insanların durumuna göre değişir.

ALLAH'I SÜREKLİ HATIRLAMAK

İbn-i Mes'ud (r.a.)'dan:

Resûlullah (s.a.v.) buyurdu:

"İsra gecesi İbrahim (a.s.) ile buluştum. Bana şöyle dedi:

"Ey Muhammed, ümmetine benden selam söyle: Cennet, toprağı güzel, suyu tatlı olan bir yerdir. **O dümdüz bir arazidir.** O arazide ağaçların dikilmesini: (Sübhânellâhi vel-Hamdü lillâhi vela ilahe illellâhü vellâhü Ekber) sağlar." (Tirmizi ve diğerleri)

Allah Resulü (s.a.v.) hurma dikmekte olan Ebu Hureyre (r.a.)'a uğradı ve şöyle buyurdu:

"Sana bu yaptığından daha iyi olan bir ağaç dikme işini göstereyim mi? (Sübhânellâhi vel-Hamdü lillâhi vela ilahe illellâhü vellâhü Ekber) İşte bu güzel kelimenin her biri karşılığında, sana cennette bir ağaç dikilir."

Resûlullah (s.a.v.) buyurdu:

"Kim Sûbhânellâhi'l-Azim ve bi hamdihi'l-Azim derse, onun için cennette bir hurma ağacı dikilir." (Tirmizi)

Hakim b. Muhammed el-Ahmesî şöyle der:

Bana şöyle bir haber ulaşmıştır: Cennet zikirle bina edilir. Zikri bıraktıklarında yapımından el çekilir. Onlara neden bıraktıkları sorulduğunda, masrafı gelinceye kadar başlamayız, derler." (Taberanî)

Peygamber (s.a.v.) buyurdu:

"Kim Allah'a itaat ederse, Allah'ı zikretmiş olur, namazı, orucu veya hayr yapışı az olsa da... Kim Allah'a asi gelirse, namazı, orucu ve hayr işlemesi çok olsa bile, Allah'ı unutmuş olur."

GÖRÜLMEMİŞ VE İŞİTİLMEMİŞ SAKLI NİMETLER

Allah Resulü (s.a.v.) buyurdu:

"Musa (a.s.) Rabbine sordu ve dedi ki: "Ya Rabbi, cennet ehlinden en düşük dereceli kimdir?" Allah buyurdu: "Bir adam, Cennet ehli cennete girdikten sonra gelir."

Hak Celle ve Ala, ona:

"Haydi gir cennete!" diye emir verir. O şöyle der: "Nasıl gireyim, herkes girmiş, yerini almış."

"İster misin dünya krallarının mülkü gibi senin de bir mülkün olsun."

"Razıyım, isterim, Rabbim!"

"Bu senindir, bunun gibi on misli daha senindir. Canının istedikleri, gözünün kestirdikleri de senindir."

"Razı oldum, ya Rabbi!"

Sonra Musa (a.s.) sordu:

"Pekâla Yarabbi, ya en üst dereceli olanlar kimdir?" Şöyle buyurdu:

"Gözlerin görmediği, kulakların duymadığı, beşer aklının düşünemediği bütün nimet ve göz kamaştıran şeyleri kendileri için, bizzat kendi elimle diktiğim ve üzerini mühürlediğim kimselerdir." (Müslim)

Resûlullah (s.a.v.) şöyle buyurdu:

"En son cehennemden çıkıp en son cennete girecek olan o kişidir ki, cehennemden sürüklenerek çıkacak. Rabbi Ona: "Haydi gir cennete!" diyecek. O da:

"Ya Rabbi cennet dolmuş" diye cevab verecek. Ona bunu üç kere söyleyecek. Her defasında cennetin dolmuş olduğunu söyleyecek.

O zaman Rabbi ona: "Senin için dünyanın on katı vardır" diyecek." (Buhari)

Peygamber (s.a.v.) buyurdu:

"Cennet ehlinin en aşağı derecelisi, yedi köşkü olan kimsedir ki, köşklerden biri, altın, biri gümüş, biri inci, biri zürnrüd, biri yakuttan olacak. Birini de gözler idrak edemiyecek. Birisi de arş renginden olacak. Her bir köşkte, o kadar zinetler, elbiseler ve huriler olacak ki sayısını ancak Allah bilecek."

Resûlullah (s.a.v.) şöyle buyurdu:

"Cennet ehlinin en aşağı derecelisi o kimsedir ki, tam bin senelik bir süre, cennetin nimetlerine, hizmetçilerine, divanlarına bakıp seyredecektir. **Allah katında en kıymetlileri de, sabah akşam Allah'ın cemaline bakandır.** Resûlullah (s.a.v.) sonra şu ayeti okudu: **"O gün bir takım yüzler Rablerine bakıp parlayacaktır." (Kıyamet suresi 23)**

Mücahid der ki: "Cennet ehlinin en az mertebelisi, o kimsedir ki, onun mülkünde bin yıl, en yakın yerini gördüğü gibi en uzak yerini de görüp yürüyendir." En yüksek mertebelisi de sabah akşam Rabbinin cemaline bakandır."

CENNET EHLİNİN RABBİNİ GÖRMESİ

Ebu Said el-Hudrî (r.a.)'dan: Resûlullah (s.a.v.) şöyle buyurdu:

"Allah cennet ehline şöyle hitab edecek: "Ey cennet ehli!" "Buyur Rabbimiz? Mutluluk ve bütün hayr senin yed-i kudretindedir!" diye cevab verecekler. "Hoşnut oldunuz mu?"

"Nasıl hoşnut olmayalım ki, sen bize, mahlukatından hiç kimseye vermediğini verdin."

"Size bundan daha üstününü vereyim mi?" "Ya Rabbi, hangi şey bundan daha üstündür?" "Size artık hoşnutluğum helal olmuştur, bundan sonra artık size hiç gazab etmeyeceğim." (Buhari) Müslim bu hadisi aynı manada bundan daha uzun olarak tahriç etti.

Resûlullah (s.a.v.) şöyle buyurdu:

"Cennet ehli cennete girdiklerinde Allah Teâla şöyle buyuracak:

"Bundan daha fazla bir şey ister misiniz?"

"Sen bizim yüzümüzü aydınlatmadın mı? Bizi cehennemden kurtarıp, cennete koymadın mı?" diyecekler. Bunun üzerine Allah onlardan perdeyi kaldıracak. Böylece, Rablerine bakıp seyretmekten daha üstün bir şey onlara verilmeyecektir." (Müslim ve diğerleri)

Bir rivayette şu ek de bulunmaktadır:

"Sonra Cenab-ı Hakkın şu ayetini okudu: **"İyi davrananlara daima daha iyisi ve üstünü verilir."**

Ebu Davud et-Teyalisî'nin rivayeti şöyledir:

"Cennet ehli cennete, cehennem ehli de cehenneme girdikleri zaman, bir münadî şöyle seslenecek:

"Ey Cennetlikler, Allah'ın size bir sözü vardır. Şimdi o sözünü yerine getirmek istiyor." Şu cevabı verecekler:

"O bizim yüzlerimizi apaydınlık yapmadı mı? Terazimizi ağır yapıp bizi ateşten kurtarmadı mı?" Hemen o anda perde açılacak, O'na bakacaklar. Allah onlara kendisine bakmaktan daha sevimli ve gözlerini daha aydınlatıcı bir şey vermemiştir." Resûlullah (s.a.v.)'e az önce bahsettiğimiz: "İyi davrananlara, daima daha iyisi ve üstünü verilir." ayeti hakkında sordular; şöyle buyurdu:

"Daha iyi davranmaktan murat, dünyadaki salih ameldir. "Daha iyisi"nden murat, cennet, "ve üstünü"nden murat da Allah'ın Kerim cemaline bakmaktır. Ebu Musa el-Eş'arî (r.a.)'dan nakledilen rivayet ise şöyledir: O Basra minberinde şöyle dedi:

"Allah cennet ehline haber salıp sordurdu:

"Allah size verdiği sözü yerine getirdi mi?"

O anda, onlar kendilerine verilen zinetlere, elbiselere, meyvelere, tertemiz eşlere, nehirlere şöyle bir bakacaklar ve ondan sonra şöyle demekten kendilerini alamayacaklar:

"Allah bize verdiği sözü yerine getirmiştir. Melek tam üç kere:

"Allah size verdiği sözü yerine getirdi mi?" diye soracak.

Onlar kendilerine vaad edilen her şeyin eksiksiz yerine getirildiğini görünce, "Evet!" diyecekler. "Birşey daha kalmıştır" diye karşılık verecek melek. Çünkü Allah Teâla, kullarına tecelli edip de gözlerinden perdeyi kaldırıp, O'nu gördüklerinde, bütün nehirler coşacak, ağaçlar sallanıp sesler çıkaracak, bütün köşkler, ateş kıvılcımları avaz verecek, pınarlar şarıl şarıl daha da hızlı akacak, güzel kokular avluları ve köşkleri saracak, her tarafta çok güzel kokan misk ve kâfur hissedilecek. Kuşlar ötüşecek, huriler bütün güzellikleri ile göz kamaştıracak.

Peygamber (s.a.v.) şöyle buyurmuştur:

"Cennet ehli ile, Rableri arasında, Adn cennetlerinde, cemalinin üstündeki sadece Kibriya ridası (gömleği) vardı." (Müslim)

Burada ki Ridadan murat, kaldırılması asla elverişli olmayan perdedir. Çünkü o hicab kaldırılırsa, halk Rabbini, Rabbinin kendi nefsini bildiği gibi, bilirler ki bu imkânsızdır. Allah en iyi bilendir.

Abdullah b. Mes'ud (r.a.)'dan: Biz Allah Resulü (s.a.v.)'in yanındaydık. Kadir gecesi aya baktı ve şöyle buyurdu: **"Siz Rabbinizi; tıpkı şu gökteki ayı gördüğünüz gibi ayan (apaçık) göreceksiniz.** O'nu görmekte en ufak bir şüpheniz olmayacak. (Yahut birbirinizi sıkıştırmayacak gayet rahatlık içinde O'nu göreceksiniz.) **Güneş doğmadan kılabilirseniz kılın; güneş batmadan da namaz kılabilirseniz, kaçırmayın kılın!** Sonra şu ayeti okudu:

"Güneşin doğmasından ve batmasından önce Rabbini hamd ile tesbih et." (Taha süresi, âyet: 130)

Ebu Davud Ebu Rezin el-Ukaylî (r.a.)'dan: Şöyle dedim: "Ey Allah'ın Resulü, kıyamet gününde hepimiz Allah'ı başlı başımıza görecek miyiz?" "Evet!" buyurdu.

"Ey Allah'ın Resulü, mahlukatında bunun alameti nedir?" dedim.

"Ey Ebu Rezin, hepiniz ay'ı dolunay anında serbestçe görmüyor musunuz?" diye sorunca:

"Evet!" dedim. Şöyle buyurdu:

"Allah daha büyüktür. O (ay) Allah'ın yaratıklarından bir yaratıktır. Allah çok yüce ve çok büyüktür."

CENNETİN ÜSTÜNDEKİ NUR

Peygamber (s.a.v.)'den rivayet edildi, uzunca bir hadiste şöyle buyurdu:

"Cennet ehli nimetler içindeyken, **üstlerinden bir nur parlayacak; bir de ne görsünler, Rab Teâla onlara bakıyor** ve şöyle diyor: "Ey Cennet ehli, selam size!" İşte Cenab-ı Hakkın şu ayeti bunu ifade etmektedir: **"Merhametli olan Rab katında onlara selam vardır."** (Yasin süresi, âyet: 58)

Onu gördükleri zaman, cennetin bütün nimetlerini unutacaklar. Bu tekrar perde gelinceye kadar böyle devam edecek. Perde geldikten sonra da O'nun nuru ve bereketi üzerlerinde kalacaktır. Bulundukları yerde de O'nun nuru ve bereketi kalacaktır.

"Allah onlara bakıyor" sözünden murat; Allah onlara bakıp konuşacak demektir. "Onlara perde geldiği zaman" kavlinden de bu kastedilmiştir. Yani Allah onlarla konuşmayı kestiği zaman, demektir. Konuşmayı kesince, onları, cennet ve nimetleri ile başbaşa bırakacak, ama devamlı olarak Rablerini görür gibi olacaklar. "Onların üzerinde, diyarlarında O'nun nuru ve bereketi" kalır sözü genelde böyle yorumlanır.

Hasan (r.a.)'dan: Bize ulaşan habere göre Allah Resulü, (s.a.v.) şöyle buyurmuş: "Cennet ehli, Rablerini her cuma günü, her iki tarafı görünmeyen kâfurdan bir yığın üzerinden görürler. Orada her iki yanı misk olan bir nehir de vardır..."

Beki b.Abdullah el-Muzenî şöyle dermiş:

"Cennet ehli Rablerini **yedi günde bir** ziyaret ederler. Rabbu'l-İzzet'e, **yeşil giysiler içinde**, apaydınlık yüzlerle, inci ve zümrüd işlemeli bilezikler ve altın taçlarla, en güzel develerine binmiş bir halde gelirler. Rablerinden izin isterler, Rab ve Teâla onlara ikram edilmesini emreder."

Abdullah b. Mes'ud (r.a.) şöyle derdi:

"Cuma namazına koşun! **Çünkü Allah her cuma günü cennet ehline, beyaz kâfur yığını üstünde tecelli eder.** Dünyada iken cumaya ne kadar çok koşarlarsa, orada Allah'a o kadar yakın olurlar." Diğer bir rivayette: "Cumalar" diye geçer. O zamana kadar hiç görmedikleri bir ihsanda bulunur. Nitekim yukarıda serd edilen Kaf süresinin 35. ayetinde: "Katımızda fazası da vardır." buyurulmuştur.

Hasan (r.a.) yukarıda geçen ve Yunus süresinin 26. ayeti olan: "İyi davrananlara, daima iyisi ve üstünü verilir." ayetinin yorumunda şöyle demiştir: "Bu, Kerim olan Rablerinin yüzüne bakmaktır. Cennet ehli için cuma gününden daha sevimli ve değerli bir gün olmayacaktır. Çünkü, o gün Rablerini gördükleri mutlu bir gündür."

İbn-i Ömer'in rivayet ettiği hadis: "Allah katında en iyileri, Cenab-ı Hakkın cemalini sabah-akşam müşahede eden kimsedir."

İmam Kurtubî der ki: Bu da gösteriyor ki Allah'ı görme hususunda cennet ehlinin durumları değişik olmaktadır.

Ebu Zeyd el-Bestamî şöyle derdi:

"Allah'ın öyle kulları vardır ki cennette onlardan bir an yüz çevirse, nar ehlinin nar ve azabından sığındıkları gibi, onlar da cennet ve nimetlerinden sığınırlar.

CEHENNEMDEKİ YOKUŞU YÜKSELEREK AŞMAK

Ebu Said el-Hudrî diyor ki: "Cehennemde ateşten bir dağ vardır ki kâfir orasını tırmanmak zorunluluğunda kalacak, elini koyduğunda eriyecek, kaldırdığında yine eski halini alacak. O dağdan ancak, Allah için köle azat eden,kıtlık günlerinde yoksulu doyuranlar kurtulabilir. Cenab-ı Hak şöyle buyurmuştur:

"Ama o sarp yokuşu aşmaya girişemedi, o sarp yokuşun ne olduğunu sen bilir misin? O yokuş bir köle ve esir azat etmek yahut açlık gününde, yakını olan bir öksüzü, yahut toprağa serilmiş bir yoksulu doyurmaktır." (Beled süresi, âyet: 11-16)

İbn-i Abbas (r.a.) ayetteki "Zor yokuşu" cehennemde bulunan bir dağ olarak yorumladı. Onun tırmanması çok zor olan yetmiş merdiveni vardır. Onu ancak Allah'a itaat edenler geçebilir. O, cehennem köprüsü sırata bitişiktir. İbn-i Zeyd ve bir topluluk:

"Ama o yokuşu (geçidi) aşmaya girişemedi" kavli celilini şöyle yorumladılar: "Kelamın manası istifhamdır. Yani malını infak ederek, köleleri azat ederek, açları doyurarak o yokuşu aşması gerekirken, o bunları yapmadığı için aşamadı, demektir."

Bazıları da der ki: "O öyle bir geçittir ki onu ancak, bu dünyada Allah'a itaat eden, nefsine savaş açan, heva ve heveslerini kıran, hiçbir masiyet hususunda şeytana boyun eğmeyen şanslı kimseler aşabilir.

Yezid b. Şecere derdi ki:

"Cehennemin tıpkı deniz sahillerini andıran sahilleri vardır ki zararlı sürüngenler, deve gibi büyük yılanlar ve katırlar gibi akrepler orada bulunur. Nar ehli yardım istedikleri zaman sahile doğru koşacaklar, fakat çıktıklarında o zararlı mahluklar onların başına üşüşecek ve her taraflarını sokacaklar. O kadar rahatsız olacakla ki derhal cehenneme geri dönmek isteyecekler.

İçine atıldıklarında uyuz musallat olacak, biri o kadar kaşınacak ki cildi görünecek. Birinin derisi orada kırk arşın olacak.

Ona denecek ki: "Seni bu üzüyor mu?"

"Bundan daha şiddetli bir eziyet olur mu?" diye cevab verdiğinde:

"İşte mü'minlere verdiğin eziyetlerin karşılığı budur!" denilecek.

YAKITI İNSANLAR VE TAŞLAR OLAN ATEŞ

"...Kendinizi ve ailenizi, yakıtı insanlar ve taşlar olan bir ateşten koruyun!..."(Tahrim suresi ayet 6)

Cehennem ateşinin yakacağı şey, insanlar ve taşlardır. Çünkü insanlara o ateş öyle bir yapışacaktır ki onları oradan hiç kimse kurtaramayacaktır.

Resûlullah (s.a.v.) buyurdu:

"Ümmetimden Kur'an okuyan bir takım insanlar gelecek: "Bizden daha çok bilen, bizden daha güzel Kur'an okuyan var mıdır?" diyecekler. İşte onlar ateşin cehennemdeki yakıtıdır."

Abdullah b. Mes'ud (r.a.) der ki: "Ateş ehline kibrit taşı yakacak olmuştur, çünkü bunda diğer bütün taşlarda bulunmayan beş haslet vardır: Çabuk tutuşma, çirkin koku, çok duman çıkarması, bedenlere kuvvetli ve şiddetli yapışması, fevkalade sıcaklığı... Ateş kızdırıldığında insanlar iki şeyle azab edilirler: Ateş ve taş. Şiddetli yanıp tutuşmalarından dolayı insanlar birer odun haline dönüşeceklerdir.

AHİRETTEKİ BEDENLER DÜNYADAKİNDEN BÜYÜK MÜ OLACAK?

Ebu Hureyre (r.a.)'dan: Resûlullah (s.a.v.) şöyle buyurdu:

"Kâfirin kök dişi ve azı dişi Uhud dağı gibidir. Cildinin kalınlığı sür'atli süvarinin üç günde katedebileceği üç günlük mesafedir." (Müslim)

"Kâfirin derisinin kalınlığı kırk iki arşındır. Kök dişi Uhut dağı gibidir. Cehennemdeki meclisi Mekke ile Medine arası genişliğindedir." (Tirmizi) Diğer bir rivayette şöyle geçer: "Baldırı meşhur ve ma'ruf olan Beyda dağı gibidir."

Ebu Hureyre (r.a.) der ki:

"Cehennem iyice doldurulsun, azabından tatsınlar diye kâfirin derisinin kalınlığı, yetmiş arşındır. Cildi, eti ve cesedi arasında vahşilerin uğultusu gibi uğultu duyulur."

Resûlullah (s.a.v.) şöyle buyurmuştur: "Kâfir bir veya iki fersah sürüklenecek ve insanlar onu çiğneyeceklerdir." (Tirmizi) Allah Resulü (s.a.v.) şöyle buyurdu:

"Ateş onların kimini topuğuna, kimini dizlerine, kimini beline, kimini de boğazına kadar saracaktır." (Müslim)

Kâfirler olsun veya asi mü'minler olsun, azabta cehennem ehli farklı olacaktır. Ka'bül Ehbarın rivayet ettiği şu hadis bunu kanıtlar: "Kıyamet gününde Malik'e Allah şöyle seslenecek:

"Ey Malik! Ateşe söyle de dillerini yakmasın. Çünkü onlar Kur'an okurlardı. Ey Malik! Ateşe söyle de onları amellerine göre yakalasın!" Ateş onları, annenin çocuğunu tanıdığından daha iyi tanır, ne kadar azab hak ettiklerini de iyi bilir."

YÜKSELİP SIRAT KÖPRÜSÜNÜ AŞMAK

Resûlullah (s.a.v.) buyuruyor ki:

"Allah yaratıkları arasında hükm edip de kulun sevabları çok geldiğinde kul cennete girer. Eğer sevabları ile günahları eşit gelirse, kırk yıl sıratta hapsedilir. Eğer günahları sevaplarından fazla gelirse cehenneme girer."

Resûlullah (s.a.v.) şöyle buyurdu:

"Cehennemde, kapkaranlık fena kokulu bir deniz vardır..."

Yine hadiste buyurulmuştur:

"Cehennemde "Lemlem" adında bir vadi vardır ki, bütün cehennem vadilerinde bulunanlar Allah'a ondan sığınırlar.

"Cehennemde, kaderi yalanlayanlara, Allah dininde bid'at sahibi olanlara, dünyada devamlı içki içenlere, Allah tarafından hazırlanmış bir kuyu vardır.

"Kıyamet gününde kibirliler, zerre gibi küçük haşredilecekler, ayakları onları çiğneyecek ve doğru cehennemdeki zindana sürülecekler. Nar ehlinin irinlerinden içecekler." Buharî'nin sahihinde ve Tirmizî"nin hadis kitabında böyle varit olmuştur.

Resûlullah (s.a.v.) buyurdu:

"Hazen kuyusunda Allah'a sığının!" Denildi ki: "Ey Allah'ın Resulü, Hazen kuyusu nedir?" Cevab verdiler: "O, cehennemin kendinden günde yetmiş kere sığındığı bir vadidir. Allah onu gösteriş için okuyanlara, gösteriş için ibadet edenlere hazırlamıştır." (Tirmizi)

Diğer bir rivayette ise şöyle geçer "Cehennemde ateşin kendinden günde dört yüz kere sığındığı bir vadi vardır." Sordular: "Ey Allah'ın Resulü, oraya acaba kim girecek?"

Buyurdular ki: "Oraya gösteriş için okuyan ve riya ile amel edenler girecektir. Allah'ın en nefret ettiği okuyucular, zalim emirleri (menfaatleri için) ziyaret edenlerdir." (el-Muharibî) "Cehennemde, ateşin kendinden günde yedi kere sığındığı bir vadi vardır ki Allah onu Kur'an hamilerinden kötü olanlar için hazırlamıştır."

Ebu'l-Müsennâ der ki: "Duyduğumuza göre cehennemde ateş dolapları vardır, bir takım insanlar o dolaplara bağlanacak ve o dolaplar onları çevirdikçe hiç rahat etmeyecekleri gibi sıkıntı ve kederleri daha da artıracak."

Muhammed b. Kâ'b el-Kurtubî der ki: "Malikin cehennem ortasında bir meclisi vardır, ayrıca üstünde köprüler de bulunmaktadır ki, o köprülerin üstünde azab melekleri yer alır. O en aşağısını gördüğü gibi en uzak yerini de görecektir."

CENNET AYETLERİ HAKKINDA ALİMLERİN GÖRÜŞLERİ

İbn-i Abbas (r.a.), Cenab-ı Hakkın: "Cennette altlarından ırmaklar akarken, gönüllerinden kini çıkarıp atarız." (A'raf süresi, âyet: 43) kavli celilini şöyle tefsir etti: Cennete girer girmez, hemen kendilerine iki pınar sunulur. Pınarların birinden su içtiklerinde, hemen Allah içlerindeki kini giderir. Sonra diğer pınara girip yıkanırlar, renkleri pırıl pırıl, yüzleri aklanır, nimetin sevinci ve aydınlığı yüzlerinden belli olur.

Ali (r.a.)'dan nakledilen bir rivayette şu ek vardır: "Onların derileri ondan sonra hiç değişmez, saçları hiç dağılmaz. Onları cennet hazinleri karşılayıp şöyle derler: "Selam size! Hoş geldiniz, temelli olarak buraya girin." (Zümer süresi, âyet: 73)

Ali (r.a.)'dan nakledilen diğer bir rivayet şöyledir: "Cennet ehli cennete girmek istedikleri zaman, cennet kapısında iki pınar bulacaklar.

Birinden su içtikleri zaman, bir daha saçları dağılmayacak, cildleri kirlenip değişmeyecek, sanki güzel bir yağla yağlanmış gibi olacaklar.

Diğerinden içtiklerinde, içleri temizlenecek, her türlü kir ve pastan yıkanıp arınmış olacaklar.

Cennet kaplarından her bir kapıdan melekler onları karşılayıp: "Selam size! Hoş geldiniz! Temelli olarak buraya girin!" diyecekler. **Sonra onları güzel çocuklar karşılayıp etraflarında dünya çocuklarının samimi olarak dolaştıkları gibi dolaşacaklar.**

Uzun bir ayrılıktan sonra gelip ona şöyle diyecek: "Allah'ın sana hazırladıklarına karşı sevin! Sana cennette şunu şunu hazırlamıştır." Sonra çocuk onlardan ayrılıp hanımlarından birine gidip şöyle haber verecek: "Falan adam (Dünyadaki ismini söyleyerek) geldi, haberin olsun!" Kadın ona: "Demek ki onu gördün!"

diyecek, o kadar acele edeek ki bir anda sevinçten kapının eşiğine koşacak, sonra dönecek.

• Adam da her renkteki incilerden yapılmış olan evine gelecek. Sonra oturacak, bir de ne görsün, serilmiş yumuşak tüylü halılar, sıra sıra konulmuş kâseler. Sonra başını evinin tavanına kaldırır, bakar. Eğer Allah ona bakma gücünü vermeseydi, **şimşek gibi olan o tavanın aydınlığından** gözleri kamaşır, kör olurdu.

Sonra şöyle der: "Bizi buraya eriştiren Allah'a hamd olsun, eğer Allah bizi doğru yola iletmeseydi biz doğru yolu bulamazdık." (A'raf süresi, âyet: 43)

Ebu Musa el-Eş'arî (r.a.)'dan: "Kuran'ın "Orada altın bilezikler ve incilerle süslenirler." (Fatır süresi, âyet: 33) ayetindeki, bilezikleri şöyle yorumlamıştır: "Cennetliklerden hiç kimse yoktur ki elinde üç tane bilezik olmasın. Biri altın, diğeri gümüş ve üçüncüsü ise incidendir."

Bundaki hikmet şudur: Dünyada krallar, bilezikler ve taçlar giydikleri için Allah cennet ehline bunu ihsan etmiştir. Çünkü onlar artık orada birer kraldırlar.

İbn-i Ebu'd-Dünya Ebu Hureyre (r.a.)'dan: O, Cenab-ı Hakkın: "Oradaki elbiseleri de ipektendir." (Hac süresi, âyet: 23) kavli celilini şöyle tefsir etmiştir: Cennette her mü'minin içi boş bir incisi vardır ki ortasında, her gün yetmiş elbise bitirmek üzere, elbiseler bitiren bir ağaç vardır. O elbiseler inci, mercan ve zebercedle işlemelidir."

Ebu Hureyre (r.a.) şöyle diyor:

"Bana ulaşan habere göre, Allah'ın velisi cennette ikiyüzlü elbise giyecektir. Bu iki elbisenin biri bedeninde diğeri ise yüzünde olacaktır. İkisi güzel bir sesle tartışacak, bedenindeki şöyle diyecek: "Ben Allah velisine, senden daha değerliyim. Çünkü ben onun bedenini örtüyorum, sen örtmüyorsun." Yüzündeki ise şöyle diyecek: "Ben Allah velisine senden aha kıymetliyim, çünkü ben onun yüzünü görüyorum, sen ise onu görmekten yoksunsun."

Dünyada ipek giyen, şarap içen kimseler eğer bundan tevbe etmeden ölürlerse, bunlar ona ahirette haram olacaktır. Bu hususta da hadis varit olmuştur. Lâkin şefaatle girerlerse, o zaman hem ipek elbise giyerler, hem de cennet şarabı içerler. Çünkü cennet, ceza muahaze etme yeri değildir. Ceza ancak, ölümünden sırat köprüsünü geçene kadar uygulanır.

İbn-i Abbas (r.a.)'dan: Cenab-ı Hakk'ın: "Orada tahtalara yaslanırlar." (İnsan süresi, âyet: 137) kavlinin tefsirinde şöyle nakledilir: Buradaki "Tahtalar"dan murat, güvey evindeki süslü koltuklardır. Çünkü "eraik" koltuklar demektir.

Alimler, Cenab-ı Hakkın: "Orada rızıklarını sabah akşam hazır bulurlar." (Meryem süresi, âyet: 62) kavli celilindeki sabah akşam kelimesini gece gündüz olarak yorumladılar.

Onlar daima nur içindedirler. Gecenin geldiğini perdelerin indirilmesi kapıların kapanmasıyla anlarlar. Gündüzlerin miktarını da perdelerin kalkması ve kapıların açılmasıyla bilirler.

Bir adam dedi ki:

"Ey Allah'ın Resulü, cennette gece ile gündüz var mıdır?" Peygamber (s.a.v.) şöyle buyurdu:

"**Orada gece yoktur. Orası hep aydınlıktır.** Sabah akşama akşam sabaha doğru gelip gider. Kulların kıldıkları namaz vakitlerinin hediyelerinden bir kısım gelir. Melekler gelip selam verirler." (Tirmizi)

Cenab-ı Hakk'ın: "Meyve ağaçlarının gölgeleri üzerlerine sarkmış ve onların koparılması kolaylaştırılmıştır." (İnsan süresi, âyet: 14) kavli celilinin tefsirinde şöyle rivayet edilmiştir: "Yani ağaçların gölgeleri emirlerine verilmiştir. Meyvelerini koparmak da onlara pek kolay gelir. İstedikleri gibi meyvelerden faydalanırlar, biri koparmak için kalkarsa o da Allah'ın kudretiyle yükselir, oturursa dallar eğilir, yatarsa daha da eğilir ve o rahatlıkla koparıp yer." (Mücahid)

İbn-i Abbas (r.a.), Allah'ın: "Cennette onlara diledikleri meyve ve etten bol bol veririz." (Tur süresi, âyet: 22) kavlinin tefsirinde şöyle derdi: "Bunun anlamı; yaş ve kuru olarak bütün meyvelerden onlara veririz, demektir."

Allah Resulü (s.a.v.) buyuruyor:

"Cennet ehli cennete girdiklerinde yüksek bir hurma ağacı gibi altmış arşın meyve ağaçları ile karşılaşacaklardır. Onun meyvelerini ayakta yiyecekler." Bir rivayette şöyle bir ek vardır:

"Muhammed'in canı yed-i kudretinde olan (Allah'a) yemin ederim ki, onlar dallarından, tahtlarında yaslanmış oldukları halde meyve koparıp yiyeceklerdir. Birisinin ağzına meyve girer girmez, Allah onun yerine başka bir meyve ihsan edecektir."

Ebu'd-Derda (r.a.), Cenab-ı Hakk'ın: "Sonunda misk kokusu bırakan, ağzı kapalı saf bir içecekten içerler." ayetinin tefsirinde şöyle derdi: "**O gümüş gibi beyaz bir içecektir**. İçeceklerin sonuncusu o olur. Eğer bir adam parmağını o suya koyar ve sonra çıkarırsa, onun güzel kokusunu duymayacak hiçbir canlı kalmaz, işte buna ulaşmak için yarışmak gerekir. Dünyada güzel güzel ameller yapmak için birbirleriyle insanlar yarışsınlar ki ukbada buna nail olsunlar.

"Orada zencefil karışık bir tasla içirilirler." ayetinin yorumunda ise şöyle derdi: "Araplar zencefil ile içki karıştırılmasından hoşlanırlardı. Onun için Allah onlara, dünyada bildikleri ve sevdikleri şeyle hitab etti. Sanki onlara şöyle demek istedi: "Eğer siz iman üzere ölürseniz, dünyada bildiğiniz o güzel yemeklere, içeceklere ve meyvelere sahibolacaksınız."

Mücahid, Cenab-ı Hakk'ın: **"Orada bakışlarını yalnız erkeklerine çevirmiş daha önce de ne insan ve ne de cinlerin dokunmuş olduğu eşler vardır."** (Rahman süresi, âyet: 56) kavlinin tefsirinde şöyle der: "Oradaki huriler gözlerini eşlerinden ayırmazlar. Başkalarına bakmazlar. Hatta onlardan bir kadın kocasına şöyl der: "Cennette senden daha güzel bir şey görmedim." "Çadırlar içinde ceylan gözlüler vardır." kavlinin tefsirinde şöyle der:" Her çadır, fersahlarca mesafe büyüklüğünde olup, altından dört bin kapısı vardır."

Rivayete göre, bir bulut arştan yağmur yağdırır. Allah onun her damlasından misli görülmemiş güzellikte hurilerin kaldığı bir çadır yaratır. Cennet nehirlerinin kenarında bulunan her çadırın genişliği, kırk mil mesafe kadardır. Bu çadırların kapıları yoktur. Lâkin Allah'ın velisi o çadıra girdiği zaman, hemen orada bir kapı oluşuverir. Çünkü Allah dostu, melekler ve diğer yaratıkların kendisini görmelerini istemez. (Tirmizi)

Bu anlatılan huriler ve çadırlar kulun dünyada yaptığı amellerin birer karşılığıdır. Onun o güzel amellerine Allah'tan başkası muttali olmadığı için, Allah ona amelinin cinsinden mükâfatlar vermiştir. İnsanoğlunun tasavvur edemiyeceği nimetler ihsan etmiştir.

Mu'temir b. Süleyman şöyle derdi:

"Cennette hurileri bitiren bir nehir vardır. Cennetlikler **yeşil refreflere binip diledikleri yerlere gidip dolaşırlar.** Onlar, ata veya kısrağa benzeyen refreflere bindiklerinde, İsrafil güzel sesle bir şeyler söyler; sesinin verdiği halavetle, insanlar sağa sola, yukarıya aşağıya meyl ederler."

Allah'ın mahlûkatı içinde, İsrafil'den daha güzel ve tatlı seslisi yoktur. Dinletmeye başladığında, yedi sema ehli teşbihlerine ve namazlarına ara verirler. Onlar refreflere binip İsrafil'i dinlemeye başladıklarında, İsrafil'in ğinası birçok çeşit ğinadan teşekkül eder. Ne var ki bunlar, Melik ve Kuddûs olan Alah'a karşı icra edilen teşbih ve takdisten oluşur ki, cennetteki bütün insanlar onu dinlemeye koyulur. O ğinanın verdiği heyecandan sallanmadık bir perde, hareket etmedik bir kapı, çınlamadık bir kapı halkası kalmaz. O sesle mest olmadık hiçbir altınmeşeliği ve kamışlığı kalmaz.

Allah, Davud (a.s.)'a der ki:

"Ey Davud, arşımın dibinde durup beni yücelt! Davud Rabbini bütün sesleri boğan bir sesle temcid eder, zevk ve lezzet kat kat artar. Çadırlardakiler bir anda, **refreflere binip yukarı aşağı gidip gelirler**. Kulaklara hoş gelen, insanı kendinden geçiren güzel sesler arasında mest olup kendilerinden geçerler.

İşte Cenab-ı Hakk'ın şu kavli celili onların bu neşeli durumunu gayet açık ve seçik bir şekilde ifade etmektedir: "Ama inanıp yararlı iş işleyenler, ağırlanacakları bir cennette bulunurlar." (Rum süresi, âyet: 15)

Mücahid, Cenabı Hakk'ın: "Karşılıklı tahtlar üzerinde kendilerine ikram olunur." (Saffat süresi, âyet: 44) kavlinin tefsirinde şöyle der: "Onlar birbirlerinin kafalarına bakmazlar, çünkü diledikleri gibi yanlarında dolaşıp durur."

Bazı alimlerin fikri şudur: "Kardeşinin gözünün diğer kardeşinin gözünün karşısına gelmesi, karşılıklı oturma babındandır. Tıpkı kişinin aynada kendi yüzüne bakması gibi bu tamamen dünyadakinin tersine bir manzaradır.

KİŞİNİN ÇOCUKLARI VE SOYU CENNETTE KENDİSİNE KATILACAK

Ali (r.a.)'dan: Kur'an'daki: **"Herkes kazancına bağlı bir rehindir. Ancak defteri sağdan verilenler böyle değildir."** ayetinin yorumunu şöyle naklettiler: "Onlar mü'minlerin çocuklarıdır, kazanmadılar ki rehin tutulsunlar. (Tirmizi ve diğerleri)

İbn-i Abdi'l-Berr ve ulema çoğunluğu, müslüman çocukların cennette olacaklarına kail oldular. Bir takım alimler bu hususta susmayı tercih ettiler. Müşrik çocukları hakkında: "Onlar ne cennetle ve ne de cehennemle hükmedilir." dediler.

Resûlullah (s.a.v.)'e çocukların ne olacağı hakkında sordular, şöyle buyurdu:

"Ne yapacaklarını ancak Allah bilir." Burada görüldüğü gibi müslüman ve müşrik çocukları demeden mutlak olarak zikredildiler. El-Huleymi'nin minhacında aynen şöyle geçer: Müşriklerin çocukları hakkında tavakkuf edenler, müslümanların çocukları hakkında da tavakkuf etmişlerdir. Onların her birini büyüdükleri zaman ne yapacakları (Allah'ın ilmi müvacehesinde) nazari itibare alınarak muamele görürler. Müslüman çocukları da böyle.

Buna şunu delil gösterdi: Müslümanlardan bir adamın küçük çocuğu vefat etti. Peygamber (s.a.v.)'in hanımlarından bir tanesi: "Ne mutlu ona! Cennetteki serçe kuşlarından birine sahip olacaktır." deyince, Peygamber (s.a.v.) şöyle buyurdu: "Ne biliyorsun; Allah cenneti halk etti ve ona girecekleri de halk etti, cehennemi yarattı ve ona girecek olanları da yarattı." Bu da gösteriyor ki, müslüman çocuklar hakkında kesin bir şey söylenemez.

El-Huleymî der ki:

Resûlullah (s.a.v.) bir sabinin cennette olacağına dair kesin bir hükümde bulunmanın doğru olmadığını belirtmek istemiştir. Çünkü onun hakkında kesin konuşulursa ana babasının hakkında da kesin konuşmak icab eder ki doğru değildir. Çünkü onun ana babası belki münafık olabilir.

Peygamber (s.a.v.)'in itirazı, müslüman çocukları hakkında henüz bir vahiy gelmediği için varit olmuştur da denebilir.

Ondan sonra şu ayeti kerime nazil olmuştur: **"İnanan, soyları da inançta kendilerine uyan kimselere soylarını da katarız." (Tûr süresi, âyet: 21)**

Bu ayette görüldüğü gibi, dünya hayatında inanan kimselerin zürriyetlerini ahirette de kendilerine katmıştır. Böylece Müslüman çocukların cennette olacağı sabit olmuştur.

Ebu Davud et-Teyalisî: Peygamber (s.a.v.) buyurdu:

"İsra gecesi bir takım çocukların seslerini duydum; Cebrail'e

- "Bunlar kimdir?" diye sordum. Şöyle dedi:

- "Bunlar, babalarından önce ölen müslüman çocuklarıdır. İbrahim (a.s.) babaları, kendilerine katılana kadar onlara kefil oldu."

Bu da onların cennette olduklarına bir delildir. İmam Kurtubî bu hususta tam üç yaprağı dolduran bir açıklama yaptı. Ve nihayet şöyle dedi: "Bu hususta en doğru olan şudur: Ergenlik çağına erişmemiş olan müslüman ve müşrik çocukları cennete gireceklerdir." En iyi bilen Allah'tır.

Ebu Said el-Hudri (r.a.)'dan: Peygamber (s.a.v.) buyurdu:

"**Kıyamet günü yeryüzü tek bir ekmek olacaktır.** Biriniz sofrada ekmeği denkleştirdiği gibi Cebbar onu kudret eliyle denkleştirir. Sonra onu cennet ehline ikram eder."

Yahudilerden bir adam gelip şöyle dedi:

"Ey Ebu'l-Kasım, Rahman senin üzerine bereketini artırsın. Sana kıyamet günündeki ehli cennetin ziyafetini bildireyim mi?" Evet, dedi "Onların ziyafetleri tek bir ekmektir. Peki ya katıkları nedir?" Öküz ve balıktır. Artan ciğerlerini tam yetmişbin kişi yer. Cennete girdiklerinde armağanları, artan balıktır. Bunun ardından gıdaları ise, cenet öküzüdür. Onlara boğazlanır, onun etrafından yerler. İçecekleri ise "Selsebil" adındaki pınar suyudur."

Peygamber (s.a.v.) bunun üzerine Yahudiye: "Doğru söyledin!" dedi.

Alimlerin görüşüne göre Hadisin Arapça metninde geçen "Nüzul" kelimesi gelen misafire hazırlanan ziyafettir. Tuhfe ise, misafire ikram edilen meyve, et, iyilikler, balık ciğerlerinin artığı ki o ondan parmak gibi bir parçadır. Bir hadiste şöyle geçer: "Cennet ehlinin en güzel katığı, ettir."

NAMAZ, KİŞİYİ CENNETE GİDEN YOLLARA YÖNELTİR

Ebu Davud et-Teyalisî rivayet ediyor: **"Namazın anahtarı abdest, cennetin anahtarı ise namazdır."**

Muaz b. Cebel (r.a.)'dan:

Allah Resulü (s.a.v.) onu Yemen'e gönderdiğinde şöyle buyurmuş:

"Ey Muaz, eğer kitab ehli sana cennetin anahtarlarını sorarsa, onlara şöyle de: **"Cennetin anahtarları "Lâ ilahe illallah"tır."** (Beyhaki)

Vehb b. Münebbih'e soruldu:

"Cennetin anahtarı: (La ilahe illallah) değil midir?"

"Evet! Ancak her anahtarın mutlaka dişleri vardır. Eğer dişli anahtarla gelirsen, sana açılır, aksi halde açılmaz. Anahtarın dişleri işte Allah'ın birliğini tasdik etmek, emirlerine sarılıp yasaklarından uzak durmaktır. Sadece onun birliğine inanmak kâfi gelmez. İman, hem kavil, hem de ameldir. Sadece birisi değil. Nitekim buna dinin emirleri, kuralları şahittir." (Buhari)

"Azrail (a.s.) ölmek üzere olan bir adamın ruhunu kabz etmek için geldi. Bütün azalarına baktı, hiçbir sevab bulamadı. Sonra kalbini yardı orada da bir şey bulamadı. Sonra çenesini açtı, dilinin bir tarafı damağına yapışmış: "La ilahe illallah" diyor. Bunun üzerine: "İhlas kelimesini söylemenle sana artık cennet sabit olmuştur!" demekten kendini alamadı. Tabi bütün bunlar Allah'ın dileğine bağlıdır."

Allah'ın emirleri ve yasaklarına riayet etmeyenleri, imanları olunca, ister azablandırır sonra çıkartıp cennete koyar, isterse affedip direkt cennete koyar. Çünkü tevhid bizatihi kişiyi cennete koyar. Onun için mutlaka bu gerekmektedir. Nitekim Muvahhid olan kişi de cehennemde ebedi kalmaz.

HADİS KAYNAKLARINDA CENNET VE CEHENNEM

5061 - Ebu Hureyre radıyallahu anh anlatıyor: "Resûlullah aleyhissalâtu vesselâm buyurdular ki:

"Allah Teâla hazretleri ferman etti ki: "Ben Azimu'ş-Şân, salih kullarım için gözlerin görmediği, kulakların işitmediği ve insanın hayal ve hatırından hiç geçmeyen nimetler hazırladım." Ebu Hureyre ilaveten dedi ki:

"Dilerseniz şu ayet-i kerimeyi okuyun. (Mealen): "Yaptıklarına karşılık Allah katında onlar için göz aydınlığı olacak ne mükâfaatların saklandığını kimse bilemez" (Secde 17).

Buhari, Bed'ü'l-Halk 8, Tefsir, Secde 1, Tevhid 35; Müslim, Cennet 2, (2824); Tirmizi, Tefsir, (3195).

5062 - Buhari, bir diğer rivayetinde şu ziyadeyi kaydeder: "Sehl İbnu Sa'd anlatıyor -deyip, hadisin aynısını kaydettikten sonra- der ki: "Muhammed İbnu Ka'b dedi ki: "Onlar Allah için ameli gizli tuttular. Allah da onların sevabını gizli tuttu. Kullar yanına gelince onları nimete boğacak."

Hadis, bu muhtevada olarak Buhari'de mevcut değildir. Hâkim'in el-Müştedrek'inde mevcuttur (2, 413-414).

5063 - Yine Sa'd İbnu Sa'd radıyallahu anh anlatıyor: "Ey Allah'ın Resûlü dedim, insanlar neden yaratıldı?"

"Sudan!" buyurdular.

"Ya cennet?" dedim, o neden inşa edildi?"

"**Gümüş tuğladan ve altın tuğladan!** Harcı da kokulu misk. Cennetin çakılları inci ve yakuttan, toprağı da zâferandır. Ona giren nimete mazhar olur, eziyet görmez, ebediyet kazanır, ölümle karşılaşmaz. Elbisesi eskimez, gençliği kaybolmaz."

Aleyhissalâtu vesselâm sözlerine şöyle devam buyurdular: "Üç kişi vardır duaları reddedilmez (mutlaka kabul edilir):

-Âdil imâm (Adil lider).

-İftarını yaptığı zaman oruçlu.

-**Zulme uğrayanın duası.**

Allah, (mazlumun) duasını bulutların fevkine çıkarır ve onlara sema kapıları açılır ve Allah Teâla Hazretleri:

"İzzetime yemin olsun! Vakti uzasa da, duanı mutlaka kabul edeceğim!" buyurur."

Tirmizi, Cennet 2, (2528).

5064 - Hz. Ebu Musa radıyallahu anh anlatıyor: "Resûlullah aleyhissalâtu vesselâm buyurdular ki:

"Gümüşten iki cennet vardır. Kapları ve içinde bulunan diğer şeyleri de gümüştendir. Altından iki cennet vardır, kapları ve içlerinde bulunan diğer eşyaları da hep altındandır. Adn cennetinde, cennetliklerle Rablerini görmeleri arasında Allah'ın veçhindeki rıdâu'l-kibriyadan (büyüklük perdesinden) başka bir şey yoktur."

Buhari, Tefsir, Rahman 1, 2, Bedu'l-Halk 8, Tevhid 24; Müslim, İman 180, (296); Tirmizi, Cennet 3, (2530).

5065 - Yine aynı kaynaklarda şu rivayet gelmiştir: "Resûlullah aleyhissalâtu vesselâm buyurdular ki:

"Cennette, mü'min için, içi boş tek bir inciden bir çadır vardır. -Bir rivayette- Genişliği altmış mildir. Her köşesinde bir refikası bulunur, hiçbiri diğerini görmez, mü'min bunların herbirini dolaşır."

Buhari, Bed'ü'l-Halk 8, Tefsir, Rahman 1, 2, Tevhid 24; Müslim, Cennet 23, (2838); Tirmizi, Cennet 3, (2530).

5066 - Hz. Ebu Hureyre radıyallahu anh anlatıyor: "Resûlullah aleyhissalâtu vesselâm buyurdular ki:

"Cennette yüz derece vardır. Her iki derece arasında yüz yıl(lık yürüme mesafesi) vardır."

Tirmizi, Cennet 4, (2531).

5067 - Ubâde İbnu's-Sâmit radıyallahu anh anlatıyor: "Resûlullah aleyhissalâtu vesselâm buyurdular ki:

"Cennette yüz derece vardır. Her bir derecenin diğer derece ile arası, sema ile arz arası kadar geniştir. Firdevs bunların en yukarıda olanıdır. Cennetin dört nehri buradan çıkar. Bunun üstünde Arş vardır. Allah'tan cennet istediğiniz vakit Firdevs'i isteyin."

Tirmizi, Cennet 4, (2533).

5068 - Ebu Said radıyallahu anh anlatıyor: "Resûlullah aleyhissalâtu vesselâm buyurdular ki:

"Cennette yüz derece vardır. Bütün alemler bunlardan birinin içinde toplansalar, hepsini de kuşatır, istiab eder."

Tirmizi, Cennet 4, (2534).

5069 - Hz. Enes radıyallahu anh anlatıyor: "Resûlullah aleyhissalâtu vesselâm buyurdular ki:

"Cennette bir ağaç vardır ki, binekli bir kimse yüz yıl gölgesinde yürüse onu katedemez. İsterseniz şu ayeti okuyun: (Mealen) "Daimi gölgededirler, çağlayıp duran su başlarındadırlar" (Vâkı'a 30-31).

Tirmizi, Tefsir, Vakıa, (3289), Cennet 1, (2525).

5070 - Hz. Ebu Hureyre radıyallahu anh anlatıyor: "Cennette hiç bir ağaç yoktur ki gövdesi, altından olmasın."

Tirmizi, Cennet 1, (2527).

5071 - Yine Ebu Hureyre radıyallahu anh anlatıyor: "Resûlullah aleyhissalâtu vesselâm buyurdular ki:

"Cennette, yay kadar bir yer, güneşin üzerine doğduğu veya battığı şeyden (dünyadan) daha hayırlıdır."

Buhari, Bed'ü'l-Halk 8, Tefsir, Vakı'a 1; Müslim, Cennet 6, (2826); Tirmizi, Cennet 1, (2525).

Tirmizi, Hz. Enes'ten şu ziyadede bulunmuştur: "Sizden birinizin yayı kadar veya kamçısı kadar cennetteki bir yer, dünya ve içindekilerden daha hayırlıdır. Cennet ehlinden bir kadın, arz ehline görünecek olsa, dünya ve içindekileri aydınlatır, arzla semâ arasını güzel koku ile doldururdu, onun örtüsü dünya ve içindekilerden daha hayırlıdır."

5072 - Sa'd İbnu Ebi Vakkâs radıyallahu anh anlatıyor: "Resûlullah aleyhissalâtu vesselâm buyurdular ki: "Cennette olan şeyden bir tırnağın azalttığı miktar, semavat ve dünya arasında dört ciheti de tezyin etmiş olarak görünürdü. Eğer cennet ehlinden bir adam dünya ehline zuhûr etse ve bilezikleri görünse o(nun şavkı) güneşin ziyasını bastırırdı, tıpkı güneşin, yıldızların ziyasını bastırması gibi."

Tirmizi, Cennet 7, (2541).

5073 - Hz. Enes radıyallahu anh anlatıyor: "Resûlullah aleyhissalâtu vesselâm buyurdular ki:

"Sidretü'l-Müntehâ'ya çıkarıldım. Orada dört nehir gördüm: İki nehir zâhirdi, iki nehir de bâtın. Zâhir olan iki nehir Nil ve Fırat nehirleriydi. Bâtın olanlar da cennetin iki nehri idi."

Buhari, Eşribe 12; Müslim, İman 264, (164).

5074 - Hz. Büreyde radıyallahu anh anlatıyor: "Bir adam Resûlullah aleyhissalâtu vesselâm'a: "Cennette at var mı?" diye sordu. Aleyhissalatu vesselam da:

"Allah Teâla Hazretleri seni cennete koyduğu takdirde, kızıl yâkuttan bir at üzerinde orada dolaşmak isteyecek olsan, o seni istediğin her yere uçuracaktır" buyurdular. Bunun üzerine diğer biri de:

"Cennette deve var mı?" diye sordu. Ama buna Aleyhissalatu vesselam öncekine söylediği gibi söylemedi. Şöyle buyurdular:

"Eğer Allah seni cennete koyarsa, orada canının her çektiği, gözünün her hoşlandığı şey bulunacaktır."

Tirmizi, Cennet 11, (2546).

5075 - Hz. Ali radıyallahu anh anlatıyor: "Resûlullah aleyhissalâtu vesselâm buyurdular ki:

"Cennette siyah gözlülerin (hurilerin) toplanma yerleri vardır. Orada, benzerini mahlukâtın hiç işitmediği güzel bir sesle şarkı okurlar ve şöyle söylerler:

"Bizler ebedileriz, hiç ölmeyiz!

Bizler nimetlere mazharız, fakr bilmeyiz!

Rabbimizden razıyız, mükedder olmayız!

Kendisinin olduğumuz beylerimize ne mutlu!"

Tirmizi, Cennet 24, (2567).

5076 - Hz. Enes radıyallahu anh anlatıyor: "Resûlullah aleyhissalâtu vesselâm buyurdular ki:

"Cennet ehlinin bir çarşısı vardır. Her cuma oraya gelirler. Derken kuzey rüzgârı eser, elbiselerini ve yüzlerini okşar. Bunun tesiriyle hüsün ve cemalleri artar. Böylece ailelerine, daha da güzelleşmiş olarak dönerler. Hanımları:

"Vallahi, bizden ayrıldıktan sonra sizin cemal ve güzelliğiniz artmış!" derler. Erkekler de:

"Sizler de, Allah'a kasem olsun, bizden sonra çok daha güzelleşmişsiniz!" derler."

Müslim, Cennet 13, (2833).

5077 - Hz. Ali radıyallahu anh anlatıyor: "Resûlullah aleyhissalâtu vesselâm buyurdular ki: "Cennette bir çarşı vardır. Ancak orada ne alış, ne de satış vardır. Sadece erkek ve kadın sûretleri vardır. Erkek bunlardan bir suret arzu ederse o sûrete girer."

Tirmizi, Cennet 15, (2553).

5078 - Hz. Ebu Hureyre radıyallahu anh anlatıyor: "Resûlullah aleyhissalâtu vesselâm: "Yaktığınız ateş, bu, cehennem ateşinin yetmiş cüzünden bir cüzdür!" buyurmuştu. (Yanındakiler):

"Zaten bu ateş, vallahi (âsileri cezalandırmaya ahirette) yeterliydi" dediler. Aleyhissalâtu vesselâm:

"Cehennem ateşi öbürüne altmışdokuz kat üstün kılındı. Her bir kat'ın harareti, bunun mislindedir."

Buhari, Bed'ü'l-Halk 10; Müslim, Cennet 29, (2843); Muvatta, Cehennem 1, (2, 994); Tirmizi,

Cehennem 7, (2592).

5079 - Yine Ebu Hureyre radıyallahu anh anlatıyor: "Resûlullah aleyhissalâtu vesselâm buyurdular ki:

"Cehennem ateşi bin yıl yakıldı. Öyle ki kıpkırmızı oldu. Sonra bin yıl daha yakıldı, öyle ki beyazlaştı. Sonra bin yıl daha yakıldı. Şimdi o siyah ve karanlıktır."

Tirmizi, Cehennem 8, (2594); Muvatta, Cehennem 2, (2, 994). Metin Tirmizi'ye aittir.

5080 - Ebu Saidi'l-Hudri radıyallahu anh anlatıyor: "Resûlullah aleyhissalâtu vesselâm buyurdular ki:

"Cehennemi kuşatan surun dört (ayrı) duvarı vardır. Her duvarın kalınlığı kırk yıllık yürüme mesafesi kadardır."

Tirmizi, Cehennem 4, (2587).

5081 - Hasan Basri rahimehullah anlatıyor: "Utbe İbnu Gazvân radıyallahu anh, Basra'da minberde (hutbe esnasında) dedi ki:

"Resûlullah aleyhissalâtu vesselâm bize şöyle buyurmuşlardı: "Cehennemin kıyısından büyük bir taş bırakıldı. Bu taş yetmiş yıl aşağı doğru düştü de henüz dibe ulaşmadı."

(Utbe İbnu Gazvân, devamla) der ki: "Hz. Ömer radıyallahu anh: "Ateşi çok zikredip hatırlayın. Zira onun harareti pek şiddetlidir; derinliği çok fazladır, çengelleri demirdendir" buyurdu."

Tirmizi, Cehennem 2, (2578).

5082 - Ebu Said el-Hudri radıyallahu anh anlatıyor: "Resûlullah aleyhissalâtu vesselâm buyurdular ki:

"Veyl, cehennemde bir vadidir. Kâfir orada, kırk yıl batar da dibine ulaşamaz."

Tirmizi, Tefsir, Enbiya, (3164).

5083 - İbnu Abbas radıyallahu anhüma anlatıyor: "Resûlullah aleyhissalâtu vesselâm buyurdular ki:

"Eğer zakkûmdan, dünyaya tek damla damlatılacak olsa, bu dünya ehlinin yiyeceklerini ifsad ederdi. Öyleyse, yiyecek ve içeceği zakkum olan cehennemliğin hali ne olur (anlayın)!"

Tirmizi, Cehennem 4, (2588).

5084 - Hz. Ebu Hureyre radıyallahu anh anlatıyor: "Resûlullah aleyhissalâtu vesselâm buyurdular ki:

"Cehennem, Rabbine şikayet ederek: "Ey Rabbim! Bir parçam diğer bir parçamı yemektedir" dedi. bununn üzerine, Allah Teâla hazretleri ona, iki nefes almaya izin verdi: **Bir nefes kışta, bir nefes de yazda. (Yazdaki nefesi) sizin rastladığınız en şiddetli sıcaktır. (Kıştaki nefesi de) sizin rastladığınız en şiddetli (soğuk olan) zemherirdir."**

Buhari, Bed'ü'l-Halk 10; Müslim, Mesacid 185, (617); Tirmizi, Cehennem 9, (2595).

5085 - Yine Ebu Hureyre radıyallahu anh anlatıyor: "Resûlullah aleyhissalâtu vesselâm buyurdular ki:

"Kıyamet günü, ateşten bir parça, boyun şeklinde uzanır. Bunun, gören iki gözü, işiten iki kulağı, konuşan bir dili vardır. Der ki: "Ben üç takım (insanı cezalandırmak) için vazifelendirildim: Allah'la birlikte bir başka ilaha dua eden kimse, bile bile zulmeden cebbâr, tasvirciler."

Tirmizi, Cehennem 1, (2577).

5086 - İbnu Mes'ud radıyallahu anh anlatıyor: "Resûlullah aleyhissalâtu vesselâm buyurdular ki:

"Kıyamet günü cehennem, yetmişbin yuları olduğu halde getirilir. Her yularında, onu çeken yetmişbin melek vardır."

Müslim, Cennet 29, (2842); Tirmizi,.Cehennem 1, (2576).

5087 - Mücahid anlatıyor: "İbnu Abbâs radıyallahu anhüma bana: "Cehennemin genişliği ne kadardır, biliyor musun?" diye sordu. Ben: "Hayır!" deyince: "Doğru, Allah'a yemin olsun, bilemezsin!" dedi ve ilave etti: "Bana Hz. Aişe radıyallahu anha dedi ki: "Resûlullah aleyhissalâtu vesselâm 'a:

"Kıyamet günü Arz toptan O'nun bir kabzasıdır (tam tasarrufundadır). Gökler de O'nun sağ eliyle dürülmüşlerdir" (Zümer 67) âyetinden sormuş ve:

"Bu sırada insanlar nerede olurlar (ey Allah'ın Resûlü)" demiştim. Aleyhissalatu vesselam: "Cehennem köprüsünde!" cevabını verdi."

Tirmizi, Tefsir, Zümer, (3242).

5088 - Ebu Hureyre radıyallahu anh anlatıyor: "Resûlullah aleyhissalâtu vesselâm buyurdular ki:

"Allah Teâla Hazretleri cenneti yarattığı zaman Cibril aleyhisselâm'a:

"Git ona bir bak!" buyurdular. O da gidip cennete baktı ve: "(Ey Rabbim!) Senin izzetine yemin olsun, onu işitip de ona girmeyen kalmayacak, herkes ona girecek!" dedi. (Allah Teâla Hazretleri) cennetin etrafını mekruhlarla çevirdi. Sonra: "Hele git ona bir daha bak!" buyurdu. Cebrail gidip ona bir daha baktı. Sonra da:

"Korkarım, ona hiç kimse girmeyecek!" dedi. Cehennemi yaratınca, Cebrail'e:

"Git, bir de şuna bak!" buyurdu. O da gidip ona baktı ve:

"İzzetine yemin olsun, işitenlerden kimse ona girmeyecektir!" dedi. Allah Teâla hazretleri de onun etrafını şehvetlerle kuşattı. Sonra da:

"Git ona bir kere daha bak!" dedi. O da gidip ona baktı. Döndüğü zaman:

"İzzetine yemin olsun, tek kişi kalmayıp herkesin ona gireceğinden korkuyorum!" dedi."

Ebu Davud, Sünnet 25, (4744); Tirmizi, Cennet 21, (2563); Nesai, Eyman 3, (7, 3).

5089 - Hz. Enes radıyallahu anh anlatıyor: "Resûlullah aleyhissalâtu vesselâm buyurdular ki:

"Cennetin etrafı mekârihle (nefsin hoşlanmadığı şeylerle) sarılmıştır. Cehennemin etrafı da şehevi (nefsin arzuladığı, cazip) şeylerle sarılmıştır."

Sahiheyn'de, Ebu Hureyre'den bu rivayet aynen gelmiştir. Ancak iki yerde "huffet" (=sarılmış) kelimesine bedel "hucibet" (=örtülmüş) kelimesi kullanılmıştır.

5090 - Yine Hz. Enes radıyallahu anh anlatıyor: "Resûlullah aleyhissalâtu vesselâm buyurdular ki:

"Cehennem, içerisine âsiler atıldıkça: "Daha var mı?" demekten geri durmaz. Bu hal, Rabbu'l-İzze'nin cehennemin üzerine ayağını koyup, iki yakasını dürüp birleştirmesine kadar devam eder. İşte o zaman cehennem:

"Yeter, yeter. İzzet ve keremine yemin olsun yeter!" der. Cennette fazlalık devam eder. Allah, ona mahsus yeni bir halk yaratır ve bunları cennetin fazla kısmına yerleştirir."

Buhari, Tefsir, Kaf 1, Eyman 12, Tevhid 7; Müslim, Cennet 37, (2848); Tirmizi, Tefsir, Kâf, (3268).

5091 - Sehl İbnu Sa'd radıyallahu anh anlatıyor: "Resûlullah aleyhissalâtu vesselâm buyurdular ki:

"Cennet ehli, gurfelerde kalanları seyrederler, tıpkı gökteki yıldızları seyretmeniz gibi."

Buhari, Rikak 51; Müslim, Cennet 10, (2830).

5092 - Ebu Sa'id radıyallahu anh anlatıyor: "Resûlullah aleyhissalâtu vesselâm buyurdular ki:

"Cennet ehli gurfelerde kalanları (ehl-i guraf) görürler. **Tıpkı, ufukta doğudan batıya giden inci gibi parlak yıldızları gördüğünüz gibi.** Aralarındaki fazilet farkı, (gurfe ehlini) böyle yukarıda gösterir."

Bunun üzerine Ashâb: "Ey Allah'ın Resûlü! Bu söylediğiniz, peygamberlerin makamı olmalı, başkaları oraya ulaşamamalı!" dedi. Ancak Aleyhissalatu vesselâm:

"Hayır! Ruhumu kudret elinde tutan Zât'a yemin olsun! Gurfelerde kalanlar (peygamberler değiller), Allah'a inanıp peygamberleri tasdik eden kimselerdir!" buyurdular."

Buhari, Bed'u'l-Halk 8; Müslim, Cennet 11, (2831).

5093 - Hz. Ebu Hureyre radıyallahu anh anlatıyor: "Resûlullah aleyhissalâtu vesselâm buyurdular ki:

"**Cennete ilk girecek zümre, dolunay gecesindeki ay suretindedir. Onu takip eden zümre, parlaklık yönüyle gökteki en büyük yıldız gibidir.** Cennetlikler bevletmezler, büyük abdest de bozmazlar, tükürmezler, sümkürmezler de. Tarakları altındandır, terleri misktir. Buhurdanları öd ağacından, zevceleri kara gözlü hurilerden olacak. Onlar ataları Âdem'in yaratılışı üzere, altmış zirâ boyunda tek bir adam suretinde olacaklar."

Buhari, Bed'ü'l-Halk 8, Enbiya 1; Müslim, Cennet 15, (2834); Tirmizi, Cennet 7, (2540).

5095 - Ebu Said el-Hudri radıyallahu anh anlatıyor: "Resûlullah aleyhissalâtu vesselâm buyurdular ki:

"Bir kimse cennetlik olarak ölünce, büyük veya küçük, yaşı ne olursa olsun, otuz yaşında bir kimse olarak cennete girer ve artık bu yaş ebediyyen değişmez. Cehennemlikler için de durum böyledir."

Tirmizi, Cennet 23, (2565).

5096 - Hz. Ebu Hureyre radıyallahu anh anlatıyor: "Resûlullah aleyhissalâtu vesselâm buyurdular ki:

"Cennet ehlinin vücudu kılsız, yüzü sakalsız, gözleri sürmelidir, gençlikleri zail olmaz, elbiseleri eskimez."

Tirmizi, Cennet 8, (2542).

Tirmizi'nin bir rivayetinde şu ziyade var: "Cennetliklerin başlarında taçlar vardır. Taçtaki tek bir inci, meşrık ile mağrib arasını aydınlatır."

5097 - Ebu Rezin el-Ukayli radıyallahu anh anlatıyor: "Resûlullah aleyhissalâtu vesselâm buyurdular ki:

"Cennet ehlinin çocuğu olmaz, (orada doğum yoktur)."

Tirmizi, Cennet 23, (2566).

5099 - el-Hudri radıyallahu anh anlatıyor: "Resûlullah aleyhissalâtu vesselâm buyurdular ki:

"Kıyamet günü arz, tek bir çörek olacak. Cebbâr (olan Allah Teâla hazretleri), onu, cennetliklere azık olarak elinde çevirecektir, tıpkı sizin sefer sırasında çöreğinizi çevirdiğiniz gibi!" Bu sırada bir yahudi gelerek:

"Ey Ebu'l-Kâsım! Rahman (olan Allah) seni mübarek kılsın! Kıyamet günü cennet ehlinin (iştah açıcı) ikramı ne olacak haber vereyim mi?" dedi. Efendimiz:

"Söyle bakalım!" buyurdular. Adam, tıpkı Aleyhissalâtu vesselâm'ın söylediği gibi:

"Arz, tek bir çörek olur!" dedi. Resûlullah aleyhissalâtu vesselâm bize baktılar. Sonra azı dişleri görününceye kadar tebessüm buyurdular ve:

"Peki cennet ehlinin katıklarını sana haber vereyim mi?" dediler. Adam: "Buyurun!" dedi. Aleyhissalatu vesselam:

"Bâlâm ve nûn!" buyurdular. Adam:

"Bu nedir?" dedi. Aleyhissalatu vesselam:

"Öküz ve balıktır. Bunların ciğerlerinin kenarından yetmişbin kişi yer" buyurdular."

Buhari, Rikak 44; Müslim, Münafikûn 30, (2792).

5101 - İbnu Ömer radıyallahu anhüma anlatıyor: "Resûlullah aleyhissalâtu vesselâm buyurdular ki:

"Cennet ehlinin mertebece en düşük olanı o kimsedir ki: Bahçelerine, zevcelerine, nimetlerine, hizmetçilerine, koltuklarına bakar. Bunlar bin yıllık yürüme mesafesini doldururlar.

Cennetliklerin Allah nezdinde en kıymetli olanları ise, vech-i ilahiye sabah ve akşam nazar ederler."

Resûlullah aleyhissalâtu vesselâm sonra şu ayeti okudu. (Meâlen): "Yüzler vardır, o gün ter ü tâzedir, Rablerini görecektir" (Kıyamet 22-23).

Tirmizi, Cennet 17, (2556), Tefsir, Kıyamet (3327).

5102 - Mugire İbnu Şu'be radıyallahu anh anlatıyor: "Resûlullah aleyhissalâtu vesselâm buyurdular ki:

"Hz. Musa aleyhisselâm Rabbine sordu:

"Derece itibariyle cennet ehlinin en düşüğü nasıldır?" Rab Teâla buyurdu: "O, cennet ehli cennete dahil edildikten sonra gelecek olan bir adamdır ki kendisine:

"Cennete gir!" denilir. Adam:

"Ey Rabbim nasıl gireyim. Herkes yerlerine yerleşti, mekanlarını tuttu!" der. Ona şöyle denilir:

"Sana dünya meliklerinden birinin mülkü kadar mülk verilmesine razı mısın?"

"Rabbim, razıyım!" der. Rab Teâla:

"Sana bu verilmiştir. Onun misli, onun misli, onun misli, onun misli de."

Adam beşincide:

"Ey Rabbim razı oldum (yeter!)" der. Rab Teâla:

"Bu sana verildi, on misli daha verildi. Ayrıca gönlün her ne isterse, gözün neden zevk alırsa, sana hep verilmiştir!" buyurur. Adam:

"Rabbim razı oldum(yeter!)" der. (Hz. Musa sormaya devam eder):

"Ya derecesi en üstün olan (nasıldır)?"

"İşte irade ettiklerim bunlardı. Onların keramet fidanlarını kendi elimle diktim ve üzerlerine mühür vurdum. Onlara hazırladığımı, ne bir göz görmüş ne bir kulak işitmiştir, hiçbir beşer kalbine de hutur etmemiştir."

Müslim, İman 312, (189); Tirmizi, Tefsir, Secde, (3196).

5103 - Ebu Sa'id el-Hudri radıyallahu anh anlatıyor: "Resûlullah aleyhissalâtu vesselâm buyurdular ki: "Allah Teâla hazretleri cennet ehline;

"Ey cennet ahalisi!" diye seslenir. Onlar:

"Ey Rabbimiz, buyur! Ebrine âmâdeyiz! Hayır senin elindedir!" derler. Rab Teâla:

"Razı oldunuz mu?" diye sorar. Onlar:

"Ey Rabbimiz! Razı olmamak ne haddimize! Sen bize mahlûkatından bir başkasına vermediğin nimetler verdin!" derler. Rab Teâla:

"Ben sizlere bundan daha fazlasını vereyim mi?" der. Onlar:

"Bu verdiklerinden daha üstün ne olabilir?" derler. Rab Teâla:

"Size rızamı helal kıldım. Artık, size ebediyen gadab etmeyeceğim!" buyururlar."

Buhari, Rikâk 51, Tevhid 38; Müslim, Cennet 9, (2829); Tirmizi, Cennet 18, (2558).

5104 - Ebu Hureyre radıyallahu anh anlatıyor: "Resûlullah aleyhissalâtu vesselâm buyurdular ki:

"Bana cennete giren ilk üç kişi arzedildi. Bunlardan biri şehid, biri iffetli olan (ve azla yetinerek) iffetini koruyan, biri de Allah'a ibadetini güzel yapan ve efendilerine hayırhah olan bir köle idi."

Tirmizi, Fezâilu'l-Cihad 13, (1642).

5105 - Harise İbnu Vehb radıyallahu anh anlatıyor: "Resûlullah aleyhissalâtu vesselâm: "Size cennet ehlini haber vereyim mi?" buyurdular. Ashab:

"Evet ey Allah'ın Resûlü" dedi. Aleyhissalatu vesselâm:

"Her bir biçare addedilen zayıf kimsedir. Bu kimse, bir hususta Allah'a yemin etse, Allah onun dilediğini yerine getirirek tebrie eder ve hânis kılmaz" buyurdu ve tekrar sordu:

"Size cehennem ehlini haber vereyim mi? Bunlar kaba, cimri ve kibirli kimselerdir."

Buhari, Tefsir, Nûn 1, Edeb 61, Eymân 9; Müslim, Cennet 46, (2853); Tirmizi, Cehennem 13, (2608).

5106 - Ebu Davud'da Harise radıyallahu anh'tan gelen bir rivayette, Resûlullah aleyhissalâtu vesselâm şöyle buyurmuştur: "Cennete ne zengin cimri, ne de kaba merhametsiz girer."

Ebu Davud, Edeb 8, (4801).

5107 - Nu'mân İbnu Beşir radıyallahu anhüma anlatıyor: "Resûlullah aleyhissalâtu vesselâm buyurdular ki:

"Cehennemliklerin azab cihetiyle en hafif olanı, ayağında ateşten bir nalın ve nalın bağı olan kimsedir ki, ayağındakiler sebebiyle, tıpkı tencerenin kaynaması gibi, başında dimağı kaynar. Öyle tahammülfersa bir azam duyar ki, azabca insanların en hafifi olduğu halde, kendinden şiddetli azab çeken olmadığını zanneder."

Buhari, Rikâk 8; Müslim, İman 363, (213); Tirmizi, Cehennem 12, (2607).

5108 - Semüre İbnu Cündeb radıyallahu anh anlatıyor: "Resûlullah aleyhissalâtu vesselâm buyurdular ki:

"(Cehennemlikler derece derecedir.) Bir kısmı vardır, ateş onları topuğuna kadar yakalar, bir kısmı vardır, dizlerine kadar yakalar, bir kısmı vardır kemere kadar yakalar, bir kısmı vardır köprücük kemiğine kadar yakalar."

Müslim, Cennet 33, (2845).

5109 - Ebu'd-Derda radıyallahu anh anlatıyor: "Resûlullah aleyhissalâtu vesselâm buyurdular ki:

"Cehennem ehline açlık musallat edilir. Bu, içinde bulundukları azaba eşit dereceye ulaşır. Açlığa karşı yardım talep ederler. Onlara besleyici olmayan ve açlığı gidermeyen darî' (denen dikenli bir ot) verilir. Tekrar yiyecek isterler, bu sefer de boğazda tıkanıp kalan bir yiyecekle imdat edilir. (Bu da boğazlarında takılır kalır, ne ileri geçer, ne de geri gelir.) Derken, dünyada iken, bu durumda, bir içecekle takılan lokmaları kaydırdıklarını hatırlarlar ve bir içecek talep ederler. Kendilerine demir kancalar bulunan kaplarda kaynar sular verilir. Bu kaplar, yüzlerine yaklaştırılınca, yüzlerini dağlayıp atar. Su karınlarına girince, içerilerini param parça eder. Bu sefer de:

"Cehennemin bekçilerini çağırın, ola ki azabımızı biraz hafifletir!" derler. Onları çağırırlar. Onlar gelince:

"Size peygamberleriniz bu halleri açıklayan haberleri getirmemiş miydi?" derler. Onlar:

"Evet getirmişti (ama dinlemedik)" derler. Bunun üzerine, bekçiler:

"Siz isteyin durun! Kâfirlerin istekleri (burada) boşadır!" derler" (Gâfir 50). Cehennemlikler bekçilerden ümidi kesince:

"(Cehenneme müvekkel melek) Mâlik'i çağırın!" derler. (Mâlik gelince):

"Ey Mâlik, (söyle de) Rabbin bizim hakkımızda ölüme hükmetsin!" derler. Mâlik de onlara:

"Hayır! (Siz burada canlı olarak ebedi) kalıcılarsınız!" diye cevap verecek" (Zuhruf 77).

(Hadisin ravilerinden) A'meş rahimehullah der ki: "Bana bildirildi ki, cehennemliklerin Mâlik'e yalvarmaları ile Mâlik'in onlara verdiği cevap arasında bin yıllık zaman geçecektir. Cehennemlikler, bu sefer aralarında:

"Rabbinize dua edin, sizin için O'ndan daha hayırlı kimse yok!" diyecekler ve elbirlik şöyle yakaracaklar:

"Ey Rabbimiz, bedbahtlığımız bize galebe çalmıştı, biz gerçekten sapıtmış kimselerdik. Ey Rabbimiz bizi bundan çıkar. Eğer (yine) küfre dönersek artık hiç şüphesiz ki zâlimlerden oluruz" (Mü'minûn 106-107). Rab Teâl, onlara: "Cehennemin içine yıkılıp gidin! Bana bir şey söylemeyin!" diyecek" (Mü'minûn 108).

Resûlullah devamla dedi ki: "Bu cevap üzerine, cehennem ehli her çeşit hayırdan ümidlerini keserler; hıçkırmaya, nedâmet etmeye, dövünüp yırtınmaya başlarlar."

Tirmizi, Cehennem 5, (2589).

5110 - Hz. Ebu Hureyre radıyallahu anh anlatıyor: "Resûlullah aleyhissalâtu vesselâm buyurdular ki:

"Cehennemliklerin tepelerine kaynar su dökülür. Bu su, vücudlarının içine nüfuz eder, öyle ki karınlarına kadar ulaşır; içlerinde ne var ne yok, söker atar ve ayaklarını delip geçer. Bu hâdise "Bununla karınlarının içinde ne varsa hepsi ve derileri eritilecektir" (Hacc 20) ayetinde zikri geçen eritme (es-Sahru) hâdisesidir. Sonra (eriyen cesedleri) eski haline iade edilir."

Tirmizi, Cehennem 4, (2585).

5111 - Yine Ebu Hureyre radıyallahu anh anlatıyor: "Resûlullah aleyhissalâtu vesselâm buyurdular ki:

"Kâfirin cehennemdeki bir azı dişi Uhud dağı kadardır. Derisinin kalınlığı da üç gecelik yol mesafesidir."

Müslim, Cennet 44, (2851); Tirmizi, Cehennem 3, (2580, 2581, 2582).

5112 - İbnu Ömer radıyallahu anhüma anlatıyor: "Resûlullah aleyhissalâtu vesselâm buyurdular ki:

"Kâfir, bir iki fersah uzunluğundaki dilini Kıyamet günü yerde sürür, (Mevkıf'te) insanlar onun üzerine basarlar."

Tirmizi, Cehennem 3, (2583).

5113 - Hz. Ebu Hureyre radıyallahu anh anlatıyor: "Resûlullah aleyhissalâtu vesselâm buyurdular ki:

"Kıyamet günü ilk çağrılacak olan, Hz. Âdem'dir. Hak Teâla Hazretleri:

"Ey Âdem!" der. Hz. Âdem:

"Buyur ey Rabbim, emrindeyim!" der. Rabb Teâla:

"Zürriyyetinden cehenneme girecekleri ayır!" emreder. Âdem:

"Ey Rabbim ne miktarını ayırayım?" diye sorar. Rabb Teâla:

"Her yüzden doksandokuzunu!" ferman buyurur."

(Ashab bu esnada atılıp): "Ey Allah'ın Resûlü! Bizden geriye ne kaldı?" derler. Aleyhissalâtu vesselâm:

"Benim ümmetim, diğer ümmetler yanında siyah öküzün başındaki beyaz tüy gibi (az)dır!" buyurdular."

Buhari, Rikak 45.

5114 - Yine Ebu Hureyre radıyallahu anh anlatıyor: "Resûlullah aleyhissalâtu vesselâm buyurdular ki:

"Hz. İbrahim aleyhisselâm, Kıyamet günü, babası Azer'i (yüzü) üzerinde bir siyahlık ve toz toprak olduğu halde görür. Babasına:

"Ben sana dünyada iken, "Bana, âsi olma!" demedim mi?" der. Babası ona:

"İşte bugün ben artık sana âsi olmayacağım!" der. Bunun üzerine İbrahim aleyhisselâm:

"Ey Rabbim! Sen yeniden diriltilme gününde beni rüsvay etmeyeceğini vaadetmiştin. Rahmetten uzak babamın halinden daha rüsvay edici başka ne var?" diye yakarır. Allah Teâla Hazretleri:

"Ben cenneti kâfirlere haram kıldım!" cevabında bulunur. Sonra şöyle nida edilir:

"Ey İbrahim, ayaklarının altında ne var, biliyor musun?" İbrahim yere bakar ve kana bulanmış bir sırtlan görür. Derhal ayaklarından tutulup ateşe atılır. (İşte bu, İbrahim'in babasıdır, o çirkin surete sokulmuştur)."

Buhari, Enbiya 8, Tefsir, Şu'arâ 1.

5115 - Hz. Ebu Hureyre radıyallahu anh anlatıyor: "Resûlullah aleyhissalâtu vesselâm buyurdular ki:

"Cennet ve cehennem, aralarında (ihtilaf ederek Allah nezdinde) dâvâ açtılar. Cehennem:

"Ben, mütekebbirler (dünyada büyüklük taslayanlar) ve mütecebbirler (zorbalık yapanlar) için tercih edildim!" diye övündü. Cennet de:

"(Ey Rabbim!) Bana niçin sadece zayıflar ve (insanlar nazarında) düşük olanlar, (hakir görülenler) girer?" dedi. Allah Teâla Hazretleri önce cennete hitap etti:

"Sen benim rahmetimsin. Kullarımdan dilediklerime rahmetimi seninle ulaştıracağım!" Sonra da cehenneme hitap etti:

"Sen de benim azabımsın. Kullarımdan dilediğimi seninle azablandıracağım!" (Her ikisine yönelerek):

"İkiniz(in de vazifesi var! İkiniz de) dolacaksınız!" buyurdu. Ancak cehennem, bir türlü dolmak bilmedi. Allah Teâla da üzerine bastı. Derken cehennem:

"Yeter! Yeter!" diye inledi. Bu suretle dolmuş olan cehennemin ağzı birbirine kavuştu. Allah mahlûkatından hiçbir ferde asla zulmetmez.

Cennete gelince, Allah onu yeni mahlûkat yaratarak dolduracaktır."

Buhari, Tefsir, Kâf 1, Tevhid 25; Müslim, Cennet 35, (2846); Tirmizi, Cennet 22, (2564).

5116 - Ebu Sa'id radıyallahu anh anlatıyor: "Resûlullah aleyhissalâtu vesselâm buyurdular ki:

"Hakkıyla cehennemlik olan cehennemlikler var ya, onlar cehennemde ne ölürler ne de yaşarlar. Lâkin günahları -yahut hataları denmiştir- sebebiyle ateşe dûçar olan birkısım kimseler vardır ki, ateş onları tamamen öldürür. Yanıp kömür olduktan sonra, kendilerine şefaat edilme izni verilir. Böylece grup grup getirilirler ve cennet nehirlerine dağıtılırlar. Sonra:

"Ey cennet ehli! Bunların üzerlerine su dökün" denilir. Bunlar, sel yatağında biten bir ot gibi yeniden biterler."

Müslim, İman 306, (185).

5117 - Yine Ebu Sa'id radıyallahu anh anlatıyor: "Resûlullah aleyhissalâtu vesselâm buyurdular ki:

"Mü'minler cehennemden kurtarılıp, cennetle cehennem arasındaki köprüde bir müddet hapsedilirler. Bu sırada, aralarında dünyada geçmiş olan haksızlıklar kısas edilir. Böylece günahlardan temizlenip paklandıktan sonra cennete girmelerine izin verilir. Nefsimi kudret elinde tutan Zât-ı Zülcelâl'e yemin olsun, onlardan herbiri, cennetteki evini, dünyadaki evinden daha iyi bilir."

Buhari, Mezalim 1, Rikâk 48.

5118 - İmran İbnu Husayn radıyallahu anh anlatıyor: "Resûlullah aleyhissalâtu vesselâm buyurdular ki:

"Muhammed aleyhissalâtu vesselâm'ın şefaati ile, birkısım insanlar cehennemden çıkacak, cennete girecektir. Bunlara cehennemlikler denecektir."

Buhari, Rikak 513, Ebu Davud, Sünnet 23, (4740); Tirmizi, Cehennem 10, (2603).

5119 - Ebu Hureyre radıyallahu anh anlatıyor: "Resûlullah aleyhissalâtu vesselâm buyurdular ki:

"Cehenneme giren iki kişinin oradaki bağırtıları şiddetlenecek. Allah Teâla Hazretleri: "Çıkarın bunları!" buyuracak. Onlara:

"Niçin bağırıyorsunuz?" diye sorulacak. Onlar:

"Bize merhamet edesin diye böyle yaptık!" diyecekler. Rab Teâla:

"Benim size rahmetim, gidip kendinizi ateşe atmanız şeklindedir!" buyuracak. Onlar gidecekler. Biri kendisini ateşe atacak. Allah da ateşi ona soğuk ve selametli kılacak. Diğeri kalkar fakat kendini ateşe atamaz. Allah Teâla hazretleri:

"Arkadaşının attığı gibi, seni de kendini atmaktan alıkoyan nedir?" diye sorar. Adam:

"Ey Rabbim, beni ondan çıkardıktan sonra oraya bir kere daha göndermeyeceğini ümid ediyorum!" der. Allah Teâla hazretleri:

"Haydi ümidini verdim!" der. İkisi de Allah'ın rahmetiyle cennete sokulurlar."

Tirmizi, Cehennem 10, (2602).

5120 - İbnu Mes'ud radıyallahu anh anlatıyor: "Resûlullah aleyhissalâtu vesselâm buyurdular ki:

"Cennete en son giren kimse, bazan yürür, bazan ağlar. Ateş de arada sırada onu yalar geçer. Cehennemi tamamen geçince dönüp ona bir nazar eder ve:

"Senden beni kurtaran Allah münezzehtir! Allah Teâla hazretleri, bana evvelin ve ahirinden hiç kimseye vermediği şeyi verdi!" der. Derken ona bir ağaç gösterilir.

"Ya Rabbi! der, beni şu ağaca yaklaştır da altında gölgeleneyim, suyundan içeyim!" Allah Teâla hazretleri:

"Ey âdemoğlu! Dilediğini versem benden başka bir şey istemezsin değil mi?" der. Adam:

"Ey Rabbim, ondan başka bir şey istemeyeceğim!" der ve başka bir şey istemeyeceğine dair söz verir. Rabbi de onun özrünü kabul eder. Çünkü o, sabredemeyeceği şeyi görmüştür. Onu ağaca yaklaştırır. Adamcağız, onun gölgesinde gölgelenir, suyundan içer. Sonra adama, evvelkinden daha güzel bir ağaç daha gösterilir. Dayanamayıp:

"Ey Rabbim! Beni şuna yaklaştır, gölgesinde gölgeleneyim, suyundan içeyim, artık senden başka bir şey istemeyeceğim!" der. Allah Teâla:

"Ey âdemoğlu! Bana öncekinden başkasını istememeye söz vermemiş miydin? Ben seni yaklaştıracak olsam başka şeyler isteyeceksin!" der. Adam, başka şey istemeyeceği hususunda söz verir. Rabbi de onu mazur görür. Çünkü o, sabredemeyeceği şeyi görmüştür. Adamı ona yaklaştırır. Adam onun gölgesinde gölgelenir, suyundan içer.

Sonra ona cennetin kapısının yanında bir ağaç yükseltilir. Bu ağaç diğer ikisinden daha güzeldir. Adam yine:

"Ey Rabbim" Beni şuna yaklaştır da gölgesinde gölgeleneyim, suyundan içeyim, senden başka bir şey istemiyorum!" der. Rab Teâla:

"Ey âdemoğlu! Sen ondan başka bir şey istemeyeceğine dair bana söz vermemiş miydin?" der. Adam:

"Evet, Rabbim! Senden başka bir şey istemeyeceğim!" der. Rabbi onu mazur görür. Çünkü o, sabredemeyeceği bir şey görmüştür. Onu bu ağaca yaklaştırır. Adam ona yaklaştırılınca cennet ehlinin seslerini işitir. (Dayanamayıp):

"Ey Rabbim! Beni cennete sok!" der. Rab Teâla:

"Ey âdemoğlu! Beni senden kurtaracak şey nedir! Dünya kadarını ve beraberinde mislini versem razı olur musun!" der. Adam:

"Ey Rabbim! Benimle istihza mı ediyorsun? sen ki âlemlerin Rabbisin!" der."

İbnu Mes'ûd bu noktada güldü ve: "Niye güldüğümü sormuyor musunuz?" dedi.

"Niye güldün söyle!" dediler.

"Reşûlullah aleyhissalâtu vesselâm da böyle gülmüştü. "Niye güldünüz?" diye soruldu da:

"Rabbülalemin'in, adamın "Sen ki âlemlerin Rabbisin, benimle istihza mı ediyorsun?" demesine gülmesine gülüyorum!" dedi.

Allah Teâla Hazretleri:

"Ben seninle istihza etmiyorum. Lâkin ben, Azimüşşân dilediğimi yapmaya kâdirim!" buyurdular."

Müslim, İman 310, (187).

5121 - Cerîr İbnu Abdillah radıyallahu anh anlatıyor: "Resûlullah aleyhissalâtu vesselâm bir dolunay gecesi, aya baktı ve:

"Siz şu ayı gördüğünüz gibi, Rabbinizi de böyle perdesiz göreceksiniz ve O'nu görmede bir sıkışıklığa düşmeyeceksiniz (herkes rahatça görecek). Artık, güneşin doğma ve batmasından önce hiçbir namaz hususunda size galebe çalınmamasına gücünüz yeterse bunu yapın (namazları vaktinde kılın, vaktini geçirmeyin)."

Cerir der ki: "Resûlullah, sonra şu ayeti okudu: "Rabbini güneşin doğmasından ve batmasından önce hamd ile tesbih et" (Tâ-ha 13).

Buhari, Mevâkitu's-Salât 6, 26, Tefsir, Kâf 1, Tevhid 24; Müslim, Mesacid 211, (633); Ebu Davud, Sünnet 20, (4729); Tirmizi, Cennet 16, (2554).

5122 - Hz. Süheyb radıyallahu anh anlatıyor: "Resûlullah aleyhissalâtu vesselâm buyurdular ki:

"Cennetlikler cennete girince Allah Teâla Hazretleri:

"Bir şey daha istiyorsanız söyleyin, onu da ilaveten vereyim!" buyurur. Cennetlikler:

"Sen bizim yüzlerimizi ak etmedin mi? Sen bizi cennete koymadın mı? Sen bizi cehennemden kurtarmadın mı (daha ne isteyeceğiz?)" derler. Derken perde açılır. Onlara, yüce Rablerine bakmaktan daha sevimli bir şey verilmemiştir."

Süheyb der ki: "Resûlullah bu sözlerinden sonra şu ayeti tilavet buyurdular. (Mealen): "İyi iş, güzel amel yapanlara daha güzel iyilik bir de ziyade vardır" (Yunus 26).

Müslim, İmam 297, (181); Tirmizi, Cennet 16, (2555).

5123 - Ebu Zerr radıyallahu anh anlatıyor: "Resûlullah aleyhissalâtu vesselâm'a: "Sen Rab Teâla'nı hiç gördün mü?" diye sordum.

"Nurdur, ben O'nu nasıl görürüm?" buyurdular."

Müslim, İman 291, (178); Tirmizi, Tefsir, Necm, (3278).

5124 - Mesrûk rahimehullah anlatıyor: "Hz. Aişe radıyallahu anhâ'ya dedim ki: "Ey anneciğim! Muhammed aleyhissalâtu vesselâm Rabbini gördü mü?" Bu soru üzerine:

"Söylediğin sözden tüylerim ürperdi. Senin üç hatalı sözden haberin yok mu? Kim onları sana söylerse yalan söylemiş olur. Şöyle ki: **Kim sana: "Muhammed Rabbini gördü" derse yalan söylemiş olur.**

(Hz. Aişe bu noktada, sözüne delil olarak) şu ayeti okudu. (Mealen): **"Onu gözler idrak edemez, O ise gözleri idrak eder" (En'âm 103).**

Devamla dedi ki: "Kim sana derse ki Muhammed yarın olacak şeyi bilir, yalan söylemiştir. Zira ayet-i kerimede (mealen): "Hiçbir nefis yarın ne kesbedeceğini bilemez" (Lokman 34) buyrulmuştur. Kim sana "Muhammed'in vahiyden birşey gizlediğini söylerse o da yalan söylemiştir. Çünkü ayet-i kerimede (Mealen):

"Ey Peygamber! Sana Rabbinden her indirileni tebliğ et. Şayet bunu yapmazsan Allah'ın risaletini tebliğ etmiş olmazsın" (Maide 67) buyrulmuştur. Lakin Resûlullah aleyhissalâtu vesselâm Cibril'i (suret-i asliyesinde) iki sefer görmüştür."

Buhari, Tefsir, Maide 7, Bed'ü'l-Halk 6, Tefsir, Necm 1, Tevhid 4; Müslim, İman 287, (177); Tirmizi, Tefsir, En'âm, (3070).

7291 - Enes İbnu Malik radıyallahu anh anlatıyor: "Resûlullah aleyhissalatu vesselâm buyurdular ki: "Şu dünya ateşiniz var ya! Bu, cehennem ateşinin yetmiş cüzünden bir cüzdür. Eğer o, su ile iki kere söndürülmemiş (harareti giderilmemiş) olsaydı, ondan faydalanamazdınız. Şurası muhakkak ki, bu dünya ateşi, aziz ve celil olan Allah'a, bir daha eski hararetine döndürmemesi için dua eder."

7292 - Ebu Sa'îd radıyallahu anh anlatıyor: "Resûlullah aleyhissalatu vesselam buyurdular ki: "(Cehennemde) kafirin vücudu büyür. Öyle ki bir azı dişi Uhud dağından büyük olur. Vücudunun dişinden büyüklüğü, sizden birinin vücudunun dişinden büyüklüğü gibidir."

7293 - Hâris İbnu Ukayş radıyallahu anh anlatıyor: "Resûlullah aleyhissalâtu vesselam buyurdular ki: "Şurası muhakkak ki, benim ümmetimde öyle şefaati makbul kimseler var ki, birinin şefaatiyle Mudar kabilesinin insanlarından daha çok kimse cennete girecektir. Benim (davetime muhatap olan) ümmetimden öylesi de var ki, vücudu ateş için irileşir ve cehennemin bir köşesini teşkil eder."

7294 - Hz. Enes radıyallahu anh anlatıyor: "Resûlullah aleyhissalâtu vesselâm buyurdular ki: "Ağlama, cehennem ahalisi üzerine gönderilir. Bunun üzerine onlar da (ağlamaya başlarlar ve) gözyaşları kuruyuncaya kadar ağlarlar. Sonra (yaş yerine) kan ağlarlar. Öyle ki yüzlerinde kanallar meydana gelir. Eğer bu kanallara gemiler salınsa gemiler yürür."

7295 - Ebu Hureyre radıyallahu anh anlatıyor: "Resûlullah aleyhissalâtu vesselâm buyurdular ki: "Kıyamet günü ölüm getirilir. Sırat üzerinde durdurulur ve: "Ey cennet ahalisi!" diye nida edilir. Cennettekiler, (bu çağrı üzerine) içinde bulundukları (o güzel) yerden çıkarılacakları korku ve heyecanıyla bakarlar. Sonra da: "Ey cehennem ahalisi!" diye nida edilir. Onlar da içinde bulundukları (o fena) yerden çıkarılacakları ümid ve sevinciyle bakarlar. (Ölüm gösterilerek) "Bunu tanıyor musunuz?" denilir. (Cennetlikler ve cehennemlikler hepsi bir ağızdan:) "Evet! Bu ölümdür" derler."

Resûlullah aleyhissalâtu vesselam buyurdu ki: "Bundan sonra emredilir ve Sırat üzerinde ölüm kesilir. Sonra her iki tarafa birden: "Haydi bulunduğunuz hal üzere ebediyet sizindir, burada artık ölüm yoktur" denilir."

7296 - Ebu Sa'îdi'l-Hudrî radıyallahu anh anlatıyor: "Resûlullah aleyhissalatu vesselam buyurdular ki: "Cennette bir karışlık yer (ebedi olduğu için, fani olan) küre-i arz ve üzerinde bulunanlardan -dünya ve içindekilerden- daha hayırlıdır."

7297 - Sehl İbnu Sa'd radıyallahu anh anlatıyor: "Resulullah aleyhissalâtu vesselâm buyurdular ki: "Cennette bir kamçılık yer (ebedi olduğu için, fani olan) dünya ve içindekilerden daha hayırlıdır."

7298 - Üsâme İbnu Zeyd radıyallahu anh anlatıyor: "Resulullah aleyhissalâtu vesselâm bir gün Ashab-ı Kiramına: "İçinizde cennet için gayret edecek kimse yok mu? Zira cennetin eşi yoktur. Kâ'be'nin Rabbine yemin ederim ki, cennet, parıl parıl parlayan nurları, güzel kokulu üğrünen yeşillikleri, sağlam yüksek köşkleri, devamlı akan nehirleri, çok çeşitli olgun meyveleri, güzel genç zevceleri, pek çok takım elbiseleri ile yüksek, sağlam ve güzel saraylarda saadet ve yüz parlaklığı içinde yaşanan ebedi mekandır" buyurdu. Sahabiler: "Biz zaten onun için gayretteyiz, ey Allah'ın Resulü!" dediler. Aleyhissalâtu vesselâm: "İnşaallah!" deyiniz" dedi ve sonra cihaddan söz açtı ve ona teşvik etti."

7300 - Hz. Ebu Hureyre radıyallahu anh anlatıyor: "Resülullah aleyhissalâtu vesselam buyurdular ki: "(Cennette) sizden herbirinin iki tane menzili vardır: "Bir menzili cennette, bir menzili de cehennemde. Ölünce cehenneme girerse cennet ehli onun menziline varis olur. İşte Allah Teâla hazretlerinin şu sözü bu durumu teyid eder: "İşte onlar varislerin ta kendileridir" (Mü'minün 10)."

KUR'AN-I KERİM AYETLERİNDE CEHENNEM

İnkâr edenlere de ki: "Yakında yenilgiye uğratılacaksınız ve toplanıp cehenneme sürüleceksiniz." Ne kötü yataktır o. (3/12)

Bazı yüzlerin ağaracağı, bazı yüzlerin de kararacağı gün... Yüzleri kapkara kesilecek olanlara: "İmanınızdan sonra inkar ettiniz, öyle mi? Öyleyse inkar etmenize karşılık olarak azabı tadın" (denilir). (3/106)

Ayetlerimize karşı inkâra sapanları şüphesiz ateşe sokacağız. Derileri yanıp döküldükçe azabı tadmaları için onları başka derilerle değiştireceğiz. Gerçekten Allah güçlü ve üstün olandır hüküm ve hikmet sahibidir. (4/56)

Ateşin üstünde durdurulduklarında onları bir görsen; derler ki: "Keşke (dünyaya bir daha) geri çevrilseydik de Rabbimizin ayetlerini yalanlamasaydık ve mü'minlerden olsaydık." (6/27)

Rablerinin karşısında durdurulduklarında onları bir görsen: (Allah:) "Bu, gerçek değil mi?" dedi. Onlar: "Evet, Rabbimiz hakkı için" dediler. (Allah:) "Öyleyse inkâr edegeldikleriniz nedeniyle azabı tadın" dedi. (6/30)

Onların tümünü toplayacağı gün: "Ey cin topluluğu insanlardan çoğunu (ayartıp kendinize kullar) edindiniz" (diyecek). İnsanlardan onların dostları derler ki: "Rabbimiz kimimiz kimimizden yararlandı ve bizim için tesbit ettiğin süreye ulaştık." (Allah) Diyecek ki: "Allah'ın dilediği dışta olmak üzere ateş sizin içinde süresiz kalacağınız konaklama yerinizdir." Şüphesiz Rabbin hüküm ve hikmet sahibi olandır bilendir. (6/128)

(Allah) diyecek: "Cinlerden ve insanlardan sizden önce geçmiş ümmetlerle birlikte ateşe girin." Her bir ümmet girişinde kardeşini (kendi benzerini) lanetler. Nitekim hepsi birbiri ardınca orada toplanınca en sonra yer alanlar en önde gelenler için: "Rabbimiz, işte bunlar bizi saptırdı; öyleyse, ateşten kat kat arttırılmış bir azab ver diyecekler. (Allah da:) "Hepsi için kat kattır. Ancak siz bilmezsiniz" diyecek. (7/38)

(Bu sefer) Önde gelenler, sonda yer alanlara diyecekler ki: "Sizin bize göre bir üstünlüğünüz yoktur kazandıklarınıza karşılık olarak azabı tadın." (7/39)

Şüphesiz, ayetlerimizi yalanlayanlar ve onlara karşı büyüklenenler onlar için göğün kapıları açılmaz ve halat (ya da deve) iğnenin deliğinden geçinceye kadar cennete girmezler. Biz suçlu-günahkarları işte böyle cezalandırırız. (7/40)

Onlar için, cehennemden yataklar ve üstlerine örtüler vardır. Biz zulme sapanları işte böyle cezalandırırız. (7/41)

Cennet halkı, ateş halkına (şöyle) seslenecekler: "Bize Rabbimizin vadettiğini gerçek bulduğunuz mu?" Onlar da: "Evet" derler. Bundan sonra içlerinden seslenen biri (şöyle) seslenecektir: "Allah'ın laneti zalimlerin üzerine olsun." (7/44)

Gözleri cehennem halkından yana çevrilince: "Rabbimiz bizi zalimler topluluğuyla birlikte kılma" derler. (7/47)

Burcun üstündeki adamlar kendilerini yüzlerinden tanıdıkları (ileri gelen birtakım) adamlara seslenerek derler ki: "Ne (güç ve servet) toplamış olmanız ne büyüklük taslamanız (istikbarınız) size bir yarar sağlamadı." (7/48)

Ateşin halkı cennet halkına seslenir: "Bize biraz sudan ya da Allah'ın size verdiği rızıktan aktarın." Derler ki: "Doğrusu Allah bunları inkâr edenlere haram (yasak) kılmıştır." (7/50)

Onlar dinlerini bir eğlence ve oyun (konusu) edinmişlerdi ve dünya hayatı onları aldatmıştı. Onlar bu günleriyle karşılaşmayı unuttukları ve bizim ayetlerimizi 'yok sayarak tanımadıkları' gibi biz de bugün onları unutacağız. (7/51)

Gerçek şu ki inkâr edenler (insanları) Allah'ın yolundan engellemek için mallarını harcarlar; bundan böyle de harcayacaklar. Sonra bu onlara yürek acısı olacaktır sonra bozguna uğratılacaklardır. İnkâr edenler sonunda cehenneme sürülüp toplanacaklardır. (8/36)

Bu Allah'ın murdar olanı temizden ayırdetmesi; murdarı bir kısmını bir kısmı üzerinde kılıp tümünü biriktirerek cehenneme atması içindir. İşte bunlar hüsrana uğrayanlardır. (8/37)

Bunların üzerlerinin cehennem ateşinde kızdırılacağı gün onların alınları böğürleri ve sırtları bunlarla dağlanacak (ve:) "İşte bu kendiniz için yığıp sakladıklarınızdır; yığıp sakladıklarınızı tadın" (denilecek). (9/35)

(Böylesinin) Önünde cehennem vardır ve (orada) irinli sudan içirilecektir. (14/16)

Yutkunmaya çabalayacak ve boğazından geçirmeyi başaramıyacak ona her yandan ölüm gelecek oysa ölmeyecek de. Ardından daha katı bir azab olacak. (14/17)

Azabın kendilerine geleceği gün (ile) insanları uyarıp-korkut ki (o gün) zulmedenler şöyle diyecekler: "Bizi yakın bir süreye kadar ertele ki Senin çağrına cevap verelim ve elçilere uyalım." Oysa daha önce kendiniz için hiç zeval yoktur diye and içenler sizler değil miydiniz? (14/44)

Ve hiç şüphe yok onların tümünün buluşma yeri cehennemdir. (15/43)

Onun yedi kapısı vardır; onlardan her bir kapı için bir grup ayrılmıştır. (15/44)

Ki melekler kendi nefislerinin zalimleri olarak onların canlarını aldıklarında "Biz hiçbir kötülük yapmıyorduk" diye teslim olurlar. Hayır şüphesiz Allah sizin neler yaptığınızı bilendir. (16/28)

Öyleyse içinde ebedi kalıcılar olarak cehennemin kapılarından girin. Büyüklük taslayanların konaklama yeri ne kötüdür. (16/29)

Kim çarçabuk olanı (geçici dünya arzularını) isterse orada istediğimiz kimseye dilediğimizi çabuklaştırırız sonra ona cehennemi (yurt) kılarız; ona kınanmış ve kovulmuş olarak gider. (17/18)

Ve de ki: "Hak Rabbinizdendir; artık dileyen iman etsin dileyen inkâr etsin. Şüphesiz biz zalimlere bir ateş hazırlamışız onun duvarları kendilerini çepeçevre kuşatmıştır. Eğer onlar yardım isterlerse katı bir sıvı gibi yüzleri kavurup yakan bir su ile yardım edilirler. Ne kötü bir içkidir o ve ne kötü bir destektir." (18/29)

Biz o gün bir kısmını bir kısmı içinde dalgalanırcasına bırakıvermişiz. Sur'a da üfürülmüştür artık onların tümünü bir arada toparlamışız. (18/99)

Ve o gün cehennemi inkâr edenlere tam bir sunuşla sunmuşuz. (18/100)

İnkâr edenler Beni bırakıp kullarımı veliler edindiklerini mi sandılar? Gerçekten Biz cehennemi kafirler için bir durak olarak hazırlamışız. (18/102)

De ki: "Kim sapıklık içindeyse Rahman ona süre tanıdıkça tanır; kendilerine va'dedileni -ya azabı veya kıyamet saatini- gördükleri zaman artık kimin yeri (makam mevki) daha kötü kimin askeri- gücü daha zayıfmış öğreneceklerdir." (19/75)

Suçlu-günahkarları susamışlar olarak cehenneme süreceğiz. (19/86)

Gerçekten siz de Allah'ın dışında taptıklarınız da cehennemin odunusunuz siz ona varacaksınız. (21/98)

Orda kendileri için 'kemikleri çatırdatan inlemeler' vardır. Onlar orda işitmezler de. (21/100)

İşte bunlar çekişen iki gruptur Rableri konusunda çekiştiler. İşte o inkâr edenler onlar için ateşten elbiseler biçilmiştir; başları üstünden de kaynar su dökülür. (22/19)

Ne zaman ordan sarsıcı-üzüntüden çıkmak isterlerse oraya geri çevrilirler ve (onlara:) "Yakıcı azabı tadın" (denir). (22/22)

Artık kimin tartısı ağır basarsa işte onlar kurtuluşa erenlerin ta kendileridir. (23/102)

Kimin tartısı hafif gelirse işte onlar da kendi nefislerini hüsrana uğratanlar, cehennemde de ebedi olarak kalacak olanlardır. (23/103)

Ateş onların yüzlerini yalayarak yakar da onun içinde onlar (etleri sıyrılmış olarak sırıtan) dişleriyle kalıverirler. (23/104)

Ayetlerim size okunuyorken yalanlayanlar sizler değil miydiniz? (23/105)

Dediler ki: "Rabbimiz mutsuzluğumuz bize karşı üstün geldi biz sapan bir topluluk imişiz." (23/106)

"Rabbimiz bizi (ateşin) içinden çıkar eğer yine (inkâra) dönersek artık gerçekten zalim kimseler oluruz." (23/107)

Der ki: "Onun içine sinin ve benimle söyleşmeyin." (23/108)

Hayır onlar kıyamet saatini yalanladılar; biz kıyamet saatini yalan sayanlara çılgınca yanan bir ateş hazırladık. (25/11)

(Ateş) Onları uzak bir yerden gördüğünde onlar bunun gazablı öfkesini ve uğultusunu işitirler. (25/12)

Elleri boyunlarına bağlı olarak sıkışık bir yerine atıldıkları zaman orada yok oluşu isteyip çağırırlar. (25/13)

Bugün bir yok oluşu çağırmayın birçok (kere) yok oluşu isteyip-çağırın. (25/14)

De ki: "Bu mu daha hayırlı yoksa takva sahiplerine va'dedilen ebedi cennet mi? Ki onlar için bir mükafat ve son duraktır." (25/15)

İşte (ilahlarınız) sizin söylediklerinizi yalanladılar; bundan böyle (azabı) ne geri çevirmeye gücünüz yetebilir ne de bir yardıma. Sizden kim zulmederse ona büyük bir azab taddırırız. (25/19)

Melekleri görecekleri gün suçlu-günahkarlara bir müjde yoktur. Ve o gün (melekler onlara) derler ki: "(Size sevinçli haber) Yasaktır yasak." (25/22)

Onların yaptıkları her işin önüne geçtik böylece onu savurulmuş toz zerreleri kılıverdik. (25/23)

O yüzükoyun cehenneme doğru sürülüp toplanacak olanlar; işte onlar yer bakımından çok kötü yol bakımından sapmış olanlardır. (25/34)

(İbrahim) Dedi ki: "Siz gerçekten Allah'ı bırakıp dünya hayatında aranızda bir sevgi bağı olarak putları (ilahlar) edindiniz.

Sonra kıyamet günü kiminiz kiminizi inkar edip-tanımayacak ve kiminiz kiminize lanet edeceksiniz. Sizin barınma yeriniz ateştir ve hiçbir yardımcınız yoktur." (29/25)

Ancak inkâr edip ayetlerimizi ve ahirete kavuşmayı yalanlayanlar ise; artık onlar da azab için hazır bulundurulurlar. (30/16)

Fasık olanlar içinse artık onların da barınma yeri ateştir. Oradan her çıkmak istediklerinde geri çevrilirler ve onlara: "Kendisini yalanladığınız ateş azabını tadın" denir. (32/20)

İnkar edenlere gelince onlar için de cehennem ateşi vardır. Onlar için ne karar verilir ki böylece ölüversinler ne de kendilerine onun azabından (bir şey) hafifletilir. İşte biz her nankör olanı böyle cezalandırırız. (35/36)

İçinde onlar (şöyle) çığlık atarlar: "Rabbimiz bizi çıkar yaptığımızdan başka salih bir amelde bulunalım." Size orda (dünyada) öğüt alabilecek olanın öğüt alabileceği kadar ömür vermedik mi? Size uyaran da gelmişti. Öyleyse (azabı) tadın; artık zalimler için bir yardımcı yoktur. (35/37)

Kıyamet günü o kötü azabtan kendini yüzü ile kim koruyabilecek? Ve zalimlere "Kazandığınızı tadın" denmiştir. (39/24)

Kıyamet günü Allah'a karşı yalan söyleyenlerin yüzlerinin kapkara olduğunu görürsün. Büyüklenenler için cehennemde bir konaklama yeri mi yok? (39/60)

İnkâr edenler cehenneme bölük bölük sevkedildiler. Sonunda oraya geldikleri zaman kapıları açıldı ve onlara (cehennemin) bekçileri dedi ki: "Size Rabbinizin ayetlerini okuyan ve bugünle karşılaşacağınızı (söyleyip) sizi uyaran elçiler gelmedi mi?" Onlar: "Evet." dediler. Ancak azab kelimesi kâfirlerin üzerine hak oldu. (39/71)

Dediler ki: "İçinde ebedi kalıcılar olarak cehennemin kapılarından (içeri) girin. Büyüklüğe kapılanların konaklama yeri ne kötüdür." (39/72)

İçinde ebedi kalıcılar olarak cehennemin kapılarından girin. Artık mütekebbirlerin konaklama yeri ne kötüdür. (40/76)

"Girin ona; artık ister sabredin ister sabretmeyin. Sizin için birdir. Siz ancak yaptıklarınızla cezalandırılıyorsunuz." (52/16)

İşte bu suçlu-günahkarların kendisini yalanladıkları cehennemdir. (55/43)

Onlar kendisiyle alabildiğine kaynar hale getirilmiş su arasında dönüp-dolaşırlar. (55/44)

İşte bu onların din (hesap ve ceza) gününde şölenleridir. (56/56)

O gün münafık erkekler ile münafık kadınlar iman edenlere derler ki: "(Ne olur) Bize bir bakın sizin nurunuzdan birazcık alıp-yararlanalım." Onlara: "Arkanıza (dünyaya) dönün de bir nur arayıp-bulmaya çalışın" denilir. Derken aralarında kapısı olan bir sur çekilmiştir; onun iç yanında rahmet dış yanında o yönden azab vardır. (57/13)

Ey inkâr edenler bugün özür beyan etmeyin. Siz ancak yaptıklarınızla cezalandırılıyorsunuz. (66/7)

Öfkesinin şiddetinden neredeyse patlayıp parçalanacak. Her bir grup içine atıldığında bekçileri onlara sorar: "Size bir uyarıcı gelmedi mi?" (67/8)

Onlar: "Evet" derler. "Bize gerçekten bir uyarıcı geldi. Fakat biz yalanladık ve: "Allah hiçbir şey indirmedi siz yalnızca büyük bir sapmışlık içindesiniz dedik." (67/9)

Ve derler ki: "Eğer dinlemiş olsaydık ya da akıl etmiş olsaydık şu çılgınca yanan ateşin halkı arasında olmayacaktık." (67/10)

Böylece kendi günahlarını itiraf ettiler. Çılgınca yanan ateşin halkına (Allah'ın rahmetinden) uzaklık olsun. (67/11)

Onu Ben cehenneme sürükleyip atacağım. (74/26)

"Sizi şu cehenneme sürükleyip iten nedir?" (74/42)

Doğrusu biz kafirlere zincirler demir halkalar (tomruklar) ve çılgınca yanan bir ateş hazırladık. (76/4)

Gerçekten cehennem bir gözetleme yeridir. (78/21)

Şimdi tadın. Size artık azabtan başkasını arttırmayacağız; (78/30)

(Her yanı yaygın olarak kuşatacak olan) Kıyametin haberi sana geldi mi? (88/1)

O gün öyle yüzler vardır ki 'zillet içinde aşağılanmıştır.' (88/2)

Çalışmış boşuna yorulmuştur. (88/3)

Kızgın bir ateşe yollanırlar. (88/4)

Kaynar bir kaynaktan içirilirler. (88/5)

Onlar için (zehirli olan) dari' dikeninden başka bir yiyecek yoktur. (88/6)

Ne doyurup-semirtir ne açlıktan korur. (88/7)

Ayetlerimizi inkar edenler ise sol yanın adamlarıdır (Ashab-ı Meş'eme). (90/19)

Kapıları kilitlenmiş bir ateş onların üzerinedir. (90/20)

Artık sizi 'alevleri kabardıkça kabaran' bir ateşle uyardım. (92/14)

Ona ancak en bedbaht olandan başkası yollanmaz; (92/15)

Şüphesiz kitap ehlinden ve müşriklerden inkâr edenler içinde sürekli kalıcılar olmak üzere cehennem ateşindedirler. İşte onlar yaratılmışların en kötüleridir. (98/6)

Kimin tartıları hafif kalırsa (101/8)

Artık onun da anası (son durağı) haviyedir (uçurum). (101/9)

Onun ne olduğunu (mahiyetini) sana bildiren nedir? (101/10)

O kızgın bir ateştir. (101/11)

Arkadan çekiştirip duran kaş göz hareketleriyle alay eden her kişinin vay haline; (104/1)

Ki o mal yığıp biriktiren ve onu saydıkça sayandır. (104/2)

Gerçekten malının kendisini ebedi kılacağını sanıyor. (104/3)

Hayır; andolsun o 'hutame'ye atılacaktır. (104/4)

Hutamenin ne olduğunu sana bildiren nedir? (104/5)

Allah'ın tutuşturulmuş ateşidir. (104/6)

Ki o yüreklerin üstüne tırmanıp çıkar. (104/7)

O onların üzerine kilitlenecektir; (104/8)

(Kendileri de) Dikilip-yükseltilmiş sütunlarda (bağlanacaklardır). (104/9)

Hayır; eğer siz kesin bir bilgiyle bilmiş olsaydınız (102/5)

Andolsun o çılgınca yanan ateşi de elbette görecektiniz. (102/6)

Sonra onu gerçekten yakîn gözüyle (Ayne'l Yakîn) görmüş olacaksınız. (102/7)

Ebu Leheb'in iki eli kurusun; kurudu ya. (111/1)

Malı ve kazandıkları kendisine bir yarar sağlamadı. (111/2)

Alevi olan bir ateşe girecektir. (111/3)

Eşi de; odun hamalı (ve) (111/4)

Boynuna bükülmüş bir ip (bağlanmış) olarak. (111/5)

KURAN-I KERİM AYETLERİNDE CENNET

İman edip salih amellerde bulunanları müjdele. Gerçekten onlar için altlarından ırmaklar akan cennetler vardır. Kendilerine rızık olarak bu ürünlerden her yedirildiğinde: "Bu daha önce de rızıklandığımızdır" derler. Bu onlara (dünyadakine) benzer olarak sunulmuştur. Orada onlar için tertemiz eşler vardır ve onlar orada süresiz kalacaklardır. (2/25)

De ki: "Size bundan daha hayırlısını bildireyim mi? Korkup sakınanlar için Rablerinin katında içinde temelli kalacakları altından ırmaklar akan cennetler tertemiz eşler ve Allah'ın rızası vardır. Allah kulları hakkıyla görendir." (3/15)

Yüzleri ağaranlar ise artık onlar Allah'ın rahmeti içindedirler içinde de temelli kalacaklardır. (3/107)

İşte bunların karşılığı Rablerinden bağışlanma ve içinde ebedi kalacakları altından ırmaklar akan cennetlerdir. (Böyle) Yapıp-edenlere ne güzel bir karşılık (ecir var.) (3/136)

Ama Rablerinden korkup-sakınanlar; onlar için Allah katında -bir şölen olarak- altlarından ırmaklar akan -içinde ebedi kalacakla - cennetler vardır. İyilik yapanlar için Allah'ın katında olanlar daha hayırlıdır. (3/198)

İman edip salih amellerde bulunanları altından ırmaklar akan içinde ebedi kalacakları cennetlere sokacağız. Onda onlar için tertemiz kılınmış eşler vardır. Ve onları 'ne sıcak-ne soğuk tam kararında gölgeliğe' sokacağız. (4/57)

İman edip salih amellerde bulunanlar biz onları altından ırmaklar akan içinde ebedi kalacakları cennetlere sokacağız. Bu Allah'ın gerçek olan va'didir. Allah'tan daha doğru sözlü kim vardır? (4/122)

Eğer Kitap Ehli iman edip sakınsalardı elbette onların kötülüklerini örter ve onları 'nimetlerle donatılmış' cennetlere sokardık. (5/65)

Böylelikle Allah dediklerine karşılık olarak içinde ebedi kalacakları altından ırmaklar akan cennetler verdi. Bu iyilik yapanların karşılığıdır. (5/85)

Allah dedi ki: "Bu doğrulara doğru söylemelerinin yarar sağladığı gündür. Onlar için içinde ebedi kalacakları altından ırmaklar akan cennetler vardır. Allah onlardan razı oldu onlar da O'ndan razı olmuşlardır. İşte büyük 'kurtuluş ve mutluluk' budur." (5/119)

İman edenler ve salih amellerde bulunanlar -ki biz hiç kimseye güç yetireceğinden fazlasını yüklemeyiz- onlar da cennetin ashabı (halkı)dırlar. Onda sonsuSz olarak kalacaklardır. (7/42)

Biz onların göğüslerinde kinden ne varsa çekip almışız. Altlarından ırmaklar akar. Derler ki: "Bizi buna ulaştıran Allah'a hamd olsun. Eğer Allah bize hidayet vermeseydi biz doğruya ermeyecektik. Andolsun Rabbimizin elçileri hak ile geldiler." Onlara: "İşte bu yaptıklarınıza karşılık olarak mirasçı kılındığınız cennettir" diye seslenilecek. (7/43)

Cennet halkı ateş halkına (şöyle) seslenecekler: "Bize Rabbimizin vadettiğini gerçek buldunuz mu?" Onlar da: "Evet" derler. Bundan sonra içlerinden seslenen biri (şöyle) seslenecektir: "Allah'ın laneti zalimlerin üzerine olsun." (7/44)

İki taraf arasında bir engel ve burçlar (A'raf) üstünde hepsini yüzlerinden tanıyan adamlar vardır. Cennete gireceklere: "Selam size" derler ki bunlar henüz girmeyen fakat (girmeyi) 'şiddetle arzu edip umanlardır.' (7/46)

Gözleri cehennem halkından yana çevrilince: "Rabbimiz bizi zalimler topluluğuyla birlikte kılma" derler. (7/47)

"Kendilerine Allah'ın bir rahmet eriştirmeyeceğine yemin ettiğiniz kimseler bunlar mıydı? (Cennettekilere de) Girin cennete. Sizin için korku yoktur ve mahzun olmayacaksınız." (7/49)

Ateşin halkı cennet halkına seslenir: "Bize biraz sudan ya da Allah'ın size verdiği rızıktan aktarın." Derler ki: "Doğrusu Allah bunları inkâr edenlere haram (yasak) kılmıştır." (7/50)

İşte gerçek mü'minler bunlardır. Rableri katında onlar için dereceler, bağışlanma ve üstün bir rızık vardır. (8/4)

Rableri onlara katından bir rahmeti bir hoşnutluğu ve onlar için kendisine sürekli bir nimet bulunan cennetleri müjdeler. (9/21)

Onda ebedi kalıcıdırlar. Şüphesiz Allah büyük mükafaat katında olandır. (9/22)

Allah mü'min erkeklere ve mü'min kadınlara içinde ebedi kalmak üzere altından ırmaklar akan cennetler ve Adn cennetlerinde güzel meskenler vaadetmiştir. Allah'tan olan hoşnutluk ise en büyüktür. İşte büyük kurtuluş ve mutluluk budur. (9/72)

Allah onlar için süresiz kalacakları, altından ırmaklar akan cennetler hazırladı. İşte büyük 'kurtuluş ve mutluluk' budur. (9/89)

Öne geçen Muhacirler ve Ensar ile onlara güzellikle uyanlar; Allah onlardan hoşnut olmuştur onlar da O'ndan hoşnut olmuşlardır ve (Allah) onlara içinde ebedi kalacakları altından ırmaklar akan cennetler hazırlamıştır. İşte büyük 'kurtuluş ve mutluluk' budur. (9/100)

İman edenler ve salih amellerde bulunanlar da Rableri onları imanları dolayısıyla altından ırmaklar akan nimetlerle donatılmış cennetlere yöneltip iletir (hidayet eder). (10/9)

Oradaki duaları: "Allah'ım Sen ne yücesin"dir ve oradaki dirlik temennileri: "Selam"dır; dualarının sonu da: "Gerçekten hamd alemlerin Rabbi olan Allah'ındır." (10/10)

İman edip salih amellerde bulunanlar ve 'Rablerine kalbleri tatmin bulmuş olarak bağlananlar' işte bunlar da cennetin halkıdırlar. Onda süresiz kalacaklardır. (11/23)

Mutlu olanlar da, artık onlar cennettedirler. Rabbinin dilemesi dışında gökler ve yer sürüp gittikçe orada süresiz kalacaklardır. (Bu) kesintisi olmayan bir ihsandır. (11/108)

Onlar Adn cennetlerine girerler. Babalarından eşlerinden ve soylarından 'salih davranışlarda' bulunanlar da (Adn cennetlerine girer). Melekler onlara her bir kapıdan girip (şöyle derler:) (13/23)

Sabrettiğinize karşılık selam size. (Dünya) Yurdun(un) sonu ne güzel. (13/24)

İman edip salih amellerde bulunanlar, ne mutlu onlara. Varılacak yerin güzel olanı (onlarındır). (13/29)

Takva sahiplerine vadedilen cennet; onun altından ırmaklar akar yemişleri ve gölgelikleri süreklidir. Bu korkup sakınanların (mutlu) sonudur inkâr edenlerin sonu ise ateştir. (13/35)

İman edip salih amellerde bulunanlar Rablerinin izniyle altından ırmaklar akan içinde ebedi kalacakları cennetlere konulmuşlardır. Orada birbirlerine olan dirlik temennileri: "Selam"dır. (14/23)

Gerçekten takva sahibi olanlar cennetlerde ve pınar başlarındadır. (15/45)

Oraya esenlikle ve güvenlikle girin. (15/46)

Onların göğüslerinde kinden (ne varsa tümünü) sıyırıp çektik, kardeşler olarak tahtlar üzerinde karşı karşıyadırlar. (15/47)

Orda onlara hiçbir yorgunluk dokunmaz ve onlar ordan çıkarılacak değildirler. (15/48)

Adn cennetleri; ona girerler onun altından ırmaklar akar içinde onların her diledikleri şey vardır. İşte Allah takva sahiplerini böyle ödüllendirir. (16/31)

Ki melekler güzellikle canlarını aldıklarında: "Selam size" derler. "Yaptıklarınıza karşılık olmak üzere cennete girin." (16/32)

Onlar; altından ırmaklar akan Adn cennetleri onlarındır orada altın bileziklerle süslenirler hafif ipekten ve ağır işlenmiş atlastan yeşil elbiseler giyerler ve tahtlar üzerinde kurulup-dayanırlar. (Bu) Ne güzel sevap ve ne güzel destek. (18/31)

İman edip salih amellerde bulunanlar... Firdevs cennetleri onlar için bir 'konaklama yeridir.' (18/107)

Onda ebedi olarak kalıcıdırlar ondan ayrılmak istemezler. (18/108)

Ancak tevbe eden iman eden ve salih amellerde bulunanlar (onların dışındadır); işte bunlar cennete girecekler ve hiçbir şeyle zulme uğratılmayacaklar. (19/60)

Adn cennetleri (onlarındır) ki Rahman (olan Allah onu) kendi kullarına gaybtan vadetmiştir. Şüphesiz O'nun va'di yerine gelecektir. (19/61)

Onda 'boş bir söz' işitmezler; sadece selam (ı işitirler). Sabah akşam onların rızıkları orda (bulunmakta)dır. (19/62)

O cennet; biz kullarımızdan takva sahibi olanları (ona) varisçi kılacağız. (19/63)

İçlerinde ebedi kalacakları altından ırmaklar akan Adn cennetleri de (onlarındır). Ve işte bu arınmış olanın karşılığıdır. (20/76)

Bunun üzerine dedik ki: "Ey Adem bu gerçekten sana ve eşine düşmandır; sakın sizi cennetten sürüp çıkarmasın sonra mutsuz olursun." (20/117)

Böylece ikisi ondan yediler hemen ardından ayıp yerleri kendilerine açılıverdi üzerlerini cennet yapraklarından yamayıp-örtmeye başladılar. Adem Rabbine karşı gelmiş oldu da şaşırıp-kaldı. (20/121)

Onun uğultusunu bile duymazlar. Onlar nefislerinin arzuladığı (sayısız nimet) içinde ebedi kalıcıdırlar. (21/102)

Onları o en büyük korku hüzne kaptırmaz ve: "İşte bu sizin gününüzdür size va'dedilmişti" diye melekler onları karşılayacaklardır. (21/103)

Hiç şüphesiz Allah iman edenleri ve salih amellerde bulunanları altından ırmaklar akan cennetlere sokar orada altından bileziklerle ve incilerle süslenirler; ordaki elbiseleri ipek(ten)tir. (22/23)

Onlar sözün en güzeline iletilmişlerdir ve övülen doğru yola iletilmişlerdir. (22/24)

İşte (yeryüzünün hakimiyetine ve ahiretin nimetlerine) varis olacak onlardır. (23/10)

Ki onlar Firdevs'e (cennetlerin) de varis olacaklardır; içinde de ebedi olarak kalacaklardır. (23/11)

Dilediği takdirde sana bundan daha hayırlısı olarak altından ırmaklar akan cennetler veren ve senin için köşkler kılan (Allah) ne yücedir. (25/10)

De ki: "Bu mu daha hayırlı yoksa takva sahiplerine va'dedilen ebedi cennet mi? Ki onlar için bir mükafat ve son duraktır." (25/15)

İçinde ebedi kalıcılar olarak orada her istedikleri onlarındır; bu Rabbinin üzerine aldığı istenen bir vaaddir. (25/16)

O gün cennet halkının kalacakları yer daha hayırlı dinlenecekleri yer çok daha güzeldir. (25/24)

İşte onlar sabretmelerine karşılık (cennetin en gözde yerinde) odalarla ödüllendirilirler ve orda esenlik dileği ve selamla karşılanırlar. (25/75)

Orda ebedi olarak kalıcıdırlar; o ne güzel bir karargah ve ne güzel bir konaklama yeridir. (25/76)

(O gün) Cennet takva sahiplerine yaklaştırılır. (26/90)

İman edip salih amellerde bulunanlar; onları içinde ebedi kalıcılar olarak altından ırmaklar akan cennetin yüksek köşklerine muhakkak yerleştireceğiz. (Salih) Amellerde bulunanların ecri ne güzeldir. (29/58)

Böylece iman edip salih amellerde bulunanlar; artık onlar 'bir cennet bahçesinde' 'sevinç içinde ağırlanırlar'. (30/15)

Kim inkâr ederse artık onun inkârı kendi aleyhinedir; kim salih bir amelde bulunursa artık onlar kendi lehlerine olarak (cennetteki yerlerini) döşeyip hazırlamaktadırlar. (30/44)

(Ancak) Gerçekten iman edip salih amellerde bulunanlar ise; onlar için nimetlerle-donatılmış cennetler vardır. (31/8)

Orada ebedi olarak kalıcıdırlar. Allah'ın va'di haktır. O üstün ve güçlü olandır hüküm ve hikmet sahibidir. (31/9)

İman eden ve salih amellerde bulunanlar ise artık onlar için yaptıklarınıza karşılık olmak üzere bir ağırlanma konağı olarak barınma cennetleri vardır. (32/19)

Adn cennetleri (onlarındır); oraya girerler orada altından bileziklerle ve incilerle süslenirler. Ve orada onların elbiseleri ipek(ten)dir. (35/33)

Derler ki: "Bizden hüznü giderip yok eden Allah'a hamdolsun; şüphesiz Rabbimiz gerçekten bağışlayandır şükrü kabul edendir." (35/34)

Ki O bizi kendi fazlından (ebedi olarak) kalınacak bir yurda yerleştirdi; burada bize bir yorgunluk dokunmaz ve burada bize bir bıkkınlık da dokunmaz. (35/35)

Gerçek şu ki bugün cennet halkı 'sevinç ve mutluluk dolu' bir meşguliyet içindedirler. (36/55)

Kendileri ve eşleri gölgeliklerde tahtlar üzerinde yaslanmışlardır. (36/56)

Orada taptaze-meyveler onların ve istek duydukları herşey onlarındır. (36/57)

Çok esirgeyen Rabb'dan onlara bir de sözlü "Selam" (vardır). (36/58)

İşte onlar; onlar için bilinen bir rızık vardır. (37/41)

Çeşitli-meyveler. Onlar ikram görenlerdir. (37/42)

Nimetlerle donatılmış (naim) cennetlerde. (37/43)

Birbirlerine karşı tahtlar üzerinde (otururlar). (37/44)

Kaynaktan (doldurulmuş) kadehlerle çevrelerinde dolaşılır. (37/45)

Bembeyaz; içenlere lezzet (veren bir içki). (37/46)

Onda ne bir gaile vardır ne de kendilerinden geçip akılları çelinir. (37/47)

Ve yanlarında bakışlarını yalnızca eşlerine çevirmiş iri gözlü kadınlar vardır. (37/48)

Sanki onlar saklı bir yumurta gibi (çarpıcı ve pürüzsüz). (37/49)

Böyleyken kimi kimine yönelmiş olarak birbirlerine soruyorlar: (37/50)

Bir sözcü der ki: "Benim bir yakınım vardı." (37/51)

Derdi ki: Sen de gerçekten (dirilişi) doğrulayanlardan mısın? (37/52)

Bizler öldüğümüz toprak ve kemikler olduğumuzda mı gerçekten biz mi (yeniden diriltilip sonra da) sorguya çekilecekmişiz? (37/53)

(Konuşan yanındakilere) Der ki: "Sizler (onun şimdi ne durumda olduğunu) biliyor musunuz?" (37/54)

Derken bakıverdi onu 'çılgınca yanan ateşin' tam ortasında gördü. (37/55)

Dedi ki: "Andolsun Allah'a neredeyse beni de (şu bulunduğun yere) düşürecektin." (37/56)

Eğer Rabbimin nimeti olmasaydı muhakkak ben de (azab yerine getirilip) hazır bulundurulanlardan olacaktım. (37/57)

Şüphesiz bu, asıl büyük 'kurtuluş ve mutluluğun' ta kendisidir. (37/60)

Böylece çalışanlar da bunun bir benzeri için çalışmalıdır. (37/61)

Adn cennetleri; kapılar onlara açılmıştır. (38/50)

İçinde yaslanıp-dayanmışlardır; orda birçok meyve ve şarap istemektedirler. (38/51)

Ve yanlarında bakışlarını yalnızca eşlerine çevirmiş yaşıt kadınlar vardır. (38/52)

İşte hesap günü size va'dedilen budur. (38/53)

Şüphesiz bu, bizim rızkımızdır, bitip tükenmesi de yok (38/54)

Ancak Rablerinden korkup-sakınanlar ise; onlara yüksek köşkler vardır, onların üstünde de yüksek köşkler bina edilmiştir. Onların altında ırmaklar akmaktadır. (Bu) Allah'ın va'didir. Allah va'dinden dönmez. (39/20)

Rablerinden korkup-sakınanlar da cennete bölük bölük sevkedildiler. Sonunda oraya geldikleri zaman kapıları açıldı ve onlara (cennetin) bekçileri dedi ki: "Selam üzerinizde olsun, hoş ve temiz geldiniz. Ebedi kalıcılar olarak ona girin." (39/73)

(Onlar da) Dediler ki: "Bize olan va'dinde sadık kalan ve bizi bu yere mirasçı kılan Allah'a hamd olsun ki cennetten dilediğimiz yerde konaklayabiliriz. (Salih) Amellerde bulunanların ecri ne güzeldir." (39/74)

Rabbimiz onları Adn cennetlerine sok ki onlara (bunu) va'dettin; babalarından eşlerinden ve soylarından salih olanları da. Gerçekten Sen üstün ve güçlü olansın hüküm ve hikmet sahibisin. (40/8)

Kim bir kötülük işlerse kendi mislinden başkasıyla ceza görmez; kim de -erkek olsun dişi olsun- bir mü'min olarak salih bir amelde bulunursa işte onlar içinde hesapsız olarak rızıklandırılmak üzere cennete girerler. (40/40)

Şüphesiz: "Bizim Rabbimiz Allah'tır" deyip sonra dosdoğru bir istikamet tutturanlar (yok mu); onların üzerine melekler iner (ve der ki:) "Korkmayın ve hüzne kapılmayın size vadolunan cennetle sevinin." (41/30)

(O gün) Zalimleri kazandıkları dolayısıyla korkuyla titrerlerken görürsün; o (yaptıkları) da üstlerine çöküvermiştir. İman edip salih amellerde bulunanlar ise cennet bahçelerindedirler. Rableri katında her diledikleri onlarındır. İşte büyük fazl (nimet ve üstünlük) budur. (42/22)

Siz ve eşleriniz cennete girin; 'sevinç içinde ağırlanacaksınız. (43/70)

Onların etrafında altın tepsiler ve testilerle dolaşılır; orada nefislerin arzu ettiği ve gözlerin lezzet (zevk) aldığı herşey var. Ve siz orada süresiz kalacaksınız. (43/71)

İşte yaptıklarınız dolayısıyla mirasçı kılındığınız cennet budur. (43/72)

Orda sizin için birçok meyveler vardır; onlardan yiyeceksiniz. (43/73)

Muttakilere gelince; muhakkak onlar güvenli bir makamdadırlar. (44/51)

Cennetlerde ve pınarlarda (44/52)

Hafif ipekten ve ağır işlenmiş atlastan (elbiseler) giyinirler karşılıklı (otururlar). (44/53)

İşte böyle; ve biz onları iri gözlü hurilerle evlendirmişizdir. (44/54)

Orda güvenlik içinde her türlü meyveyi istiyorlar; (44/55)

Orda ilk ölümün dışında başka ölüm tadmazlar. Ve (Allah da) onları cehennem azabından korumuştur. (44/56)

Takva sahiplerine va'dedilen cennetin misali (şudur): İçinde bozulmayan sudan ırmaklar tadı değişmeyen sütten ırmaklar içenler için lezzet veren şaraptan ırmaklar ve süzme baldan ırmaklar vardır ve orda onlar için meyvelerin her türlüsünden ve Rablerinden bir mağfiret vardır. Hiç (böyle mükafaatlanan bir kişi) ateşin içinde ebedi olarak kalan ve bağırsaklarını 'parça parça koparan' kaynar sudan içirilen kimseler gibi olur mu? (47/15)

Cennet de muttakiler için uzakta değildir (o gün) yakınlaştırılmıştır. (50/31)

Ona 'esenlik ve barışla (selam) girin. Bu ebedilik günüdür. (50/34)

Orda diledikleri herşey onlarındır; katımızda daha fazlası da var. (50/35)

Şüphesiz muttaki olanlar cennetlerde ve pınarlardadırlar; (51/15)

Rablerinin kendilerine verdiğini alanlar olarak. Çünkü onlar bundan önce ihsanda (güzel davranışta) bulunanlardı. (51/16)

Hiç şüphesiz muttakiler cennetlerde ve nimet içindedirler; (52/17)

Rablerinin verdikleriyle 'sevinçli ve mutludurlar'. Rableri kendilerini 'çılgınca yanan cehennemin' azabından korumuştur. (52/18)

Yaptıklarınızdan dolayı afiyetle yiyin ve için. (52/19)

Özenle dizilmiş tahtlar üzerinde yaslanmışlardır. Ve Biz onları iri ceylan gözlü hurilerle evlendirmişiz. (52/20)

Onlara istek duyup arzuladıkları meyvelerden ve etten bol bol verdik. (52/22)

Orada bir kadeh kapışır çekişirler ki onda ne 'boş ve saçma bir söz' ne günaha sokma yoktur. (52/23)

Kendileri için (hizmet eden) civanlar etrafında dönüp dolaşırlar; sanki (her biri) 'sedefte saklı inci gibi tertemiz pırıl pırıl.' (52/24)

Kimi kimine dönüp sorarlar; (52/25)

Dediler ki: "Biz doğrusu daha önce ailemiz (yakın akrabalarımız) içinde endişe edip korkardık." (52/26)

"Şimdi Allah bize lütufta bulundu ve 'hücrelere kadar işleyen kavurucu' azabdan korudu." (52/27)

Ki Cennetü'l-Me'va onun yanındadır. (53/15)

Rabbin makamından korkan kimse için ise iki cennet vardır. (55/46)

Çeşit çeşit 'inceliklere ve güzelliklere' (veya her türden sık ağaçlara) sahiptirler. (55/48)

İkisinde de akmakta olan iki pınar vardır. (55/50)

İkisinde de her meyveden iki çift vardır. (55/52)

Astarları ağır işlenmiş atlastan yataklar üzerinde yaslanırlar. İki cennetin de meyve devşirmesi (ordakilere) yakın (kolay)dır. (55/54)

Orada bakışlarını yalnızca eşlerine çevirmiş kadınlar vardır ki bunlardan önce kendilerine ne bir insan ne bir cin dokunmuştur. (55/56)

Sanki onlar yakut ve mercan gibidirler. (55/58)

İhsanın karşılığı ihsandan başkası mıdır? (55/60)

Bu ikisinin ötesinde iki cennet daha var. (55/62)

Alabildiğine yemyeşildirler. (55/64)

İçlerinde durmaksızın fışkırıp akan iki pınar vardır. (55/66)

İçlerinde (her türden) meyve eşsiz hurma ve eşsiz nar vardır. (55/68)

Orada huyları güzel, yüzleri güzel kadınlar vardır. (55/70)

Otağlar içinde korunmuş huri kadınlar. (55/72)

Bunlardan önce kendilerine ne bir insan ne bir cin dokunmuştur. (55/74)

Yeşil yastıklara ve çarpıcı güzellikteki döşeklere yaslanırlar. (55/76)

Yarışıp öne geçenler de öne geçmiş öncülerdir. (56/10)

İşte onlar yakınlaştırılmış (mukarreb) olanlardır. (56/11)

Nimetlerle donatılmış cennetler içinde; (56/12)

Birçoğu geçmiş (ümmet)lerden (56/13)

Birazı da sonrakilerden. (56/14)

'Özenle işlenmiş mücevher' tahtlar üzerindedirler. (56/15)

Karşılıklı yaslanmışlardır. (56/16)

Çevrelerinde ölümsüzlüğe ulaşmış gençler dönüp dolaşır; (56/17)

Kaynağından (doldurulmuş) testiler, ibrikler ve kadehler (56/18)

Ki, bundan ne başlarını bir ağrı tutar, ne de kendilerinden geçip akılları çelinir. (56/19)

Arzulayıp seçecekleri meyveler (56/20)

Canlarının çektiği kuş eti. (56/21)

Ve iri gözlü huriler (56/22)

Sanki saklı inciler gibi; (56/23)

Yaptıklarına bir karşılık olmak üzere (onlara sunulur); (56/24)

Orada ne 'saçma ve boş bir söz' işitirler ne günaha sokma. (56/25)

Yalnızca bir söz (işitirler:) Selam selam. (56/26)

Ashab-ı Yemin ne (kutludur o) Ashab-ı Yemin. (56/27)

Yüklü dalları bükülmüş kiraz (ağaçları) (56/28)

Üstüste dizili meyveleri sarkmış muz ağaçları (56/29)

Yayılıp uzanmış gölgeler, (56/30)

Durmaksızın akan su(lar); (56/31)

Ve (daha) birçok meyveler arasında (56/32)

Kesilip eksilmeyen ve yasaklanmayan (meyveler). (56/33)

Yükseklere kurulmuş döşekler (sedirler). (56/34)

Gerçek şu ki, Biz onları yeni bir inşa (yaratma) ile inşa edip-yarattık. (56/35)

Onları hep bakireler olarak kıldık (56/36)

Eşlerine sevgiyle tutkun (ve) hep yaşıt (56/37)

Ashab-ı Yemin olanlar için. (56/38)

(Bunların) Birçoğu geçmiş (ümmet)lerden (56/39)

Birçoğu da sonrakilerdendir. (56/40)

Eğer o (ölecek kişi), yakın kılınan (mukarreb olan)lardan ise (56/88)

Bu durumda rahatlık, güzel rızık ve nimetlerle donatılmış cennet (onundur). (56/89)

Ve eğer, Ashab-ı Yeminden ise (56/90)

Artık, Ashab-ı Yeminden selam sana. (56/91)

O gün, mü'min erkekler ile mü'min kadınları nurları önlerinde ve sağlarında koşarken görürsün. Bugün sizin müjdeniz içinde ebedi kalıcılar (olduğunuz) altından ırmaklar akan cennetlerdir. İşte 'büyük kurtuluş ve mutluluk' budur. (57/12)

Allah'a ve ahiret gününe iman eden hiçbir kavim (topluluk) bulamazsın ki Allah'a ve elçisine başkaldıran kimselerle bir sevgi (ve dostluk) bağı kurmuş olsunlar; bunlar ister babaları ister çocukları ister kardeşleri isterse kendi aşiretleri (soyları) olsun. Onlar öyle kimselerdir ki (Allah) kalplerine imanı yazmış ve onları kendinden bir ruh ile desteklemiştir. Onları altlarından ırmaklar akan cennetlere sokacaktır; orda süresiz olarak kalacaklardır. Allah onlardan razı olmuş onlar da O'ndan razı olmuşlardır. İşte onlar Allah'ın fırkasıdır. Dikkat edin; şüphesiz Allah'ın fırkası olanlar felah (umutlarını gerçekleştirip kurtuluş) bulanların ta kendileridir. (58/22)

Ateş halkı ile cennet halkı bir olmaz. Cennet halkı 'umduklarına kavuşup mutluluk içinde olanlardır.' (59/20)

O da sizin günahlarınızı bağışlar sizi altlarından ırmaklar akan cennetlere ve Adn cennetlerindeki güzel konaklara yerleştirir. İşte 'büyük mutluluk ve kurtuluş' budur. (61/12)

Sizi, toplanma günü için bir arada toplayacağı gün; işte bu aldanma (teğabün) günüdür. Kim Allah'a iman edip salih bir amelde bulunursa (Allah) onun kötülüklerini örter ve içinde ebedi kalıcılar olmak üzere altından ırmaklar akan cennetlere sokar. İşte büyük 'mutluluk ve kurtuluş (fevz)' budur. (64/9)

İman edip salih amellerde bulunanları, karanlıklardan nura çıkarması için Allah'ın apaçık ayetlerini size okuyan bir elçi de (gönderdik). Kim iman edip salih bir amelde bulunursa (Allah) onu içinde süresiz kalıcılar olmak üzere altından ırmaklar akan cennetlere sokar. Allah gerçekten ona ne güzel bir rızık vermiştir. (65/11)

Allah, iman edenlere de Firavun'un karısını örnek verdi. Hani demişti ki: "Rabbim bana kendi katında cennette bir ev yap; beni Firavun'dan ve onun yaptıklarından kurtar ve beni o zalimler topluluğundan da kurtar." (66/11)

Tahtlar üzerinde bakıp seyretmektedirler. (83/23)

Onları gördükleri zaman ise: "Bunlar elbette şaşkın sapıklardır" derlerdi. (83/32)

Şüphesiz, iman edip salih amellerde bulunanlara gelince; onlar için altından ırmaklar akan cennetler vardır. İşte büyük 'kurtuluş ve mutluluk' budur. (85/11)

O gün öyle yüzler de vardır ki, nimette (engin bir mutluluk içinde)dirler. (88/8)

Harcadığı çabadan dolayı hoşnuttur. (88/9)

Yüksek bir cennettedir. (88/10)

Orda anlamsız bir söz işitmez. (88/11)

Orda 'durmaksızın akan' bir kaynak vardır. (88/12)

Orda 'yükseklerde kurulmuş tahtlar da vardır; (88/13)

Konulmuş (içecek dolu) kaplar, (88/14)

Dizi dizi yastıklar, (88/15)

Ve serilmiş yaygılar. (88/16)

Ey mutmain (tatmin bulmuş) nefis (89/27)

Rabbine, hoşnut edici ve hoşnut edilmiş olarak dön. (89/28)

Artık, kullarımın arasına gir. (89/29)

Cennetime gir. (89/30)

İman edip salih amellerde bulunanlar ise; işte onlar da yaratılmışların en hayırlılarıdır. (98/7)

Rableri katında onların ödülleri, içinde ebedi kalıcılar olmak üzere altından ırmaklar akan Adn cennetleridir. Allah onlardan razı olmuştur, kendileri de O'ndan razı (hoşnut memnun) kalmışlardır. İşte bu Rabbinden 'içi titreyerek korku duyan kimse' içindir. (98/8)